weissbooks.w

Perlensamt

Für Bunny. Für Mimi. Für Momo.

Wer eine dunkle Geschichte mit sich herumschleppt, wird sie nicht lösen können in leichten Lieben.

PROLOG

In manchen Nächten, wenn ich mich durch einen nervösen, flachen Schlaf träume, sehe ich sie vor mir. Rosie Saunders. Eine zierliche Person mit aufgebauschten Haaren. Manchmal ist sie noch ganz jung. Sie kommt an mein Bett. *Bist du wach, Tiny? Komm, steh auf. Jetzt ist die Zeit zu verschwinden, ohne daß es jemand merkt. Nur du und ich.* Das hatte sie tatsächlich einmal getan. Bei Nacht und Nebel. Nur daß sie mich nicht hatte wecken müssen. Sie packte eine Tasche und floh vor einer Familie, die sie zwingen wollte, ihr Kind abzutreiben. Ein uneheliches Kind. Martin. Tiny. Mich. Das Bild verschwimmt in ein nächstes. Ich sehe Rosie, wie sie auf den Hudson blickt. Es könnte gestern gewesen sein, aber im Traum weiß man nicht um die Zeit. Sie geht zur anderen Seite hinüber, wo die Baumwipfel des Central Park in der Abenddämmerung wogen. Dahinter, weiter östlich, erblickt sie die Kuppel des Pierre. Die Kathedrale St. John the Divine, Columbus Circle, die Straßenschluchten von Midtown: all das kann sie von hier aus sehen. 145, Central Park West. Ihre neue Adresse. Ein Haus mit Doorman. Fünfzehn Zimmer in lichter Höhe. Rundlaufende Terrasse. Rosie Saunders blickt auf Manhattan, während die Stadt fassungslos ist. Blindes Entsetzen. Todesangst. Der Sumpf, der Märchen gebiert. Menschen flehen um Erlösung. Rosie hört sie. Rosie lauscht. Sie liest aus deren Vergangenheit. Sie blickt in deren Zukunft. Rosie kassiert, und Rosie kauft. Außer ihr kannte ich nur einen Menschen, dem es gelungen ist, seiner Ohnmacht etwas abzugewinnen.

EINS

Gestern entschloß ich mich, das gesamte Material zu vernichten, das Perlensamts Familiengeschichte dokumentiert. Es war noch nicht spät. Kurz nach acht vielleicht. Das aus dem Garten einfallende Licht warf lila Flecken auf die Fliesen vor dem Kamin. Ich kniete mich vor die Feuerstelle, schichtete Holz, Reisig und Papier übereinander und zündete das bizarre Gebilde an. Jedes Mal läuft mir ein Schauer über den Rücken, wenn ich sehe, wie die Flammen sich rasch durch zerknülltes Papier fressen, dann an den Zweigen zu nagen beginnen und schließlich am Holz. Ich hatte mir immer einen Kamin gewünscht, schon als Kind. Ein Haus mit Kamin ist für Ereignisse begabt. In seiner Gegenwart neigt man dazu, sich szenisch zu bewegen. Man stellt sich vor, was bereits geschehen sein könnte. Wer wen am Kamin beschimpft hat, halb betrunken und mitten in der Nacht. Man sieht die Anträge vor sich, die in verschiedenen Posen gemacht und abgelehnt oder schlimmer noch angenommen worden sind. Die Katastrophen, zu denen sie führten. Zärtlicher Haß, jahrzehntelang. Sehnsuchtsvolle Qual. Als Kind hätte ich gern Marshmallows und Würstchen im Kamin gegrillt. Aber man fragt sich auch, was spurlos im Feuer verschwindet. Testamente, beweisträchtige Notizen, eine Photographie.

Ich lernte Perlensamt an einem glühend heißen Nachmittag kennen. Ungefähr ein Jahr ist das her. Es war Ende August. Ich hatte Ärger im Büro gehabt und wollte mir die Beine vertreten. Von frischer Luft konnte allerdings keine Rede sein. Auch die Bewegung brachte bei der Hitze nicht die erhoffte Entlastung. Übel gelaunt brach ich meinen Spaziergang ab und trat den Rückweg über die Fasanenstraße an. An einem Gittertor, das einen Innenhof vor der Straße verschloß, blieb ich stehen. Springbrunnen, Efeuwände, das Mauerwerk hinaufklimmender Wein: ein ruhiger, kühler Ort. Ich hatte hier schon öfter gestanden. Aber vermutlich nie mit einem so sehnsuchtsvollen Blick.

»Kann ich Ihnen behilflich sein?«

In meiner Faszination hatte ich nicht gemerkt, daß ein Mann ans Tor getreten war. Er mußte aus einem Seiteneingang gekommen sein. Seine Erscheinung stach in absurder Weise von dem dunklen Hintergrund ab. Er trug ein grünes Tweedjackett, Khakihosen, ein rosafarbenes Hemd. Zu allem Überfluß schwamm inmitten seines Halstuchs eine daumennagelgroße Perle. Der Aufzug wirkte grotesk, nicht nur in der Hitze. Der Typ schien aus einem anderen Jahrhundert in die Gegenwart verrutscht. Der Mann, ungefähr in meinem Alter, lächelte und wartete geduldig auf eine Antwort. Hinter ihm lockte der idyllische Innenhof. Ein märchenhafter Fluchtpunkt.

»Ich überlegte, woran mich diese Hausanlage erinnert«, erwiderte ich. »Ich glaubte darin die Wohnung meiner Großmutter zu erkennen. Sicher bin ich mir nicht. Es ist so lange her.«

Ich sage so etwas manchmal. Eine kleine unbedeutende Lüge macht einen an sich komplizierten Sachverhalt einfach. Hätte ich versuchen sollen, meinem Gegenüber zu erklären, was ich mir selber nicht erklären konnte: das plötzlich aufflackernde Glück?

»Die Wohnung Ihrer Großmutter?«

»Paris. Ihre Wohnung lag in einem ähnlichen Häuserkomplex mit Innenhof wie diesem hier. Eine schöne Anekdote. Vielen Dank.«

Ich wollte gehen, aber der Mann öffnete das Tor und bat mich hinein.

»Paris? Wie herrlich! Meine Tante wohnt in Paris. Wenn der Ort Sie an die Wohnung Ihrer Großmutter erinnert, dann möchten Sie ihn vielleicht aus der Nähe betrachten.«

Er reichte mir seine Hand.

»Perlensamt. David Perlensamt. Ich wohne hier.«

»Martin Saunders. Sehr freundlich von Ihnen.«

Ich folgte ihm in den Hof. Leichtfüßig ging er voran und schien erfreut, daß ich eingewilligt hatte. Er zeigte mir jede Ecke der Hofanlage, jedes Ornament. Das gesamte Ensemble war in der wilhelminischen Zeit von einem jüdischen Bankier erbaut worden, Ephraim Seligman, dessen Vorfahren sephardischer Abstammung waren. Seine einzige Tochter, Marguerite, hatte sich bereits in Berlin im Juwelenhandel einen Namen gemacht, bevor sie 1920 erst eine Filiale in Barcelona und dann eine zweite in New York eröffnete. Sie hätte, meinte Perlensamt, und sein Tonfall war voller Bewunderung, instinktiv aus der Geschichte ihrer Ahnen gelernt. Als der Insektenschwarm der Nazis Europa heimsuchte und alles kahl fraß, stand sie als Seherin da. Perlensamt schien ausgesprochen bewandert in dieser Familiengeschichte. Eigentümlich mitfühlend. Als sei es die Geschichte seiner Familie. Natürlich hatten die Seligmans das Haus verlassen müssen. Die kluge Marguerite aber hatte dem erzwungenen Akt ihren Stempel aufgedrückt. Sie hatte alles, was wertvoll war, an Freunde verschenkt. Selbst die Kamelien – vor der Reichskristallnacht hatten sie, zusammen mit den Rhododendren und Buchsen, die Hofanlage zu einer ästhetischen Legende gemacht – hatte sie auspflanzen und in andere Gärten verlegen lassen. Die Familie verließ das Haus mit nichts als ein paar Reisetaschen an der Hand. Als die braunen Kretins in der Hoffnung anrückten, in den Betten der Seligmans zu schlafen und von ihrem Silber zu essen, fanden sie die Wohnung leer und den Innenhof verödet.

»Woher haben Sie das alles?« fragte ich Perlensamt.

»Aus dieser Zeit ist viel dokumentiert. Die Nazis sind auf ihre Grausamkeiten stolz gewesen. Alles ist in Akten vermerkt. Sie wollten beweisen, daß auch wirklich jede Perversion auf ihr Konto ging.«

»Sie haben das alles recherchiert, nur weil Sie hier wohnen?«

»Es wäre doch eher merkwürdig, in dieser Stadt *nicht* zu recherchieren. Wenn man in einem alten Gebäude an so einer Adresse wohnt, heißt das, daß sich in jenen Jahren Schlimmes ereignet hat. Außerdem – meine Großeltern, nun, wir haben eine gewisse Verbindung zu diesen Leuten gehabt, eine unschöne.«

Dann zuckte er mit den Schultern, als sei das Ganze doch nicht so wichtig oder zumindest Ansichtssache. Meine gute Laune war verflogen. Wieder einer, der freiwillig von Schuld und Sühne sprach. Man schien hier von diesem Thema so besessen zu sein wie bei uns zu Hause von Baseball.

»Wie Sie sehen, ist die Anlage wieder ganz passabel geworden. Natürlich erinnern die heutigen Pflanzungen nur spärlich an die ehemalige Pracht. Können Sie sich die Kamelien in diesem Gemäuer vorstellen? Es muß ein Traum von Süden gewesen sein. Leider gibt es keine Photographien davon.«

Perlensamt sprach so begeistert auf mich ein, daß ich mich nicht wunderte, als er mich nach dem Rundgang auf ein Glas in seine Wohnung bat. Ich sagte ihm, daß ich leider ablehnen müsse, im Büro warte ein Haufen Arbeit auf mich.

»Schade. Aber vielleicht kommen Sie einfach wieder vorbei. Wir hätten uns sicher viel zu sagen.«

Er sah mich eindringlich an. Ernst, ohne den Anflug eines Lächelns. Seine großen Augen wirkten fast so schwarz wie seine Haare. Sie blickten ruhig, als sei nichts Besonderes an seinem Vorschlag. Ich fühlte mich ein wenig unbehaglich, ohne zu wissen, warum. Perlensamt war das, was man schön nennt. Das ist bei Männern noch faszinierender als bei Frauen, finde ich. Und verwirrender.

»Sehr gern«, sagte ich zu meinem eigenen Erstaunen. »Warum nicht.«

ZWEI

Ich glaube, ich hätte die Begebenheit vergessen, wenn ein Zeitungsartikel mich nicht wenige Tage später stutzig gemacht hätte. Der Journalist sprach von einem *mysteriösen Gewaltakt in Märchenkulisse, entdeckt bei Morgengrauen im Schlafzimmer eines Hauses in der Fasanenstraße. Die Hofanlage des bemerkenswerten Gebäudekomplexes, gegen Ende des 19. Jahrhunderts errichtet, ziert mittig ein Springbrunnen mit allegorischen Figuren. Uralte Farne von über einem Meter Höhe, in verschiedene Formen geschnittene Buchse und Kübel mit üppig blühenden Funkien verleihen dem Ort einen Hauch von Melancholie. Reste des Grimmschen Märchenlandes haben sich wie durch ein Wunder inmitten der neuen, pulsierenden Hauptstadt erhalten und raunen von vergangener Zeit.*

»Hast du das gelesen?«

»Was?«

»Das hier: da ist eine Frau erschossen worden.«

»Na und, meinst du, so was passiert nur im Fernsehen?«

Ich schob den Auktionskatalog beiseite und setzte mich auf meinen Schreibtisch, der dem Monas gegenüberstand.

»Natürlich nicht.«

Ich rollte eine Ecke der Zeitung zu einem Eselsohr und starrte auf den Artikel. Das Haus, von dem hier die Rede war, mußte das sein, in dem Perlensamt wohnte. Vor ein paar Tagen hatte ich noch in diesem Innenhof gestanden, und nun war dort eine Katastrophe passiert. Ich gebe zu, daß Katastrophen mich faszinieren. Ich sage das nicht gern. So wenig, wie man gern zugibt, daß man Verdauungsstörungen hat. *Verdauungsstörung* ist genau das richtige Wort für das, worunter ich leide. Ich reagiere auf Gewaltakte in nächster Umgebung mit einem von Ekel und Anziehung durchmischten Interesse. Ich muß hingucken, auch wenn sich mir der Magen umdreht. Ich fixiere das Grauen, als hätte mich jemand an Ort und Stelle genagelt. Ich starre hin und denke an damals.

Damals hatte als kindlicher Blick auf eine leere Straße begonnen und geendet als Feuerball, aus dem in hohem Bogen ein Mensch geschleudert worden war. Vielleicht auch zwei oder drei oder ein halbes Dutzend. Manchmal hatten meine Träume aus dieser Erinnerung einen brennenden Menschenregen gemacht, ein Inferno an einem strahlenden Tag im Mai. Langenfeld 1958. Ein kleiner Amerikaner in der westdeutschen Provinz. Meine Mutter sagte mir später, es sei ein Montag gewesen. Eigentlich hätten wir nur bis Sonntag in Langenfeld bleiben sollen. Aber die Großeltern hatten meine Mutter lange nicht gesehen. Mich kannten sie noch gar nicht und auch nicht Bob, meinen Stiefvater. Sie waren begeistert gewesen von unserer kleinen Familie. So begeistert, daß sie ihre Tochter gar nicht gehen lassen wollten. Das war vier Jahre zuvor noch anders gewesen. 1954 hatte sich meine Mutter davongemacht. Angeblich, um in den Vereinigten Staaten den Mann zu suchen, der sie geschwängert hatte. Vielleicht hätte sie das Projekt nicht ganz so entschlossen verfolgt, wenn man in ihrer Familie nicht so erpicht darauf gewesen wäre, es zu meiner Geburt gar nicht erst kommen zu lassen. Man fürchtete wohl in erster Linie, ich könnte ein schwarzes Baby werden. Es ist dem Trotz meiner Mutter zuzuschreiben, daß ich überhaupt zur Welt kam. Meinen Vater fand sie aber nicht. Sie heiratete einen netten Texaner, der in Brooklyn lebte. Robert Saunders gab erst ihr, dann mir seinen Namen. Dann fuhren wir nach Deutschland. Bob wollte die *Heimat* meiner Mutter sehen. Von *Heimat* sprach sie allerdings nie. Rosie, das wurde mir später klar, hatte Deutschland immer verabscheut.

Die Großeltern versuchten, meine Eltern zum Bleiben zu überreden. In Deutschland ginge es jetzt wieder aufwärts. Sie wollten, erzählte Bob mir später, die obere Etage freiräumen, damit wir bei ihnen wohnen konnten. Rosie, die man nie Mutter nennen durfte, auch nicht Mami und erst recht nicht Ma, dachte noch Wochen später mit Schaudern an diesen Vorschlag zurück. Sie war durch die Heirat mit Bob amerikanische Staatsbürgerin geworden. Nach eigener Aussage fühlte sie sich so, als sei sie es immer gewesen. Sie war schlank. Dürr hatte ihr Vater sie genannt, eine amerikanische Hippe. Sie trug die Haare aufgesteckt. Sie schwärmte für motorisierte Rasenmäher, elektrische Rührgeräte, Staubsauger und Wäschetrockner und zählte ihre Kalorien. Ihre Lippen funkelten rot wie ihre Fuß- und Fingernägel. Sie sprach Deutsch mit amerikanischem Akzent. Sie fand alles *lovely* und *gorgeous* und ekelte sich vor dem Fett, das in Deutschland auf den Tisch kam. Nach jedem Essen begann Großmutter zu weinen. Tagelang schaffte sie es, daß wir noch einen weiteren Tag blieben. Mich langweilten diese Wiederholungen, und mir war unbehaglich, denn ich merkte, daß Rosie sich unbehaglich fühlte. Sie wollte weg.

So kam es, daß ich an der Straße stand. Ich hielt mein Kuscheltier im Arm und wußte nicht, was ich in diesem Teil der Welt sollte. Eigentlich dürfte ich mich an das Ereignis gar nicht erinnern. Ich war kaum vier. Aber ich erinnere mich eben doch. Es war, als hätte mich das Geschehen unter Strom gesetzt und mich für Sekunden etwas sehen lassen, das ein Kind gar nicht begreifen kann.

Nur wenige Autos fuhren vorbei. Die meisten fuhren in dieselbe Richtung. Bis eines aus der anderen kam. Es schlingerte plötzlich, geriet aus der Spur und prallte mit einem zusammen, das aus der Gegenrichtung kam. Der Himmel färbte sich rot. Menschen flogen durch die Luft. Zumindest ist es in meiner Erinnerung so. Inzwischen bin ich überzeugt, daß der Unfall sich ganz anders abgespielt hat. Das grelle Bild mag gefärbt sein von hilfloser Faszination und ungläubigem Entsetzen. Genauer in Erinnerung geblieben ist mir die Zeit danach. Daß ich tagelang nichts bei mir behalten konnte. Ich übergab mich immer wieder, als würgte ich die katastrophische Erfahrung aus. Vielleicht kulminierte in diesem Unglücksfall auch nur die Aufregung, die ich verspürte, seit wir New York verlassen hatten. Allein die Reise, meine erste überhaupt, hatte dazu geführt, daß meine Wahrnehmung ins Schleudern geriet. Jede Nebensächlichkeit, sofern sie sich nicht täglich wiederholte, wurde zum Ereignis und verschob die Grenzen meines kleinen Universums ein Stück. Dieses Erlebnis schließlich hebelte es aus seiner Verankerung. Der Ablauf selbst war zudem exklusiv. Die handelnden Personen kamen ums Leben.

Großmutter las Rosie die Ergebnisse der Untersuchung am Telephon vor, als wir längst wieder in den Alltag der Humboldt Street eingetaucht waren. Auch über die Ursache und die merkwürdigen Hintergründe stellten sie Mutmaßungen an. Angeblich war die Lenkung des fabrikneuen Käfers defekt gewesen. Der Tatbestand galt weiterhin als mysteriös. Typisch deutsch, sagte Rosie. Sie sprach noch wochenlang davon, als adelte dieses Unglück im nachhinein ihre Gelüste, das Land zu verlassen. Dergleichen Dinge, versuchte sie mich später immer wieder zu überzeugen, würden sich in den Staaten niemals ereignen, jedenfalls nicht aus einem so banalen Grund. Sie rannte offene Türen ein. Mir war längst klar, daß Amerika der Traum aller Menschen sein mußte. Ich verstand, was Rosie meinte, wenn sie uns privilegiert nannte. Deutschland war schrecklich. Gefährlich. Düster. Man konnte umkommen in diesem Land.

Und jetzt das. Ein Mordfall in unmittelbarer Nähe, in einem mir bekannten Haus mit einem mir bekannten Bewohner. David Perlensamt. Ich sah ihn wieder vor mir stehen und fragen, ob er mir helfen könne …

»Martini! Träumst du schon wieder? Du sollst dich um die Auktion kümmern. Bist du mit deinen Klunkern durch? Meine Güte, was hast du denn? Du siehst ja aus, als hättest du mit ansehen müssen, wie jemand aus deiner Familie erschossen worden ist.«

»Ganz so schlimm ist es nicht. Aber ich habe so eine komische Ahnung.«

»Die hast du doch immer. Wahrscheinlich hast du diesen Beruf nur ergriffen, damit du einen Vorwand dafür hast, komischen Ahnungen nachgehen zu können.«

Ich versuchte, zu grinsen. Es gelang mir nicht. »Da stimmt etwas nicht. Da ist etwas faul.«

»Das ist im allgemeinen wohl so, wenn irgendwo ein Mord geschehen ist.«

»Das meine ich nicht. Ich meine das Haus, die Adresse. Ich habe da neulich jemanden kennengelernt. Purer Zufall.«

»Wie alles im Leben, nicht wahr?«

»Ich war schon öfter da, weil mir der Innenhof so gut gefiel. Als ich das letzte Mal dort war, ließ mich jemand hinein und erzählte mir eine erstaunliche Geschichte von der Flucht einer jüdischen Familie. Ich rätsele immer noch, ob es seine eigene Familiengeschichte ist, die er mir erzählt hat. Perlensamt heißt er, gutaussehender Mann, etwas merkwürdig in seiner Art.«

»Oh nein, nicht schon wieder *Tod und Vernichtung*. Martin, du siehst aus, als sei es deine Familiengeschichte und nicht die von diesem Perlendings.«

»Perlensamt.«

»Wie auch immer. Warum habt ihr Amerikaner nur immer so romantische Vorstellungen von Familien?«

»Was weißt du von meiner Familie?« blaffte ich.

Sie kicherte. »Alles, Martin Saunders. Alles über dich und die deinen. Das Geheimnis deiner Ahnen tropft dir wie Speichel von den Lippen.«

Mona trug an diesem Sommertag ein weißes Kleid mit rosa Rosen. Die roten Haare standen in einem lockigen Büschel um ihren Kopf. Ihre Augen mit der seegrünen, honigumrandeten Iris blitzten. Es hieß, sie käme aus dem deutschen Ruhrgebiet. Arme Verhältnisse. Ihr Vater soll Hauer in einem Bergwerk gewesen sein. Firmenklatsch. Ich wußte damals noch nichts Genaues über Mona. Ihr Schalk und ihre Schlagfertigkeit hatten sie sogar davor bewahrt, daß man sie in jenes Spiel einbezog, das jeder Neuling in der *Firma*, wie das Auktionshaus Nobble NYC bei den Angestellten hieß, zu durchlaufen hatte. In diesem Spiel wurde man auf seine »Provenienz« geprüft. Auch mit mir hatte man das gemacht. Ich ging mit wunden Handgelenken nach Hause. Sie schmerzten nach dieser sogenannten Prüfung, als hätte man mir Fesseln angelegt. Natürlich war ich durchgefallen. Ich hatte weder eine englische Schule besucht noch ein Schweizer Internat. Ich hatte keinen adeligen Onkel, der 1944 hingerichtet worden war. Mit berühmten Namen jonglieren konnte ich auch nicht. Statt dessen gab es eine Lücke in meiner Biographie, meine Gene hinkten, und die Fassade, hinter der ich aufgewachsen war, war so pompös wie die der Reihenhäuser in Brooklyn eben sind. Mich hatte man beeindrucken können. Mona nicht. Sie, die aussah wie eine säkularisierte Madonna, verdrehte die üblen Scherze. Sie spielte mit ihnen, wie sie mit allem spielte, das sich hoch ansiedeln wollte. Sie taufte das Spiel *Familie und*

Verderben. Die Initiatoren des Spotts fühlten sich verspottet und hielten den Mund.

»Es gibt kein Geheimnis. Meine Vorfahren interessieren mich nicht.«

»Sag das nicht. Sind sie nicht alle nach Amerika ausgewandert, nein, emigriert? Man sagt emigriert, wenn die Gründe dramatisch sind, nicht wahr?«

»Ich weiß nicht, was daran komisch ist. Man sollte damit keine Scherze machen. Wir haben keine Opfer in der Familie«, knurrte ich. »Täter übrigens auch nicht.«

»Aber vielleicht Wahlverwandte? Der wahre Familienroman handelt von Wahlverwandten. So werden Nazis zu Juden und Juden zu Nazis und Enkel zu Tätern und Täter zu Opfern und ganz gewöhnliche Leute zu Aristokraten. Durch Betroffenheit, nie gehört?«

Sie grinste. Ich wurde wütend und wußte nicht, warum. Mona war in der Lage, zwischen Moral und Spott hin und her zu springen, und manchmal ging sie in beidem zu weit. Natürlich waren wir durch unseren Job auch mit den Plünderungen der Nazis beschäftigt, mit der Verschleppung von Kunst durch die Russen, und das lange bevor Journalisten wie Hector Feliciano mit ihren Recherchen lautstark an die Öffentlichkeit traten und das Beschlagnahmen von Bildern als der Anwälte liebstes Kind Furore machte. Es gehörte zu unserem Frühstück, zu sortieren, was Raub- und was Beutekunst war. Erst die braunen Brigaden, dann die Roten. Die Auflistungen der beteiligten Namen lasen sich wie ein Gotha der Krämer und Schieber. Kunst verleiht Adel. Es war eine verdammt düstere Geschichte. Sie hatte mich wiederholt nach Paris gebracht. Auch nach Zürich. Budapest. Petersburg. Sogar nach Shanghai. Manches Mal hatte ich in Berlin an einer Straßenecke gestanden, eigentlich auf dem Weg ins Museum oder Archiv. Plötzlich mutlos. Was ich vor mir sah, war das: Die Oberfläche eines Bildes schien dieselbe zu sein wie vor der Plünderung. Aber auf den zweiten Blick schlug seine Geschichte durch. Wer der erste Eigentümer war. In wessen Haus es hing. Wem es von der Wand gerissen wurde. Fatalerweise konnte ich die Kunst, die bis '45 entstanden war, nicht mehr unschuldig betrachten. Die verdammten Nazis haben unsere Wahrnehmung nachhaltig gestört. Das Schicksal der Eigentümer ist auf diffuse Art in diesen Bildern präsent. Sie sind nicht mehr ausschließlich Produkte ihrer Maler. Sie stehen nicht mehr nur für ihre Epoche. Ihre Geschichte repräsentiert Enteignung. Mißhandlung. Gaskammertod. Mir fiel eine Begebenheit in Manhattan ein. Ich arbeitete gerade – damals noch als Provenienzforscher – ein paar Monate in Berlin und hatte bei meinen Eltern Thanksgiving verbringen wollen. Um mir einige Ausstellungen anzusehen und ein paar alte Freunde zu treffen, kam ich einige Tage früher in die Stadt. Auf einer Cocktailparty bei Jeffrey Knowles, mit dem zusammen ich Examen gemacht hatte und der inzwischen bei Christie's für Schmuck zuständig war, lernte ich eine Dame kennen. Margaux Veil. Jeffrey kannte sie schon länger und hatte mir immer wieder die kuriosesten Dinge von ihr erzählt. Ihr Alter war schwer zu schätzen: blond gefärbt, perfekt geliftet, trug sie immer hochgeschlossene Kleider, die kritische Stellen verbargen. Vielleicht hatte sie ihre Handrücken bleichen lassen, jedenfalls waren sie fleckenfrei. Auf bizarre, sehr altmodische Art wirkte sie elegant – der Rest war Geheimnis. Jeffrey hielt sie für reich, und es gab dafür tatsächlich einige Anhaltspunkte. Sie lebte in einem Haus auf der Fifth Avenue, einem handtuchschmalen Gebäude, zwei Blocks vom Hotel *Pierre* entfernt. Ihr verstorbener Mann war angeblich in den fünfziger Jahren Präsident einer Bank in Buenos Aires gewesen. Nach seinem Selbstmord übersiedelte sie nach New York. Sie sprach perfekt Deutsch mit leichtem Berliner Tonfall. Immer wieder tauchten Worte darin auf, die heute in Deutschland niemand mehr verwendet. Was, und wie sie über Berlin erzählte, verriet, daß sie weit über Siebzig sein mußte. Ich unterhielt mich an diesem ersten Abend angeregt mit ihr über chinesische Kunst. Zwei Tage nach der Party rief sie mich an. Ich sollte sie auf eine andere Einladung begleiten, dieses Mal, wie sie es nannte, in ein weniger *neugieriges* Viertel – mit *neugierig* meinte sie Jeffreys Wohnung in der Orchard Street. Um halb neun stand ich vor dem aufwendig gestalteten Portal. Das Haus hatte nur zwei Klingeln, eine für Margaux' Gäste und eine für Lieferanten. Sie bewohnte also tatsächlich das einzige Einfamilienhaus auf der Fifth Avenue, das es noch gab, allein. Ich läutete. Sie meldete sich sofort.

»Einen Augenblick.«

Sie ließ mich wie einen Fahrer vor der Haustür warten. Sie sei gleich unten, sagte sie. Zwei Minuten später stand sie auf der Straße. Einem, wie sie mir erklärte, unumstößlichen Ritual zufolge, das Abend für Abend eingehalten werden müßte, gingen wir zuerst ins *Pierre*, um dort einen Aperitif zu trinken.

»Nur für ein Sekündchen. Man macht sich sonst Sorgen. Für meine Ferien melde ich mich immer extra ab.«

Dem ganzen Ablauf und der Bestimmtheit zufolge, die sie erkennen ließ, ging ich davon aus, auf diesen Aperitif eingeladen zu sein. Ich täuschte mich. Nachdem wir ausgetrunken hatten, forderte sie mich auf, schnell die Rechnung zu begleichen. Wir hätten es eilig. Die Erklärung dazu war etwas wirr. Ihr Konto im *Pierre* sei *erschöpft*. Man hätte sie eben erst angerufen, ärgerlicherweise hätte die Bank einmal wieder nicht gespurt und vergessen, den monatlichen Saldo auszugleichen. Es folgte eine längere Klage über das Bankwesen der Zeit allgemein und in Manhattan speziell. Privatkunden seien zu Lebzeiten ihres Gatten mit Respekt bedient worden. Heute würde man wie Freiwild behandelt. Sie hätte das Konto im *Pierre*, da sie häufig einladen müßte und auch manchmal allein hierher käme. Es gehöre sich nun mal für eine Dame nicht, in aller Öffentlichkeit eine Rechnung zu begleichen. Sie warf den Kopf in den Nacken, als fordere sie Aufmerksamkeit ein. Erst recht nicht, dozierte sie, in Begleitung eines Mannes. Dann verschwand sie in Richtung Damentoilette. Als sie wiederkam, hatte sie die Schuhe gewechselt. Statt der hohen Pumps trug sie nun merkwürdige Treter, die aussahen, als seien sie die Leihgabe ihrer Haushälterin.

»Wir wollen kein Taxi nehmen. Es sind nur ein paar Blocks. Ein wenig frische Luft tut uns gut.«

Angekommen an der Park Avenue, verkrümelte sie sich in der Einfahrt eines Gebäudes in der 74. Straße und kam kurze Zeit später mit den hohen Absätzen wieder hervor. Die Plastiktüte mit den Tretern gab sie dem Portier, der unser Erscheinen im Lockwist-Apartment meldete, zur Verwahrung. Ein livrierter junger Mann öffnete uns im sechzehnten Stock. Margaux bereitete sich auf ihren Auftritt vor. Sie schien ganz in ihrem Element.

»Ich kenne die Gastgeber nicht, müssen Sie wissen. Meine Freundin Lili bat mich, herzukommen. Sie ist mit Mrs. Lockwist eng befreundet und meinte, ich müsse diese einzigartige, neu hergerichtete Wohnung sehen. Die Lockwists haben eine außergewöhnliche Sammlung zusammengetragen. Lili weiß, was für eine Kunstliebhaberin ich bin. Es ist, wie sie sagt, einer meiner neuralgischen Punkte«, flüsterte sie mir zu, während sie ein Glas Champagner vom Tablett nahm.

Margaux suchte das Foyer nach etwas ab, das würdig war, näher betrachtet zu werden. Dann sah sie Lili in der angrenzenden Bibliothek und überschüttete sie mit einem Schwall aus deutschen, englischen und französischen Vokabeln. Für einen kurzen Moment fragte ich mich, was Rosie zu dieser Szenerie sagen würde. Sie schien mir einzigartig amerikanisch in dem bemühten Beweis europäischen Geschmacks: französische Möbel, Draperien aus Prateser Brokat, Porzellanvasen aus Meißen, Silber aus England und exquisite Kunst aus mehreren Jahrhunderten in wenigen Räumen.

Kaum hatte ich mich umgesehen, war Margaux entwischt. Ich bewegte mich durch die dicht gefüllten Räume und nickte den Gästen zu, wie ich es von Empfängen bei Nobble NYC gewohnt war. Das, was herumstand und an den Wänden hing, machte es mir leicht, mich wie in der Firma zu fühlen. Die Sammlung war millionenschwer und die einzelnen Räume dekoriert nach den *objets d'art,* die sie enthielten. In einem Speisezimmer, das gut dreißig Meter lang war, hing ein wandgroßes Photo von Andreas Gursky einem kleinen photorealistischen Gemälde von Gerhard Richter gegenüber. Außer einer Figur von Giacometti und einem langen Glastisch, an dem vielleicht vierzig Personen sitzen konnten, stand in diesem Zimmer nichts. Statt Lampen kam nur indirektes Licht aus einer Deckenverblendung. Hier hatte man ein aufwendiges Büffet aufgebaut.

Ich hatte bereits zwei Derains, einen Vlaminck, zwei Bonnards und einen Vuillard in der Bibliothek gesehen, als ich diesen Raum betrat und meinen Augen nicht traute. Margaux stand am Tisch und schaufelte Canapés in eine mitgebrachte Tüte. Ich starrte sie eine Weile an, bis sie aufsah und mich erblickte. Sie ließ sich keineswegs irritieren, deckte einzelne Schichten mit Servietten ab und füllte die Plastiktüte weiter, bis es ihr genug erschien. Dann kam sie auf mich zu.

»Ich bringe das nach unten. Es ist für meine Haushälterin. Sie freut sich immer, wenn ich ihr etwas mitbringe. Sie findet es so interessant, was es bei anderen zu essen gibt, und richtet es dann gerne selber an, wenn's gut war. Amüsieren Sie sich mal ein Sekündchen ohne mich. Ich bin gleich wieder da.«

Für ein *Sekündchen* fuhr es mir durch den Kopf, daß Margaux die Haushälterin des Hauses 815 Fifth Avenue war und die Eigentümerin vielleicht verreist. Es gab wirklich kuriose Gestalten in New York. Berlin mußte sich noch ganz schön rappeln, um dieses Maß an Eigenwilligkeit und schwindelerregender Phantasie zu entwickeln. Ich ging wieder in die Bibliothek zurück, flanierte zwischen den Gästen hin und her und glitt während der einsamen Betrachtungen fast in einen Schlummer. Halbwach ließ ich mir den Namen der Gastgeber auf der Zunge zergehen. Beim besten Willen: von diesen Sammlern hatte ich noch nie etwas gehört. Sie mußten durch Strohmänner kaufen lassen. Ein Schrei riß mich aus dieser Überlegung. Er klang hoch und entsetzt und wurde schnell erstickt. Einige Leute sprangen auf eine Stelle des Raumes zu. Als das Knäuel sich löste, erkannte ich Margaux. Man hob sie auf, hielt ihr Riechsalz unter die Nase und bettete sie auf ein Sofa. Ein Herr hatte nach einem Hochglanzmagazin gegriffen und fächelte Luft. Eine Dame mit Seidenturban hielt Margaux' Kopf, öffnete den Reißverschluß ihres Kleides und schob die Ärmel hoch. Kaum war Margaux wieder bei Bewußtsein, schob sie wie im Reflex, geradezu panisch die Ärmel ihres Kleides wieder herunter. Ohne darauf zu achten, daß der Reißverschluß in ihrem Rücken offenstand, sprang sie auf, lief auf den Akt von Vuillard zu, der in einem üppigen goldenen Rahmen über einer Anrichte hing, und sagte fast tonlos, das Bild habe ihrer Mutter gehört. Sie zitterte.

»Es hat in Zehlendorf in der Milinowskistraße 18 in ihrem Zimmer gehangen. Vater hat es von Bernheim-Jeune in Paris gekauft.«

Es war still im Raum. Die Party schien zu Ende. Aber niemand wußte, wie man sie auflösen sollte. Ich hatte von solchen Vorfällen gehört. Sie kamen angeblich gar nicht so selten vor, seit in den neunziger Jahren die systematischen Untersuchungen über den Verbleib der Raubkunst begonnen hatten. Publikationen mit verschollenen wie unbeanspruchten Bildern, die man keinem rechtmäßigen Eigner zuordnen konnte, waren erschienen. Mögliche Erben und Nachkommen waren aufgescheucht. Aber ich hatte noch nie eine Situation wie diese erlebt. Auch ich begann zu zittern. Meine Hände wurden feucht. Angespannt beobachtete ich, wer zuerst reagieren würde.

Für das, was mir in den folgenden *Sekündchen* durch den Kopf schoß, sollte ich mich später schämen. Ich hatte das angebliche Konto im *Pierre* vor Augen, den Wechsel der Schuhe, die eingesackten Canapés, und fragte mich: Ist das nun ein Auftritt vor großem Publikum? Margaux trat dicht an das Bild heran. Andächtig wie ein kleines Mädchen stand sie davor. Sie betrachtete die nackte, ruhende Frau auf dem zerwühlten Bett, die den Kopf in ihren Armen barg. Dann sah ich, wie Margaux die Tränen kamen. Aus den dicken, falschen Wimpern löste sich die Tusche. Sie hinterließ schwarze Schlieren auf den knochigen, rosig gepuderten Wangen.

»Mutters Bild«, flüsterte sie.

Ich trat neben sie. »Sind Sie sicher, Margaux, daß dieses Bild Ihrer Mutter gehörte?«

»Vater hat eine wunderbare Sammlung gehabt, damals in Berlin. Dieses war Mutters Lieblingsbild. Mein Lieblingsbild war *Die Dame in Weiß* von Berthe Morisot, die bei uns im

Frühstückszimmer hing. Sie blickte verträumt, ausgehbereit, aber verträumt, als wüßte sie nicht, wohin sie gehen sollte. Ich habe das Bild sehr geliebt. Ich habe geweint, als sie es mitgenommen haben.«

Sie schien in eine andere Zeit zu sinken. Stimmte, was sie sagte? *Die Dame in Weiß* von Berthe Morisot galt als verschollen. Die letzten Spuren hatte das Bild in den Akten der Kunsthändler Bernheim-Jeune hinterlassen. Auch das Bild, vor dem wir standen, war im Besitz von Bernheim-Jeune gewesen. Ich hatte nie davon gehört, daß es wieder aufgetaucht war. Ich hatte allerdings auch nie davon gehört, daß Bernheim-Jeune es an einen Deutschen nach Berlin verkauft hatte.

Ich mußte ihr diese Frage stellen: »Haben Sie einen Beweis dafür, Margaux?«

»Ich habe eine Photographie von mir als Kind. Ich sitze auf einem Stuhl an Mamas Sekretär, darüber hängt das Bild.«

»Das könnte auch in einem anderen Haus gewesen sein.«

»Warum sagen Sie das?«

»Weil der gegnerische Anwalt Ihnen dasselbe sagen würde.«

Alle hatten gebannt auf uns gestarrt und das geflüsterte Deutsch gehört, vermutlich ohne einen Bruchteil davon zu verstehen. Und doch wußten alle, daß es um das Bild ging. Eine Stimme wurde laut. Was die Frau denn wolle, sagte ein Mann um die Fünfzig, vielleicht der Hausherr. Er kam herüber und sah mich herausfordernd an. Dann wandte er sich direkt an Margaux. »Wer sind Sie? Ich kenne Sie nicht. Wie kommt es, daß sich Leute in meinem Haus befinden, die ich nicht kenne?«

Er blickte sich um, als suchte er jemanden, der ihm das erklären könnte. Niemand meldete sich. Ich stellte erst Margaux Veil vor, dann mich selbst. Ich sagte, Margaux sei in Begleitung ihrer Freundin Lili hier. Ich suchte sie in der Menge. Aber Lili war fort.

»Lassen Sie uns beiseite gehen. Ich habe eine Frage. Danach werde ich Mrs. Veil nach Hause begleiten, und Ihr Empfang geht einfach weiter.«

Am Ende eines Ganges, der vermutlich zu den privaten Zimmern führte, fragte ich Mr. Lockwist höflich, wo er das Bild erworben hätte. Er zog die Brauen hoch und nannte eine Auktion in New York einige Jahre zuvor.

»Es gilt seit Jahren als vermißt.«

»Was wollen Sie? Spionieren Sie? Gehören Sie zu dieser Mafia von Kunstjägern, die ehrliche Leute um ihr Geld betrügen wollen, um sich selbst ein Haus an der Côte d'Azur zu kaufen? Raus mit Ihnen! Wenn Sie nicht sofort gehen und diese Schwindlerin mitnehmen, lasse ich nachhelfen.«

Am nächsten Tag, es war Thanksgiving, trafen wir uns nachmittags in der Lobby des Four Seasons. Margaux war wieder die, die ich kennengelernt hatte. Sie saß in einem der tiefen Sessel, als gäbe sie eine Audienz, elegant, in etwas altmodischen schwarzen Samthosen. Der schwarze Rollkragenpullover bedeckte ihren Hals. Seine Ärmel reichten weit über die Handgelenke. Sie war perfekt geschminkt. Ihr Haar schien frisch gefärbt. Keine Spur von Trauer. Keine Spur Verlorenheit. Sie zeigte mir die Photographie eines kleinen dunkelhaarigen Mädchens an einem Biedermeiersekretär. Darüber hing der Akt von Vuillard. Auf der Rückseite des Photos las ich *Margie, 10 Jahre, in der Milinowskistraße an meinem Schreibtisch, Berlin* 1928. Mehr von sich gab sie nicht preis. Die einzige Frage, die ich zu stellen wagte, war die, ob sie auf Herausgabe des Bildes klagen wollte.

»Was soll das? Arthur, mein Mann, hat mir andere Bilder gekauft. Ich habe keine Kinder. Für mich gibt es nur die Gegenwart. Ich amüsiere mich lieber in dieser herrlichen Stadt, als daß ich meine Seele mit Prozessen bitter mache. Nächste Woche reise ich nach Berlin, ein paar alte Bekannte wiederzusehen. Ich war nun schon zehn Jahre nicht mehr dort.«

Sie steckte die Photographie zurück in die Tasche, stand auf und verabschiedete sich. Sie hätte eine Einladung zu Thanksgiving und müßte sich noch umziehen. Die Rechnung für den Tee überließ sie mir. Ich erfuhr nie, ob Margaux die Haushälterin oder die Hausherrin von 815 Fifth Avenue war.

Nach diesem Erlebnis kämpfte ich mit Befangenheit, wenn uns bestimmte Bilder angeboten wurden. Häufig liefen Sequenzen wie die, die ich mit Margaux Veil erlebt hatte, vor meinen Augen ab. Es waren immer die sogenannten Opfer und ihre Nachkommen, die darin eine Rolle spielten. Die Peiniger, ihre Kinder und Enkel blieben im Dunkeln. Ich wehrte mich gegen die Alpträume und die schlaflosen Nächte. Ich war weder Anwalt noch Weltverbesserer und wollte auch nichts dergleichen werden. Ich war Kunsthistoriker und wollte es bleiben. Ich liebte das Schöne in der Geschichte weit mehr als die Geschichte selbst, ich liebte seine Überzeitlichkeit und sein Trotzen gegen die Wirklichkeit. Kunst, das hatte ich vielleicht vorher nur intuitiv gewußt, war mein Gegenentwurf zu dem, was man landläufig Schicksal nennt. Da ich selbst nicht in der Lage war, Kunst zu machen, wollte ich wenigstens in ihrer unmittelbaren Nähe sein. Wie sehr die Nazis auch dieses Gebiet verseucht hatten, wurde mir, glaube ich, erst nach dem New Yorker Erlebnis klar. Sie hatten nicht einfach Bilder geklaut. Bevor sie die Eigentümer ins Gas schickten, führten sie vor, wie man Identitäten und Visionen zerstört.

Ein halbes Jahr nach meinem Erlebnis wechselte Philipp Adam, unser Juwelenexperte, zu unserer Dependance nach London. D. D. Miles bot mir an, die Juwelenabteilung für den deutschsprachigen Raum zu übernehmen. Ich nahm dankbar an. Mona, die bisher halbtags als Assistentin von Henriette gearbeitet hatte, war frisch promoviert und wurde für die Provenienzen eingestellt. Keine Sekunde zweifelte ich daran, daß sie für diesen Job bestens geeignet war, auch wenn mir ihre Ausführungen manchmal weiblich sentimental und übertrieben vorkamen. *Wahlverwandtschaft* – was sollte das sein? Eine neue Obsession wie *Weltschmerz, Waldsterben* oder *Meereslust*? *Betroffenheitsadel* – der neue deutsche *Zeitgeist* vielleicht?

»Unfug«, antwortete ich.

»Wie bitte?«

»Das mit deinen Wahlverwandten ist Unfug.«

»Ist es nicht. Familienfehden haben bittere Folgen. Sie entstehen nicht selten aus einem unterdrückten Gefühl von Schuld. In Deutschland ist das nach der NS-Zeit kein privates, sondern ein historisches Problem. Ein Politikum. Über begangene Taten herrscht Schweigen. Um zu läutern, verschiebt man und schlägt sich imaginär auf die gegenteilige Seite: Das meint Wahlverwandtschaft.«

»Wo hast du denn den Quatsch gelesen?«

Ihre Stimme klang plötzlich streng. »Du hast doch keine Ahnung, was in unserem Land geschah.«

Einen Augenblick lang überlegte ich, ob es Sinn machte, ihr Margaux' Geschichte zu erzählen. Aber wofür war diese Frau, die ihren Schmerz unter Verschluß hielt, ein Beweis? Ich hielt den Mund. Mona dozierte weiter. Sie sah unangenehm beflissen aus, wie ein Blaustrumpf von der Heilsarmee.

»Es ist unsere Chance, wenn denen der Schlamm bis zum Hals steht und die kurz vor dem Ersticken sind. Selten genug kommt das vor. Aber es passiert. Wenn einer es plötzlich nicht mehr aushält, haben wir die Pflicht, aufzuklären. Es kann sein, daß durch solch einen Kollaps in einer Familie bei uns etwas auf dem Tisch landet, das sonst noch weitere Jahrzehnte oder Jahrhunderte gehütet worden wäre, zum Beispiel das Bild, das uns gerade angeboten worden ist. Dessen müssen wir uns bewußt sein.«

»Wer soll es denn nicht mehr aushalten? Die Verantwortlichen für den Kunstraub sind doch längst tot!«

»Die Nachkommen nicht. Und wir sind schließlich nicht in der Schweiz. Die Bundesregierung schützt diese Verbrecher nicht.«

»Wieso nennst du die Nachkommen Verbrecher?«

»Weil sie verpflichtet wären, die Kunst zurückzugeben an die rechtmäßigen Eigentümer.«

»Und wenn die nicht wissen, wer das ist?«

»Dann müssen sie sich darum kümmern. Du begreifst das alles überhaupt nicht. In der Nazizeit ward ihr ja auch ganz schön weit weg.«

»Wen meinst du denn mit *ihr*?«

»Wie naiv ihr seid. Als Amerikaner kann man vermutlich nicht anders.«

»Du hast doch nicht mehr alle Murmeln in der Schüssel. Verdammte Moral. Übereifer. Ich war noch gar nicht geboren! Und du, soweit ich das überblicke, auch nicht. Trotz deiner Zugehörigkeit zu diesem Land und der physischen Nähe scheint mir deine Expertise ein bißchen weit hergeholt.«

»Wenn du dann mit deinen Klunkern durch bist, wärst du so reizend, deine fachliche Kompetenz auf einen Courbet zu lenken, dessen Überprüfung bei mir noch unvollendet ist?«

»Ich bin kein Provenienzforscher mehr.«

»Aber du hast eine Nase für Provenienzen. Es scheint, als könntest du die Spuren riechen. Du bist wirklich talentiert. Außerdem habe ich heute noch einen Auswärtstermin und ...«

»... ich auch.«

Ich schnappte meine Aktentasche und war auf und davon.

»Das ist nicht gerecht«, rief mir Mona nach, als ich schon auf der Straße stand. Sie strampelte und ruderte mit der Hand und versuchte, aus dem Parterrefenster nach meinen Haaren zu greifen. Sie konnte reizend sein, wenn sie nicht dozierte. Leider dozierte sie oft.

Die hochsommerliche Hitze verschlug mir den Atem. Ich stieg auf mein Fahrrad und träumte von der winterlichen Abendsonne auf Coney Island. Menschenleerer Strand. Leckende Wellen. Das Wasser leuchtet phosphoreszierend. Ich fühle die groben Körner unter den Fußsohlen, die Feuchtigkeit hat sie zu einer festen Fläche verbacken. Die Oberfläche fühlt sich rauh an wie Gewebe, dazwischen harte Muschelkanten in Rosa, zerbrochenem Weiß und Schwarz. Immer schon waren alte Juwelen meine Leidenschaft. Ich konnte die Gunst kaum fassen, als D.D. Miles mir nach meinem kurzen Gastspiel als Provenienzforscher die Leitung der Juwelenabteilung anbot. Für diesen Job hatte ich gern den Umzug nach Berlin in Kauf genommen.

Unvermittelt fand ich mich wieder vor dem schmiedeeisernen Portal und starrte auf die Idylle, in deren Hintergrund sich eine Tragödie ereignet hatte.

DREI

Der Anblick von dem ganzen Zeug macht mich müde. Gestern abend kam ich nicht sehr weit. Es war unmöglich, das Ganze auf einmal in den Kamin zu kippen. Soviel Pappe und Papier auf einem Haufen erstickt jedes Feuer. Ich schaltete den Fernseher ein, wie ich es immer tue, wenn ich fürchte, den Bezug zur Wirklichkeit zu verlieren. Perlensamts Geschichte wirkt gespenstisch auf mich. Eingebildet. Als sei nichts davon tatsächlich passiert.

Ich öffnete die Terrassentür. Abendluft wehte das Papier, das ich auf den Boden gelegt hatte, über die Dielen. Ich erwischte mich dabei, daß ich die einzelnen Blätter aufsammelte und ansah, anstatt sie einfach ins Feuer zu werfen. Es war, als könnte ich die Verbindung zu David Perlensamt nicht endgültig kappen, ohne noch einmal einen Blick auf diese Unterlagen zu werfen. Erst hielt ich sie einfach nur in der Hand. Dann begann ich zu lesen. Die Briefe von David an seine Tante in Paris – eine Mischung aus Zärtlichkeitsbekundungen, Geständnissen und Beschimpfungen –, die sie mir aus unklaren Gründen überließ. Ein Ausschnitt aus einer französischen Zeitung, datiert von 1948. Er beschreibt das Viertel um die Porte de Bercy in Paris. Die Verfügung von Perlensamts Vater Alfred, die als Testament firmiert. Eigentlich gehört sie zu Gericht. Daß ich sie nicht weitergeleitet habe, macht mich wohl der Beweisunterschlagung schuldig. Ich hielt die Kopie der Heiratsurkunde von Otto Abetz und Suzanne de Bruycker in der Hand, Hitlers Botschafter in Paris und seine belgische Frau. Dann die Zeitungsnotiz, die auf ihren Unfall verweist. Eine Landstraße. Der Abschnitt zwischen Düsseldorf und Köln. Eine Kleinstadt. Ein Käfer mit einer defekten Lenkung.

Langenfeld im Mai 1958. Das warf ich als erstes ins Feuer. Die Kopie des Urteils, das über Otto Abetz 1949 in Paris verhängt worden war, hatte der nächtliche Hauch unter den Zebrapuff geweht. Sie stammte aus dem Archiv des Auswärtigen Amtes. Ich hatte mich kundig machen wollen über den düsteren Hintergrund, nachdem David begonnen hatte, merkwürdige Andeutungen über seine Familie zu machen. Zuletzt die erste Pressenotiz über den rätselhaften Mord vom August des vergangenen Jahres. Auch sie las ich noch einmal, bevor ich sie ins Feuer warf. Die Flammen loderten auf, als wüßten sie, was sie fräßen. David hätte die Szene gefallen. Wenn schon Vernichtung, dann glanzvoller Untergang. Er hätte Musik spielen lassen, Wagner, vielleicht das große Duett aus dem Tristan. Dazu Champagner getrunken. Darunter tut er es ja nie. Aber natürlich will David nicht wirklich untergehen. Ihm reicht der Schein. Das lockere Zeitungspapier wellte sich und verglühte. Mit dem, was nun durch den Rost auf die Steinplatten fiel, hatte unsere Geschichte begonnen. Eine ermordete Mutter, ein angeklagter Vater, ein bestürzter Sohn, der als Zeuge bewundernswerte Haltung bewahrte. Ich verfolgte das Geschehen wie gebannt.

Nach der ersten vorsichtigen Pressenotiz über den *Mysteriösen Gewaltakt in Märchenkulisse* hatten die Zeitungen sich überschlagen. Wilde Spekulationen wechselten sich mit willkürlichen Behauptungen ab. Nur der Name der Familie, in der sich der Mord ereignet hatte, war nun bekannt: Perlensamt. Vom Täter fehlte jede Spur. Auch vom Tatmotiv. David selbst hatte die Polizei alarmiert, als er seine Mutter Miriam erschossen fand und seinen Vater schwer verletzt. Alfred Perlensamt wurde in die Charité gebracht. Währenddessen untersuchte die Polizei die Wohnung auf Diebstahl. Aber es war nichts abhandengekommen. Feinde schien die Familie nicht zu haben. Die Tote war beliebt gewesen, ihr Ehemann angesehen und von seinen Mitarbeitern verehrt. Die Kriminalpolizei stand vor einem Rätsel.

Ich wußte nicht recht, ob ich bei Perlensamt vorbeigehen sollte. Einfach klingeln? In dieser Situation? Aber dann, eines Abends – die erste Welle der Berichterstattung war verebbt, man wartete darauf, daß Alfred Perlensamt aus dem Koma erwachte – fuhr ich hin. David behauptete später, ich hätte vor dem Tor gestanden und durchs Gitter gestarrt, als wollte ich die Kakerlaken in den Mauerritzen laufen sehen. Ich hätte mit meinem Blick die Fassaden abgesaugt, die Äderung der Farne verfolgt und auf jedes Geräusch gelauscht. Es war Davids Art, so zu tun, als könne er Menschen lesen. Er erweckte den Eindruck, er neige sich voller Hingabe seinem Gegenüber zu. Die Geste schien sagen zu wollen: *Du kannst mir vertrauen. Ich kenne dich besser als du dich selbst.*

Er hatte mich also beobachtet. Dieses Mal aber hatte er anders als beim ersten Mal nichts unternommen.

Das Tor war nur angelehnt. Offenbar hatte jemand aus Versehen vergessen, es richtig zu schließen. Ich ging hinein. Der Innenhof wirkte so ruhig und romantisch wie zuvor. Keine Reporter zu sehen. Weder der Akt noch seine Untersuchung hatten Spuren hinterlassen. Immer noch lockte die dickichtähnliche Bepflanzung. Aber dieses Mal fiel mir auf, daß der Lärm des nahen Durchgangsbetriebs in den verträumten Winkel drang. Als hätte jemand die falsche Tonspur an einen Film gelegt. Die Verkehrsgeräusche mochten dafür verantwortlich sein, daß niemand außer David die Schüsse gehört hatte.

Ich ging wieder hinaus und zog das Tor hinter mir ins Schloß. Auf der Fahrt nach Hause kam ich mir ein bißchen schäbig vor ob meiner Unsicherheit. Was hätte mir schon passieren können, wenn ich ihm meine Anteilnahme ausgedrückt hätte?

Die Presse fühlte sich zu neuen Spekulationen veranlaßt. Es wurde behauptet, die Ermittlungsbeamten hätten *eine gewisse Berührungsangst* dem Fall gegenüber, was die Untersuchung angeblich lähmte. Die Andeutungen gingen dahin, daß vermögende Leute anders behandelt würden als das gemeine Volk. Dann hieß es, die Schwester Alfred Perlensamts sei aus Paris angereist, um ihren im Koma liegenden Bruder zu besuchen. Auch sie konnte zur Aufklärung nichts beitragen. Sie schien, bemerkte jener Reporter, der auch Davids Souveränität beschrieben hatte, erschüttert, aber gefaßt.

Dann die Überraschung. Zwei Wochen nach der Operation und eine Woche nach dem Erwachen aus der Bewußtlosigkeit gestand Alfred Perlensamt die Tat. Allmählich sickerte durch, daß auch David Schmauchspuren an den Fingern gehabt hatte. Vater und Sohn hatten miteinander gerungen, als David verhindern wollte, daß der Alte sich selbst erschoß. Zwei Schüsse hatten sich dabei gelöst und waren in dessen Lunge gedrungen. Damit war das Rätsel um den Tod von Miriam Perlensamt aufgeklärt. Das Motiv blieb weiterhin dunkel. Der alte Perlensamt schwieg hartnäckig, auch David schwieg. Die Experten, Psychologen wie Kriminologen, berieten sich eine Weile und blieben uneinig. Schließlich triumphierte der Staatsanwalt. Alfred Perlensamt, der eine lange Rekonvaleszenz vor sich hatte, bekam lebenslänglich für den Mord an seiner Frau. Die Schwurgerichtskammer sprach von besonders schwerer Schuld. Daß die Schlafende ihrem Mörder hilflos ausgeliefert war, machte die Tat heimtückisch. Damit hatte er kaum Chancen, nach fünfzehn Jahren auf Bewährung entlassen zu werden. Sie hatten den Mörder, aber kein Motiv, die Tat, aber keine Geschichte.

Ein Zeitungsartikel, den ich las, schwelgte in rüden Vermutungen über einen erledigten Geschäftsmann, eine gequälte Ehefrau, einen erpressenden Verwandten. Es wurde unterstellt, daß die Ermordete an der Erpressung beteiligt gewesen und die Familie in eine düstere Angelegenheit verwickelt sei. Vielleicht sei der Mord überhaupt nur ein Akt des Verbergens und nicht etwa einer der emotionalen Entgleisung gewesen. Der Grund mochte tief in der Vergangenheit liegen. Der Anwalt des alten Perlensamt drohte mit Verleumdungsklage. Die Vermutungen wurden eingestellt.

Kurz nach dem Mord wußte ich über David und seine Familie nur das, was ich der Presse entnommen hatte. In einem späteren Zeitungsbericht, den ich nicht aufgehoben habe, weil sein sensationslüsterner Ton widerlich war, hieß es, der Chemiker Alfred Perlensamt sei Eigentümer einer Fabrik mit zwölf Angestellten. Eine Erfindung – eine spezielle Styropor-Verarbeitung, die nicht näher erläutert wurde – hatte ihm seit den sechziger Jahren großen finanziellen Erfolg gebracht. Der Journalist schien sich mehr für die Millionen zu interessieren als für den Mord. Die Reportagen präsentierten die Lebensverhältnisse der Perlensamts, erwähnten die Pferde der Toten und die Gesellschaften des Ehepaars. Der Fall schien besonders schrecklich, da es sich um eine Tat in besten Kreisen handelte. Die Berichterstattung war schnell von den Sensationsblättern übernommen worden. Etwas später, als durchgesickert war, daß ich Perlensamt kannte, sprach der Galerist, der unten im Haus seine Ausstellungsräume hatte, mich anläßlich einer Vernissage darauf an. Diplomatisch versuchte er vorzufühlen, wie ich zu David stand.

»Ich hatte keine Ahnung, daß Sie Perlensamt näher kennen.«

Ich antwortete wahrheitsgemäß, daß wir uns zufällig begegnet seien. Ohne fragen zu müssen, erfuhr ich, daß die Wohnung fast dreißig Jahre von einer Familie Abetz bewohnt worden war. Der Galerist hatte dies von einer älteren Nachbarin, einer Baronin von Irgendwas. Jedenfalls war die Dame schon über neunzig, als sie ihm von dem Namenswechsel am Türschild berichtete. Verschiedene, ihr unbekannte Personen seien in der Wohnung untergekommen. Kurz nach dem Krieg. Das sei ja überall üblich gewesen, erst Leute, die ausgebombt waren, dann heimatlose Verwandte oder Flüchtlinge, die eingewiesen wurden. Auch die Schwester, die in Paris ansässig war, habe eine zeitlang dort gewohnt. Schließlich habe sich alles beruhigt. Eines Tages dann habe der Name Perlensamt an der Tür gestanden. Die alte Dame hatte sich darüber gewundert, daß ein neues Namensschild angebracht worden war, ohne daß jemand etwas von einem Ein- oder Auszug bemerkt hatte. Kommen und Gehen ja, geschleppte Koffer und Taschen. Aber kein richtiger Umzug mit Möbelpackern. Vor kurzem hatte einmal ein Transporter vor dem Haus geparkt. Verpackte Dinge wurden hineingetragen, nichts hinaus. Das war aber erst nach dem Mord, nachdem man den unglückseligen Senior mit einem Rettungswagen fortgebracht hatte. Der Galerist kannte die Perlensamts vom Sehen, vornehmlich von Begegnungen im Hof. Nette Leute, eher zurückhaltend, wahrscheinlich Juden, aber das wußte er nicht genau. Sie, eine dunkelhaarige Kleine, südländischer Typ, ritt fast jeden Tag, allerdings montags nie. Darüber hatten sie des öfteren gescherzt – daß der Montag der Sonntag der Galeristen, Friseure und Pferde sei. Ihre Pferde hatten weit draußen gestanden, in einem Polostall, Heerstraße immer weiter nach Nordwesten raus. Er fand das beachtlich, eine nicht mehr so junge Frau, die sich täglich aufmachte, um ihre Pferde zu bewegen.

»Sie sind überhaupt sehr sportlich gewesen, die beiden. Er ritt die Herbstjagden mit, wie es sich früher in guten Kreisen gehörte. Beide wanderten leidenschaftlich gern. Sie schienen ein ausgewogenes Paar zu sein. Auch von der Statur paßten sie gut zusammen. Er schlank, sie fast zierlich, aber zäh und unternehmungslustig, energisch und selbstsicher. Sie mochten sich sehr, ja, man konnte sehen, daß sie sich liebten. Es ist eine Tragödie. Ich meine, ihr Tod für ihn.«

Ich hörte weiter, daß die Perlensamts vermögend waren. Auch für den Galeristen schien das von Bedeutung zu sein. Woher sie letztlich kamen, hatte er erst durch die Presse erfahren. Auch, wie sie ihr Geld gemacht hatten. Vorher hatte man immer angenommen, sie hätten geerbt, stammten aus einer alten Familie, wie der Rest der Leute im Haus. Man war erstaunt gewesen, daß sie eigentlich neureich waren. Alle Bewohner waren zudem entsetzt über die Tat. Er selbst war bedrückt. Der Fall bliebe, Urteil oder nicht, mysteriös.

»Jemand reißt sich doch nicht das eigene Herz heraus!«

Und der Sohn? Etwas undurchsichtig. Ging offenbar keinem Beruf nach. Gut aussehender Mann. Immer sehr zuvorkommend. Hatte blendende Umgangsformen.

»So etwas fällt ja auf in Berlin!«

David Perlensamt interessiere sich wohl für Kunst. Aber das wüßte ich ja besser. Hatte die Eltern selten besucht. War wohl lange im Ausland gewesen. Man munkelte von einem Anwesen auf dem Land. Die Haushälterin erwähnte einmal, daß er eine Art Gutshof betreiben würde. Manchmal kam er mit Eiern, im Sommer auch mit eigenen Tomaten an. Immer allein, nie in Gesellschaft einer Frau. Der alte Herr hatte versucht, den Sohn in seine Firma zu locken. Aber auch das waren nur Gerüchte. Das Gespräch wurde unterbrochen, als eine Dame dazustieß, die ich nicht kannte.

VIER

Es wurde Herbst. Die Hitze ließ nicht nach. Meine Wohnung hatte – wie viele Altbauwohnungen in Berlin – keine Klimaanlage. Ich konnte kaum schlafen. Es war nicht der erste Morgen, an dem ich bereits zwei Stunden nach Sonnenaufgang im Büro war und die Mails abfragte, die aus anderen Zeitzonen kamen. Es war dämmerig und angenehm kühl. Vor den Fenstern wuchs der Knöterich zu einem fast undurchdringlichen Dickicht. Man mußte sich schon weit aus dem Fenster lehnen, um zu sehen, wie gleißend hell die Sonne schien. Die kleine Wagenfeld-Leuchte auf meinem Schreibtisch brannte, eine Lampe, die man einfach vergessen hatte, nachdem sie von einer Auktion zurückgekommen war. Ich hatte mich ihrer angenommen, wie ich es gern mit Dingen tue, die niemand will.

Ein merkwürdiger Geruch stand im Raum. Bohnerwachs, Papierleim, und – wie ein Wunder – ein Rest von Mitsouko, Monas Parfum. Sie hatte offenbar geschlampt: Für die kommende Auktion fehlten noch Ergänzungen zur Provenienz diverser Lose. Gar nicht ihre Art, was war mit ihr los? Halbkonzentriert blickte ich auf den Bildschirm, während meine Gedanken wieder zu dem Mord abdrifteten. David Perlensamt war eine merkwürdige Figur. Ich sah uns beide durch den Innenhof gehen, hörte seine Ausführungen über das Haus und seine Bewohner und mußte innerlich grinsen: ein deutsches Märchen. Gruselig. Grausam. Rätselhaft. Die Umstände des Mordes fügten sich in die Geschichte des düsteren Hauses.

»Warum«, fragte ich laut, »hat er sie getötet?«

In diesem Augenblick kam Mona herein. Sie guckte verdutzt. Es war immer noch früh, gegen acht. Sie hatte wohl damit gerechnet, die erste zu sein.

»Die Jungfrau mit dem zweiten Gesicht am noch unschuldigen Morgen. So früh und schon so heiß. Ich konnte nicht schlafen. Was ist mit dir?«

»Warum hat er sie getötet?«

»Dann habe ich doch richtig gehört. Der Jagdhund hat die Schleppe in der Nase. Laß mich raten, Jungfrau, du konntest auch nicht schlafen. Die Analyse der Verhältnisse treibt dich um. Du willst es genau wissen. Verzehrst dich danach. Hast du wenigstens ein schlechtes Gewissen, weil du mich gestern einfach im Stich gelassen hast?«

Sie warf ihre Sachen ab, eine fast koffergroße Schultertasche, drei Zeitungen und einen Sonnenhut. Dann stieg sie die Leiter hinauf, um einen dicken Band über französischen Realismus aus dem Regal zu ziehen.

»Hier, mein Stier: hast die Schulaufgaben nicht gemacht, Herrn Dingsbums aus Genf nicht geschrieben, daß uns die Fayence nicht gefällt. Wir nehmen sie nicht. Sie stinkt. Soll er uns gescheite Papiere beibringen. Losnummer 73 fällt aus. Verdammt, wieso mache ich eigentlich deine Arbeit?«

Von oben starrte sie auf mich herab. Ein hinreißendes Bild. Einige von den roten Locken fielen in die sommersprossige Stirn, Bronzetupfen auf Sandstein. Wo hatte ich das schon einmal gesehen? Vielleicht bei einer Stifterfigur am Straßburger Münster? Warum hatte ich sie nie gefragt, ob sie mit mir – ich konnte den Gedanken nicht zu Ende denken. Mona piepste erschrocken, als wollte sie mir bedeuten, daß sie keine Stifterfigur war. Sie saß immer noch in der Patsche und drohte, elendig zu ertrinken, während ich versuchte, mich elegisch zu erinnern.

»Sorge dich nicht, ich ahnte es. Ich habe dir bereits das Leben gerettet. Wir schieben eine andere Vase ein, Sèvres, selbe

Zeit, paßt vorzüglich ins Programm. Ich habe die Änderung bereits im Online – Katalog nachgetragen. Next!«

»O, Martini, ich liebe dich.«

»Lieber nicht.«

»Ich habe dir dein Jahreshoroskop aus dem *Ex-Berliner* mitgebracht. *Im Zustand unkontrollierter Hormonausschüttung sind Sie überwältigend. Ihr Opfer weiß nicht, wie ihm geschieht, bis es am nächsten Morgen seine Unterwäsche am Kronleuchter hängen sieht.*«

Mona, den großen Schinken in der Hand, stand wartend auf der Leiter. Ich wartete auch. Ich stellte sie mir inmitten der Kohlegruben vor, mit schwarzen Pfoten und schwarzem Gesicht, ein Kind, dem man die Nase putzen muß. Man tut es nicht. Das Kind sieht so reizend verrußt aus, so ein kleiner dreckiger Feger. Mona war schön. Sie war begabt. Sie war klug. Sie war promoviert. Sie sprach russisch, weil ihr Vater überzeugter Kommunist gewesen war, bevor er an einer Staublunge starb. Sie war stolz auf die Damenversion eines Stemmeisens, die sie ihr eigen nannte. Damit hatte sie die Kacheln ihres Badezimmers abgeschlagen, bevor sie sich eine sündhaft teure türkische Version einbauen ließ. Damit und mit einer gehörigen Portion Aberglauben hatte sie der Trauer über den Tod ihres Vaters entgegengewirkt.

»Traurigkeit mag Wasser nicht, sieht sie Wasser, flieht sie dich.«

Ihr Gesicht hatte einen gravitätischen Ausdruck angenommen, als sie diese Zauberformel sprach. Wofür der ganze Hokuspokus bei ihr stand: der Kreis der Sterne, die Zeichen und Symbole, die unterirdischen Verbindungen und überirdischen Klänge, weiß ich nicht. Vielleicht war es einfach nur der Ausgleich für ihren sonst so pragmatischen Verstand und ihr zupackendes Wesen. Ich hatte sie einmal in London inmitten von Portern und niederem Personal erlebt. Es war der Tag vor einer Auktion gewesen. Nichts für zarte Gemüter. Ihre sanfte Stimme hatte die Richtung vorgegeben. Dann hatte sie selbst angepackt. Hoheitsvolles Gebaren mischte sich mit süffisanten Bemerkungen und dem Wissen um das Profane in der Welt. Als ich sie so sah, hatte ich die Vision einer landverbundenen Aristokratin, vielleicht einer Figur aus Ostpreußen um 1900. Gäbe es so ein Genre Frau, elastisch und feuerfest, regenabweisend und gewöhnt, in eiskalten Seen zu baden, sicher tanzend auf großem Parkett, ebenso sicher auf dem Rücken der Pferde und ohne Scheu vor Dreck, dann war es Mona an diesem Tag. Sie wußte genau, wovon sie sprach. Ihre Anweisungen waren freundlich, präzise und unmißverständlich. Sie badete in Gewißheit, ohne daß jemand, der an ihr vorbeiging, naß dabei wurde. Ich wußte nicht, wie aus einer Stifterfigur am Straßburger Münster eine pommersche Landadelige wurde. Vermutlich hatte es etwas mit wanderndem Karma und wandernden Sternen zu tun. Männer, die eine solche Frau an ihrer Seite hatten, mußten glücklich sein. Sofern es heutzutage noch Männer gab, die sich für Frauen interessierten. Monas meergrüne Augen schillerten jetzt wie kabbeliges Wasser. Sie sah aus, als würde sie jeden Augenblick kippen, von der Bücherleiter fallen, den dicken Band über den französischen Realismus im Arm. Gewiß wäre es so gekommen, wenn nicht die Tür aufgegangen wäre, in deren Rahmen Henriette von Seckwitz erschien: an diesem Tag als Sommerfrucht auf Eis, frisch glasiert und unbeeinträchtigt von der Affenhitze, unter der die restliche Welt keuchte. Ihre Ankunft verhinderte, daß ich nach Mona griff.

»Wieso seid ihr schon da?«

Man sah kaum, daß Henriette mit einer Hasenscharte zur Welt gekommen war. Sie gehörte zu den Menschen, die nichts in Frage stellten. Sie war einfach da, voller Trägheit und Langeweile, aber immer in perfektem Maß. Es hieß, sie sei mit allem verwandt, was alten Namen und neue Macht besaß. Gegen so eine Familie hatte eine Mißbildung keine Chance. Ohnehin war der gesamte Schwung der Oberlippe vollständig wiederhergestellt, nur einige winzige Stiche, Nadelstiche eben, verrieten, daß es da eine Unregelmäßigkeit gegeben hatte. Henriettes blonder Schopf stieß knapp auf ein gemustertes Seidentuch, schweinchenrosa wie die Lippen, vermischt mit Orange auf weißem Grund, über ein orangefarbenes Twinset geknotet. Perlenkette. Der Rest, Rock und die lose über die Schulter geworfene Jacke, waren aus Tweed. Zu allem Überfluß trug sie: Strümpfe. Das Unfaßbarste aber waren die orangefarbenen Krokodillederpumps. Henriette sah wie ein trotziges Bonbon aus, das sich langsam und unwillig aus der Zellophanpelle schält. Sie fing meinen Blick, der auf ihren Schuhen klebte.

»Stimmt irgend etwas mit meinen Schuhen nicht?«

»Sind sie wasserdicht?«

»Wie meinst du das? Es regnet doch gar nicht?«

»Oh, du bist gemein, Martini. Henriette, achte nicht auf ihn! Er ist zerfressen von Neid, daß er keine Frau ist.«

Mona war alleine auf den Boden zurückgekehrt. Einen Augenblick lang dachte ich, sie würde Henriette umarmen. Henriette ging wortlos. Mona legte den Band über die französischen Realisten auf den Tisch.

»Der Courbet. Ich habe mit der Recherche angefangen.«

Sie war immer noch kleinlaut.

»Die anderen schlauen Bücher verweisen auf eine Privatsammlung in Paris, klassische Moderne und zweite Hälfte 19. Jahrhundert. Bis zum Zweiten Weltkrieg war sie in der Rue Desbordes Valmore beheimatet. Aber heute? Das Palais ist längst in anderer Hand. Die Nachkommen der Familie leben vielleicht nicht mehr in Frankreich. Lies das hier …«

Sie reichte mir einen mit *Les francs des autres* überschriebenen Artikel über *Auflösungen privater Sammlungen während der deutschen Okkupation.* Aus einem Schweizer Bulletin.

»Schweiz? Ausgerechnet die schreiben darüber?«

»Angriff ist die beste Verteidigung. Der Artikel ist vom letzten November. Nicht, daß das mein Lieblingsthema wäre. Hier ist noch ein Bild von Courbet mit diesem Titel.«

La Vague. Der frische Duft ihres Parfums hing im Raum. Bei jeder anderen Frau hätte ich eine Absicht dahinter vermutet.

»Wenn ich mich nicht täusche, ist das Motiv bei Courbet nicht gerade selten. Es gibt hier in der Alten Nationalgalerie einen Courbet mit diesem Titel, unten, im Parterre links. Ich bin mir nicht sicher, ob das Motiv exakt dasselbe ist. Warst du schon dort?«

Mona schüttelte den Kopf. Sie wies mit dem Finger auf die Abbildung. »Da, schau, laut Textlegende soll ein Bild aus dieser Serie einer anderen Sammlung zugewandert sein, die möglicherweise im Tessin ansässig ist. Ob es unser Bild ist? Und davor gehörte es zu einer französischen Privatsammlung. Sagt dir der Name etwas?«

»Von Reinach – ursprünglich Schweiz, dann Frankreich, der Kreis würde sich schließen – geradezu unheimlich. Béatrice de Camondo …«

»Oh, nein, du willst mich auf den Arm nehmen! Nicht die schon wieder!«

»Doch, genau die: letzte und Universalerbin der jüdischen Bankiersfamilie türkischer Abstammung, hat einen von Reinach geheiratet. Ihr Schwiegervater, einer von drei Brüdern, hat sich eine neoklassizistische Villa in Beaulieu-sur-Mer gebaut. Starb Gott sei Dank, bevor seine Nachfahren und die der

Camondos nach Auschwitz deportiert und ermordet wurden. Das Familienpalais, in dem Béatrice nach ihrer Verheiratung lebte, vermachte Moise Camondo, Béatrices Vater, dem französischen Staat. Was aus dem Vermögen wurde, weiß ich nicht. Das Familiengrab ist in Passy, direkt neben dem von …«

»Eurer Familie?« Sie schob schmollend die Unterlippe vor. Dann begannen ihre Augen zu leuchten.

»Halt die Klappe.«

»Und der hier?«

»Abetz? Fragst du mich das ernsthaft? Ich dachte, das Auskunftsbüro für deutsche Geschichte bist du? Otto Abetz, Dienststelle Ribbentrop. Botschafter während der *années noires* in Paris. Ein Parvenü. Engagierte sich mehr als nötig für seinen Brotherrn. Schmiß sich mit Verve in die Judendeportation. Ihm ist zu verdanken, daß die gelben Sterne auch die stillen Tage von Passy beschienen. Ein ganz besonderes Arschloch. Ein Maulwurf. Hätte sich gern zum König von Paris gekrönt. Vermutlich hat er einiges für sich abgezweigt von dem, was er hat plündern lassen. Zusammen mit ein paar anderen ist er nach der Kapitulation nach Sigmaringen geflohen. Dort haben sie ihn erwischt. Ob er Nachkommen hatte, weiß ich nicht. Warte – wenn ich mich recht erinnere, hängt auch ein ähnliches Bild im Musée d'Orsay. Du wirst dir sämtliche Versionen angucken müssen, zum Vergleich.«

Mona sah mich unverwandt an. Dann endlich begriff ich.

»Ich soll da anrufen, weil du dich schämst, Französisch zu sprechen, ist es das? Sag mal, was soll das eigentlich? Wieso mache ich hier deinen Job? Du bist für Provenienzen zuständig. So was ist Frauenarbeit. Ich stehe der Klunkerabteilung vor.«

Sie schien kurz zu überlegen.

»Martini, nicht jeder hat diese Ahnungen – in Provenienzforschung bist du ein Naturtalent, ganz egal, wofür du im Augenblick zuständig bist. Deine intuitiven Schlüsse sind einfach genial.«

Sie formte ihren Mund zu einer runden Öffnung und feixte. Schließlich streckte sie die Zunge raus.

»Vielleicht gibt es einen Zusammenhang zwischen der Sammlung des Palais der Camondo, Hitlers Botschafter und diesem Bild.«

»Vielleicht ...«

»Das wäre sensationell. Möglich ist aber auch ... «

»Was?«

»Alles. Sicher ist nichts. Dieser Markt ist so grau, daß einem schwarz vor Augen werden kann. Ich lese da viel Schweizerische Klugscheißerei. Alle wissen immer alles, wenn es um Deutschland geht. Nur wir Blöden haben keine Ahnung.«

»Du hast *wir* gesagt.«

»Wie bitte?«

»Du hast *wir Blöden* gesagt, nicht *die blöden Deutschen,* wie sonst. Das ist großartig. Du beginnst, dich zu identifizieren mit dem, was du tust. Du siehst eine Aufgabe darin, eine Bestimmung.«

»Hab mich vertan im Eifer des Gefechts. Bestimmt ist es die Hitze.«

Mona setzte den Strohhut auf.

»Hör zu, mir geht dieses Thema auf die Nerven. Ich habe einen Job angenommen, bei einer amerikanischen Firma. Zufällig ist der Arbeitsplatz in Berlin. Ich bewerbe mich in diesem Land nicht um Asyl. Auch nicht um die Staatsbürgerschaft und gewiß nicht um euer Sosein, was immer das ist, Doppelgänger, doppelte Böden, doppelte Türen. Mir ist eure verdammte Vergangenheit scheißegal.«

Demonstrativ zog sie Handschuhe an.
»Handschuhe bei dieser Hitze? Ist das nicht eher Henriettes Ressort?«
»Ich gehe jetzt zu meinem Auswärtstermin. Du würdest mir einen großen Gefallen tun, wenn du mir bei dem Courbet helfen würdest.«
Wenigstens hatte Mona mir zu einem eigenen Begriff von Gotik verholfen. Seit ich sie kenne, eröffnet sich mir dieser Stil. Das florale Feuer und der ganze Rest. Ich habe immer große Schwierigkeiten gehabt mit allem, was sich vertikal behauptet. Ein Bild von Mantegna zum Beispiel: Maria, die Jesus im Tempel präsentiert. Berlin, Gemäldegalerie. Das Kind als Stele. Langsam kam ich auf den Geschmack. Das hatte ich ihr zu verdanken. So mußte ich das sehen. Würde ich ihr also ausnahmsweise ein paar Erkundigungen abnehmen. Ich rief in Paris an. Es gab mindestens zwei Versionen des Bildes vom Meer am Quai d'Orsay, zwei hingen zur Zeit in der Ausstellung im Parterre, vielleicht war noch eines im Magazin. Man konnte – oder wollte – mir nicht auf Anhieb sagen, wem sie gehörten. Leihgaben – vielleicht. Anonyme Schenkungen – möglich. Käuflich erworben – unwahrscheinlich. Ja, sicher, man hatte den dunklen Pool im Blick, in dem nach 1945 so viele Bilder zusammengefaßt worden waren. Deutschland hatte, so nennt man das in der Fachsprache, en gros an Frankreich restituiert. Für die Verteilung an die ehemaligen Eigentümer war der französische Staat zuständig, der sich genauso behäbig benahm wie der deutsche … Das Motiv der Bilder, erläuterte man mir, war identisch, aber die Formate waren unterschiedlich. Die Beschreibung nützte den Kollegen wenig. Das Bild mochte verkleinert worden sein. Ich sollte das Original aus dem Rahmen nehmen und prüfen. Im übrigen erbat man eine Abbildung des Gemäldes per E-Mail, am besten

auch eine Aufnahme der Rückseite und Angaben zur Plazierung der Signatur. Ich fragte nach zusätzlichen Informationen, ob sie wüßten, daß ein solches Motiv möglicherweise Raubgut aus einer französischen Privatsammlung gewesen sei, und brachte die Camondos ins Spiel. Man hielt sich auch in dieser Frage mit der Antwort zurück. Nicht gerade kooperativ.

Ich rief den deutschen Anbieter an. Niemand nahm ab. Als Adresse war ein neues Gebäude in Tiergarten angegeben. Unbekannt im Kreis gängiger Adressen. Vielleicht ein Zwischenhändler. Das munterte mich nicht gerade auf. Aber ich sehe schnell Gespenster. Alle in dieser Branche sehen schnell Gespenster. Als die Antwort aus Paris endlich kam, bestätigte sich, daß die Informationen nicht reichten. Es gab in der Tat mehrere Bilder dieses Motivs, nicht nur die zwei im Musée d'Orsay. Weitere Prüfungen waren erforderlich. Am Original. Ohne Rahmen. Ich mußte Mona darauf aufmerksam machen, daß möglicherweise zu wenig Zeit bis zum Einlieferungsschluß im Oktober/November bliebe und das Bild vielleicht erst in der übernächsten Auktion angeboten werden könnte.

Gegen sechs tobte über der Stadt ein heftiges Gewitter. Es hagelte. Ich sah eiergroße Körner vor dem Bürofenster durch die plötzliche Dunkelheit auf das Bordsteinpflaster knallen. Kristallgeschosse. Wie von Fabergé ziseliert.

FÜNF

Mona war von ihrem Auswärtstermin nicht zurückgekehrt. Henriette hatte Schluß gemacht. Gegen halb acht warf ich den Regenmantel über die Schulter und verließ das Büro. Die Straße dampfte. Der Himmel war nach wie vor dunkel, die Hitze aber zurückgekehrt. Ich war nicht gerade bester Laune. Ich ärgerte mich immer noch über Mona und »ihr« deutsches Thema. Warum berührte mich das so? Was ging mich das an? Ich kramte in mir herum und konnte keinen Grund ausmachen. Das brachte mich noch mehr gegen mich auf. Ich radelte durch die Fasanenstraße und hielt wieder vor dem Tor. Und dann stand David vor mir.

»Aber heute abend werden Sie ein Glas mit mir trinken, nicht wahr?«

Ich trat einfach ein. Ohne ja oder nein gesagt zu haben, folgte ich ihm. Als ich auf dem Klingelschild der Etage den Namen las, dachte ich, nun unbedingt etwas sagen zu müssen.

»Ich weiß nicht, wie man sich in diesem Fall verhält. Es ist das erste Mal, daß ich mit einer solchen Situation konfrontiert werde.« Ich wies hilflos auf das Klingelschild. »Ich habe natürlich von dem Unglück gelesen, das Ihre Mutter traf. Es tut mir leid.«

Perlensamt atmete hörbar durch. »Auch ich bin das erste Mal mit so einer Situation konfrontiert und weiß nicht, wie man sich verhält. In den Zeitungen hat man mir das übel angekreidet. Als müsse es für einen Mord in der eigenen Familie Konventionen geben wie in anderen Bereichen auch. Danke für Ihr Beileid.«

Das klang schroff. Da also war er, der Riß in dieser perfekten Fassade. Es war die Hilflosigkeit, die ich auf den Zeitungsphotos bemerkt hatte und die mir so sympathisch gewesen war. Schmerz hatte dazu geführt, daß David das Gleichgewicht verloren hatte und für Augenblicke verschlossen und abweisend wirkte. Perlensamt hatte Mord gesagt. Es schien, als hätte er das Wort herauswürgen müssen. Er wandte sich mit meinem Mantel ab.

»Sie entschuldigen mich einen Augenblick? Ich mache uns etwas zu trinken. Bitte nehmen Sie Platz.«

Er verschwand in einem Flur, der rechter Hand abging. Erstaunliche Haltung. Wußte er wirklich nichts von einem Motiv, das seinen Vater zu der Tat veranlaßt hatte? Ich sah mich um. Die Halle, eine Mischung aus Foyer und überladenem Wohnraum, wirkte herausgeschnitten aus einem anderen Jahrhundert – wie David selbst war sie eine Inszenierung, nur sehr viel düsterer in den Farben, so daß ich auf den ersten Blick gar nicht erkannte, was mich da umgab. In venezianischen Häusern findet man so etwas, dunkelfarbige Wände, zerschlissene Ornamente, blinde Spiegel, angestaubtes Gold.

Ich hatte den Eindruck, daß irgend etwas hier nicht stimmte. Und das hatte nichts mit dem Mord an Miriam Perlensamt zu tun. Vielleicht waren es die merkwürdigen Proportionen. Das Ausmaß des Raums, seine Höhe und der unpolierte Steinboden ließen die wenigen Teppiche schäbig wirken, obwohl durchaus schöne dabei waren. Zwei Afghanen, frühes achtzehntes Jahrhundert vielleicht, ein sehr großer dunkelroter Buchara aus einer etwas späteren Zeit und eine Kazak-Galerie, extrem dünn geschoren, geradezu fein im Glanz, trotz ihres Abnutzungsgrades. Ihr Alter war schwer zu bestimmen. Dann traute ich meinen Augen nicht. An den in Magenta getauchten Wänden inmitten einer Petersburger Hängung entdeckte ich einen Degas. *Les Danseuses.* Gleich daneben hing Courbets *La Vague.* Noch eine Version? Wie viele Courbets konnten einem innerhalb eines Tages in einer Stadt begegnen? Ich schluckte eine Bemerkung hinunter, als Perlensamt zurückkam. Vielleicht war alles nur ein Zufall. Aber in jedem Fall mußte ich Mona davon erzählen.

Perlensamt trug ein Tablett mit einer Flasche Champagner, Wasser und Salzgebäck. Er stellte es ab, goß ein und reichte mir ein Glas. Erst dann setzte er sich.

»Es ist schön, daß Sie meine Einladung angenommen haben. Ich kann ein wenig private Gesellschaft gebrauchen, verstehen Sie? Die einzigen, die in den letzten Wochen auf mich eingeredet haben, waren die Journalisten.«

»Es hieß, Ihre Tante aus Paris …«

»Sie kam nur für einen Tag, um Vater in der Klinik zu besuchen. Sie ist nicht gern in Berlin. Sie kommt nur, wenn sie das Schlimmste befürchtet.«

Er hob sein Glas und prostete mir zu.

»Haben wir etwas zu feiern?«

»Unsere Bekanntschaft«, antwortete er.

Ich wandte den Blick von ihm ab und sah voll offener Bewunderung auf die Wand mit der Petersburger Hängung.

»Was für einzigartige Stücke.« Eine Bemerkung, die die Wirklichkeit Lügen strafte – aber mir fiel nichts Besseres ein.

»Familienbesitz. Seit langem.«

»Gewiß. Außerordentlich, in Berlin eine über Generationen erhaltene Sammlung französischer Kunst zu sehen. Und dann der Courbet – eine besonders schöne Version des Motivs.«

»Version?«

»Ich wollte sagen, Courbet hat das Motiv mehrmals gemalt.«

»Ja, ich weiß. Er liebte diese Stelle an der Küste.«

»Kennen Sie die Gegend?«

»Das Bild vom Meer, glaube ich, war der Anfang.«

Perlensamts Stimme klang auf einmal belegt.

»Der Anfang?«

»Ich habe nicht viel übrig für diese Art von Kunst.«

Ich sah ihn fragend an.

»Für das 19. Jahrhundert, meine ich. Die Auswüchse haben sich allesamt verdächtig gemacht durch die, die ihnen so abgöttisch verfielen. Wie die Gotik im übrigen auch dadurch verdächtig geworden ist. Man muß sich doch fragen, was dieser Ästhetik innewohnt, wenn sie die Nazis so entzückte. Meine Eltern liebten die Räume. Mein Vater hat alles, was Sie hier sehen, von seinem Vater geerbt. Nun bin ich der letzte in der Familie, der dies hütet – oder es in alle Winde zerstreut. Ich selbst ziehe die klassische Moderne bei weitem vor. Die Abstraktion. Und Asiatika natürlich. Aber ich sammele nicht. Allein die Idee einer Sammlung ist mir zuwider.«

Er hielt inne und fuhr sich mit den gespreizten Fingern durch sein dunkles Haar, strich es zurück, als würde ihm das bei seinen Überlegungen helfen. Aber es fiel ihm sofort wieder in die Stirn. Er schlug die Beine übereinander. Dann nahm er noch einen Schluck. Seine Mundwinkel vibrierten. Er erinnerte mich an jemanden, aber ich kam nicht darauf, an wen.

»Eine Verantwortung, die mir da unerwartet aufgebürdet wurde. Mein Vater wird die Bilder, die er so liebte und die ihn quälten, wohl niemals wiedersehen. Und ich verabscheue sie.«

Mich machte dieser Gefühlsausbruch verlegen. Ich mußte irgend etwas sagen, nur um die Luft zu bewegen.

»Eine wirklich bemerkenswerte Sammlung.«

»Ja, bemerkenswert, sehr treffend gesagt. An unserer Familie ist vieles bemerkenswert.«

David schien tiefer in den Sessel zu sinken, müde, der Fragen überdrüssig. Seine frivole Ausstrahlung war verpufft.

»Perlensamt.«

Ich intonierte den Namen wie ein poetisches Bild, das nicht passen will, aber so leicht nicht auszutauschen ist.

»Perlensamt klingt – ungewöhnlich.«

Ich hatte etwas anderes sagen wollen, wagte es aber nicht. Ich wollte nichts sagen, was Perlensamt hätte mißverstehen können. Ich versuchte, mein Unbehagen zu überspielen, indem ich weiterplapperte.

»Ihr Vater hat eine nicht unwichtige Erfindung gemacht.«

»Und Geld. Der Name klingt ausgestorben – besser sollte ich sagen: ausgerottet. Er klingt wie ein jüdischer Name. Aber wir sind keine Juden.«

Seine Sätze zerbrachen beim Sprechen. Ich konnte ihn kaum verstehen in dieser Halle, zwischen den Samtportieren und der überladenen Dekoration. Ich fragte mich, ob das die Spuren waren, die die Tote hinterlassen hatte. Beliebt sei sie gewesen, immer gut gelaunt, eine angenehme Gastgeberin, vornehme Erscheinung an der Seite ihres Mannes, sein Glanzlicht. Makaber, daß er ausgerechnet darauf zielte und traf. Das alles machte keinen Sinn. Vielleicht wirkte die Wohnung so seltsam und überladen, weil sich die dort übereinander lagernden Schichten gegenseitig abstießen, Krieg in einem Körper, der fremde Organe nicht akzeptiert.

»Mein … Vater … er hat gern den Eindruck erweckt … Sie haben keine Ahnung, von wem ich rede … wer … was … das … für ein Mann ist. Unser Name hat keine …«

»Ja?«

David starrte auf seine Hände. Offenbar hatte er etwas nicht bedacht, das ihn jetzt innehalten ließ. Am linken kleinen Finger trug er einen Siegelring. Die oval gefaßte, gravierte Platte sah aus wie ein Wappen. Der Schmuck war schön und ganz sicher alt. Gern hätte ich ihn in die Hand genommen und näher betrachtet. Einen Ehering trug Perlensamt nicht. Auch die

Presse hatte nichts von einer Frau oder Kindern erwähnt. David griff nach dem Ring und drehte ihn.

»Nichts von Bedeutung. Wo war ich stehengeblieben? Ach so, ja, keine Reputation, wollte ich sagen, oder nicht mehr als die eines deutschen Straßenköters durch die Jahrhunderte hindurch.«

»Die Sammlung scheint eine etwas andere Haltung zu spiegeln.«

»Die Sammlung, ja natürlich. Manchmal denke ich, mein Großvater begann überhaupt nur zu sammeln, damit man diese Familie für besonders hielt. Arme Perlensamts. Und dann hat der alte Herr auch noch mit mir eine Bruchlandung gemacht. Haben Sie irgend etwas mit Bildern zu tun? Ihr Blick wirkt so … kundig.«

Ich zögerte einen Augenblick. Dann überreichte ich Perlensamt meine Geschäftskarte.

»Ach, deswegen. Ich habe es mit einem Profi zu tun. Ich hatte keine Ahnung …«

»Und ich hatte keine Ahnung, was mich hier erwarten würde. Degas, Courbet, doch nicht etwa in den hinteren Räumen noch Picasso und Braque?«

Perlensamt schien irritiert, vielleicht auch nur geistesabwesend. Dann fing er sich wieder. »Sie sagten, Ihre Großmutter wohnte in Paris?«

»Sie ist tot. Schon lange. Sie wohnte im 16. Arrondissement.«

Was hätte Rosie zu dieser unverschämten Lüge gesagt?

»Ach, das ist in der Nähe von Tante Edwige. Interessant, ein wahrhaft historisches Viertel, dieses Sechzehnte. Alfred, mein Vater … ich meine, Françoise, vielmehr Suzanne, die Mutter von Edwige und meinem Vater.« Es war nicht ganz klar, was ihn stottern ließ. Er machte eine Pause, trank einen Schluck und stieß dann hervor, »Großmutter Perlensamt war Französin.«

Es klang, als hätte er ein folgenschweres Geständnis gemacht.

»Ach, Ihre Familie kommt aus Frankreich? Davon stand gar nichts in der Presse. Dann sind Sie in Frankreich aufgewachsen?«

»Nein, unsere Familie kommt nicht aus Frankreich. Jedenfalls nicht direkt. Mein Großvater lernte in Paris meine Großmutter kennen. Er war ... er arbeitete für die Regierung, sonst ... «, er zögerte, » ... wäre er wohl kaum nach Deutschland zurückgegangen nach dem Krieg. Heute lebt nur noch Tante Edwige in Paris. Sie wohnt in der Rue Lauriston, wo damals viele Deutsche wohnten, meine Großeltern auch. Es war eine Art ... Kolonie. Damals.«

»Damals?«

David sah mich an, als wüßte er nicht, ob es gut sei, mir mehr zu erzählen. »Bis '44. Bis Paris befreit wurde, wohnten die Großeltern dort. Und Ihre Großmutter, wo wohnte sie?«

»In der Rue Greuze.«

»Das ist sozusagen um die Ecke. Wunderbar. Aber leider – na, Sie wissen ja um die Gegend.«

Ich wußte überhaupt nicht »um die Gegend«. Mir hatten die hellen Häuser gefallen, die Stille von Passy, die erhöhte Lage, von der man über die Stadt blicken konnte. Nicht ganz so hoch wie Montmartre, dafür fast unbehelligt von Fremden. Ich ging immer noch gern dort spazieren. Wissen mußte ich deswegen nichts über die Gegend. Auf meiner zweiten Reise nach Europa, als Student, hatte ich das weiße Viertel entdeckt. Ich hatte mich, wie es meine Angewohnheit ist, von der Gruppe separiert. Während die anderen in Filzpantoffeln über die Parkettböden von Versailles schlurften, durchstreifte ich das Quartier des Invalides und ging von dort hinauf zum Trocadéro. Ich lief quer durch die Stadt, mied die Grands Boulevards und entdeckte den Parc Monceau und seine Umgebung. Das Blau des Himmels im Kontrast zum dichten Blattgrün vor den eleganten Sandsteingebäuden, verbrämt von schwarzen, auf Hochglanz lackierten Gittern …

Während ich durch diese Viertel ging, deren Geruch mich an die ersten warmen Tage eines Jahres denken ließ, fragte ich mich, ob Rosie das elegante Passy wohl gefallen hätte. Hätte sie sich auch so inspiriert gefühlt wie ich? Ich wäre gern unbekannt und heimlich in eines der hellen Häuser entschlüpft, hätte mir einen französischen Namen zugelegt und wäre einer der Bewohner des 16. Arrondissements geworden. An diesem Tag hatte ich mich auf meinen zukünftigen Beruf gefreut, auf den Umgang mit schönen Dingen in schöner Umgebung. Im Musée Nissim de Camondo kam mir plötzlich in den Sinn, meine Magisterarbeit über die französischen Privatsammlungen des 19. Jahrhunderts zu schreiben. Ästhetik, Aura und Stil in diesem Palais hatten mich fast überwältigt. Schließlich aber gewann eine andere Leidenschaft Oberhand, und ich schrieb über Juwelen auf Porträts der Renaissance.

»Ich weiß nicht viel davon. Ich weiß von der Rue Debordes Valmore Nr. 30. Dort hat es eine große private Kunstsammlung gegeben – vor dem Krieg.«

»Dem Zweiten?«

»Bitte? Ach so, ja sicher, vor dem Zweiten Weltkrieg natürlich.«

»Es ist nicht zwingend, daß man sich als Sammler für andere Sammlungen interessiert. Es sei denn, man sucht ein bestimmtes Objekt. Aber man läßt lieber suchen. Im übrigen ist Konkurrenzdenken unserer Familie fremd.«

Vielleicht regt ein Ort, an dem ein Mord geschehen ist, immer zu Spekulationen an. Ich konnte mich des Eindrucks nicht erwehren, daß alles, was Perlensamt umgab, eine Bedeutung bekam. Nicht nur der Raum. Auch Perlensamts Gesten. Jede Einzelheit ›sprach‹, zum Beispiel die, den Champagner in solchen Gläsern zu servieren, *Le vase etrusque* aus den vierziger Jahren, eine echte Kuriosität. Der Großvater mußte ein manischer Sammler gewesen sein. Perlensamt hatte weitergesprochen, während ich mich in Überlegungen verlor. Ich horchte auf inmitten eines Satzes, dessen Anfang irgendwo im Dunkeln lag.

» … hängen sehen, ist die Folge einer Tradition, die mein Großvater begründet hat. Ich kenne mich nicht einmal besonders gut aus in dieser Zeit. Sie werden mir da weit voraus sein.« David seufzte und sah sich um. »Ich muß Ihnen gestehen, daß ich auch über die Zeit meines Großvaters in Frankreich nicht viel Intimes weiß. Er war verschwiegen. Mein Vater selbst ist immer noch voller Scham. Er ist ein sanftmütiger Mann. Es gelingt ihm, ruhig und vernünftig über allgemein herrschende Verhältnisse der Vergangenheit zu reden. Aber an den Entzündungsherd in unserer eigenen Familie wagt er sich nicht heran. Ich vermute, daß die Karriere meines Großvaters unrühmlich war. Wie sollte das anders gewesen sein in dieser Zeit – als Deutscher im Ausland.«

Was Perlensamt nach und nach und immer nur in kleinen Dosen von sich gab, war dann etwas ganz anderes, als ich erwartet hatte. Bezüge überall, voll von Schatten, über denen wieder Schatten lagen. Ich fühlte mich an die einzigen deutschen Bücher erinnert, die ich als Kind besessen hatte: Märchen. Rosie hatte nie viel erzählt. Ein paar böse Sätze waren über Deutschland gefallen, vereinzelt. Mich hatte ihr Schweigen nie gestört. Mein erster Aufenthalt in dem Land war beredt genug gewesen.

»… und außerdem spricht der Namenswechsel meines Vaters dafür, daß es da eine Last gab, zu der er sich öffentlich nicht bekennen wollte.«

»Er wechselte den Namen?«

»Nicht gerade mutig, nicht wahr? Aber man gestattete ihm das. Nach Kriegsende hat sein Vater Glück gehabt. Irgend jemand hat ihn von Frankreich nach Deutschland zurückkehren lassen. Alles hat sich dann ganz gut entwickelt. Bis er bei einem Autounfall ums Leben kam – zusammen mit seiner französischen Frau. Mein Vater und seine Schwester wuchsen als Waisen auf. Das waren andere Verhältnisse als in der Rue Lauriston. Tante Edwige mochte nicht in Deutschland bleiben. Sobald sie alt genug war, ging sie nach Paris zurück. Anders als mein Vater. Er lehnte Frankreich ab. Mit meinen Eltern war ich nie gemeinsam dort.«

Diese Melancholie in Davids Stimme. Seine Abneigung gegen die Bilder. Die Andeutungen über seine Familie. Reichte das Mordmotiv weiter zurück, als die Polizei zu recherchieren bereit war?

»Sie mögen Paris?«

»Ich bin geradezu vernarrt in die Stadt, aber …«

»Aber?«

»Die unklaren Verhältnisse in unserer Familie haben mich immer befangen gemacht. Ich kann nicht guten Gewissens … wissen Sie, wenn man so ein Erbe mit sich herumschleppt, fühlt man, daß man anders als die anderen ist.«

Mir kam ein Gedanke, ebenso absurd wie scheußlich, der sich nicht abweisen ließ. Ich sah David als Nachkomme von Frankensteins Monster, dessen schaurige Geschichte Mary Shelley in jenem »Jahr ohne Sommer« geschrieben hatte. Aber bevor ich auf diese etwas unheimliche Mischung aus Mitgefühl und Anziehung, die David in mir hervorrief, näher eingehen konnte, holte er mich in die Wirklichkeit zurück.

»Sie trinken ja gar nichts. Ihr Champagner wird warm.«

Er klang, als wollte er sagen *Iß, Kind, damit du bei Kräften bleibst!* Sein Tonfall schwankte zwischen Unbefangenheit und Nachdruck.

» … als ich klein war, hatte ich immer wieder einen Traum. Ein Schiff, das in einer Hafenstadt anlegt, in Riga oder Marseille. Es scheinen nur Ratten an Bord zu sein. Sie nagen an einem Kadaver, unklar ob Mensch oder Tier. Durch die neue Umgebung belebt sich ein Keim in dem tot geglaubten Fleisch. Das Untote stiehlt sich von Bord, bevor das Schiff ablegt. Ich verliere es aus den Augen, aber das Gefühl, es richte Unheil an, geht mir nicht aus dem Kopf.«

Er sah auf die Petersburger Hängung und fixierte den Courbet.

»Ja, das Bild vom Meer. Das war der Anfang. Man will aus einer Geschichte raus, sein Leben lang. Eines Tages denkt man, man hätte es geschafft, und dann hat man wieder dieses Bild vor Augen.«

Mir war nicht klar, ob er die Sammlung meinte oder den Traum. Aufs Geratewohl machte ich eine läppische Bemerkung.

»Dann hat Ihr Vater mit seinem Beruf aus der Not eine Tugend gemacht.«

»Aus der Not eine Tugend? Ich habe nie begriffen, wie sich einer freiwillig der Chemie zuwenden kann.«

»Seine Erfindung hat ihn vermögend gemacht, dachte ich, und ihm und seiner Familie erlaubt, ein solches Leben zu führen.«

»Jetzt ist ohnehin alles anders. Ich muß sehen, wie ich damit zurechtkomme. Andererseits muß ich ihm auch dankbar sein.

Wer weiß, ob ich als Schauspieler mit dem anderen, dem wahren Namen je ein Leben auf der Bühne oder im Film hätte beginnen können.«

»Wie war denn der Name?«

»Oh, ich weiß den Namen nicht. Die letzte, die das Geheimnis kennt, ist Tante Edwige. Sie gäbe es niemals preis.«

»Der Rechercheur hat nicht recherchiert?«

»Manche Geschichten muß man ruhen lassen. Mein Vater hat die alten Dokumente vernichtet. Er hatte seine guten Gründe, wenn Sie wissen, was ich meine.«

Ich wußte nicht, was er meinte. »Vor Gericht – wußte man davon? Es wurde nicht erwähnt.«

Ein Asthmaanfall hielt Davids Antwort zurück. Er hustete so laut, daß eine Frau in Kittelschürze aus den Tiefen des düsteren Korridors kam. Sie stürzte auf David zu, flößte ihm Medizin und Wasser ein und wartete, bis der Anfall vorbei war.

»Danke, Frau Arno«, sagte er atemlos. Die Frau verschwand in die Richtung, aus der sie gekommen war.

»Verzeihen Sie. Ich habe das manchmal. Ich bin Allergiker. Seit dem Tod meiner Mutter ist es wieder schlimmer geworden.«

Er strich erneut mit gespreizten Händen die dichten schwarzen Haare zurück.

»Schließlich geht es manchen so in diesem Land. Meinem Vater ist die Vergangenheit zum Verhängnis geworden. Die Beschäftigung mit dem Thema hat ihn halb wahnsinnig gemacht.« Davids Blick schweifte wieder zu dem Courbet. »Schauen Sie sich bloß das Pathos an. In diesem Bild geht es nicht um Schönheit. Nicht um Natur. Es geht um Gefühl. Sehnsucht und Wahn. Courbet war ein Ausgestoßener. Man verfolgte ihn in seinem Land. Außenseiter sind gefährlich. Nach Verzweiflung und Haß kommt die Erfahrung, daß man auch ohne Gemeinschaft überleben kann. Außenseiter entwickeln einen neuen, eigenen Maßstab. Sie haben nichts zu verlieren. Ich habe mich oft gefragt, was meinen Großvater an diesem Maler fasziniert hat.«

Er ließ sich erschöpft zurück in den Sessel gleiten.

»Ich glaube, ich lasse Sie jetzt besser allein.«

Ich machte Anstalten aufzustehen. Perlensamt hielt mich zurück.

»Haben Sie sich jemals gefragt, was Sammeln eigentlich ist? Was dieser Leidenschaft, etwas in seinen Besitz zu bringen, zugrunde liegt? Grenzenloses Begehren, unstillbares Verlangen nach einem Objekt! Verstehen Sie das? Ich nicht. Ich finde das absurd. Man sollte den Menschen seine Aufmerksamkeit widmen, nicht toten Gegenständen.«

Natürlich hatte ich mir diese Frage gestellt. Sammeln schien mir eine fröhliche Obsession zu sein. Viele der Sammler im 19. Jahrhundert waren männliche Juden mittleren Alters gewesen. Sie hatten ein beträchtliches Vermögen auf die Beine gestellt, häufig als private Bankiers. Dann hatten sie sich ein repräsentatives Umfeld verschafft. Bürgersinn, Selbstdarstellung, Bildungswillen. Kein unstillbares Verlangen oder grenzenloses Begehren, keine Gier und kein Wahn. Manche hatten die Künstler gekannt, deren Werke sie kauften. Bei meinen späteren Provenienzrecherchen stellte ich fest, daß es in Frankreich eine Reihe durchaus konservativer, schwerreicher Bürger gegeben hatte, die nicht konservativ gesammelt hatten. Einige gaben sogar der Avantgarde den Vorzug. Meistens aber mischte sich Gegenständliches mit Abstraktem. Nein, die Abgründe der Sammlerleidenschaft hatte ich nicht entdeckt. Mich hatte in erster Linie die Zusammenstellung der Bilder interessiert.

»Beim Sammeln ist ein Sammler für sich. Kein anderer Mensch, der zwischen ihm und seinem Begehren steht. Sein Verlangen kann er sich selbst erfüllen. Kein Gegenüber, das sich widersetzt.«

Wovon versuchte mich David Perlensamt zu überzeugen? Warum ließ er diese Sammlung nicht einfach meistbietend versteigern, wenn sie ihm so unheimlich war? Aber mir war, als spräche Perlensamt gar nicht von Kunst, sondern von sich.

»Niemanden für sich einnehmen zu wollen muß furchtbar sein oder das größte Glück«, flüsterte er kaum noch hörbar. »Das Wesen der Unabhängigkeit. Sammeln Sie?«

Ich schüttelte den Kopf. »Ich kann es mir nicht leisten. Jedenfalls nicht die Objekte, die ich gern hätte.«

Ich sprach betont laut und deutlich. Am liebsten hätte ich ein Fenster geöffnet und Straßenlärm hineingelassen oder die Frau gerufen, die die Medizin gebracht hatte, damit sie die Teppiche saugte. »Vielleicht arbeite ich deswegen in der Firma. Ich habe, ehrlich gesagt, nie darüber nachgedacht.« Ich sah auf die Uhr. »Es ist schon spät. Ich muß noch einen Kollegen erreichen.« Ich stand auf und bedankte mich. »Es war ein interessantes Gespräch.«

Bildete ich mir das ein oder lag Enttäuschung auf Davids Gesicht? Perlensamt stand auf und verschwand. Als er mit meinem Mantel zurückkam, hatte er sich wieder gefangen.

»Was werden Sie jetzt tun?« Ich hatte auf einmal ein schlechtes Gewissen, ihn allein zu lassen. Aber David faßte die Frage ganz anders auf.

»Arbeiten und auf die Revision der Verhandlung warten.«

»Sie haben Revision beantragt?«

Er nickte. »Gegen den Willen meines Vaters. Er sagt, er fühle sich schuldig und wolle bleiben, wo er ist. Ich sehe das anders.«

»Wir haben viel zu wenig von Ihnen gesprochen. Wie unhöflich von mir, Sie nicht einmal nach Ihrem Beruf zu fragen.«

»Ich sagte Ihnen doch, daß ich Schauspieler bin.«

»Bühne? Film? Fernsehen? Kenne ich daher Ihr Gesicht!?«

»Kaum. Die Zeiten sind schlecht für Engagements, zumal in dieser Stadt. Man schlägt sich so durch.«

Er sah nach allem aus, nur nicht danach, daß er sich so durchschlagen mußte. An der Tür reichte er mir die Hand. Er hielt sie fest. Ich mußte mich regelrecht aus diesem Griff lösen, der warm und trocken war.

»Wenn Sie wieder einmal in der Gegend sind, besuchen Sie mich unbedingt. Dann sprechen wir weiter – und nicht nur über Paris.«

»Wir werden sehen. Die Stadt ist immer ein Thema. Allerdings bin ich von der Kunst beeindruckt, die Sie nicht mögen.«

Es kam keine Reaktion.

»Ach bitte, eine Frage noch. Wissen Sie, von wem Ihr Großvater den Courbet gekauft hat? Uns ist nämlich ein ähnliches Bild gerade angeboten worden. Über einen Agenten.«

»Ach, das ist eine lange Geschichte. Dazu müßten Sie wiederkommen. Aber es ist ganz sicher nicht dieses Bild, das man Ihnen angeboten hat. Auch wenn ich nicht mag, was da hängt, heißt das nicht, daß ich alles einfach losschlagen werde. Das würde vielleicht einen Stein ins Rollen bringen.«

David wußte also um das Risiko der Schattengestalten. Er kannte das verminte Gebiet. Die Größe des Terrains war überwältigend. Selbst wenn man eine Cartier-Uhr von 1890 in Shanghai entdeckte, konnte man davon ausgehen, daß sie Schmauchspuren aufwies. Manche verstauen den geerbten Schmuck der Großmutter lieber im Bankfach und denken erst gar nicht darüber nach, was sich in den Steinen der Ringe und

Kolliers oder im Lüster der Perlen gespiegelt haben mag. Viele wollen sich nicht mit dem belasten, was man harmlos ›Herkunft‹ nennt. Perlensamt lebte einen Konflikt. Loyalität und Zerrissenheit. Ich verstand seine Andeutung, daß die Kunst das letzte war, was eine Familie noch zusammenhielt.

»Denken Sie daran, die Sammlung – später einmal – abzugeben? Oder Teile davon? Um sich zu befreien von diesem Druck?«

»Ich sagte Ihnen doch, wir haben Revision beantragt. Wenn mein Vater freigesprochen wird, kehrt er nach Hause zurück. Zu seiner Sammlung.« Dann lächelte er unvermittelt schelmisch. »Fragen Sie als – Auktionator?«

»Ich bin kein Auktionator, Herr Perlensamt. Ich arbeite als Juwelenexperte bei Nobble NYC. Aber in diesem Fall frage ich rein privat. Ich habe einmal für kurze Zeit Provenienzforschung betrieben und mit den Erben großer Sammlungen zu tun gehabt. Da beginnt man automatisch, sich für die Menschen zu interessieren. Für sie und ihre Haltung den Objekten gegenüber, die sie geerbt haben. Diese Feldforschung ist eine *déformation professionelle.* Verzeihen Sie meine Neugier.«

Ich ließ den Lift unbenutzt und ging die pompöse Marmortreppe über den roten Läufer hinab. Einem Impuls folgend drehte ich mich nach ein paar Stufen um. In diesem Haus war ein Mord passiert. Ein Mann hatte seine Frau erschossen. Niemand kannte das Motiv. Darüber hatte Perlensamt kein Wort verloren. Unten am Treppenabsatz sah ich noch einmal hinauf. Die Tür war geschlossen. Wieso auch nicht?

SECHS

In den Tagen nach meinem Besuch bei Perlensamt sah ich Mona zufolge aus wie ein ständig schnüffelnder Hund, der einen Knochen vergraben hat und sich an den Ort nicht mehr erinnern kann. Aber nicht der Courbet ging mir durch den Kopf. Ich dachte an David. An die Perlensamts. An den Mord. An den Unfall seiner Großeltern. Ich fragte mich, wo sie umgekommen waren. Wo Vater und Tante aufgewachsen waren. Wo in dieser Zeit die bemerkenswerte Sammlung lagerte. Unmittelbar nachdem ich Perlensamts Wohnung verlassen hatte, rief ich Mona an. Mir war, als bräuchte ich Beistand.

»Wo bist du?«

»Fasanen/Ecke Kant. Ich war im Haus der Perlensamts. Irgend etwas stimmt da nicht.«

»Das hatten wir schon. Was gehen uns Mordgeschichten an?«

»Bei Perlensamts hängt ein Courbet, der so aussieht wie der, der uns angeboten wurde.«

»Was soll das denn wieder heißen? Ist er es, oder ist er es nicht?«

»Das kann ich so nicht sagen. Aber die Familie hat irgend etwas mit dem Paris der Besatzungsjahre zu tun.«

»Nein! Nicht *dieses* Thema. Bitte nicht *schon* wieder. Mein Anrufbeantworter ist kaputt, meine Mailadresse funktioniert nicht mehr, und man hat mir letzte Woche mein Mobile gestohlen. Ich bin unerreichbar.«

»Auf einmal? Ich dachte, das sei dein Spezialgebiet.«

»Ich bin Provenienzforscherin und keine Rächerin der Entehrten.«

»*Provenienzforscher sind die Rächer der Entehrten, die letzten, die es noch gibt.* Das waren deine Worte. Letzte Woche noch. Bis morgen!«

Perlensamts Großvater war für die Regierung tätig gewesen. Hatte die Sammlung damit zu tun? Vor der Besatzungszeit waren die Pariser Kunstgeschäfte in der Rue de la Boétie getätigt worden, einer Straße im 8. Arrondissement. Heute ist in dem Viertel, in dem auch Picasso einige Zeit lebte, nichts mehr übrig von der einst so inspirierenden Atmosphäre. Damals waren einige Palais der Sammler, über die ich geschrieben hatte, noch in Privatbesitz, zum Beispiel das der Camondos. Die meisten dieser ehrwürdigen Gebäude aus dem 19. Jahrhundert standen im Viertel Monceau. Heute hängen viele Werke aus diesen Beständen im Musée d'Orsay – soweit die Palais nicht selber zu Museen geworden sind. Aber es war nur schwer nachzuvollziehen, welche Gemälde von den Deutschen beschlagnahmt worden waren, denn es gab mehrere Gruppierungen wie auch Einzelpersonen, die sich der Kunst bemächtigt hatten. Das eine oder andere Bild hatte der eine oder andere ›Leiter‹ einer Operation sicher für sich selbst abgezwackt. So hätte auch die Sammlung Perlensamt zustande gekommen sein können.

Und dann war da eben noch, wie Mona zu Recht erwähnte, die Schweiz als Umschlagplatz für Raubkunst. Namen wie Wendland und Hofer standen dafür. Der eine war ein in der Schweiz lebender deutscher Kunsthändler gewesen, ein Meister darin, Bilder aus Grauzonen in den Handel zu bringen; der andere ein Vermittler, der Kunst aus dunklen Kanälen – vor allem französische Impressionisten und Werke der klassischen Moderne – in die Schweiz verschob. Schließlich hatten auch das Propagandaministerium und Herr Göring persönlich ihre Leute, die sogenannte *entartete* Kunst, beschlagnahmte Bilder aus deutschen Museen von München bis Stettin, die die Nazis selbst nicht haben wollten, unter die Leute brachten, um Devisen zu scheffeln. Am 30. Juni 1939 hatte sich im Luzerner Grand Hotel National eine illustre Schar von Gästen zusammen gefunden, um einer Auktion beizuwohnen, die ihre Lose ausschließlich aus deutschem Museumsbesitz rekrutierte. Einlieferer: das Deutsche Reich. Joseph von Sternberg saß dort neben Marlene Dietrich. Das Kunsthändlerpaar Feilchenfeldt war zugegen, Pulitzer jr. und Pierre, der Sohn von Henri Matisse.

Es war denkbar, daß Teile der Sammlung Perlensamt aus solchen Auktionen stammten. Oder Davids Großmutter war eine Kollaborateurin gewesen. Von den Plünderungen privater Sammlungen durch die Nazis und der französischen Kollaboration wußte ich so gut wie nichts. Für mich waren die besseren Viertel von Paris, wo diese Sammlungen beheimatet waren, einfach ein Teil jenes ewigen Europas, dem die unglücklichen Personen aus den Romanen von Edith Wharton entstammten. Personen, die in amerikanischen Familien nicht wahrgenommen oder allenfalls belächelt wurden. Unplausible Gestalten, unbeholfen und wenig lebenstüchtig. Ich mochte diese Figuren. Ihre Charaktere irisierten wie das Licht in den Bildern der Impressionisten. Manchmal strömten sie sogar in ihrem Unglück etwas Zwielichtiges aus. Wegen dieses Zwielichts hatte sich auch Henry James nach Europa aufgemacht und mit ihm die amerikanischen Maler seiner Generation. In Paris, hieß es damals, lernte man den ›Blick‹, der die Wirklichkeit in Kunst überfließen läßt. Nebenbei waren in dem alchemistischen Prozeß Verhältnisse sichtbar geworden, die einem amerikanischen Auge gemeinhin verborgen blieben. Die

Schule des Verbergens, die man nur in Europa besuchen konnte.

Auch ich verdanke die Idee, daß das Verborgene mehr ist als die Abschattung des Objektes im Vordergrund, meiner europäischen Erfahrung. Aber Davids Bemerkung *Sie wissen ja um die Gegend*, wies auf etwas hin, mit dem ich nichts mehr zu tun haben wollte. Was genau war in der Gegend um die Place de Mexico und unterhalb des Friedhofs Passy passiert, in den Straßen Greuze, Lauriston, Petrarque, deren Eleganz ich so bewundert hatte? Als David Perlensamt mir gegenüber diese Andeutungen machte, hatte ich nicht nachgefragt, weil ich mich nicht hineinziehen lassen wollte in eine Geschichte, aus der ich glücklich entkommen war. Verdammte deutsche Vergangenheit. Das war Monas Job.

Trotzdem erwischte ich mich dabei, wie ich in Büchern nachschlug, heimlich, für mich allein. In einem einzigen, nämlich ausgerechnet in Hector Felicianos Buch *Das verlorene Museum* fand ich einen Hinweis auf *die Gegend*. Vermutlich hatte ich bei meiner ersten Lektüre darüber hinweg gelesen, wie man es manchmal bei Erwähnungen tut, die man für nebensächlich hält. Laut Feliciano hatte in der Rue Lauriston die Bande eines gewissen Bonny Laffont ihr Unwesen getrieben. Den Namen hatte ich noch nie gehört. Ich schlug noch einmal in den Registern der anderen Publikationen über den perfidesten Kunstraub der Geschichte nach, aber nirgendwo war dieser Name erwähnt. Wer war Bonny Laffont?

»Was zum Teufel suchst du? Sag doch was. Vielleicht kann ich dir helfen. Ist es immer noch der Courbet, der dir Kopfzerbrechen macht?«

Ich erwiderte, daß der Courbet ihre Angelegenheit sei, und verdrückte mich.

An einem der nächsten Abende, kurz bevor ich zu Perlensamt aufbrechen wollte, fiel mir George Duras ein. Er war Anwalt, und ich kannte ihn von einem Pariser Symposium zum Thema Raubkunst. Duras hatte einen Vortrag über die Irrfahrt eines wieder aufgetauchten Gemäldes gehalten und damit bei mir einen ebenso kompetenten wie undurchsichtigen Eindruck hinterlassen. Er hatte ein bißchen nach Casanova gerochen, so ein Typ, der mit jedem sofort Weitpinkeln veranstalten muß, um zu sehen, daß er nicht nur die Nase vorn hat. Aufgewachsen in Paris, dort zur Schule gegangen und – nach ein paar Jahren Studium in New York und Los Angeles (für einen Franzosen wirklich bemerkenswert) – seine Licence an einer Grande École gemacht. Das reicht bekanntlich für einen unaufhaltsamen Aufstieg. Auf dem Symposium munkelte man, daß er sich nicht allein aus kulturhistorischem Interesse auf Raubkunst spezialisiert hätte. Seine Familie sei irgendwie in den Bilderschwund verstrickt. Ich hatte nicht nachgefragt. Ich hatte es bei dem *irgendwie* belassen. An diesem Abend aber rief ich ihn an. Duras schien erstaunt, von mir zu hören. Noch erstaunter war er, als ich ihn um topographischen Nachhilfeunterricht bat.

»Ein Amerikaner in Paris«, witzelte er. »Was kann ich für Sie tun? Bereiten Sie eine private Reise vor, oder wurde wieder Unrat an die Oberfläche gespült?«

Ich sagte, ich kennte mich in der Pariser Stadtgeschichte des 20. Jahrhunderts nicht aus. Die einzelnen Viertel und ihre Geschichte seien mir nur durch meine Spaziergänge bekannt. Ich suchte Informationen über das 16. Arrondissement zur Zeit der deutschen Besatzung. Ich wüßte zwar, daß es in der Rue Debordes Valmore ein Depot gegeben hätte …

» … von Bernheim-Jeune, Kunsthändler.«

… aber mir sei die wirkliche Zeit sehr fern, die Verschiebung der französischen Kunstwerke abstrakt. Wie hätte ich mir das vorzustellen? Atmosphäre, alltägliches Geschehen, untergründiges Treiben, Verwicklungen, die in offiziellen Kunstreportagen und wissenschaftlichen Schriften nicht nachzulesen seien. Ich sei eben nicht in Europa aufgewachsen. Hätte keine Großeltern gehabt, die mir etwas über diese Zeit hätten erzählen können. Alles, was ich wüßte, hätte ich aus Büchern. Duras lachte schallend. Ich begriff nicht, was an meinen Ausführungen komisch sein sollte. Dann wurde der Anwalt ernst.

»Rue Lauriston – haben Sie davon gehört? Von der Bande?«

Andeutungen. Ich hätte etwas gelesen.

»Der Wirkungsraum von Bonny Laffont zog sich vom reichen Westen über die Mitte zum armen Osten durch die ganze Stadt. Im Westen plündern, in der Mitte erpressen und verhökern, im Osten lagern. Der Westen war der Ursprung, der Osten der Verschiebebahnhof, in der Mitte schlug das Herz der Leidenschaft zwischen Quelle und Mündung. Hier, im Zentrum der Stadt, lief noch einmal zusammen, was immer zusammen gehört hatte, allerdings in vollendeter Perversion: die Interessen eines Marktes. Selbst die offiziellen Auffangbecken der Nazis richteten sich nach dieser Topographie. Die Sammelstellen für Kunst waren im Louvre und im Jeu de Paume, also unmittelbar im 1. Arrondissement. Kaufen Sie sich einen Plan, eines dieser kleinen Bücher, das Sie an jedem Kiosk bekommen. Dann schauen Sie sich an, was ich Ihnen an Straßen nenne. Sie werden sehen, wie präsent die Saubande war und wie die Aktionen funktionierten.«

Von George Duras erfuhr ich, daß Bonny Laffont nicht etwa der Name des Bandenführers war. Es handelte sich um die Nachnamen zweier undurchsichtiger Typen. Sie erledigten für die Nazis Drecksarbeit. Einbruch, Plünderungen, Folter.

Dunkle Geschäfte mit Diebesgut. Sie verschoben nicht nur wertvolle Bilder und Kunstobjekte, sondern nahmen den besseren Leuten, die sie ›besuchten‹, einfach alles ab – Bettwäsche, Tafelsilber, Porzellan, Abendroben, Parfums, Hüte und Handtaschen, Spazierstöcke, Zigarettenetuis. Nicht einmal vor den Tennisschlägern und der Golfausrüstung machten sie halt. Die *ermerdeurs*, für die sie arbeiteten, konnten alles gebrauchen. Eine neue Gesellschaftsschicht schwamm auf einmal oben. Der Abschaum aus dem Sumpf. Mit Politik oder Ideologie hatten diese Aktionen wenig zu tun. Es ging um Raffgier. Um ein Sich-schadlos-Halten. Um Rache an denen, die früher die feinen Leute gewesen waren. Die Halsabschneider. Die Bankiers. Die Beziehungstüftler. Die Juden.

Die Dinge, die Bonny und Lafont nun an sich rissen und unter ihresgleichen verteilten, hatten sie, wenn überhaupt, bisher nur von fern gesehen. Luxusobjekte, Bücher, *objets d'art*, feine Kleider, Pelze, Schmuck. Die Zeit der Almosen war vorbei. Endlich konnten sie Besitz von verbotenem Terrain ergreifen. Ganz nebenbei konnte man Vergeltung üben. Die *années noires* sahen manche als dritte Revolution, die wahre, die alle Stände zertrümmerte und jene in die Höhe katapultierte, die nie eine Stimme gehabt hatten. Man mußte nicht einmal reden können wie zu den Zeiten um 1789. Skrupellosigkeit und Herkunft aus dem Sumpf reichten vollkommen aus. So kam es, daß manche *poule à boche – Nazi-Hühner* nannte man die Französinnen, die sich mit Deutschen einließen – plötzlich Seidenstrümpfe über die Schenkel zog, wo vorher graue, selbstgestrickte Wolle gescheuert hatte. Parfümierte Filethemdchen dekorierten die Spitzen rachitischer Hühnerbrüste, während die Krallen des kollaborierenden Federviehs taten, als kratzten sie noch im Mist. Sie lagen in den Damastkissen der Deportierten, von Seide umgeben, geklauten

Champagner im Magen, vor Augen die seltsamen Bilder, die so wertvoll sein sollten. Was nicht einmal die untersten Chargen der Nazis und ihre Entourage gebrauchen konnten, verschob die Bande in die Schweiz und verhökerte es dort. Es war die Demütigung der Pariser Seele, die sie betrieben. Duras redete sich ins Fieber. Er erzählte von P.M., seinem Mitschüler auf dem Collège Soundso, heute tätig im französischen Außenministerium. P.M.s Vater hatte, obwohl Jude, Kontakt zu einem gewissen Eddy Pagnon gehabt. Auch der arbeitete für die Bande aus der Rue Lauriston. Der Vater seines Freundes war in einer Dependance – ja, er sprach wirklich von *Dependance*, als handelte es sich um ein Hotel – des Lagers Drancy interniert gewesen. Der Name endlich sagte mir etwas. Von dort aus waren auch die Nachkommen der Camondos nach Auschwitz verschleppt worden. P.M.s Vater hatte mehr Glück gehabt als die reichen Leute aus der Rue Monceau.

»Pagnon, der übrigens ein Freund und Freier der Elternmörderin Violette Nozière gewesen ist, hat P.M.s Vater in einer Nacht- und Nebelaktion aus dem Lager befreit. Das waren alles Kollaborateure. Diese Typen verpfiffen Menschen zur Deportation für nichts – Fusel, Unterwäsche, ein paar Autoreifen. Es war die Zeit, in der alles blühte. Es gab Gelegenheit für schnelles Geld und uralten Haß. Man konnte persönliche Dinge abrechnen, auf die eine Familie Generationen lang gewartet hatte. Gleichzeitig flackerten Eintagsfliegen auf, reich für vierundzwanzig Stunden. Sie verglühten in dem fremden Glanz, noch ehe sie aus dem Himmel, in den sie hochkatapultiert wurden, zurück in die Wirklichkeit fallen konnten. Manche brachen sich einfach das Genick, weil sie besoffen von einer Freitreppe stürzten.«

Die paar Namen, die er nannte, waren nur einzelne Wanzen aus einer Zeit, in der es vor *doryphores* – den deutschen Kartoffelkäfern – nur so gewimmelt hatte. Ich sollte bloß nicht glauben, daß P.M. das von seinem Vater erfahren hätte. Es gab in Europa eine Art Schweigepflicht. Diese fungierte als allgemein verbindliche Sprache einer ganzen Generation. Ob ich denn glaubte, er hätte auch nur ein Sterbenswort von seinen Eltern erfahren? Wie naiv man denn als Amerikaner sein könnte, fragte er süffisant, daß man annähme, die Eltern gäben Auskunft über das tatsächliche Geschehen? Da ich mehr von ihm wissen wollte, überging ich seine Arroganz. In den weiteren Erzählungen über das opake Viertel ging die nebenbei erwähnte Violette Nozière vollkommen unter. Aber weil ich sie nicht kannte (ich erfuhr erst später, daß sie eine Art französische Nationalheilige ist), maß ich ihr keine Bedeutung bei. Warum hätte ich mich für eine Elternmörderin und ihre Motive interessieren sollen?

Ich wollte wissen, was es mit Perlensamts Bemerkung auf sich hatte. Die Rue Lauriston, die von der Avenue Raymond Poincaré aus in Richtung Étoile verläuft, beherbergte nicht nur die Bande um ›Inspektor‹ Bonny und Pierre Laffont. Auch Lagerräume für Diebesgut und Folterkeller gab es hier. Bonny und Laffont schienen alles an Greuel in sich zu vereinigen, was einem zivilen Gemüt vorstellbar ist – und noch mehr. Duras erzählte von solch unfaßbaren Scheußlichkeiten, daß nicht mehr zu unterscheiden war, ob er sich in die Geschichte hineinsteigerte und maßlos übertrieb oder die Wahrheit wiedergab. Laffont hatte die deutsche Staatsbürgerschaft angenommen und stand später als SS-Hauptsturmführer einem Bataillon in Nordafrika vor. Allerdings taugte er zum Soldaten weit weniger als zum Folterknecht. Bonny hatte schon lange vor der deutschen Besatzung den Polizeidienst wegen Bestechung quittieren müssen. Der Typ, sagte Duras, sei ein *putois*, ein Stinktier, gewesen, eine eiternde Pestbeule, deren Inhalt sich auf die ganze Umgebung ergoß. Aber in der Rue Lauriston lebten noch andere Subjekte, Leute, die schon vor dem Krieg falsche Namen trugen, eine ›Gräfin‹ Seckendorff zum Beispiel oder ein ›Baron‹ von Kermanor. Die beiden waren berühmt für verschwenderische Parties, Trinkgelage und Folterungen. Den Gequälten hatten einst die oberen Etagen gehört. Hier leerten die falschen Aristokraten nun jene ausgezeichneten Weine, die vorher in den Kellern gelagert wurden, in denen Bonny und Laffont die Geplünderten malträtierten. Damit nicht genug. Die Bande und ihre Auftraggeber hatten sich nicht nur in der Rue Lauriston breit gemacht. Sie infizierten nach und nach das gesamte 16. Arrondissement. Das stille weiße Passy begann, nach Scheiße und getrocknetem Blut zu stinken.

»Was, glauben Sie, passierte mit den Orten, nachdem ihre Bewohner verhaftet und bevor die Räume geplündert wurden? Es gibt kaum eine hochherrschaftliche Wohnung, kein Palais dieser Gegend, in das kein Nazi eingedrungen ist und auf den Teppich gepißt hat.«

George Duras sprach über all das, als hätte er die Zeit erlebt. Ab und zu schwang im Unterton seiner Stimme die Andeutung eines Vorwurfs mit. Es war nicht klar, ob er mich damit meinte. Dieser Tonfall konnte auch einfach zur Rede gehören. Duras mochte sich wundern, daß ich von all dem nichts gewußt hatte – aber was wußte er schon über mich, den Amerikaner in Paris? Seine erste Reaktion hatte bewiesen, daß er mich gar nicht verletzen konnte. Was mich betraf, so kramte er nur in Klischees. Als er am Ende angekommen war und ich den Eindruck hatte, nun genug Informationen zu haben, kam meine Kür. Ich stellte eine unverschämt direkte Frage, für die mir Rosie über den Mund gefahren wäre. Es war meine Antwort auf die französische Überheblichkeit.

»Vielen Dank, nun verstehe ich die Situation etwas besser. Ich habe nämlich einen Freund hier in Berlin, dessen Großvater während der Besatzung in Paris lebte, im 16. Arrondissement. Mein Freund hat von ihm eine wunderbare Sammlung geerbt, nach der Provenienz einzelner Stücke wage ich gar nicht zu fragen. Ach, nebenbei – stimmt es denn, was man tuschelt? Daß Ihre Familie selbst in die Verschiebung von Kunst verstrickt gewesen ist?«

Duras lachte wieder, dieses Mal leise, fast fein.

»Man könnte meinen, Sie schrieben an einem Buch, so gezielt verstehen Sie es, Fragen zu stellen, die niemand beantworten will. Das Problem, mein Lieber, erwähnte ich schon. Eigene Familien geben keine Auskunft. Fremden Auskünften kann man nicht trauen. Die Interessen der Anderen, wenn Sie verstehen, was ich meine. Man kann es auch Propaganda nennen. Angriff ist die beste Verteidigung. Ich wünschte tatsächlich, ich wüßte mehr als Sie. Aber ich gehe davon aus, daß meine Familie in irgend etwas verwickelt war. Auch ich habe ein paar Bilder an der Wand hängen, die ich nicht selbst gekauft habe. Meine Mutter ist in direkter Linie mit der Comtesse Lavalle verwandt, und mein Vater aß zwischen dem 20.4.41 und dem 14.3.'44 gern im *Maxim* zu Abend. Es ist also nicht unmöglich, daß meine Familie in irgend etwas verwickelt war. Vielleicht war sie geradezu erpicht darauf, sich verstricken zu lassen. Man hatte ja was davon. Die Art Moral, die Sie von mir erwarten, war schon nach der Befreiung von Paris billig zu haben. Aber ich kann mich nicht daran erinnern, daß irgend jemand in meiner Familie sich je für billige Artikel begeistert hätte. Der genaue Verlauf der einzelnen Fäden wird ebenso im Dunkeln bleiben wie der Ort, an dem heute manches verschobene Bild sein Zuhause gefunden hat. Meine Eltern zumindest haben ihr Wissen in Sicherheit gebracht. Die

Gruft unserer Familie ist in Passy, ganz in der Nähe der Straßen, über die wir eben sprachen. Einer der schönsten Friedhöfe von Paris. Von dort aus hat man einen herrlichen Blick über die Stadt. Er ist unverändert seit damals, einer der seltenen Orte, die die Nazis nicht geplündert haben, obwohl er im 16. liegt.«

SIEBEN

»Monsieur, was machen Sie denn da? Der Rauch kommt ja bis nach oben in den dritten Stock! Wollen Sie uns ersticken?«

Madame Eugénie steht im Nachthemd vor mir. Sie sieht aus wie ein Gespenst, Verkündigung eines anderen Jahrhunderts, das typisch belgisch gewesen sein muß. Ich habe so einen Aufzug noch nie zuvor gesehen. Aus einer riesigen Halskrause guckt oben nur ihr wirr gelockter Kopf heraus. Ihre üppige Figur ist unter dem Faltenwurf der wallenden Menge weißen Stoffs nicht einmal zu erahnen. Ohne auf eine Erklärung zu warten, hantiert sie seitlich des Kamins, zieht ein langes Ding aus der Wand, eine Art Schlegel, hustet, als hätte sie sich eine Vergiftung zugezogen und versucht, den Rauch von sich zu fächeln. Dann läuft sie zur Gartentür und reißt sie auf. Nachtkühle dringt herein. Der Rauch zieht in Schwaden hinaus. An diesem Abend, der nahtlos zur Nacht geworden ist, lerne ich, wie man einen belgischen Kamin bedient und daß die europäischen Kamine sogenannte Luftschleusen haben, die man öffnen muß, damit der Schornstein richtig zieht.

»Das wäre bald die letzte Nacht unseres Lebens geworden! Sie haben offenbar wenig Erfahrung mit Kaminen. Wenn Sie soviel Papierzeug verbrennen, müssen Sie den Zug weit öffnen. Papier verursacht viel Rauch.«

Sie bietet mir einen Kräutertee an, der mich angeblich wunderbar einschlafen läßt, und rät mir dringend, ins Bett zu gehen. Ich gehe statt dessen in den Garten. Die Luft riecht feucht. Die Bäume stechen schwarz von dem dunkelblauen Himmel ab. Man kann die Stadt nur erahnen. Ich ziehe die Schuhe aus und wate durch das nasse Gras. Mit dem Haus habe ich einen Glücksgriff getan. Mitten in der Stadt ländliche Geräusche,

Vogelgesang, Blätterrauschen. Ich konnte den Frieden gar nicht fassen, als ich am Fuße des Hügels stand und die Reihen typisch belgischer Stadthäuser links und rechts der ansteigenden Straße sah. Aber der Genuß, Berlin und der düsteren Geschichte entkommen zu sein, währte nur kurz. Seit ich Perlensamt kenne, habe ich den verdammten Eindruck, daß hinter jeder Sache noch eine andere steckt.

Wie habe ich David nach unserer ersten Begegnung beurteilt? Die Erinnerung täuscht. Sie ist gerade dann unzuverlässig, wenn sie gegen die Gegenwart antreten muß. Ich kann David inzwischen aus der Nähe nicht mehr ertragen. Aber vor einem Jahr war das anders. Seine Widersprüchlichkeit faszinierte mich. Allein die Wohnung der Perlensamts! Ich entdeckte neben den wertvollen Bildern und Teppichen zunehmend Kitsch, seelenlose Imitate oder Kopien wie die einer Vase aus der Ming-Dynastie und einen Lüster aus falschem Murano-Glas. Es gab Polstermöbel, deren bedruckter Polyesterbezug Seidenbrokat imitierte. Das Seltsamste aber waren die Drucke: Dali, Matisse, Chagall! Tausendfach reproduziertes, schlecht bedrucktes Papier in einem Haus mit einer solchen Sammlung! Ich sprach David darauf an.

»Vielleicht ein Geschenk einer Schwester meiner Mutter. Mutter wies nie ein Geschenk ihrer Schwestern zurück. Sie liebten sich sehr und besuchten sich oft. Eine von ihnen, Eliza, ist mit einem Diplomaten verheiratet. Sie leben zur Zeit in Johannisburg. Die andere lebt in der Nähe von München.«

Bei meinem nächsten Besuch waren die Drucke verschwunden. Als ich ihn auf die Imitate antiker Objekte hinwies, zuckte David nur mit den Achseln.

»Kommt das nicht in den besten Familien vor? Weißt du, meine Mutter war sehr unbefangen damit. Sie war lebenslustig, pragmatisch, direkt. Wenn sie das Imitat einer Ming-

Vase sah und eine echte gerade nicht zu bekommen war, dann wurde eben die Kopie angeschafft. Mein Vater, der sensibler ist, wagte nie, meiner Mutter etwas abzuschlagen. Vielleicht störte ihn das Gemisch aus Original und Fälschung. Aber er liebte seine Frau mehr als den reinen Stil.«

Als ich ihn erneut besuchte, war die Ming-Vase verschwunden. Ich unterließ fortan die Fragerei. Statt David mit dem Geschmack seiner Eltern zu quälen, ging ich mit ihm ins Museum. Dann kam er auf eine Idee, die mir zuerst unangenehm war. Er wollte mit mir einkaufen gehen. Schuhe, Klamotten, alles mögliche. Ich fand das weibisch, wäre von selbst nie darauf gekommen. Ich mache so etwas immer allein. Aber David wollte es unbedingt, also gab ich schließlich nach, um ihm eine Freude zu machen. Wie alles, was man mit David unternahm, waren auch diese Nachmittage Inszenierungen besonderer Art. David hatte einen exzentrischen Geschmack, und oft genug glichen diese Shoppingtouren Schnitzeljagden durch die gerade erst entstehende Modeszene der Stadt, mehr underground, wie mir manchmal schien, als über der Erde. Dabei bewies er ein ausgeprägtes Gespür für Stoffe und Farben und, ganz anders als bei den Imitationen in seinem Elternhaus, einen Sinn für Qualität. Ich neige zu konservativer Kleidung, aus reiner Unsicherheit. Blauweißgestreiftes Hemd, gestreifte Krawatte, graue Flanellhosen, Blazer, Schnallenschuhe. Khakihosen nach Büroschluß. David war da ganz anders. Verspielt. Sein gutes Aussehen kam ihm natürlich entgegen. Eigentlich sah er in jedem Fetzen gut aus. Und nachdem wir ein paar Mal zusammen unterwegs gewesen waren, fing es an, mir richtig Spaß zu machen. Der komische Beigeschmack, der anfangs mit diesen Ausflügen verbunden war, verschwand. David feixte, alberte und brillierte bei den Verkäuferinnen mit seinem schnippischen Humor. Wir verließen die Läden triumphierend mit unseren Tüten und hinterließen durchpflügtes Terrain, wie ein ganzer Hühnerhof es nicht gründlicher hätte durchscharren können. Heute kommt mir das unbegreiflich vor. Peinlich? Nein, das nicht. Merkwürdig eher. Übermütig und mehr als das. Ausgelassen und nur auf uns selbst bedacht. Als seien wir auf Drogen gewesen.

Und dann, an einem Samstagmorgen, hatten wir ein seltsames Erlebnis in Davids Lieblingsladen auf der Friedrichstraße. Wir waren zwischen den Kleiderständern verschiedener Designer herumgelaufen, hatten uns einige Teile geschnappt und suchten eine Kabine zum Anprobieren. Dabei verliefen wir uns in den Gängen hinter den Verkaufsräumen und standen plötzlich vor einer halb geöffneten Tür, Licht dahinter. Ich dachte zu Recht, daß wir endlich eine Umkleidekabine gefunden hätten. Und dann stand da dieses – Paar. Zwei nackte Oberkörper. Einer mit dem Rücken zu uns. Beide gleich groß. Eng umschlungen. Sie küßten sich. Ich war derjenige gewesen, der die Tür aufgestoßen hatte. Aber dann war ich so verblüfft, daß ich nicht einmal um Entschuldigung bat. Die beiden Männer lösten sich aus der Umarmung. In dem Augenblick, als sie sich umsahen, spürte ich Davids Hand in meinem Rükken. Sein Atem schlug in meinen Nacken, bevor er sprach.

»Verzeihen Sie, wir haben eine freie Kabine gesucht.«

Dann legte er seine andere Hand auf meine, die immer noch auf der Klinke lag, und zog die Tür wieder zu.

Wir standen da und rührten uns nicht. Ich konnte kaum schlucken. Ich dachte, ich muß mich bewegen, muß gehen, muß irgend etwas sagen, mein Gott, es war eine so absurde Situation! Aber ich konnte mich nicht bewegen. David sah mich an. Forschend? Amüsiert?

»Wir haben sie überrascht«, flüsterte er und lächelte.

Ich antwortete nicht. Mein Kopf war leer, aufgebläht von einem Gedankenloch, als sei ich aus der Zeit gefallen. Meine Schläfen pochten. Da spürte ich seine Hand an meinem Hinterkopf, ein fester Griff. Diese Hand, mit der er sich immer die Haare nach hinten strich, zog mich zu sich heran, ganz dicht vor sein Gesicht. Ich wehrte mich nicht. Ich ließ es einfach geschehen, wartete, was weiter passieren würde, immer noch mit klopfenden Schläfen, atemlos.

»Martin, was ist mit dir? Wir brauchen eine Kabine, um das Zeug anzuprobieren.«

Er drehte sich um, klopfte an die nächste Kabinentür, und als niemand antwortete, öffnete er sie und machte eine auffordernde Kopfbewegung.

»Kommst du jetzt, oder sollen wir das Zeug einfach so zu den Ständern zurücktragen?«

Sein Lächeln wurde breiter. Zwinkerte er mit einem Auge? Mein Hals war trocken. Mein Hemd, so meinte ich, naß bis auf die Haut. Dann hörte ich David aus der Kabine plappern. Er probierte die Hemden an, eine Jeans, einen Pulli und wollte, daß ich mir das ansehe. Schließlich kam er heraus.

»Ist dir nicht gut? Du siehst blaß aus. Ich nehme diese beiden Hemden hier. Dann muß ich unbedingt etwas essen. Hast du keinen Hunger?«

Wir gingen in eine nahe gelegene Brasserie. David kannte den Empfangschef und plauderte mit ihm, stellte mich vor mit *das ist mein Freund Martin Saunders*, und wir bekamen einen Tisch in der Mitte, obwohl wir nicht vorbestellt hatten. Als wir saßen, strahlte er mich an.

»Was für ein wunderbarer Nachmittag. Bloß die Jeans saßen nicht, da müssen wir nächsten Samstag noch einmal hin – oder hast du vorher Zeit? Ich finde …«

Fast hatte ich den Eindruck, als hätte ich mir das, was kurze Zeit zuvor geschehen war, nur eingebildet. Als die Klamottenfrage erledigt war, erzählte David von seiner Schauspielausbildung, von Kollegen, mit denen er zusammen studiert hatte, von den Stücken und seinen Lieblingsrollen. Erst als er auf New York zu sprechen kam, gelang es mir, die eine oder andere Bemerkung über die Stadt zu machen, aus der ich kam. Die lange Geschichte des Courbet, des Bildes, das »der Anfang war«, erzählte David aber auch dieses Mal nicht.

Als ich am späten Abend nach Hause kam, fühlte ich mich erschöpft, als sei ich Kilometer marschiert. Der Tag lag wie eine Groteske hinter mir, und ich konnte mir meine Verwirrung nicht erklären. Ich kann mich nicht erinnern, daß je ein anderer Mensch bei mir so heftige Reaktionen ausgelöst hatte – weder vor meiner Bekanntschaft mit David noch danach.

Er war höflich und sehr zuvorkommend Frauen gegenüber. Manchmal war er ausnehmend charmant. Henriette machte er Komplimente, wenn er auf einen Sprung in die Firma kam. Mona brachte er sogar Blumen mit. Er hätte gut bei Frauen ankommen müssen. Merkwürdigerweise schien ihn das gar nicht zu interessieren. Auch schien er Frauen trotz seines Charmes nicht anzuziehen. Mona stieß er sogar ab. Hätte es diese häufigen Streits um Perlensamt zwischen uns nicht gegeben, hätte ich jetzt kaum einen Anhaltspunkt dafür, wie ich ihn damals sah.

»Was findest du bloß an ihm?«

Ich weigerte mich, diese Frage zu beantworten, jedenfalls ihr gegenüber und laut. Ich war während des Studiums hier und da mit Kommilitonen etwas trinken gegangen, und natürlich sprach ich von ihnen als Freunde. Aber die meisten Zeit meines Lebens war ich allein gewesen. Männer sind da anders als Frauen. Sie brauchen nicht diese permanente Gluckerei, dieses Nasenzusammenstecken und Haste-nicht-gehört. Ich hatte mir nie Gedanken um mein Alleinsein gemacht. Nie etwas vermißt. Erst David hatte mich darauf gebracht, daß man auch gemeinsam etwas unternehmen konnte. Er schien geradezu besessen davon. Aber David war schnell und von vielem besessen. Er hatte immense Energie und schleifte mich mit. Vermutlich dachte ich von ihm inzwischen als Freund, da es mir unangenehm war, wie Mona über ihn herzog. Aber ich verteidigte ihn nicht.

»Er ist so exaltiert. So exzentrisch, und dabei hat er etwas Unheimliches, als hätte er jemandem seinen Schatten geklaut. Etwas stimmt mit dem Typen nicht. Vielleicht rennst du ihm deswegen hinterher. Er ist undurchsichtig. Für Martin Saunders' Liebe zum Geheimnis eine echte Herausforderung. Paß auf, daß du dir an dem nicht die Flügel versengst.«

Zu dieser Zeit arbeiteten Mona und ich gut zusammen. Wir gingen uns noch nicht aus dem Weg. Abgesehen davon lagen mir Vertrautheiten nicht. Wenn ich den Eindruck hatte, auf eine Frau anziehend zu wirken, versuchte ich, die Spannung aus der Situation zu nehmen. Vielleicht mochte ich Mona, weil sie nie auf die Idee kam, sich in mein Privatleben zu bohren. Wir waren beide meist guter Laune, von meinen gelegentlichen Stimmungsschüben einmal abgesehen, vermutlich ein Stoffwechselproblem, das ich gelegentlich überprüfen lassen muß. Mona und ich waren uns in unseren Vorlieben und Abneigungen ähnlich. Mit Ausnahme von David.

Der Sommer ging zu Ende, und ich hatte die Recherche um den Courbet mit Absicht aus den Augen verloren, da das Monas Angelegenheit war. Ich hatte ihr von Davids Bild erzählt, dem verblüffenden Umstand, daß allein in Berlin mehrere dieser Bilder zu Hause waren, aber ob es da einen Zusammenhang gab, mußte sie selbst überprüfen. Ich war mit meinem Schmuck beschäftigt.

Auf meinem Schreibtisch türmte sich das übliche Zeug, ausgedruckte Mails, Fotos von angebotenen Juwelen, aufgeschlagene Bücher, dazwischen eine Notiz von Mona: *Bin nach einem Auswärtstermin mit A. in der Viktoria Bar. Bis morgen, M.*

Nachdem ich die Legenden für den nächsten Katalog zusammengetragen hatte, fragte ich die Mails des Nachmittags ab. In dem Augenblick, als der Piepton erklang, ging die Tür auf. Mona stand im Rahmen.

»Was Neues?«

»Nicht mit A. in der *Viktoria Bar*?«

»... war schon abgereist, zurück nach Chicago.«

»Wahrscheinlich hast du ihn nicht gut behandelt. Männer sind auch Säugetiere.«

»Das sagst du so. Ich habe nie einen Mann ein lebendes Junges zur Welt bringen sehen. Es war übrigens eine Frau.«

»Zumindest haben sie ein Gesicht. Seit wann machst du's mit Frauen? Ich dachte, du bist auf Ehe und Kinder aus.«

»Ich mache es mit niemandem. Ich suche ausschließlich reizende Gesellschaft. Wenn ich genug davon habe, bereite ich mich auf mein Noviziat vor. Ich finde den Gedanken an Ehe ekelhaft. Es ist nicht normal.«

»Bitte?«

»Ich sagte, es ist nicht normal.«

»Ja, das habe ich verstanden, aber ...«

»Nimm es hin. Was Neues? hatte ich gefragt.«

Ich hatte Mona keine Details von den Treffen mit David erzählt. Sie hatte mich nicht auf dem Laufenden gehalten, was die Recherche zum Courbet betraf, aber ich nahm an, daß sie längst damit fertig sei. Nun stellte sich heraus, daß sie alles verschleppt hatte.

»Ich habe Antwort von CP, du weißt – der Kurator aus New York.«

»Du bist immer noch mit dem Courbet beschäftigt? Warst du denn jetzt endlich bei dem Kunden?«

»CP bestätigt, was ich im Werkverzeichnis der letzten Courbet-Ausstellung gefunden hatte.«

Laut CP gab es sieben Versionen des Bildes. Alle firmierten unter beiden Titeln *La Vague* und *La Mer orageuse.* Ein Bild hing in Paris in der ständigen Ausstellung am Quai d'Orsay, zwei lagerten dort im Magazin. Eines mit leicht geändertem Ausschnitt in anderer Größe gehörte dem Städelschen Kunstinstitut in Frankfurt am Main (ohne Angabe von Herkunft und Ankaufsdatum). Ein fünftes war in einer Privatsammlung in Chicago verzeichnet, ein weiteres in Zürich. Beide Eigentümer wollten namentlich nicht genannt werden. Schließlich hatte eine Version des Bildes zu einer Kollektion gehört, die sich ursprünglich in Paris befunden hatte und sich nach dem Zweiten Weltkrieg in alle Winde zerstreute. Diese Version der Welle war nie wieder aufgetaucht.

»Aber wieso sollte unser Bild vom Meer aus dieser Sammlung sein? Wer sagt dir, daß es nicht noch weitere Versionen gibt?«

»Niemand. Das ist es ja. Das, was wir hier machen, ist ein Ausschlußverfahren. Mehr nicht.«

Sie hatte *unser* gesagt, als wäre der Courbet unsere gemeinsame Sache. Auf den ersten Eindruck hätte man meinen können, sie spräche von ihrer Familie. Von Henriette wußte ich, daß Mona ihre Familie über alles liebte. Sie kümmerte sich um die Ausbildung ihrer fünf jüngeren Geschwister und schickte immer wieder Geld nach Hause. Mona gab sich manchmal kapriziös, aber das war nur Theater. Tatsächlich kannte sie weder Berührungsangst, noch nahm sie sich wichtig. Sie war weit entfernt von jenen Frauen, die sich als Prinzessinnen gerieren. Ihre kleinen frivolen Gesten dienten, glaube ich, nur der Ablenkung von ihrer tiefen Überzeugung.

»Ich denke, um das Thema endlich abzuschließen, solltest du das Original persönlich inspizieren. Wenn dann immer noch etwas unklar ist, muß man weitersehen.«

Was ich vorschlug, schien sie nicht zu überzeugen. Ihr Kopf wiegte sich zur Seite, wie manche Vögel es tun, die sich plötzlich beobachtet fühlen. Ich fragte mich, warum sie sich so gegen diese Aufgabe wehrte. Und ließ die Frage gleich wieder fallen. Mona war nicht hilflos, allenfalls unangenehm berührt. Sie haßte das Thema, das ihr so am Herzen lag. Das war die Kehrseite ihrer deutschen Moral. Das arme Kind mußte hart dafür schuften, gut zu sein. Es war ihr anzusehen, daß sie sich redlich bemühte – anders als ich. Sie schluckte etwas herunter, was sich hinauf drängen wollte. Wie sie so dastand in ihrem ärmellosen flauschigen Pulloverchen und den Samthosen – so schmal und zierlich, daß die Hüftknochen sich im Flor des Samtes abzeichneten wie kleine Hügel in einer weichen Landschaft –, hätte man meinen können, der Luftzug, der durch das Fenster von der Straße kam, trage sie gleich davon.

»Ich kann diesen aufgeblasenen Perlensamt nicht ausstehen. Ich begreife nicht, wie du so blind sein kannst.«

»Was hat David denn damit zu tun?«

»Meinst du nicht, daß er der Anbieter des Courbet ist, der sich hinter dem Vermittler versteckt?«

»Keine Ahnung. Ich habe ihn nicht danach gefragt. Das ist dein Job. Ich habe dir nur gesagt, was ich gesehen habe. Ich dachte, du seist an diesen neuen Entwicklungen interessiert. Wie war das mit der Wahlverwandtschaft? Da werden aus Tätern Juden … Hilf mir, ich krieg's nicht mehr zusammen.«

Sie antwortete nicht.

»Was ist mir dir? Hast du die Sprache verloren?«

»Du – du hast dich total verändert, seit du diesen Perlensamt kennst.«

Auf einmal traten Tränen in ihre Augen. Sie drehte sich auf dem Absatz um. Ich hörte, daß sie zur Toilette ging. Einige Minuten später war sie wieder da. Ohne Tränen. Immer noch stumm.

»Okay, laß uns ausnahmsweise tauschen. Muß Henriette ja nicht mitkriegen. Du übernimmst meine Schmucksache aus Wien, Albertina, da kannst du mit deiner Freundin Hatty von Papsburg quatschen, und ich kümmere mich um den Courbet. Hast du Namen und Adresse?«

Sie nickte. »Von der Mittelsperson. Der Anbieter will, wie gesagt, nicht genannt werden.«

»Mir scheint, im Zusammenhang mit Courbet will überhaupt niemand mehr genannt werden. Wir sollten den Leuten Nummern geben wie die Schweizer ihren Konten.«

Mona legte die Daten vor mich hin und setzte sich wieder.

»Harriett ist nicht meine Freundin, sie ist Henriettes Cousine«, sagte sie leise.

»Hätte ich mir denken können, wo sie doch die gleichen Nasen, die gleichen Handtaschen und fast die gleichen Namen haben.«

»Trotzdem danke, Martini. Es überkommt mich manchmal. Danke, daß du darauf Rücksicht nimmst.«

Ich erfuhr nicht, was sie überkommen hatte. Statt dessen ließ sie sich über die Namensgebung in Familien aus, als handelte es sich um den Tartan eines Clans. »Sie fangen in Henriettes Familie alle mit H an, wegen des Nachnamens. Jedenfalls in dieser Generation. Wir heißen alle durcheinander«, erklärte sie, als könne ihre Ruhrkohledynastie aus Hauern und Steigern vor allem wegen des Durcheinanders der Anfangsbuchstaben von Namen nicht mit dem ehemals regierenden Haus H mithalten. Sie blickte versonnen in die Welt ihr gegenüber, in deren Vordergrund ich saß, deplaciert für diesen träumerischen Blick.

»Es wäre eine gute Idee gewesen, uns alle mit K beginnen zu lassen.«

Ich beließ es bei dem Geheimnis um den magischen Buchstaben K. »Willst du nicht nach Hause gehen? Es ist nach acht. Was tust du noch hier?«

»Dich fragen, ob du mit mir essen gehen willst.«

»Ich muß noch verschiedene Telefonate führen«, sagte ich und griff zum Hörer. Ich hatte einen Kloß im Hals. Warum, verdammt, wollte sie mit mir essen gehen. Das machten wir nie. »Ist irgend etwas?«

»Müde. Mir ist kalt. Ich hätte gern Gesellschaft.«

»Es ist Indian Summer! Und was für einer! Vor einigen Tagen noch herrschte brüllende Hitze. Wie kann man da frieren?«

»Hab lange keine Ferien mehr gehabt, zuviel lächeln müssen«, antwortete sie und versuchte zu lächeln.

»Erhol dich. Mach, daß du fortkommst. Nein, nein, verzeihen Sie, Herr von Arnold, ich sprach noch mit einer Kollegin. Es klingelte so lange … Saunders am Apparat, Martin Saunders, die Berliner Niederlassung von Nobble NYC. Guten Abend. Sie haben uns einen Courbet angeboten, *La Vague*, ja, ich würde das Bild gerne sehen. Gibt es eine Expertise? Um so besser. Morgen nachmittag? Wunderbar. Danke.«

Mona stand immer noch in der Tür. »Und das Bild, das du neulich bei diesem Perlensamt gesehen hast?«

»Was geht uns das Bild an, so lange es in dieser Wohnung hängt? Vielleicht war Courbet vernarrt in den Strand von Étretat. Oder das Motiv ging einfach wie warme Semmeln. Du hast ja gehört, daß ich das Angebot morgen sehen werde. Danach ist die Sache hoffentlich geklärt. Du bist sonst schneller mit deinen Recherchen.«

Sie packte langsam ihre Tasche und drapierte an einem Seidentuch herum, als gelte es, ein endgültiges Arrangement zu gestalten.

»Du bist ...«

»Ja, was?«

Sie sah immer noch schmal und verletzlich aus. Ihr rotes Haar, das sonst sattfarben leuchtete, schien eine Spur heller. Sie verschwand, ohne sich noch einmal umzusehen.

ACHT

Ich ertappte mich dabei, wie ich David taxierte. Ich suchte nach möglichen Ähnlichkeiten mit jemandem, der für die Nazis in Paris gewesen war, irgendeine höhere Charge, die mit Kunst zu tun gehabt hatte. Wer mochte Davids Großvater gewesen sein? *Für die Regierung tätig* war ein dehnbarer Begriff. Was das äußerliche Klischee betraf, bot Davids Physiognomie keine Anhaltspunkte. Sein Gesicht wirkte so »deutsch« wie das von Maria Callas. Andererseits wußte ich überhaupt nicht, was typisch deutsches Aussehen ist. Manche bei uns zu Hause stellen sich einen Typen in Lederhose vor, der an einem Eisbein kaut. Die Nazis hatten wohl eine andere Idee im Kopf gehabt. Vielleicht entsprach Davids Vater deren Bild, jedenfalls vor der Tat und bevor er in sich zusammensank. Aber das brachte mich nicht weiter. Davids Mutter? Sie war eine dunkelhaarige Frau gewesen, ein eher spanischer Typ. Die Photos in der Presse zeigten sie als ausgesprochene Schönheit. Aber David ähnelte ihr trotz seiner dunklen Haare und Augen nicht. Wenn David überhaupt jemandem ähnlich sah, dann, wie ich fand, dem Maler Balthus.

Es folgte eine Zeit, in der wir oft zusammen waren. Mein Stoffwechselproblem hatte sich von selbst gelöst. Ich realisierte, daß der Schatten, der mich manchmal bedrückt hatte, wie weggeblasen war. Ich war dankbar dafür, denn diese merkwürdige Stimmung hatte sich weder mit der tatkräftigen Art meiner Mutter vereinbaren lassen noch mit der herzlichen Atmosphäre, die Bob zu Hause verbreitete. Erst recht paßte die düstere Aura nicht zu der Stadt, in der ich groß geworden war. David und ich hatten Spaß miteinander und waren unbeschwert, trotz oder wegen der Umstände, unter denen wir uns kennengelernt hatten. Jedenfalls nahm David Anteil an meiner Arbeit, und wir teilten viele Interessen. Von der Schauspielerei oder einem anderen Beruf war nie mehr die Rede. Er privatisierte. War immer da, mit Plänen, guter Laune, irgendeiner Idee. Und gut gefüllten Hosentaschen. Nicht, daß er tatsächlich Kordel oder tote Mäuse oder ein Taschenmesser darin herumgeschleppt hätte. Aber so ähnlich war es schon, wenn er mich abholte oder bei einem ersten Glas Wein auf einer Café-Terrasse auf mich wartete.

»Ich hab zwei Tickets fürs Kino nebenan.«

Oder er kam mit einer Vernissage drei Straßen weiter. Karten für die Philharmonie. Ein Restaurant, das wenige Tage zuvor geöffnet hatte. Was er tagsüber machte? Darüber sprachen wir nicht. Wir sprachen über Raubkunst. Wenn die Unterhaltung darauf kam, war David lebendiger denn je. Die günstigsten Bedingungen für die neuen Eigentümer zum Beispiel hielt die Schweiz bereit. Das Schweizer Gesetz besagt, daß nach fünf Jahren ein nicht reklamierter Anspruch auf Eigentum verfällt. Die rechtmäßigen Besitzer oder deren Erben, die oft nicht wußten, wohin einzelne Teile ihrer Sammlungen versprengt worden waren, hatten nie eine Chance gehabt. David echauffierte sich, als sei er selbst betroffen. Seine Pupillen verengten sich zu winzigen Kanälen. Man ahnte nicht einmal, wohin sie führen mochten, vielleicht in eine Ecke seines Hirns, in der er bestimmte Pläne entwarf. David wäre ein guter Anwalt geworden. Der richtige Typ für die Art Plädoyer, die der angelsächsische Prozeß vorsieht. Er sprach plastisch, durchaus emotional. Ich hatte nicht selten den Eindruck, in Berlin immer noch inmitten von Nazis zu leben, wenn ich ihn sprechen hörte.

»Stell dir vor, du gehst durch das Kunsthaus in Zürich. Plötzlich siehst du ein Bild aus der Sammlung deines Großvaters.

Du erkennst es sofort. Dennoch bist du unsicher, denn du kannst dir nicht vorstellen, daß ein Staat die Unverschämtheit besitzt, öffentlich zu zeigen, was ihm nicht gehört. Du zweifelst an dir. Aber es gibt da eine Reihe von Photographien aus dem Haus deiner Großeltern. Tante Annie ist auch darauf. Dein Großvater am Klavier. Dein Vater spielt im Vordergrund mit einem Holzpferd, trägt einen Matrosenanzug, der kleine Kahlschädel. An der Wand im Hintergrund hängt zwischen anderen Bildern der Picasso, den du jetzt vor der Nase hast. Du meinst, das sei der Beweis, daß das Bild deiner Familie gehörte, die in Auschwitz umgekommen ist. Und als du dich an den Kurator der Sammlung wendest, sagt man dir, *tut mir leid, mein Herr, aber dieses Bild hängt hier seit zwanzig Jahren. Herr X hat es rechtmäßig von Herrn Y erworben. Da hätten Sie schon* 1950 *kommen müssen, spätestens – und außerdem ist eine Photographie noch längst kein Provenienzbeweis.* Wenn du einräumst, daß deine Familie schon '43 geplündert wurde und danach deportiert und daß die, die gerade noch emigrieren konnten, sich um ihr nacktes Leben kümmern mußten und sich weder um den Verbleib der Bilder kümmern noch mitten im Krieg unter der Herrschaft der Nazis Ansprüche stellen konnten – zuckt der nette, kundige Kurator, der ein paar Jahre jünger ist als du, mit den Achseln und beruft sich auf das nationale Recht und die Ungerechtigkeit der Geschichte.«

»Aber das ist nur in der Schweiz so, nicht in Deutschland und auch nicht in Frankreich.«

»Wahrscheinlich hängen solche Bilder wohlweislich nur in deutschen Privatsammlungen, die einem öffentlichen Publikum nicht zugänglich sind. Wie bei uns. Man sollte sie öffentlich auspeitschen.«

»Wen?«

Kurz hatte ich die Vision eines religiösen Eiferers, als ich David so sprechen hörte. Ein berufener Mann hebt die morsche Welt aus den Angeln. Er sagt die Wahrheit. Alle glauben ihm. Eine merkwürdige Bewegung entsteht, die durch Eigendynamik immer eifriger wird. Davids Enthusiasmus war mitreissend, aber auch ein wenig abstoßend. Er war hitzig. Vollkommen undifferenziert. Manchmal hatte ich den Eindruck, als wäre er nicht ganz bei Bewußtsein, wenn er so sprach. Er gestikulierte lebhaft. Zog Grimassen. Seine Stimme – tief, fast singend. David schlug vor, eine Kampagne zu starten. Gemeinsam seien wir das ideale Paar, Reste von Raubkunst in öffentlichen wie in privaten Sammlungen aufzustöbern und bekannt zu machen, wo die einzelnen Stücke hingekommen waren, wem sie gehört hatten und eigentlich immer noch gehörten.

»Stell dir vor, wir heben sie alle aus. Guten Abend, Frau von Blabla, herzlichen Dank für Ihre Einladung. Aber ja, gerne führe ich Ihre Nichte zu Tisch. Sie sammeln auch? Ach, Sie haben die Sammlung von Ihrem Onkel geerbt? Aufgebaut in den dreißiger Jahren? Sogar Picasso? Braque? Ist ja interessant. Galt damals doch als entartet. Ihr Großvater war ein Widerstandskämpfer in Sachen Kunst? Das ist ja bemerkenswert. Was es damals alles gab! Man weiß einfach immer noch zu wenig, nicht wahr?«

Nach einer Atempause leuchteten seine dunklen Augen erregt. Leiser fügte er hinzu: »Rache nehmen. Wo sich die Täter selbst entziehen, muß man ausweichen auf die Nachkommen.«

Rache? Einen Augenblick lang war ich sprachlos. So einfach sollte die emotionale Genugtuung sein? Da klingelte mein Mobile.

»Ich habe mich gefragt, ob du nicht doch Hunger hast? Wir könnten auch ein paar Schritte spazieren gehen. Einfach an die Luft und dann einen Cocktail trinken.«

Mona. Auf einmal rief sie mich abends an. Privat. Das hatte sie vorher nie gemacht.

»Es geht nicht. Ich habe keine Zeit. Ich muß noch …«

»Jetzt? Um diese Zeit muß doch niemand mehr irgend etwas.«

Eine Frau, die sich aufdrängt. Wie ich das verabscheue. Während ich versuchte, Mona loszuwerden, war David verstummt. Er sah mich grinsend an. Ein Verbündeter. Als wüßte er, daß sie es war. Als ich aufgelegt hatte, gab er mir einen Klaps auf die Schulter.

»Los, laß uns essen gehen. Wir nehmen meinen Wagen und fahren raus an den Schlachtensee. Genau richtig für diesen Abend.«

Wir saßen in Davids Cabrio und ließen uns den Sommerwind durch die Haare wehen. Ich sah ihn von der Seite an. David drehte sich kurz zu mir und lächelte. Dann blickte er wieder auf die Straße.

Die Begutachtung des Courbet – und damit auch die Recherche – hatte ich erwartungsgemäß bereits einen Tag nach dem Tausch mit Mona abgeschlossen. Sie führte mich zu einem der neuen Berliner Häuserkomplexe, die alle ein bißchen neureich und ein bißchen geschmacklos wirken. Ich stand in einer Vorhalle aus schwarzem Granit. Über mir baumelte ein mittelalterlich anmutender Lüster, wie ich ihn aus den großen Verwaltungsgebäuden Downtown Manhattan kannte – nur waren die um 1930 erbaut. Damals fand man den düsteren Pomp in New York elegant, heute gilt das offenbar für Berlin. Merkwürdig, diese Zeitschleife aus Kitsch.

»Herr von Arnold de la Pierre erwartet Sie.«

Der Portier in dezenter Uniform – in Berlin eine neue Erscheinung – wies auf die Aufzüge im Fond. Offenbar hatte man ihm eingebleut, daß es zu seinem Job gehörte, stolz auf seinen Job zu sein: Blasierter als er konnte keiner wirken. Der Aufzug hielt im sechsten Stock. Ich hatte mir noch nicht überlegen können, wie ich den langen Gang und seine Dekoration empfand, da trat mir im mattschimmernden Licht ein junger Mann entgegen. Weißes Hemd, sehr tief aufgeknöpft, enge Jeans ohne Gürtel, von den Hüftknochen gehalten. Die Farbe seiner Augen irisierte trotz des dämmrigen Lichts wie die in der Sonne glänzenden Schuppen eines Fisches.

»Herr Dr. Saunders? Bitte kommen Sie mit mir.«

Ich wurde zu einer offenstehenden Etagentür geführt. Einen Augenblick lang zuckte ich vor dem gleißenden Licht zurück. »Herr von Arnold wird sofort bei Ihnen sein.«

Der Junge ging. Seine Bewegungen waren konzentriert und selbstvergessen, wie man sie nur bei Menschen findet, die nicht um ihre Ausstrahlung wissen. Ich sah ihm noch nach, als die Tür, die ihn geschluckt hatte, längst geschlossen war. Für eine Weile stand ich wie angenagelt dort, als hätte ich eine Erscheinung gehabt. Meine Hände wurden feucht. Verstohlen wischte ich sie an der Hose ab. Dann wandte ich mich um. Statt des düsteren Marmors ging man hier über glatt poliertes Intarsienparkett. Der lichtdurchflutete Raum endete in fünf Metern Höhe in einer umlaufenden Galerie. In einer Ecke war eine Wendeltreppe. Oben sah ich Vitrinen mit ein paar Büchern. Kein Bild, keine bemerkenswerte Lampe, kein einziger Kunstgegenstand. Auch die untere Ebene war nur spärlich möbliert. Zwei Sessel, eine leere Staffelei, sonst nichts. Zur linken Seite öffnete sich eine Fensterfront zu einer Terrasse, darauf geschnittene Buchse unterschiedlicher Größe. Nackte, schwarzlackierte Gitter. Durch die Fenstertüren sah man das Brandenburger Tor, die Lindenallee, Fragmente des Tiergartens. Das Geschehen am Leipziger Platz war schalldicht entfernt. Man war unbelästigt hier oben und doch mittendrin.

»Ich gebe zu, es ist mir manches Mal schon passiert, daß meine Angebote mit diesem Blick nicht konkurrieren konnten«, sagte eine Stimme in meinem Rücken. Ich drehte mich um.

»Roderick von Arnold de la Pierre.«

Vor mir stand ein kleiner rundlicher Mann, zu dem der Name paßte wie ein Stöckelschuh in den Matsch. Er streckte mir die Hand entgegen, machte eine kleine altmodische Verbeugung und lachte. Seine Zähne waren makellos. Ich hatte noch nie eine Schießbudenfigur gesehen, so etwas gab es in meiner Kindheit nicht einmal mehr auf Coney Island. Aber genau so wie de la Pierre stellte ich mir eine vor. Seine Gestik war heftig und schien jeden Augenblick seinen zu engen, zu modischen Anzug zu sprengen. Der runde Kopf mit den geröteten Schweinebäckchen verriet zu hohen Blutdruck. Bestimmt war dieses nicht sein erster Beruf. Vielleicht war er vorher mit Staubsaugern oder Immobilienverkäufen unterwegs gewesen oder er hatte Schweinebäuche verschickt. Ich konnte mich gerade noch beherrschen zu fragen, warum um Himmels Willen ausgerechnet er diesen Namen trüge. Ich reichte Herrn Arnold de la Pierre meine Karte.

»Wir hatten wegen des Courbet telephoniert, den Sie uns angeboten haben.«

»Das weiß ich doch, das weiß ich doch. Saunders, Saunders – könnte ich schon mit Ihrem Vater zusammengearbeitet haben?«

Angeber. Laut sagte ich: »Bedauere, meine Familie stammt nicht aus Berlin.« Lieber hätte ich gesagt, *das kann ich Ihnen sagen, wenn Sie mir sagen, wer mein Vater war.*

»Ach, ich dachte nicht unbedingt an Berlin, London vielleicht?«

Ich verneinte.

»Na ja, man denkt in diesem Geschäft, man müßte alle kennen. Unsere Welt ist klein. Da macht man aus ihr immer direkt einen Familienbetrieb.«

»Der Courbet stammt aus Berlin?«

»Ja, er stammt aus einer privaten Sammlung. Der Anbieter möchte gerne noch anonym bleiben. Bei Abschluß des Geschäftes gibt er natürlich seine Identität bekannt.«

»Ich würde das Bild gern sehen.«

»Natürlich, Herr Dr. Saunders, deswegen sind Sie ja hier. Ich werde es holen. Darf ich Ihnen in der Zeit etwas bringen lassen?«

Ich lehnte ab und wandte mich wieder zur Terrasse. Manchmal hatte ich den Eindruck, in der falschen Stadt zu leben. Immer häufiger kam mir der Gedanke, gelegentlich um Versetzung zu bitten, nach Paris oder Amsterdam. Oder zurück nach New York. Nicht, daß mir Berlin unangenehm war. Ich fühlte mich nur nicht wohl – trotz der Freundschaft mit David. Ich vermutete unterirdische Spuren, die nicht zur Oberfläche paßten. Vielleicht hatte Rosies Aversion mich verdorben oder ich suchte unwissentlich nach der Bestätigung ihrer Ansichten. Aber was überlegte ich da? Ich hatte kein lästiges Erbe zu verwalten. Offenbar hatte sich Monas Beschwörungsformel eingeschlichen. Wahlverwandtschaften. Lächerlich.

»Die Anbieter sind nicht in einer Notlage. Ehrlich gesagt kann ich nicht ganz verstehen, warum sie überhaupt verkaufen. Immerhin ist das Bild seit einigen Generationen in der

Familie. Ich habe den Eindruck, dem Verkauf liegt ein privates, um nicht zu sagen intimes Motiv zugrunde. Aber bei so einer Ahnung fragt man natürlich nicht weiter nach.«

Davids Äußerung, daß mit dem Courbet alles – was das auch immer war – begonnen hätte, paßte dazu. Aber er würde mich doch nicht belügen! Warum sollte er? Dazu waren wir inzwischen viel zu vertraut. Ich sah mir das Bild, das Herr von Arnold auf die Staffelei gestellt hatte, genauer an. Es war, so weit ich meiner Erinnerung trauen konnte, das Bild, das ich bei Perlensamts gesehen hatte. Auf den ersten Blick sah es ganz gewiß nicht wie eine Fälschung aus. Ein weiteres aus der Serie also?

»Sie haben die Expertise?«

»Natürlich.«

»Von wem?«

Die Papiere enthielten eine Liste von Eigentümern, ein Gutachten mit Photo sowie Beschreibung und Auswertung einer Röntgenprüfung. »Sie können diese Kopien gern behalten.«

Jedesmal, wenn ich solche Unterlagen in Händen hielt, fragte ich mich, was sie wirklich wert waren. Sie sind etwas *wert*, soviel steht fest. Ob Rothschild auf der Liste steht oder heute Saatchi, Thyssen, Flick. Die Namen sind etwas wert, obwohl häufig die wirklichen Stationen nicht nachprüfbar sind. Oft genug wird gemogelt, manchmal betrogen. Die Firma hatte einmal einen Beuys in der Auktion gehabt, der für sechs Millionen, damals noch D-Mark, unter den Hammer kam. Die Provenienz war lückenlos. Da war nur diese Sache mit dem letzten Besitzer. Er war gerade in einen heftigen Wirtschaftsskandal verwickelt. Nicht genug. Sein Vater hatte ärgerlicherweise zur *crème brulée* der Nazis gehört und war nach den Prozessen von Nürnberg gehängt worden. Solche Fingerpatscher wollte niemand auf der deutschen Avantgarde hinterlassen wissen. Also ließ man diesen Eigentümer einfach weg. Das erhöhte die erzielte Summe um ein Vielfaches. Aber was eine Provenienz genau wert ist, weiß niemand. Und natürlich kommt es vor, daß ein Bild einer Sammlung entstammt, die zweifelhaft ist. Jeder weiß das. Niemand will es beweisen. Ich überflog die Papiere. Nirgendwo auf der Liste stand der Name Perlensamt. Der Experte war mir bekannt, und darüber hinaus wurden Namen von Sammlungen genannt, die man überprüfen konnte. Nur ein Idiot würde das fälschen.

»Gut. Ich gebe die Daten weiter, und Sie bekommen Bescheid, auf welche Auktion es gehen könnte, möglicherweise Ende des Jahres nach Paris, aber das entscheide ich nicht, wie Sie wissen. Ich nenne Ihnen dann auch den aktuellen Schätzpreis.«

Herr von Arnold nickte. »Auf die erste Auktion, in die es paßt. Mein Kunde möchte es – bald verkauft wissen. Das intime Motiv, Sie verstehen.«

Ich wollte es gar nicht verstehen. Mir ging durch den Kopf, was Mona gesagt hatte. Ob David der heimliche Anbieter war. Ob er vielleicht langsam damit beginnen wollte, die Sammlung aufzulösen. In diesem Fall hätte die Petersburger Hängung jetzt wohl eine leere Stelle. Es war ein sportlicher Akt, das eben zu überprüfen, reine Neugier. Herr von Arnold schien angenehm berührt, daß ich es eilig hatte.

»Sie möchten nicht vielleicht doch etwas trinken?«

»Nein, vielen Dank, ich habe in zehn Minuten schon den nächsten Termin.«

Er begleitete mich hinaus. Unten angekommen schwang ich mich aufs Fahrrad und radelte die Straße des 17. Juni unter einem wolkenlos blauen Himmel nach Westen. Ich war so gespannt, was mich in der Fasanenstraße erwarten würde, daß ich trotz meiner guten Kondition fast außer Atem geriet.

NEUN

Hector Feliciano irrt, wenn er Suzanne de Bruycker in seinem Buch über *Das verlorene Museum* als Tochter des *namhaften Journalisten Jean Luchaire* einführt. Die zierliche Person war vor ihrer Hochzeit mit Otto Abetz die Sekretärin von Luchaire gewesen, der zu dieser Zeit die kulturpolitische Zeitschrift *Notre Temps* leitete. Man amüsierte sich im Redaktionsstab darüber, daß Hitlers späterer Botschafter in Paris seinen Freund Luchaire um die Hand der Geschätzten bat, gerade weil sie *nicht* seine Tochter war! Kultiviert, intelligent, zurückhaltend im Wesen – las ich in einer Biographie über diese Frau. Im übrigen stammte Suzanne nicht aus Frankreich. Sie war flämischen Ursprungs. Im Oktober 1933 gebar sie einen Sohn, Bernhard. Die Tochter Sonia kam im März 1936 zur Welt.

Ich greife vor: Die Unterlagen machen das – oder der Wein. Hätte die Haushälterin mich letzte Nacht nicht unterbrochen, wären diese Papiere in Flammen aufgegangen. Heute hat Madame Eugénie das Feuer gemacht und die Klappe gezogen. Möglicherweise hält sie mich für verrückt. Sagen würde sie das nie. Sie sagt, sie habe viele Leute in diesem Haus kommen und gehen sehen. In ihrem Tonfall klingt an, daß sie nichts mehr überraschen kann. Ich möchte sie loswerden. Ich will diese Dokumente vernichten. Aber es ist gar nicht so leicht, Madames Redeschwall einzudämmen. Endlich ist sie da angelangt, wohin sie vermutlich von Anfang an wollte. Was ich denn da eigentlich verbrenne? Ob das mit den Anrufen zusammenhinge, die sie seit Tagen abwimmeln muß. Ich bin verblüfft. Es stimmt, daß ich sie gebeten habe, mich abzuschirmen. Aber ich habe mir nicht klar gemacht, daß sie aus den sich wiederholenden Anrufen ihre Schlüsse zieht.

Madame Eugénie erklärt mir umständlich, es sei durchaus üblich, nicht nur die Haushälterin der Vormieter zu übernehmen, sondern oft auch noch das übrige Personal. So hatten auch der Fensterputzer, der Gärtner und die Masseuse der früheren *Gnädigen Frau* ihre Dienste angeboten. (Offenbar ging man davon aus, daß jemand, der ein solches Haus bewohnt, sich das alles leisten kann.) Auch das Kindermädchen hätte angefragt. Aber das sei ja klar, daß ich kein Kindermädchen bräuchte. Dann hätten noch zwei Personen angerufen, die mich persönlich sprechen wollten. Eine Frau mit ausgezeichnetem Französisch war darunter (also konnte es Mona nicht gewesen sein). Das andere sei ein Mann gewesen, der sich sehr höflich in Englisch gemeldet hätte. Aber Englisch verstünde sie nun mal nicht. Die Frau hätte aus Paris angerufen und ihre Nummer hinterlassen. Sie hätte der Dame aber gleich gesagt, es könnte mit dem Rückruf Wochen dauern. Der Herr des Hauses (das bin ich) sei sehr beschäftigt. Der höfliche Mann hatte mehrmals hintereinander angerufen. Es schien ihm sehr wichtig zu sein. Madame Eugénie reicht mir einen Zettel. Es ist die Nummer von Edwige. Könnte der Mann, der nichts hinterlassen hat, David gewesen sein? Wie zum Teufel hätte er meine Nummer herausbekommen können? Madame Eugénie steht immer noch vor mir und sieht mich erwartungsvoll an. Sie denkt doch wohl nicht ernsthaft, daß ich ihr sagen werde, was ich hier verbrenne? Gerade als ich ihr mit scharfer Zunge erwidern will, es ginge sie verdammt nochmal nichts an, was hier kokelt, fällt mir ein, daß ich auf sie angewiesen bin.

Ich erzähle ihr also die absurdeste Geschichte, die mir in den Sinn kommt. Ich hätte in Brüssel Zuflucht gesucht und würde die Beweise einer angeblich gescheiterten Ehe verbrennen. Der höfliche, Englisch sprechende Mann verfolge mich nämlich. Er sei der Liebhaber meiner Frau. Er wolle mich dazu bringen, in die Scheidung einzuwilligen. Madame Eugénies Augen weiten sich. Ich habe das richtige Thema getroffen. Ich fahre also fort. Ich bräuchte jetzt einen klaren Kopf. Ich müsse sorgfältig überlegen, was zu tun sei. Der Mann, der mir auf den Fersen sei, hieße Perlensamt. Sie müsse sich darüber im klaren sein, daß er mir skrupellos die Frau ausgespannt hätte. Eine schöne Frau, einer gotischen Madonna nicht unähnlich, eigentlich die Tugend in Person. Ich beschreibe Mona haargenau, bis hin zu ihrem Parfum und den kleinen Eigenheiten, zu denen gehört, daß sie unter dem Schreibtisch die Schuhe auszieht, wenn sie denkt, daß es niemand merkt. Dann David. Wie er sich meine Abwesenheit zunutze gemacht hat, Mona zu hinterbringen, daß ich sie auf einer Geschäftsreise betröge. Er hat ihre Schwäche und Jämmerlichkeit unter dem Siegel des Trostes in seine Arme gedreht und sie schließlich auf sein Lager gezerrt. Ich wäre nach Hause gekommen, und alles hätte sich gegen mich gewandt. Standhaft hätte ich mich dennoch geweigert, in die Scheidung einzuwilligen. Ich will meine schöne, verwirrte Frau immer noch nicht einem solchen Lumpen überlassen. Ich bin so ergriffen von der Geschichte, daß mir fast die Tränen kommen. Offenbar habe ich Talent zur Lüge.

Auch Madame ist ergriffen. Sie nickt mehrmals, als ich geendet habe. Ihr Gesicht zeigt tiefes Verständnis. Ihr steht nicht nur meine Lage vor Augen, sie sieht auch die Gefahr, in der Mona schwebt: schutzlos in den Armen eines Ungeheuers! Gewitzt wie Madame ist, begreift sie sofort, daß mir zur Zeit die Hände gebunden sind. Meine Frau, beeinflußt von diesem

Teufel und seiner Süßholzraspelei, vertraut mir im Augenblick nicht mehr.

»Sie müssen sie seinem Einfluß entziehen! Holen Sie Ihre Frau hierher, Monsieur!«

Ich bitte sie um Unterstützung. Ich sehe an ihrem Blick, daß sie mir und meiner Geschichte zu Füßen liegt. Dann sage ich ihr, ich nähme nun ein Bad und ginge dann zu Bett. Heute, obwohl dringend notwendig, würde ich nichts mehr verbrennen. Die Erinnerung sei zu heftig und schmerze zu sehr. Ich schicke ein Stoßgebet zu den Sternen, sie mögen mir dieses Ammenmärchen verzeihen.

Zwanzig Minuten nach meinem Termin bei Herrn Arnold de la Pierre klingelte ich bei Perlensamt. Aber es war nicht David, der mir öffnete. Eine weibliche Stimme meldete sich durch die Sprechanlage.

»Ich möchte zu David Perlensamt.«

»Einen Augenblick bitte, ich komme hinunter und lasse Sie ein.«

Erst da fiel mir auf, daß dieses Gebäude über keine automatische Türanlage verfügte. Man erwartete von den Bewohnern wohl Personal und schätzte im übrigen unkontrolliertes Kommen und Gehen nicht. Die Frau, die ans Tor kam und öffnete, war nicht, wie erwartet, die Haushälterin.

»Sie sind ein Freund von David, nehme ich an. Ich bin Edwige Abèz, Davids Tante.«

Für Davids Tante erschien sie mir recht jung. Geblümtes Seidenkleid. Auffallend elegant. Ihr honigfarbenes Haar war hochgesteckt und ließ die Ohren frei. Ein makellos geschminktes Gesicht mit erdbeerrot nachgezogenen Lippen. Erst später wurde mir klar, daß Edwige Abèz nicht nur äußerlich, sondern in ihrem ganzen Gebaren das genaue Gegenteil ihrer Schwägerin sein mußte.

Sie plauderte, als kennten wir uns längst.

»David ist spurlos verschwunden, der Narr. Wahrscheinlich badet er mal wieder in Eigensinn.« Ihre Bemerkung klang ironisch. »Sie sagten, Sie hätten sich vor kurzem noch mit ihm getroffen, Herr …?«

Ich reichte ihr meine Karte.

» … Dr. Saunders? Kommen Sie doch bitte mit hinauf.«

»Was meinen Sie mit ›verschwunden‹?«

»Weg, ohne ein Wort, wohin.«

Sie ging vor mir die Treppe hinauf. In der Halle bat sie mich, Platz zu nehmen. Sie verschwand in dem dunklen Gang. Mein erster Blick galt der Petersburger Hängung. Der Courbet war an seinem Platz. David hatte also kein heimliches Angebot gemacht.

Edwige kam schnell zurück.

»Wie nett, daß Sie sich um David kümmern, Herr Dr. Sanders.«

»Saunders. Ein amerikanischer Name. Ich bin nicht von hier.«

»Ah! Aber Sie sprechen sehr gut Deutsch, hervorragend, besser als ich. Ich mache inzwischen so viele Fehler. Aber Sie wissen sicher, daß man sogar seine Muttersprache verlieren kann.«

Wir wurden von der Haushälterin unterbrochen, die fragte, was sie servieren sollte.

»Bitte bringen Sie uns Tee und Gebäck, Frau Arno. Das ist Herr Dr. Saunders, ein Freund von David.«

Sie nickte mir freundlich zu, sagte aber nicht, daß wir uns von meinen Besuchen im Haus bereits kannten. Vielleicht übte sie sich in Zurückhaltung.

»Herr Dr. Saunders weiß auch nicht, wohin David ist.«

»Aber gnädige Frau, Sie kennen doch unseren David!«

Ich hatte den Eindruck, daß Frau Abèz der Haushälterin dankbar für diese Worte war. Sie seufzte, bevor sie weitersprach.

»Ich fürchte, Frau Arno, Sie kennen ihn wesentlich besser als ich. Immer wenn ich meine, ich hätte«, Edwige sprach den Satz nicht zu Ende. Sie wandte sich wieder zu mir. »Es ist jedenfalls reizend, gerade jetzt, daß Sie kommen. Er hat leider«, sie zögerte einen Moment, als überlegte sie, ob sie so weit gehen dürfte, »er hat leider nicht viele Freunde – wie üblich bei etwas exzentrischen Menschen. Ich mache mir Sorgen um ihn, deswegen bin ich hier. Und er ist weg. Diese Geschichte …«

»Frau Abèz, David Perlensamt und ich kennen uns – durch Zufall. Ich kehrte zurück, weil ich einige Fragen hatte, die Sammlung betreffend.«

Nichts lag mir ferner, als daß sie auf falsche Gedanken kam. Was ging es Davids Tante an, ob David und ich befreundet waren und wie eng. Es ging niemanden etwas an. Ich wies auf das Bild.

»Der Courbet, Sie verstehen? Ich wollte Genaueres erfahren. Wie Sie auf meiner Karte sehen, arbeite ich bei der hiesigen Dependance von Nobble NYC. Uns wurde vor kurzer Zeit ein Gemälde wie dieses da angeboten. Ich wollte Ihren Neffen um Auskunft bitten. Die Situation ist verwirrend. Courbet hat das Motiv nicht nur einmal gemalt.«

Sie schien enttäuscht. »Ich hatte gehofft …« Sie verstummte. »In dieser Situation …«

»Ich las von dem Unglück, das Davids Mutter traf. Es ist schrecklich.«

Ihr Gesicht wechselte plötzlich den Ausdruck. Sie versuchte nicht einmal, sich zu beherrschen. Eine Dame in fortgeschrittenem Alter, die nur darauf wartet, in Wut zu geraten. In dem Augenblick, als Edwige Abèz sagte, »Es war kein Unglück«, kam die Haushälterin mit einem Tablett herein und lenkte von dem energischen Satz ab. Nachdem Frau Arno gegangen war, wiederholte Edwige, was sie gesagt hatte. Sie reichte mir Tee.

»Ich kann mir kaum vorstellen, daß David Ihnen etwas von dieser«, das folgende Wort sprach sie so langsam aus, als würden die einzelnen Buchstaben bitter schmecken, »Sammlung anzubieten hat. Man redet hier immer von Familienerbe, einschließlich dieser«, sie sah sich angewidert um, »Umgebung und der Adresse, für die man in der Familie Perlensamt offenbar eine Vorliebe hegt.«

Sie schien sich nicht zur Familie zu zählen.

»Maurice und Miriam haben eine glänzende Fassade aufgebaut – vielleicht hat mein Bruder diese Neigung von unserem Vater. Auch Paul war – aber das führt zu weit. David jedenfalls paßte nie in die, wie soll ich sagen, gesellschaftsorientierte Welt seiner Eltern. Er war immer an den Dingen selbst interessiert. Meine Schwägerin war ehrgeizig, geradezu verbissen. Sie interessierte sich nur dafür, gesellschaftlich voranzukommen. Ich weiß nicht einmal, wohin sie eigentlich wollte. Lächerlich! Davids Eltern – Miriam und Maurice, meine ich.«

»Maurice?«

»Alfred – meinetwegen.«

»David sagte mir, daß sein Vater einen anderen Namen angenommen hat. Es sei ein Versuch gewesen, sich dem schweren Erbe zu entziehen, für das der ursprüngliche Name stand. Vielleicht sieht er die traurigen Ereignisse auch in diesem Zusammenhang.«

»Was für ein schweres Erbe?« Sie runzelte die Stirn. »David ist begabt. Aber er lebt in einer Phantasiewelt. Das ist gefährlich. Ich habe das alles immer bedauert, die Attitüde seiner Eltern, dieses Gieren nach Prestige. Aber – ich hatte kein Recht, einzugreifen. Ich hatte gehofft, David würde selbst einen Ausweg finden … aus seiner Versponnenheit, aus diesem Land, aus dem Zwang seiner Familie. Ich hätte mir gewünscht, sein Bezug zu Paris wäre größer, lebendiger, überhaupt, daß er mehr – wie soll ich mich ausdrücken – internationales Interesse entwickelt hätte.«

»Wie sein Großvater?«

»Wie kommen Sie denn darauf? Unser Vater war ein unbedeutender Mann. David hat leider die Haltung meines Bruders geerbt. Er igelt sich ein. Er ist – es fällt mir nicht leicht, das zu sagen – bei aller Großspurigkeit provinziell. Auch Alfred und Miriam sind, ich meine Miriam war provinziell. Reich gewordene Kleinbürger, die ihre Herkunft verbergen wollen. David hat diese dumme Angst übernommen, wie er vieles von ihnen übernahm, und ich hatte leider keinerlei Einfluß auf ihn. Er wollte ihnen so gerne ähnlich sein, genauso sein, wie sie. Er wollte, daß sie ihn lieben, und wie um es ihnen vorzumachen, liebte er sie. Und dann wieder diese Ausbrüche von Wut, gar nicht zu zügeln. Miriam konnte nicht damit umgehen. Sie behandelte das Kind, als hätte es die Pest. Ach, verzeihen Sie, was ich nur rede.«

Sie hielt inne und starrte auf ihre Hände. An dem linken kleinen Finger trug sie einen goldgefaßten Turmalinring. Einen Ehering trug sie nicht.

»Da Sie auch nicht wissen, wo er ist …« Sie schien sich nicht länger über meine Anwesenheit zu freuen. »David braucht einen Freund«, murmelte sie abwesend, als müsse sie noch eine Besorgung machen. Sie stand auf, sah mir in die Augen und schien alle Kraft zusammenzunehmen. »Er braucht einen

Freund wie Sie. Ich dachte mir das sofort. Aber man kann die Dinge nicht erzwingen.«

»Erlauben Sie mir noch eine Frage.«

»Ja, bitte?«

»David sagte, der Courbet«, ich wies noch einmal auf das Bild vom Meer, »sei der Anfang gewesen. Was meint er damit? Der Anfang von was?«

»Tut mir leid, keine Ahnung. Ich habe dieses Bild nie zuvor hier gesehen. Es gibt ein solches Motiv von Courbet im Musée d'Orsay. Es hängt unten in dem Saal, wo auch die anderen Bilder dieses wunderbaren Malers hängen. Aber dieses hier – nein, ich kann rein gar nichts dazu sagen.« Sie seufzte. »Auch zu den anderen Bilder nicht. Sie machen mich sprachlos.«

Was für eine undurchsichtige Familie, dachte ich, als ich wieder auf der Straße stand. Sie wirken zusammengewürfelt und dann zerstoben. David verschwunden? Wieso hatte er mir nicht gesagt, daß er verreisen wollte? Warum war seine Tante plötzlich da? Edwige Abèz schien ihre tote Schwägerin nicht gemocht zu haben. Ich kam wohl gerade recht, damit sie diese Tirade loslassen konnte. Es schien ihr ein echtes Bedürfnis gewesen zu sein. Diese familiären Animositäten machten mich irgendwie nervös. Eigentlich war es gar nicht meine Art, mich in fremde Angelegenheiten hineinziehen zu lassen. Aber die Freundschaft mit David einfach abbrechen? Und das gerade jetzt, wo sein Vater verurteilt worden war? Reflexartig wühlte ich in meinem Jackett nach einem Päckchen Zigaretten. Dann fiel mir ein, daß ich das Rauchen aufgegeben hatte. Es war zu früh, um irgendwo etwas Alkoholisches zu trinken. Ich sah mein Fahrrad am Laternenpfosten stehen, gründlich abgeschlossen. Gehörte es wirklich mir? Am Haus nebenan war ein Bauzaun angebracht. Bunte Plakate klebten halb abgerissen an den Latten. Die Luft roch schwül, als wäre sie mit irgend etwas aufgeladen. Wann würde die Hitze endlich aufhören? Ich wollte auf die Uhr sehen und stellte fest, daß ich sie zu Hause vergessen hatte. Der Verkehr auf der nahegelegenen Kantstraße wurde dichter. Ich hatte einen Verdacht überprüfen wollen. Einen Verdacht? Was für einen Verdacht? *David Perlensamt sei eigentümlich unbeteiligt gewesen, als der Sarg seiner Mutter …* Wieso fiel mir diese Zeitungsnotiz jetzt ein? Was hieß denn *unbeteiligt*? Gefühlsstarre? Geheime Vorwürfe, nicht früher am Tatort gewesen zu sein, um das Schlimmste zu verhindern? Aber er hatte es doch versucht. Wie hätte er denn wissen können, daß sein Vater seine Ehefrau umbringen wollte und dann sich?

Mein Mobile klingelte. Es war Mona. »Was geht eigentlich vor? Kommst du noch mal zurück oder wie denkst du dir das?«

»Bin gerade hier raus. Hast du eine Zigarette? Gut, in fünf Minuten im Büro.«

Ich schwang mich aufs Fahrrad, da traf es mich wie ein Blitz. Davids Tante hatte von ihrem Vater als einem unbedeutenden Mann gesprochen. Paul sei ein Kleinbürger ohne Weitblick gewesen. Legt ein Kleinbürger eine solche Sammlung an? Das wäre einmal eine ganz neue Variante. Ein unbedeutender Mann setzt sich mit einer Sammlung ein Denkmal, und ein Enkel identifiziert sich damit. Und das Bild vom Meer war der Anfang. Was für ein Schwachsinn! Woher sollte ein unbedeutender Kleinbürger Macht, Kenntnis und Geld für so eine Sammlung gehabt haben? In der Nazizeit ging ja schon viel. Aber alles dann doch nicht.

ZEHN

Am nächsten Tag rief ich noch einmal bei Perlensamt an. Der Apparat klingelte ins Leere. Zwei Tage später kam eine Einladung von David. Zu einer Party. Ich bat Mona, mitzugehen.

»Warum? Du weißt, daß er mir nicht sonderlich sympathisch ist.«

»Ich will einfach, daß du diese irre Sammlung einmal siehst. Der Courbet ist ja jetzt geklärt – Perlensamt hat wohl nichts damit zu tun. Aber für dich ist es doch interessant, eine solche Privatsammlung zu kennen. Und wenn sich die Gelegenheit so bietet.«

Ich schwindelte. Der tatsächliche Grund, warum ich Mona um ihre Begleitung bat, war wohl, daß ich mich unbehaglich fühlte, seit ich mit Davids Tante gesprochen hatte. Erst Davids Anhänglichkeit, dann sein Verschwinden, seine Unberechenbarkeit und nun die Andeutungen von Edwige über die Familie ihres Bruders. Ich wußte immer weniger, wie ich David einschätzen sollte, obwohl ich immer noch von ihm angezogen war – oder nur von der, wie soll ich es nennen: tragischen Situation? Vielleicht sogar war ich mehr denn je angezogen von dem, was ich mit David erlebte. Ich konnte es mir nicht erklären. Ich wollte ihn wiedertreffen.

»Kommst du?«

»Ich weiß nicht, was ich zu der Party von diesem Typen anziehen soll.«

»Das kann ja wohl nicht das Problem sein.«

»Wenn du mir hilfst, sicher nicht.«

Mona hatte so lange herumgenörgelt, bis ich versprach, zu ihr nach Hause zu kommen. Das Wetter war noch immer schön, aber endlich war es kühler geworden. Mona wohnte in einer ziemlich angesagten Gegend, direkt an der Spree, kein gängiges Wohngebäude, sondern ein ehemaliges Lagerhaus. Der Lastenaufzug hielt auf ihrer Etage und führte mich übergangslos in einen großen Raum. Die Fensterfront war riesig und öffnete den Blick aufs Wasser. Mona stand inmitten eines bunten Durcheinanders, sie glich einer Zirkusprinzessin, die bereit ist, die Löwennummer vorzuführen. Der Raum strahlte trotz seiner Größe eine heitere Atmosphäre aus und demonstrierte erneut Monas Unabhängigkeit gegenüber Konventionen. Was ich an ihr bewundere, ist, daß sie tatsächlich nirgendwohin will. Ehrgeiz ist ihr ebenso fremd wie Neid. Sie liebt alles so, wie es ist. Mir war ganz und gar nicht plausibel, warum ausgerechnet ich dieser Frau, die so sicher mit sich und ihrer Umgebung umzugehen wußte, bei der Kleiderauswahl helfen sollte.

Ein riesiges Eisenbett stand mitten im Raum, rechts und links davon Tische mit Lampen. Daneben Kleiderständer, wie man sie backstage benutzt. Daran hing, den Farben nach geordnet, Monas Garderobe. Auf der linken Seite schloß sich ein Paravent an, bemalt mit chinesischen Motiven. In einer entfernten Ecke war eine lose zusammengewürfelte Küchenzeile. Verstreut im Raum standen ein paar äußerst spartanische Stühle. Neben der Küche befand sich eine Tür, hinter der vermutlich das Badezimmer war. An den rohen Wänden hing Kunst von bekannteren und unbekannten Künstlern der Gegenwart.

»Wenn du nicht hart sitzen willst, mußt du aufs Bett. Meine beiden einzigen Sessel sind gerade zum Aufpolstern weg.«

Sie riß die Fenstertür auf, die zur Spree hinaus ging. Davor lag ein Balkon, der dicht mit Gemüse und Kräutern bepflanzt war.

»Nicht schlecht.«

»Gefällt es dir? Ich hab es selbst renoviert. War eine Bruchbude, als ich das Ding kaufte. Vorsicht, wenn du auf den Balkon trittst, rechts oben wohnen Nick und Nora.«

»Wer?«

»Nick und Nora, ein Taubenpaar, zwei chinesische Mövchen. Die Küken hab ich noch von Paps. Wir schickten uns während meiner ganzen Studienzeit Briefe durch Tauben. Viele Leute im Pütt hatten früher weiße Brieftauben.«

»Viele Leute wo?«

»Im Pütt, im Bergbau. Brieftauben stehen für Freiheit, Weite, Höhe und« – sie sprang lachend in die Luft und rundete die Arme wie eine Ballerina über ihrem Kopf: »Eleganz in der Bewegung. Leider stirbt die Tradition aus. Aber das ganze Kohlerevier liegt schließlich in den letzten Zügen.«

Ihre Stimme klang warm. Ich konnte gar nicht anders, als ihr das Märchen von den beiden turtelnden Tauben zu glauben. Ich trat auf den Balkon, der Blick auf die Spree war beeindrukkend. Mona würde sich wundern, wenn sie den Plüsch der Perlensamts zu sehen bekäme – samt der Düsterkeit, die man dort für stilvoll hielt.

»Willst du was trinken? Wasser, Wein? Einen Pastis?«

Ich sah mich um.

»Gern.«

»Setz dich aufs Bett.«

Das tat ich natürlich nicht. Ich stand mit dem Glas in der Hand einfach herum. Es war mir unvorstellbar, mich in die aufgetürmten Kissen fallen zu lassen wie ein Pascha auf einen Diwan.

»Warum macht er die Party? Hast du eine Idee, wer diese Leute sind? Große Namen und alle sind miteinander verwandt?«

Mona trug ein einfaches Kleid, kurz und schwarz. Die roten Locken hochgesteckt. Selbstverständlich war meine Hilfe unnötig gewesen. Es hatte kaum eine halbe Stunde gedauert, und sie hatte ihre Wahl getroffen, nachdem sie fünf oder sechs Kleider nacheinander anprobiert hatte. Mit gerunzelter Stirn war sie hinter dem Paravent hervorgekommen und durch den Raum stolziert. Sie drehte sich vor dem Spiegel und kehrte dann zu ihrem Verschlag zurück. Währenddessen murmelte sie zusammenhangloses Zeug, auf das ich mir keinen Reim zu machen wußte … *es wird nicht klappen … das nimmt mir keiner ab … traue dir selbst … dein Instinkt für faule Tomaten … man darf nicht pingelig sein … tun, wovor man sich fürchtet …* Offenbar vergaß sie, daß sie nicht alleine war.

»Vermutlich, wie bei deiner Freundin Hatty von Schnapsburg.«

Ich wartete auf ein genervtes *Sie ist nicht meine Freundin, sie ist …* Es kam aber nicht. Mona schien in den Anblick versunken, der sich ihr bot. Sie sondierte offensichtlich die Lage. Gab es etwas, das sie reizte? Sie war durchaus im Stande, Leute zu grillen. Sie hatte bei Geschäftsterminen in größerem Kreis lächelnd über die Koseformen großartiger Namensträger gewitzelt, während Dickie, Klunki und Pösschen von Dingenskirchen daneben standen. Inmitten des hochkarätigen Pulks hatte Mona genäselt *Dosenbier? Ich mache nur zwei Arten von Dosen auf, Katzenfutter und Kaviar.* Die gepuderten Gören erkundigten sich bereits diskret nach Monas Herkunft, *Herbarth, ich bin mir nicht sicher, ich glaube, eine Freundin meiner Mutter ist eine geborene Herbarth,* als diese mit Inbrunst zu erzählen begann, wie ihr Vater verschütt gegangen sei.

»Verschütt? Wie meinen Sie das, meine Liebe? Sie kannten Ihren Vater nicht?«

»Im Bergwerk verschüttet, Gräfin Westerhold. Mein Vater ist Hauer gewesen.«

Mir war zum Lachen und zum Weinen zumute. Aber mir verklebte eine solche Meute die Atemwege. Mich erinnerte das Szenario an Stephen Birminghams *Our Crowd,* ein Buch über die großen alten jüdischen Familien New Yorks, das bei uns zu Hause jeder kennt. Ich habe nie gelernt, mit solchen Verhältnissen umzugehen, obwohl ich gestehen muß, nicht nur dieses Buch, sondern auch andere, die das Innenleben der oberen Krusten schildern, verschlungen zu haben. Überhaupt alles, was von denen da oben handelt. Ich haßte es, ein Aufsteiger zu sein. Rosie stünden die Haare zu Berge, wüßte sie, was ich denke, nein schlimmer noch – wie ich mich fühle. *Unamerikanisch* hätte sie das genannt und sich angeekelt abgewandt. Daß ich mir eine Sehnsucht, die meine Mutter absurd gefunden hätte, eingestehen mußte, hatte mich immer verwirrt. Ich kam mir ihr gegenüber vor wie ein Versager. Schon als Junge hatte ich mich gefragt, wie es Rosie gelang, einfach darüber hinwegzugehen, woher sie kam und was sie als Kind alles nicht gelernt und gehabt hatte.

Ich hätte gern dazugehört. Das war mir klar geworden, als ich zu Besuch in den Elternhäusern meiner Kommilitonen war. Obwohl es bei uns heißt, man müsse sich nur nehmen, was man nicht hat, hingen die Bronzinos, die Renoirs, die Picassos für mich immer zu hoch. Und auch mit Hilfe einer Leiter hätte ich nur ein Bild gehabt, aber nicht die Familiengeschichte, in die es gehörte. Wo hatte Rosie nur ihre Gelenkigkeit her?

Ich sah mich um und staunte. Wenn Perlensamt mich hatte verblüffen wollen, dann war ihm das gelungen. Jetzt verstand ich, was David mit seinem Anruf am frühen Abend gemeint hatte.

»Tust du mir einen Gefallen? Wenn du gleich kommst – es wäre mir lieber, du erwähntest auf der Party nicht, daß unsere Familie diese Sammlung hat.«

»Aber, das kann doch jeder sehen!?«

»Bis nachher.«

Monas Frage riß mich aus meinen Gedanken.

»Wo ist das Bild vom Meer?«

»Was?«

»Bitte! Du träumst schon wieder, Martini. Der Courbet und die anderen Bilder, von denen du so geschwärmt hast, wo sind sie?«

Die Wand sah aus, als hätte *die Welle* die anderen Bilder weggespült und sich dann selbst geschluckt. Ich erholte mich gerade von meiner Verblüffung, als Perlensamt auf uns zukam. Er breitete die Arme aus, um seinen Mund spielte ein ekstatischer Zug.

»Meine Ehrengäste. Ich freue mich außerordentlich, Frau Herbarth, Sie bei mir zu sehen.«

»Aber ich bin nur ein Mitbringsel. Ich war nicht eingeladen, Herr Perlensamt. Danke, daß ich mitkommen durfte – obwohl wir uns nur so flüchtig kennen.«

»Ach, Martin, deine Kollegin ist wirklich erfrischend! Kommt, ich mache euch mit einigen der anderen Gäste bekannt.«

Er führte uns zu einer Gruppe von fünf Leuten, die sich eifrig unterhielten und dabei sehr gelangweilt aussahen.

»Es ist furchtbar, den Himmel schwarz zu sehen, wenn die Sonne scheint«, tönte es aus einem rosa Hemd mit riesigem Kragen, das glänzte, als sei die Oberfläche mit Margarine beschmiert. Aus dem Kragen lugte ein Schopf schwarzer Haare, farblich passend zu einem schmalen Oberlippenbart. Ich ging davon aus, daß der zart rot geschminkte Mund einem Mann gehörte, auch wenn die Stimme hoch und nasal klang. David wurde am Ellenbogen gepackt, herangezogen und auf die Wange geküßt. Eine etwas hölzern wirkende Dame kläffte, als fürchtete sie, überhört zu werden.

»Nennt man das nicht Sonnenfinsternis?«

»Das geht doch allen Künstlern so. Das ist doch die Seele des Künstlers. Das kann man doch nachlesen bei Bonito Oliva.«

»Das ist Manierismus.«

»Da gab's doch mal so'n Film von einem Italiener – ziemlich modern, *L'eclisse* hieß der. Wie hieß der denn noch mal?«

»Ich dachte, *L'eclisse,*«

»Nein, der Regisseur, so'n moderner Italiener.«

»Basquiat.«

»Schnabel.«

Die Gesellschaft, die David versammelt hatte, wirkte geisterhaft. Als hätte der halbwüchsige Sohn des Hauses heimlich ein paar dubiose Gestalten zusammengetrommelt, um einen drauf zu machen.

»Was halten Sie denn von den herrlichen Bildern, die Herr Perlensamt –«

»Entschuldigen Sie uns einen Augenblick«. Ich zog Mona beiseite. »Halt die Klappe. Ich habe Perlensamt versprochen, mit keiner Silbe zu erwähnen, was er hier hängen hatte.«

Ich nahm zwei neue Gläser von einem Tablett und wies mit einer vorsichtigen Geste zur Wand, an der vormals die Petersburger Hängung zu sehen war. Die blanken Flächen wirkten wie ein Manifest, das besagte, der Bewohner dieses Appartements sei Anhänger einer Sekte von Ikonoklasten.

»Und warum?«

»Er rief mich vor der Party an und bat mich darum. Ich würde nur zu gerne wissen, was das alles soll. Vielleicht hat es doch mit unserem Courbet zu tun. Es sieht so aus, als hätte er die Party einzig gegeben, um bestimmten Leuten zu zeigen, daß er keine Kunst sammelt. Bloß – wem?«

»Was in seinen Kreisen sicher nicht üblich ist. Meine Güte, was ist das bloß für ein Wachsfigurenkabinett? Was hat es mit dieser Sammlung auf sich? Und der Name? Sagt mir nichts«, raunte sie und nippte an ihrem Glas. Der Kellner wandte sich mit dem Tablett an die nächsten Gäste. Seine offenbar mit Plättchen versehenen Schuhsohlen klackten wie Steppschuhe auf dem polierten Steinboden.

»Hattest du nicht auch erwähnt, sie hätten hier ziemlich tolle Teppiche gehabt?«

»Wahrscheinlich hatte ich eine Erscheinung, und darunter fielen auch die wunderbaren Teppiche. Wie findest du ihn?«

»Den nackten Boden?«

»Unseren Gastgeber.«

Sie zuckte mit den Schultern.

»Er wirkt ein wenig überspannt, ein bißchen irre. Dieses Flakkern in seinem Blick. Aber den Raum finde ich schön. Ganz anders, als ich ihn mir vorgestellt hatte.«

Ehe ich darauf antworten konnte, stand David wieder neben uns. Er zog uns mit sich und stellte uns ein französisches Ehepaar vor, das für Berlin schwärmte. Wie sehr die Stadt sich seit dem letzten Besuch verändert hätte. Daß sie sich täglich vor ihren Augen weiter veränderte. Sie seien jedes Jahr hier. Woher käme in Berlin nur das Geld? Berlin sei die einzige europäische Stadt, in der man sich noch ein außergewöhnliches Leben leisten könne, interessant für Ausländer, auch für Franzosen. Es gäbe inzwischen sogar ein paar ganz gute Restaurants. Diese Jahre könnten in Berlin zur Legende werden wie die Zwanziger in Paris, die Dreißiger in New York und die Sechziger in London. Mona wurde abgelenkt von einer schrillen, korpulenten Erscheinung, in der sie eine Sammlerin von Armbanduhren zu erkennen glaubte. Sie sagte, sie hätte ein Angebot für sie, Cartier, dreißiger Jahre. Ich hielt das für Unsinn. Ich glaube, Mona hatte bereits die Nase voll von den Leuten. Ich blieb mit dem französischen Paar alleine zurück.

»Sie kommen auch aus Paris? Kennen Sie sich über Davids Tante?«

Die Draines kamen aus Paris, wußten aber gar nicht, daß es eine Tante gab, die in Paris lebte. Eigentlich wußten sie überhaupt nichts. Sie verloren kein Wort über die Abwesenheit des Vaters und den Tod der Mutter. Scheinbar wunderten sie sich auch nicht über die veränderte Ausstattung der Wohnung. Sie standen wie bezahlte Statisten in der veränderten Kulisse. Der ohnehin nicht kleine Raum wirkte jetzt um vieles größer und vor allem heller, da die Wände einheitlich in eine lichte Aprikosenfarbe umgestrichen worden waren. Auch die Fenstervorhänge waren neu. Helles Beige mit floralen Stickereien in Grün, Rosa und Rot. Für wen hatte David diesen Abend inszeniert? Für die Draines ganz bestimmt nicht. Ich winkte dem Kellner, der jetzt mit Stremellachshäppchen unterwegs war. Ich lobte vor den französischen Gästen ausführlich diese preussische Spezialität, erklärte ihnen das Zubereitungsverfahren, was die Gäste einigermaßen fassungslos machte, und ließ sie dann mit kopfnickender Ermunterung alleine weiterkauen.

In einem Erker entdeckte ich David mit Mona. Sie schimmerte in dieser Umgebung wie ein Porträt von Bronzino. David redete auf sie ein. Den Rest der Gesellschaft hatte er aus den Augen verloren. Die Party war ein Spuk. Die Gäste schienen sich überhaupt nicht zu kennen und auch mit dem Gastgeber nicht besonders vertraut zu sein.

»Nun, Martin, gefällt es dir?«

»Ich habe eine gewisse Schwäche für Bronzino«, sagte ich so kühl wie möglich und blickte Mona an. »Und wo ist er nun?«

»Den hat mein Großvater leider nie in seiner Sammlung gehabt.«

»Der Ehrengast, ich meine natürlich ihn!«

»Ich verstehe dich immer noch nicht.«

»Der- oder diejenige, dem du mit dieser Einladung klar machen willst, daß es hier nichts oder nichts mehr zu sehen gibt.«

David tat erstaunt. »Wie kommst du auf eine solche Idee? Ich hatte nach allem, was passiert ist, die Nase voll von diesen düsteren Räumen. Ich kam mir schon als Kind immer vor wie in einem venezianischen Palazzo. Ich glaube, ich bin einer der wenigen Menschen, die Venedig abgrundtief widerlich finden. Meinetwegen könnte die gesamte Stadt absaufen. Ich habe nicht viel übrig für Vergangenes. Das Problem ist nur, daß das Vergangene darauf keine Rücksicht nimmt. Die neu gestalteten Räume sind – sehr privat gesprochen – eine Zäsur, der Versuch, sich auch optisch von einer Vergangenheit zu lösen.«

»Was meinen Sie denn damit?«

»Die Sammlung, liebe Mona, ist die Manifestation der Geisteshaltung unserer Familie. Mein Großvater hat sie in der NS-Zeit angelegt. Man schwieg darüber. Aber die Bilder sprachen für sich. Die ganze Wohnung einschließlich der Bilder ist, wenn Sie so wollen, ein Asservat. Eigentlich ist es kaum möglich, sie aufzulösen. Und doch habe ich mich mit der ersten Veränderung an die Auflösung gewagt.«

Für einen kaum wahrnehmbaren Moment berührte er mich oberhalb der rechten Hand. Wein schwappte aus seinem Glas und durchnäßte meine Hemdmanschette. Es sah aus wie ein Mißgeschick. Aber ich wußte, daß es Absicht war.

»Ich wollte Ihnen zeigen, daß ich es gewagt habe, den gefährlichen Versuch zu unternehmen, den verdammten Kreis, in dem die Familie seit zwei Generationen gefangen ist, zu durchbrechen.«

Mona starrte ihn an, als hätte er sie hypnotisiert. Ich hätte geschworen, daß sie in einer solchen Situation demonstrativ anfangen würde, zu pfeifen. Aber sie war von David eingenommen. Er hatte etwas in ihr angesprochen, zu dem ich keinen Zugang hatte. Ich mußte sie hier wegbringen, bevor etwas geschah. Irgendwie. Und wenn ich sie tragen müßte.

»Warum sind Sie denn nie ausgezogen?«

»Ich wohne seit langem nicht mehr ständig hier. Studiert habe ich in New York. Danach habe ich mich aufs Land zurückgezogen. Aber selbst …«, David senkte den Blick auf seine Schuhe – teuer, Pferdeleder, dunkelrot, gut eingelaufen, mit Troddeln, ich hatte sie noch nie an ihm gesehen – »… während meiner Abwesenheit gab ich mein Zimmer hier niemals ganz auf. Meine Mutter … Wir standen uns sehr nah. Ich brachte es nicht übers Herz.«

Ich hatte Edwiges Stimme im Ohr, die mir unaufgefordert von Mutter und Sohn berichtet hatte. Ihre Version war anders. Einer von beiden erzählte ein Märchen.

»Ich bin meiner Mutter sehr ähnlich, bis aufs Haar.«

Was sollte der Mist? Was erzählte David da? Ich machte Mona ein Zeichen, wir sollten gehen. Sie reagierte nicht.

»David Perlensamt, sagen Sie mir Ihr Sternzeichen. Sagen Sie mir, wann genau Sie geboren sind.«

Oh, nein, das durfte jetzt nicht kommen. Nicht dieser Quatsch mit dem Kaffeesatz und dem doppelten Boden in der Luft. Für diesen Tick hatte ich wirklich nichts übrig. Ich ließ die beiden stehen. Fast gleichzeitig mit einer in elegantes Samtblau gekleideten Dame nahm ich ein Glas vom Tablett und stellte mich vor. Sie reagierte nicht ganz so befremdet wie die Gäste bisher.

»Karin Nettelbeck, angenehm.«

»Wie darf ich Sie einordnen? Eine Freundin der Familie Perlensamt?«

»Eine Freundin? Ich weiß nicht, ob diese Familie Freunde hat. Die Pferde von Miriam Perlensamt stehen im selben Stall wie meine. Wir kannten uns vom Reiten und halfen uns gelegentlich aus, wenn eine von uns in Ferien war. Ich habe David auf der Beerdigung seiner Mutter kennengelernt. Irgendwann rief er mich an und fragte, was er nun mit den Pferden machen sollte. Und dann lud er mich zu dieser Party ein. Etwas eigenartig hier, meine ich. Ein bißchen so stelle ich mir das 19. Jahrhundert vor. Ist das wilhelminisch?«

»Ich bin in Stilfragen leider nicht sehr bewandert. Sind Sie zum ersten Mal in dieser Wohnung?«

»Allerdings, und das habe ich auch nur Miriams Tod zu verdanken. Sie machte immer den Eindruck, als würde sie eher ihre Tür vernageln als auf die Idee kommen, eine Einladung auszusprechen.«

Als ich erneut nach Mona und David Ausschau hielt, traf ich nicht einen Menschen, der zuvor schon einmal an diesem Ort gewesen war. Es war gut möglich, daß ich der einzige war, der die Wohnung in ihrem alten Zustand gesehen hatte. Perlensamt und Mona waren verschwunden. Niemand schien den Gastgeber zu vermissen. Ich machte mich auf die Suche und fand die beiden im hinteren Korridor.

»... einige Zeit vor der Nacht, in der mein Vater auf sie schoß, hatte sie immer wieder asthmatische Anfälle gehabt, und so entschloß ich mich, für einige Tage hier zu wohnen. Ich wollte in ihrer Nähe sein, wenn sie mich bräuchte. Deswegen war ich in letzter Zeit fast Tag und Nacht im Haus. So kam es, daß ich meinen Vater überraschte. Ich muß gestehen, ich hatte so eine Ahnung gehabt, daß dergleichen geschehen könnte.«

Wieso sprach er mit ihr darüber? Mit mir hatte er nie über den Tod seiner Mutter gesprochen.

«Warum hat Ihr Vater auf Ihre schlafende Mutter geschossen?«

»Warum tötet man im Schlaf? Weil man nicht wagt, dem Opfer in die Augen zu sehen. Vielleicht ist das Opfer gar kein Opfer, sondern der Täter.«

Er hatte also doch eine Theorie.

»Sähe man seinen Blick, gelänge die Tat der Befreiung nicht. Ich weiß es nicht. Ich weiß nur, daß er gemeinsam mit ihr sterben wollte.«

Sie standen während des ganzen Gesprächs in der Dunkelheit, mit dem Rücken zu mir.

»Wo ist es passiert«, hörte ich Mona fragen.

»In dem letzten Zimmer ganz am Ende des Gangs. Ich bin nicht mehr drin gewesen, seit die Untersuchungen dort stattgefunden haben.«

Sie sahen sich nicht einmal um, wer da gekommen sein könnte, so vertieft waren sie in ihr Gespräch.

»Sie treibt Sie nicht um, die Frage nach dem Grund? Sie haben ihn nie gefragt?«

»Sie sind befremdet, liebe Mona. Aber Sie müssen verstehen, daß ich seit Wochen nichts mehr fürchte als diese Frage. Ich selbst plage mich Tag und Nacht damit, ohne daß ich meinen armen Vater damit behelligen kann.«

»Sie können ihn nicht behelligen?« Zum ersten Mal an diesem Abend erkannte ich Monas Tonfall wieder. »Es war Ihre Mutter, die er erschossen hat. Wer, wenn nicht Sie, hat ein Recht zu erfahren, warum er tat, was er tat.«

David ließ sich nicht aus der Reserve locken. »Mein Vater steht unter Schock. Ich werde kein vernünftiges Wort aus ihm herausbekommen. Abgesehen davon gibt es etwas zwischen

Mann und Frau, zu dem ein Kind keinen Zugang hat. Mein Vater wollte, daß sie beide sterben. Es war das Geheimnis eines Ehepaars. Ich bin in meinen Spekulationen darüber befangen. Deswegen suche ich auf andere Art nach der Antwort. Kommen Sie.«

Er zog Mona in einen Raum hinein und ließ die Tür ein Stück weit offen. Ich ging ihnen nach. Ich traute meinen Augen nicht. Der Raum war bis auf zwei Wandkandelaber dunkel. Der Schein der Kerzen wurde durch einen gegenüberliegenden Spiegel verdoppelt. In der Mitte, auf einem orientalisch anmutenden Kissenberg, saß eine Frau im Schneidersitz. Ihre Lippen bewegten sich langsam. Man hörte nichts.

»Wer ist das?«

»Marie Andramovic. Ein Medium.«

Ich konnte mich nicht länger beherrschen. »Du glaubst an so einen Unsinn?«

»Nicht so laut, Martin, du störst ihr Feld. Sagen wir so – ich halte die Magie verschiedener Sphären nicht für Unsinn. Es gibt Magnetfelder. Das ist physikalisch nachweisbar. Allein die Erdanziehungskraft …«

»Ja, und die Bewegungen der Planeten und Sterne, die Umlaufbahnen, was sie anziehen und abstoßen …«

»Sehr richtig, Mona. Es ist eine physische Angelegenheit. Man muß begabt sein. Aber man muß auch die Konzentrationsfähigkeit erlernt haben, ohne die es unmöglich ist, auf die richtige Spur zu kommen. Man muß die Sphären hören lernen, so wie ein Radiologe lernt, eine Sonographie zu lesen. Marie ist eine der besten. Sie ist russischer Abstammung, ausgebildet in New York bei Adelaide Bride, einer Grande Dame ihres Fachs.«

Als ich den Namen hörte, verschluckte ich mich an der eingesogenen Luft. Mit einem heftigen Hustenanfall ging ich aus dem Zimmer. Adelaide Bride. Vielleicht hatte ich mich verhört. Ich wollte mich verhört haben. Es dauerte eine Weile, bis sich meine Bronchien beruhigt hatten. Endlich kamen auch Mona und David wieder aus dem psychedelischen Raum. Mona schien beeindruckt. Sie wirkte in sich gekehrt und schwieg. David, der offenbar spürte, wie absurd ich das alles fand, schlug einen Haken.

»Du bist anderer Meinung, nicht wahr, Martin? Dann frag ihn selbst. Besuch meinen Vater und frag ihn, warum er seine Frau erschossen hat. Vielleicht kannst du mir ja etwas über meine Eltern erzählen. Was weißt du über deine? Alles? Ich glaube, die meisten Kinder wissen nur sehr wenig über ihre Eltern. Du kennst meine Familie nicht. Sie ist – wie alle Familien: Fluch, Verhängnis, Sehnsucht. Sie ist ein Stein, der einen in den Abgrund zieht, und dennoch will man ihn nicht loswerden. Es ist, als ob man, wie all die anderen, in den Abgrund gehörte. Ja, tu das. Besuch ihn«, wiederholte er. »Als Freund von mir. Und frag ihn, was aus den Bildern werden soll. Vielleicht öffnet er sich einem Fremden. Vielleicht findest du den Zugang zu ihm, den er mir, seinem Sohn, verwehrt hat.«

David sah mich eindringlich an. Mich berührte dieser Blick eigentümlich.

»Ich überlege es mir. Ich werde jetzt gehen. Morgen ist ein normaler Arbeitstag, leider. Mona, kommst du mit?«

Sie nickte.

Perlensamt ließ unsere Mäntel bringen. Als wir uns verabschiedet hatten, drehte ich mich noch einmal um. Ich konnte auf die Frage nicht verzichten.

»Sag – wie hieß doch gleich die ›Grande Dame‹ des Hokuspokus, die du eben erwähntest?«

»Adelaide Bride. Warum? Bist du doch interessiert?«

Ich verneinte. Ich hatte mich nicht verhört. Noch im Bett schüttelte ich den Kopf. Adelaide Bride. Das war zum Lachen. Oder zum Weinen? Rosie. Schon wieder oder immer noch oder immer wieder. Es war nicht zu fassen. In jedem Spiel hatte sie ihre Finger drin. Wie machte sie das nur?

ELF

Auf Mona hatte der Abend eine eigentümliche Wirkung.

»Das war ja gruselig. Ich hatte den Eindruck, du warst der einzige, den er näher kennt.«

»Aber du hast mit ihm geflirtet. Du hast dich amüsiert. Und warst beeindruckt von seinem Medium.«

»Das stimmt doch gar nicht. Das bildest du dir ein.«

»Nimmst du ihm den Grund für die nackte Wand ab?«

»Ich nehme Perlensamt gar nichts ab. Es tut mir leid, daß ich die Bilder nicht gesehen habe. Der Rest interessiert mich nicht.«

Ich glaubte ihr nicht. Ich machte gar nicht den Versuch, etwas aufzuklären. Ich verstand Frauen eben nicht. Schon das Ansinnen, ihr bei der Kleiderauswahl behilflich sein zu sollen, war absurd gewesen.

Ich hatte nach der Party das Gefühl, Perlensamt anrufen zu müssen. Wir tauschten Belanglosigkeiten aus, bis ich ihn fragte, warum er kurz vor der Party untergetaucht sei. Ich erzählte ihm, daß seine Tante mich empfangen hätte. David war bei seinem Vater im Gefängnis gewesen. Er war so erschüttert nach Hause gekommen, daß er sich erst einmal zurückziehen mußte. Er war erst aufs Land, dann ans Meer gefahren. Nicht an das Meer, das Courbets Bild darstellte, nur an die Ostsee. Immerhin war es ein Wasser gewesen mit Horizont und Bewegung. Usedom, das lag um die Ecke und Polen dahinter. Polen. Ob ich verstünde? Er sei über die Grenze gegangen, zum ersten Mal in seinem Leben sei er in Polen gewesen, heimlich. Vorher habe er das nie gewagt. Er hätte sich auch noch nicht nach Frankreich gewagt. Aber das sei eine andere Geschichte.

Den alten Ländern des westlichen Europas hätte man nie die Seele rauben können. Polen dagegen – diese Demütigung durch die Nazis … Er, David Perlensamt, habe sich über die Grenze gedrückt, vorbei an den fröhlichen Händlern, die im Sommer Beeren und Pilze anbieten. Zu Fuß in Richtung Swinemünde. Wie ein ganz gewöhnlicher Wanderer durch den Wald. Nach zwei Stunden habe er kehrt machen müssen. Er habe es nicht ausgehalten, sich geschämt, sich elend gefühlt. Er konnte einfach nicht weitergehen. Ob ich diese Anfälle von Schuldgefühl kennte?

»Woher?«

Ich hatte keine Ahnung, wovon er sprach. Polen, na gut, nicht gerade ein glückbegabtes Land. Aber warum schämte er sich? Er war doch nicht in Polen einmarschiert.

Madame kommt herein und erkundigt sich, ob ich jetzt jeden Abend so ein Feuer machen will. Ich müsse daran denken, daß nicht mehr viel Holz da sei. Mißbilligung liegt in ihrem Ton. Wahrscheinlich denkt sie, Amerikaner hätten eine Neigung zur Verschwendung. Es sieht jedesmal dramatisch aus, wenn das Papier Feuer fängt, die züngelnden Flammen die zarten Blätter wölben und dann zu Asche zerfressen. Ich will gerade noch einmal die Notiz überfliegen, die Alfred Perlensamt an mich schrieb, aber Madame steht schon wieder in der Tür.

»Monsieur, eine Dame verlangt Sie am Telephon, aus Berlin.«

»Er ist wieder aufgetaucht. Er hat einfach vorbeigeschaut. Er hat nach dir gefragt.«

Als ich Monas Stimme höre, möchte ich am liebsten sofort auflegen. Nicht nur die verdammte Verbrennungsaktion der Papiere, die ich schweren Herzens vernichte, trägt ein Stück des vergangenen Herbstes nach Brüssel. Monas Stimme verstärkt meinen Eindruck, daß diese Geschichte nicht zu beenden ist.

»Martin, bitte, sag etwas. Ich habe Angst vor ihm. Ich – habe einen Fehler gemacht.«

Einige Zeit nach Davids Party hatte ich tatsächlich den Entschluß gefaßt, Alfred Perlensamt im Gefängnis zu besuchen. Ich erinnere mich genau an diesen Morgen, dessen klare Luft und blauer Himmel mich an New York erinnerten, an meine Kinderzeit, den Herbst Upstate New York, der mit seinen leuchtenden, kontrastreichen Farben viel länger zu dauern schien und viel mehr Herbst war als irgendwo sonst. An diesem Morgen fiel mir ein, wie lange ich nicht mehr dort gewesen war, das letzte Mal Weihnachten vor drei Jahren. Aber einen dieser Herbsttage in NYC oder Upstate New York hatte ich schon sehr viel länger nicht mehr erlebt, die satten, fast grellen Farben der Landschaft, den Geruch des von Sonne beschienenen Laubes. Plötzlich vermißte ich die Leichtigkeit meiner Heimatstadt. Ich wäre am liebsten für eine Stunde zurückgekehrt, nur um den Ton der Autohupen zu vernehmen, der träge durch die Straßenschluchten treibt, den Betrieb in Midtown, das weiße Rauschen im Hintergrund der Stadt. In Downtown, wo die Straßen sich biegen, als hätte das Schachbrett Manhattan im Wasser gelegen, hätte ich gern für zehn Minuten verharrt. Der einzige Distrikt, in dem mir die Stadt labyrinthisch erscheint. Ich brauche die Wolkenkratzer zur Orientierung.

Ich war durch die Schleuse der Strafanstalt Moabit gegangen, hatte meinen Personalausweis abgegeben und eine Hundemarke bekommen. Ein Beamter ließ mich durch drei schwer verschlossene Türen, bis ich in einem leeren Raum angekommen war. Vor mir eine Glasscheibe, dahinter ein weiterer

Raum. Nach einigen Minuten erschien hinter dem Glas ein alter Mann. Während er da stand und den Besucher prüfte, dessen Namen ihm nichts gesagt haben konnte, suchte ich in seinen Zügen nach einer Ähnlichkeit mit David. Die Pressephotos hatten Alfred Perlensamt stets mit kurzgeschnittenem Haar gezeigt, blond mit grauen Strähnen, groß, breitschultrig in Tweedjackett und Hemd mit Krawatte. Dazu der übliche Rest, der einen Mann zum dezent angezogenen Typus einer konservativen Kaste macht. Der Gefangene mir gegenüber hatte schlohweißes Haar, schulterlang und glatt. Sein heller Anzug hing formlos an ihm, zu groß, verknittert, mit ausgebeulten Knien. Er stand barfuß in Sandalen. Aus der rissigen Haut spreizten sich Fußnägel, lang wie Vogelklauen. Langsam kam er auf mich zu. Mit einer stummen Geste bat er mich, Platz nehmen, als sei er der Hausherr. Ich drückte den Knopf der Sprechanlage und bestellte Grüße von David. Er nickte, schwieg eine Weile und erkundigte sich dann, ob ich ihm chinesisches Essen besorgen könnte. Das Anstaltsessen sei vergiftet. Ihm bliebe nicht mehr viel Zeit. Ich versprach, es David auszurichten. Wieder mußte ich lange auf die Antwort warten.

»David kommt nie.«

»Aber er ist doch neulich noch dagewesen.«

Alfred Perlensamt schüttelt den Kopf. »Kein einziges Mal. Nie.«

Als ich David später davon erzählte, runzelte er die Stirn.

»Ich fürchte, es geht ihm sehr schlecht. Sein Gedächtnis funktioniert nicht mehr. Er scheint das, was er jetzt tut oder erlebt, nicht mehr einordnen zu können. Hingegen nehmen die früheren Jahre immer mehr Raum ein. Wie bei einem sehr alten Menschen. Aber er ist ja noch nicht alt. Er ist noch keine siebzig. Ich mache mir große Sorgen um ihn. Meine Mutter fehlt ihm. Woher kommt nur der Verfolgungswahn, die Sache mit dem Gift?«

»Sie sind also gekommen, um mir Grüße von meinem Sohn auszurichten. Warum kommt er nicht selbst? Ich sage es Ihnen. Ich habe keinen Sohn mehr. Unser Sohn ist tot.«

Ich sagte ihm, daß David lebt und sehr tapfer sei. Er mache sich Gedanken um das Familienerbe, in erster Linie um die Sammlung natürlich. Alfred Perlensamt reagierte gar nicht darauf. Sein Blick war leer.

»Sammlung«, wiederholte er tonlos.

»Ja, die Bilder meine ich. David fühlt sich verantwortlich für die Sammlung, die Ihr Vater zusammengetragen hat. Möchten Sie, daß diese Sammlung eine Einheit bleibt? Bedeutet Ihnen das Vermächtnis Ihres Vaters etwas?«

»Vermächtnis meines Vaters.«

Er stellte nichts in Frage. Seine Sätze klangen hohl, als sagte ihm das, was er wiederholte, nichts.

»Herr Perlensamt, erinnern Sie sich an *La Vague, Die Welle*, das wunderbare Bild von Courbet?«

»Das Bild von Courbet.«

Er verstummte. Dann lachte er schrill. Er schien vollkommen verwirrt. Als hätte er den Verstand verloren. Gerade als ich mich verabschieden wollte, da ich dachte, es hätte keinen Zweck, mit diesem Mann weiterzusprechen, stellte er eine Frage.

»Waren Sie ein Freund von David?«

Ich bejahte etwas zu eifrig.

»Wenn Sie ein Freund von David waren, dann müssen Sie sich jetzt um alles kümmern. Um das Haus und den Nachlaß in meiner Mappe – und um meine Frau.«

»Herr Perlensamt, Ihre Frau … «

»Ist das zuviel verlangt? Wenn man mich schon grundlos festhält, sollte es doch möglich sein, daß sich jemand um meine arme Frau kümmert.«

Er lebte in einer anderen Welt, in einer, in der er seine Frau offenbar nicht erschossen hatte.

»Danke, daß Sie gekommen sind. Wie war Ihr Name?«

»Saunders, Herr Perlensamt, mein Name ist Martin Saunders.«

Alfred Perlensamt stand auf, nickte. Dann ging er wortlos. Als ich auf die Uhr sah, bemerkte ich, daß erst ein paar Minuten vergangen waren.

»Mona, ich – ich kann dir nicht helfen«, sage ich und lege auf. Eine merkwürdige Orientierungslosigkeit befällt mich, als hätte mir jemand den Boden unter den Füßen fortgezogen. Als hätte eine fremde Geschichte meine eigene ausgelöscht.

ZWÖLF

Otto Abetz, von 1940-1944 Hitlers Botschafter in Paris, wurde 1949 ebendort von einem französischen Militärgericht zu zwanzig Jahren Zuchthaus verurteilt. Ein intelligenter Mann, eloquent und verlogen, wie seine Autobiographie beweist. Der ehemalige Lehrer aus kleinbürgerlichen Verhältnissen hatte sich selbst kultiviert. Ehrgeizig und unermüdlich. Hector Feliciano unterlief ein weiterer Fehler, als er schrieb, Abetz hätte von seiner Strafe zehn Jahre hinter Gittern verbüßt. Der hausgemachte Diplomat wurde bereits nach fünf Jahren begnadigt. Er war, im Gegensatz zu seinem Chef, dem Spirituosenhändler und späteren Außenminister Ribbentrop, beliebt, sogar in Frankreich. Vermutlich brachte ihm diese Beliebtheit die vorzeitige Entlassung ein. Er hatte sich in Paris einen eigenen geheimen Zirkel aufgebaut. Drieu La Rochelle hatte zu seinen engsten Freunden gezählt, der bereits erwähnte Jean Luchaire, die Schriftsteller Jouhandeau, Chardonne … Mit großem Eifer hatte Abetz, nachdem er sich wie der Statthalter von Paris fühlen durfte, dafür gesorgt, daß die Judensterne verteilt und auch getragen wurden. Er hatte jüdische Palais' ausgeräumt – angeblich, um die Kunst vor seinem Konkurrenten Rosenberg in Sicherheit zu bringen. Nicht wenige Bilder aus diesen privaten Sammlungen hingen plötzlich in der deutschen Residenz. Das alles vergaß man in der Zeit der großen Gnade nach '45.

Nach seiner Haft kehrte Otto Abetz nach Deutschland zurück. Er wurde Mitglied der FDP. Sein Parteifreund Ernst Achenbach nannte ihn einen verkannten Menschen. Nach Gnade vor Recht also der Aufschrei gegen Verleumdung. Ergibt das einen Sinn? Je besser ich David und seine Familie kennenlernte, desto häufiger stellte ich mir diese Frage.

Aber: Man entkommt dem Monströsen nicht durch die Frage nach dem Sinn. Wenn ich den Andeutungen meiner Mutter Rosie Glauben schenke, war es die deutsche gedemütigte Seele, die sich in der Nazi-Zeit mit überschäumender Sehnsucht, beißendem Hunger und wütendem Groll einen vollen Magen verschaffte. Alltag, meinte Rosie, sei immer ein Drecksgeschäft. Sinnvoll war in all dem nur der Überlebenstrieb, der Rest eher ein Bild, ein indirektes Spiegelbild des Bösen. Sie war sich nicht sicher, ob es das Böse selbst war oder dessen Hybride. Natürlich sagte Rosie nicht *Hybride*. Sie sagte *magische Mißgeburt*, das ist ihre Sprache. Manchmal sagte sie auch *Wechselbalg*.

Rosie hat sich nie zu den Nazis direkt geäußert. Nie gesagt, was ihre Eltern getan oder gelassen hatten. Persönliche Anklagen oder Entlastungen sind für sie tabu. Sie selbst, ungefähr Mitte der Dreißiger geboren, war zu jung gewesen, um etwas *getan zu haben*. Sie erwähnte nur einmal, sie sei in einem undeutlichen Gefühl aufgewachsen, für das sie damals kein Wort gewußt habe. Sie nannte es im Nachhinein einen glühenden, unausgesprochenen Aberglauben, dessen Hauptmerkmale Verehrung und Hingabe gewesen seien. Sie ergänzte, daß nichts und niemand zu unterscheiden gewesen sei. Sie habe nie gewußt, wo ein Mensch beginnt und wo er aufhört. Das habe sie sehr beeindruckt, eine wogende Menge, die ineinanderfloß, Leute, die man gar nicht kannte, zerrten einen mit oder versuchten, in einen hineinzukriechen. Sie habe ständig eine fast religiöse Ahnung gehabt, die Erlösung sei nahe. Am Ende des Krieges hätten Ekelgefühle die der Geborgenheit ersetzt. Sie fühlte sich ertappt bei etwas, das zwar schön, aber übel gewesen sei. Erst als die Hingabe nachließ, wurde sie allmählich erwachsen. Der Inhalt entschlüsselte sich jetzt. Das war nach dem Krieg, Ende der vierziger Jahre. Anfang der fünfziger Jahre war Rosie kaum älter als siebzehn und – schwanger mit mir. Als sie in New York angekommen war, habe sie sich gefragt, ob diese Krankheit auf das neue Land übergreifen könnte. Sie hatte Verständnis dafür gehabt, daß jeder bis in die letzten Winkel der Gehörgänge, Nasenlöcher und unter den Augenlidern auf Mikroben, Bazillen, Viren überprüft worden war. Sie war davon überzeugt, daß die Auswirkungen des Aberglaubens uferlos waren. Jede Nische bot neue Gefahren.

Nachdem ich Davids Vater im Gefängnis besucht hatte, trafen David und ich uns wieder regelmäßig. An einem solchen Abend war Perlensamt gerade dabei, eine ausgezeichnete Flasche zu entkorken. »Mein Jahrgang«, feixte er. Er liebte diesen Verweis und konnte ihn nicht oft genug wiederholen. Später verdächtigte ich ihn, nur ein einziges Exemplar dieses Jahrgangs je besessen zu haben. Ich stellte mir vor, wie David die leere Flasche mit einem anderen Wein auffüllte, sorgsam darauf bedacht, das Etikett zu schonen. Allerdings waren die Weine wirklich exquisit, auch wenn das Etikett nicht der Wahrheit entsprechen mochte.

Ich hatte mir angewöhnt, fast jeden Tag nach dem Büro bei David vorbeizuschauen. Es waren erholsame Abende. David war ein Verehrer klassischer Musik, liebte vor allem Gesualdo und Purcell. Diese Leidenschaft fand sich wieder in seinen Erzählungen. Perlensamt paßte nahtlos in meine Vorstellung von Deutschland als Märchen. Zum ersten Mal in meinem Leben hatte ich den Eindruck, Zugang zu der Welt zu bekommen, die Rosie mir unterschlagen hatte, auch wenn ich mich mitunter wunderte über die Arroganz, mit der David auf Amerika blickte. Als würden wir alle mit dem Schießeisen denken. Aber da war noch etwas. Ich fühlte mich mehr und mehr angezogen von David, berührt an einer tiefliegenden Schicht. Er führte mich an etwas heran, von dem ich gar nicht gewußt hatte, daß es existierte.

David wirkte an diesem Abend nachdenklich. Er wollte unbedingt meine Meinung hören, was er mit der Wohnung und der Sammlung anstellen sollte. Er wiegte die Flasche in seiner Hand und starrte auf das Etikett. Er müsse mir etwas sagen. Ich würde ihm das vielleicht übel nehmen. Es könne sogar eine Freundschaft aus den Angeln heben. Aber in seinen Augen sei es wichtig, zu Freunden ehrlich zu sein.

»Unser Familienname ist, wie du weißt, nicht Perlensamt.«

Er machte eine Pause.

»Ich – ich konnte es dir nicht sofort sagen. Ich bin in meinem Leben vorsichtig geworden. Manche reagieren auf dergleichen Offenheit mit – Entrüstung. Aber du bist mein bester Freund. Du mußt es einfach wissen. Unser Familienname ist Abetz. Mein Großvater war Hitlers Botschafter in Paris.«

Er fixierte immer noch das Etikett.

»Als dieser Wein in die Flasche kam, saß er noch im Knast. Er ist zu zwanzig Jahren verurteilt worden. Zehn Jahre davon hat er abgebüßt. Er war mit einer Französin verheiratet, der Tochter des namhaften Journalisten Jean Luchaire.«

Als David dieses Geständnis machte, wußte ich kaum etwas über Abetz. Ich wußte, daß er als Botschafter seine Finger in mancher Beschlagnahmung von Kunstgütern hatte – mehr wußte ich noch nicht. Das war also die höhere Charge, nach der ich vergeblich gesucht hatte. Nicht im Traum wäre ich auf Otto Abetz gekommen. David stellte die Flasche hin. Eine Weile saßen wir uns wortlos gegenüber. Dann stand er auf, ging fort und kam mit einer Art Dossier zurück. Er entnahm der Mappe ein Blatt und überreichte es mir.

Es war die Kopie eines Zeitungsartikels vom 6.5.1958. *Der ehemalige deutsche Botschafter in Paris, Otto Abetz, ist am Montag zusammen mit seiner Frau auf der Autobahn bei Langenfeld südlich von Düsseldorf tödlich verunglückt ... Aus bisher ungeklärten Gründen geriet der Wagen über den Mittelstreifen auf die Gegenfahrbahn und prallte dort auf der Überholspur mit einem entgegenkommenden Personenwagen zusammen ... fing Feuer und brannte völlig aus. Frau Abetz war vorher aus dem Wagen geschleudert worden. Der Insasse des anderen Wagens, ein Diplomingenieur aus Hösel, wurde schwer verletzt.* Der Artikel sagte mit keinem Wort, daß ein kleiner Junge Zeuge des Unfalls war.

»Es heißt, die Lenkung sei defekt gewesen. Die Großeltern hatten den Käfer gerade geschenkt bekommen von einem französischen Freund. Sie hatten viele Freunde in Frankreich, berühmte, sogar während der Besatzungszeit. Widerstandskämpfer waren ebenso darunter wie Faschisten und Kollaborateure. Es heißt, mein Großvater hätte dafür gesorgt, daß Kunstwerke nach Deutschland verschoben, Bücher verbrannt, Juden deportiert worden sind. Aber auch in den fünfziger Jahren hatten sie noch Freunde dort, obwohl Großvater 1949 von einem Militärgericht in Paris verurteilt wurde. Er hat Frankreich geliebt, schon lange bevor er dort Botschafter wurde und auch nach seiner Verurteilung noch. Mein Vater änderte seinen Namen. Er konnte es nicht ertragen, Abetz zu heißen. Er litt darunter. Unter dem gesamten Erbe, unter den Bildern auch.«

David wies mit einer Kopfbewegung zur nackten Wand.

»Er fragte sich immer wieder, ob er die Bilder verkaufen sollte. Für ihn war es ein Fluch, der Sohn von Otto Abetz zu sein. Er hat versucht, seine Herkunft zu vertuschen. Ich sehe das anders. Es braucht Würde und Mut, den unangenehmen

Seiten der Familie zu begegnen, sich selbst, der Ähnlichkeit und der Geschichte ins Auge zu sehen. Wir haben eine Aufgabe zu erfüllen.«

David sagte nicht direkt, daß das, was an der Wand gehangen hatte, Raubkunst war.

»Hast du eine Idee, woher die einzelnen Bilder stammen?«

»Es ist unmöglich, mit meinem Vater darüber zu reden. Das Thema war immer tabu. Die Sammlung gehörte zu unserer Familie. Punkt. Von meiner Mutter habe ich erfahren, daß mein Vater nicht damit gerechnet hatte, die Bilder vorzufinden, als er diese Wohnung zum ersten Mal betrat. Erst als die Großeltern verunglückt waren, tauchte diese Wohnung auf, als Bestandteil eines unerwarteten Erbes. Sie hatte der Familie Abetz schon gehört, als sie in Berlin lebte. Mein Großvater arbeitete für die Dienststelle Ribbentrop als Frankreichreferent, bevor er als Botschafter nach Paris gesandt wurde. Er hatte wohl gegenüber meinem Vater einmal erwähnt, daß die Familie im Berliner Westen eine große Wohnung besaß. Aber als mein Großvater festgenommen und verurteilt wurde, ging mein Vater davon aus, daß es diese Wohnung längst nicht mehr gebe. Er dachte, sämtlicher Besitz der Familie Abetz sei nach der Flucht und der anschließenden Festnahme in der Pariser Residenz verblieben und dort konfisziert worden, wo er als Kind aufgewachsen ist. Die Großmutter ging mit Vater und Edwige ins Rheinland, später folgte mein Großvater ihnen nach Langenfeld, wo sie verunglückt sind. Bestattet wurden sie in der Nähe von Karlsruhe, glaube ich.«

»Edwige – sie nennt sich Abèz ...«

»Ihre französische Version des Namens.«

»Sie hat gesagt, sie sei in Berlin geboren, irgendwo im Bayerischen Viertel ...«, warf ich halbherzig ein.

»Kann sein, daß Großmutter zunächst auch nach Berlin zurückgekehrt war, da sie nicht wußte, wohin. Das weiß ich nicht genau. Aber wenn Edwige sagte, Bayerisches Viertel, ist das ja der beste Beweis dafür, daß sie diese Wohnung hier vor ihren Kindern geheim gehalten haben.«

»Und Edwige hast du nie nach den Bildern gefragt?

»Sie interessiert sich nicht dafür.«

»Dein Vater hätte versuchen können herauszufinden, was davon Raubkunst ist, um die Bilder den rechtmäßigen Eignern zuzuführen. Das hätte ihn vielleicht entlastet. Schließlich ist er nicht selbst der Schuldige gewesen, nur – der Erbe. Er hätte die Not, in der er sich befand – Entschuldigung – befindet, meine ich, in ...«

David unterbrach mich.

»Ja, sicher, das wäre nobel gewesen. Ich hätte mir das gewünscht. Aber da war nichts zu machen. Ich war manchmal nahe dran, es selbst in die Hand zu nehmen. Aber die schwache Gesundheit meiner Mutter – außerdem, du weißt doch, wie kompliziert das ist. Allein die Suche. Viele der ehemaligen Eigentümer leben in einem anderen Teil der Welt, irgendwo zwischen Australien und Nebraska. Sofern sie überhaupt noch leben, tun sie das oft unter anderem Namen. Finde die mal. Meistens muß man nach den möglichen Erben Ausschau halten. Wovon soll ich diese Recherche bezahlen? Das ist eine Lebensaufgabe. Aber vielleicht werde ich genau das jetzt tun.«

Plötzlich hatte ich verstanden. Natürlich ging ich täglich in der Firma mit diesem Thema um. Aber ich hatte noch nie jemanden kennengelernt, den die Geschichte auf diese Art zu erdrücken drohte.

»Es muß sehr schwer sein für dich, auch wenn – oder weil du nichts damit zu tun hast.«

»Du bist sehr verständnisvoll, obwohl du das unmöglich verstehen kannst. Das ist wirklich eine urdeutsche Sache, das mit der Schuld. Natürlich kann man das nicht erben. Und doch fühlt man sich so, als hätte man es geerbt. Man tastet sich ständig danach ab, wie nach Ähnlichkeiten des Gesichts, nach Eigenarten des Charakters. Man kommt da nicht raus.«

»Schon vor Gericht hat man dich für deine Souveränität und Ruhe bewundert. Es war in der Presse nachzulesen.«

»Es ist nicht leicht. Aber es gibt andere, die es schwerer haben. Stell dir nur die Nachkommen der Aristokraten vor, die ihren geerbten Titel mit dem Nationalsozialismus verbinden müssen. Abetz heißen auch andere, so wie es andere Görings und Bormanns gibt. Die gliedern sich viel einfacher wieder in den Alltag ein. Aber die Ritter von Epp, das Fürstengeschlecht Eulenburg, die Herzöge von Mecklenburg – die sind wirklich exponiert. Verstehst du, was ich meine?«

Ich verstand kein Wort. Ich kannte mich weder in deutschen noch anderen europäischen Adelsgeschlechtern aus, geschweige denn, daß mir einzelne Namen etwas sagten.

»Der Name Hitler ist doch auch nicht aristokratisch. Du meinst doch wohl nicht, deswegen gliedere der sich besser wieder in den Alltag ein.«

»Wie soll ich dir die Bedeutung der Aristokratie für Deutschland erklären – besonders für die deutsche Diplomatie?«

David lachte unglücklich.

»Ich wollte sagen, ich habe Verständnis dafür, wenn manche meinen, sie trügen ein schwereres Erbe, weil sie aus aristokratischen Familien stammen. Wir sind einfach keine so auffällige Familie. Hier in Deutschland ist der Name Abetz ja auch fast vergessen. In Paris aber kennt ihn jedes Kind. Gerade ist eine umfangreiche Biographie über ihn erschienen.«

Ich schlug David vor, nach draußen zu gehen und etwas Luft zu schnappen. Auf der Straße wurden wir von feuchtem Herbstwetter überrascht. Der Sprühregen verdarb uns die Lust am Spaziergang. Ich steuerte Davids Lieblingsrestaurant an, das ganz in der Nähe war. Wie ein Kind, das sich nur allzu bereitwillig trösten läßt, zog David seinen Schal fester um den Hals, nickte und folgte mir. Als wir über dem ersten Glas Wein und den Speisekarten saßen, sah David mich dankbar an. Er tastete über den Tisch nach meiner Hand, und ich brachte es nicht fertig, sie ihm zu verweigern. Ich glaube nicht, daß es jemand sah. Als das Wiener Schnitzel kam, hatte ich den Eindruck, David von seinem nervösen Eifer abgelenkt zu haben. Aber ich täuschte mich. Was an diesem Abend noch folgte, kam einem Geständnis gleich und verwirrte mich dermaßen, daß ich mich veranlaßt sah, Nachforschungen anzustellen …

Das Urteil über den Mann, den David mir als seinen Großvater offenbarte, wurde am 22. Juli 1949 vom Militärgericht in Paris verhängt. *… est-il constant que, dans les circonstances de temps et de lieu … ist unter den zeitlichen und örtlichen Verhältnissen davon auszugehen*, so fragte das Protokoll, das ich im Auswärtigen Amt einsehen konnte, bei jedem Anklagepunkt, *daß der genannte Otto Abetz, kein Militär, deutscher Nationalität, zu jener Zeit an jenem Ort im Dienst der feindlichen Administration tätig, schuldig oben genannter Vergehen ist?* Anklage und Urteil stimmten mit dem überein, was ich von David erfahren hatte: Kunstraub, Mord, Plünderung, Anregung zu antisemitischer Propaganda, Deportation von Juden und Mitgliedern der Résistance. Daß Abetz nicht in Nürnberg angeklagt worden war, sondern vor ein französisches Gericht kam, besagt, daß er nicht zum nationalsozialistischen Führungsstab zählte. Wie viele Menschen auch immer er gedemütigt und in den Tod geschickt, wieviel Kunst er geraubt und verschleppt hatte: Man befand ihn nicht für wichtig genug, die Anklagebank mit Göring, Speer und Ribbentrop zu teilen. Er war ein Quereinsteiger, keiner aus dem Corps der Karrierediplomaten. Bemerkenswert war, daß laut Zeugenaussagen selbst Leute, denen die Nazis zuwider waren, ihn mochten. Später las ich noch mehr über Otto Abetz, zum Beispiel, daß er Kunstlehrer in Karlsruhe gewesen war. Dabei fiel mir dann auf, daß David sich mehrfach irrte in dem, was er über seinen Großvater erzählte. Seltsam eigentlich, daß er diese Unstimmigkeiten nie bemerkt hatte – gerade weil er den Scherz mit dem Wein des öfteren wiederholte. Denn als der Wein auf die Flasche gezogen wurde, saß Otto Abetz längst nicht mehr im französischen Knast. Er war bereits tot. Umgekommen bei dem Unfall in Langenfeld.

DREIZEHN

David hatte plötzlich das Besteck hingelegt. Jener Eifer, den ich für besänftigt gehalten hatte (inzwischen kannte ich Davids emotionales Auf und Ab), stellte sich übergangslos wieder ein. David begann erneut zu reden, als ginge es um seinen Kopf.

»Du mußt dir vorstellen, daß Großvater eigentlich eher Künstler war als Diplomat. Er besuchte die Akademie und hat früher gemalt. In seinem Herzen war er wohl mindestens so sehr Franzose wie Deutscher. Er hat sich schon früh für die deutsch-französische Verständigung eingesetzt. Ich glaube, er war besessen von dieser Idee. Sein Glück oder Unglück war, daß er nicht zur Garde der alten Diplomaten gehörte. Hitler, der nur Deutsch sprach, fürchtete sich vor dem internationalen Parkett. Außerdem sind die Leute aus dem Auswärtigen Amt damals tatsächlich ein arroganter Haufen gewesen. Viele von ihnen hielten sich zugute, gegen Hitler gewesen zu sein. Allerdings handelte es sich dabei eher um Standesdünkel als um Widerstand. Für dich ist es vielleicht nicht vorstellbar, daß es damals in Deutschland noch ein hierarchisches Denken gab. Ribbentrop und mein Großvater brachten dazu noch eine virtuose Fremdsprachigkeit mit. Das machte sie in Hitlers Augen interessant.«

David sprach hitzig. Ungereimtheiten häuften sich. Er merkte nichts davon. Nachdem er erzählt hatte, daß sein Großvater zehn der zwanzig Jahre hinter Gittern verbrachte, erwähnte er plötzlich, er hätte seinen Großvater kaum noch gekannt. Aber wie, wenn der in Frankreich im Gefängnis saß, hätte David ihn überhaupt kennen können? Er erwähnte mit keinem Wort, wann er ihn das letzte Mal gesehen hatte. Er betonte, dass er das meiste, was er über ihn wüßte, aus Erzählungen, vor allem aber aus Büchern hätte. In großen Zügen stimmte, was David sagte, mit dem überein, was ich später über Abetz las. Aber Persönlicheres als das schien David nicht zu wissen.

»Es ist sicher nicht leicht für dich, nachzuvollziehen, was ich meine. Dort, wo du herkommst, gibt es ja keinen Grund, *nicht* unbefangen über die Vergangenheit zu reden.«

In mir zog sich etwas zusammen. Ich sah Photos aufblitzen vor meinem inneren Auge, Reportagen, die jeder kennt. *Vietnam*, ein anderes Wort für Wahn. Abbildungen, bunt und schwarz-weiß, manchmal pathetisch orchestriert, als würde das Grauen sich anders nicht vermitteln. David merkte nichts von meiner Befremdung. Er sprach einfach weiter, vollkommen auf seine Geschichte fixiert. Die Zeit schien für ihn stillzustehen.

» ... wahrscheinlich bist du mit deinen Eltern oder Großeltern in die Normandie gereist, an die Küste der großen Invasion. Statt beschämt zu schweigen, habt ihr eure gefallenen Helden gefeiert.«

»David, meine Mutter stammt aus Deutschland. Ich habe keine Verwandten, zumindest keine, die ich kenne, die *gegen* die Nazis gekämpft haben.«

»Wir Nachkommen der Nazis sind mit Schweigen aufgewachsen. Schweigen, das in der Generation meines Großvaters begann, in der Generation der Täter. Aber die Opfer, heißt es, schwiegen auch. Und unsere Eltern, die Kinder der Täter und der Opfer schwiegen weiter, nicht alle vielleicht, aber die meisten. Wenn ich meinen Vater nach Großvater fragte, sah er mich an, als hätte ich keinen gehabt. Mein Vater benahm sich, als sei er vom Himmel gefallen.«

Vom Himmel gefallen. Na, gut, warum denn nicht? Auch ich war vom Himmel gefallen. Was war daran nicht in Ordnung? War es so wichtig, zu wissen, wer der Großvater, wer der Vater war?

Als David begonnen hatte, bewußt unter der Situation zu leiden, war ihm nicht klar, daß sein Vater noch mehr gelitten haben mußte. Er hatte nicht gewußt, daß da etwas war. Tatsächlich war *er* es, der aus den Wolken fiel, nicht sein Vater. Er hielt seinen Vater für feige, warf ihm vor, ihn über seine Herkunft und den Namen belogen zu haben. Erst später begriff er, daß sein Vater unter Taten litt, die er nicht begangen hatte. Warum sonst hätte dieser Mann den Namen der Familie aus der Familie verbannt? Die Erfindung, der Kauf einer alten Firma, die sein Patent produzieren sollte, war gleichermaßen gesellschaftliches wie privates wie geschäftliches Kalkül. Für Alfred Perlensamt war es immer selbstverständlich gewesen, daß er nie unter seinem wirklichen Namen firmieren wollte. Seine chemische Erfindung war auch die Erfindung einer neuen Familie. David war die ersten Jahre seines Lebens in dem guten Glauben aufgewachsen, daß alles seine Richtigkeit habe. Dann, eines Tages, er erinnerte sich, als sei es gestern gewesen, sei die Blase, die ihn wie eine zweite Gebärmutter umgab, geplatzt. Er hatte im Internat seine erste französische Klausur zurückbekommen, ein Volltreffer mit der Note sechs.

»Perlensamt, oder sollte ich besser sagen: Abetz, Sie sind ein Schwindler, ein Blender«, hatte der Französischlehrer Bernstein die Arbeit kommentiert. »Sie gehören zu den Individuen, bei denen man sich automatisch fragt, ob sie eine zweite Chance verdienen. Sie teilen offenbar die Sprachbegabung Ihres Großvaters nicht. Wollen wir hoffen, daß Sie auch nicht seine Weltanschauung teilen. Zwangsarbeit gibt's zwar heute nicht mehr, aber der deutsche Staat hat inzwischen andere Möglichkeiten, mit Leuten Ihrer Sorte fertig zu werden.«

Abetz? Wer war das? David hatte rein gar nichts verstanden. Ein fast fehlerfreier Aufsatz hatte ihm einen erschütternden Tadel eingebracht. Und was hatte die Behauptung, er hieße ganz anders, zu bedeuten?

Er rief zu Hause an. Seine Mutter besuchte ihre Schwester in Afrika. Sein Vater war auf Geschäftsreise in Moskau. David war mit den rätselhaften Anschuldigungen allein. Niemand hatte ihm gesagt, daß er seinem Großvater wie aus dem Gesicht geschnitten war. Er verstand nicht, wieso der Französischlehrer mehr über ihn wußte als er selbst. Erst recht ahnte er nicht, was sich hinter dem deutschen Namen Bernstein verbarg oder überhaupt verbergen konnte. Seine Eltern hatten kein Wort verloren über eine dunkle Geschichte. Wie hätte er Aufklärung über ein Familiengeheimnis erbitten sollen, von dem er gar nicht wußte, daß es existierte? Der Sturz aus der himmlischen Fiktion, die von der Sonne einer bürgerlichen Wirklichkeit beschienen wurde, war erst der Anfang. Im Internat lernte Perlensamt, ein Abetz zu sein. Man unterrichtete ihn in seiner Schuld. Bald sollte er alles über Abetz wissen, was Herr Bernstein für nötig befand. Er lernte von einem Fremden, wer sein Großvater gewesen war und was er verbrochen hatte. Herr Bernstein hatte sich mit allen Abetz vertraut gemacht, die er hatte finden können. So war er bei Perlensamts gelandet. Aus gutem Grund. Hitlers Botschafter hatte ihm alles genommen: Familie, Vermögen, Elternhaus, Heimat, Reputation. Bernstein wußte, daß er nichts davon nachweisen konnte. Gerade das war das Banner, das er über allem hielt. Die totale Vernichtung von Wurzeln und Stamm. Seine Großeltern vermutete man verschollen in Theresienstadt. Die Kunstsammlung seiner Tante Elisabetha, die an der Pariser Place de Furstenberg beheimatet gewesen war, galt als in alle Winde verstreut. Das elsässische Familienhaus hatten die einheimischen Nazis dem Erdboden gleich gemacht. Unter all dem stand eine Unterschrift: Otto Abetz. Und Bernstein war der letzte, einzige Bernstein, den es noch gab. Er hatte überlebt durch eine geheime Odyssee quer durch Deutschland. Ein Kindertransport nach London hatte ihn in letzter Minute gerettet. Er hatte nichts mehr außer seinem Schmerz und seinem Zorn. Nun hatte er David durch einen Zufall gefunden. Zufall? Die Güte der Zeit hatte ihm dieses Kleinod in die Hände gespült. Welch ein Akt der Gnade, daß er David quälen konnte. Die Angst, die er den Jungen fühlen ließ, die Bedrükkung, die Ausweglosigkeit, da niemand sich an seine Seite stellte, war Bernsteins Angst gewesen. Davids verzweifelte Tränen im Internat waren Bernsteins Tränen im Londoner Exil. Wie David nun allein war ohne die Unterstützung der fernen Eltern, ausgeliefert fremder Willkür, so war auch Bernstein ausgeliefert gewesen. Bernstein ließ ihn um fünf statt um halb sieben aufstehen. Er ließ ihn seine Schuhe und den Boden seiner Dienstwohnung putzen. Wenn David fertig war, verschüttete der Lehrer mit Absicht seinen Kaffee und ließ den Jungen von vorne anfangen. Er stellte ihn vor der Klasse bloß. Bernstein liest laut vor, wessen Davids Großvater angeklagt und für schuldig befunden worden ist. Er fängt mit den schönen Gesten der Verständigung an, Frankreich, Deutschland, Jugendaustausch, Konzert und Bildende Kunst. Na, Perlensamt, ha, Abetz, meine ich, was hängt denn bei Ihnen zu Hause noch so rum? Er wirft Abbildungen mit einem Epidiaskop an die Wand, so daß sich die Mitschüler ein Bild von den Bildern machen können, hauptsächlich französische Realisten, erfahren die Kinder in dieser Französischklasse, die fast zu einer kunsthistorischen Vorlesung wird. In der nächsten Stunde kommen wir zum Schmuck, den geraubten Juwelen. Mit denen behängten die Nazis, diese Stinktiere, die Kartoffelkäfer, die fetten Hälse und speckigen Wurstfinger ihrer Weiber und Mätressen. David schwindelt der Kopf. Er sieht seine Mutter Miriam nie mit Schmuck. Er kann nichts dazu sagen. Er ist zwölf Jahre alt. Er interessiert sich nicht für Juwelen. Die grossen Toiletten seiner Mutter sind ihm im Weg. Sie verhindern die Nähe. An mehr erinnert er sich nicht. Er soll wohlerzogen sein, gut lernen, die Firma des Vaters übernehmen. David redete sich so ins Fieber, daß ihm gar nicht auffiel, wie sehr er sich widersprach. Nun war nicht mehr von der großen Intimität zwischen ihm und seiner Mutter die Rede. Als sie sich nach einigen Wochen endlich meldete, hatte sich längst auch der letzte Freund von dem ohnehin schüchternen Jungen abgewendet. Er erzählte ihr, was vorgefallen war, und sie vertröstete ihn. Eine weitere Woche verging, dann ließ Alfred Perlensamt seinem Sohn durch seine Frau ausrichten, wenn er wolle, könne er zurückkommen nach Berlin oder sich ein neues Internat aussuchen.

»Mein Gott, sie waren wirklich so – teilnahmslos?«

David zuckte mit den Achseln. »Sie hatten ja ein Einsehen. Ich mußte nicht bleiben. Aber andererseits wollten sie auch nichts damit zu tun haben. Sie sagten, ich solle so tun, als ob nichts gewesen sei, und den Leuten keine Angriffsfläche bieten. Sie waren davon überzeugt, daß es richtig war, die Spuren zu verwischen. Ich bin mir nicht einmal sicher, ob meine Mutter wußte, wen sie geheiratet hatte. Vielleicht hat mein Vater es ihr erst nach der Hochzeit gesagt. Wenn es so war, dann machte sie sich jedenfalls nicht viel daraus. Und wenn ich meinem Großvater nicht so verdammt ähnlich gesehen hätte, nicht auf diesen Bernstein gestoßen wäre, wäre der Schwindel vielleicht nie aufgeflogen.«

»Aber die Presse – sie ist nicht drauf gekommen, nicht wahr? Ich meine jetzt, im Zusammenhang mit, mit dem …«

»… der Verzweiflungstat?«

»Ja, es hat nirgendwo gestanden. Jedenfalls habe ich nichts gelesen davon.«

»Mein Großvater war kein Ribbentrop. Sein Gesicht ist kein öffentliches gewesen, keines, das Seiten füllend durch die Presse ging. Ich selbst habe nur ein einziges Photo von ihm gesehen – in einem Buch. Die Aufnahme wurde aus großer Entfernung gemacht. Ein Mann in Nazi-Uniform, langem schwarzen Mantel mit weißem Revers, kommt eine Freitreppe hinab. Niemand hätte ihn darauf erkannt. Es brauchte schon eine konkrete Person, die sich aus persönlichen Gründen kundig machte, um Verbindungen herzustellen und Ähnlichkeiten zu entdecken. Es brauchte Bernstein. Ich dachte lange, daß es reiner Zufall gewesen sei. Heute bin ich mir sicher, daß das die Antwort des Schicksals war.«

»Du spinnst. Du steigerst dich da in was rein. Warum machst du nicht Schluß mit diesem Unsinn? Die ganze Geschichte ist die fixe Idee eines Nazi-Opfers gewesen. Du bist in diese Sache geraten ohne jede Schuld. Vergiß es. Mit Schicksal hat das nichts zu tun. Es gibt kein Schicksal.«

»Was glaubst du, wie wir uns kennengelernt haben? War das kein Schicksal?«

David wechselte tatsächlich das Internat. Nichts geschah mehr. Aber seine Angst, erneut entdeckt zu werden, saß tief. Er wechselte die Schule ein zweites, ein drittes Mal. Er schämte sich, verkroch sich, wurde einsam. Diese Anwandlungen hielt er für verwerflich, geradezu unmännlich. Ein Kreislauf begann. David zog sich zurück. Er wollte ein anderer sein. Er suchte nach Rollen. Auf diese Weise entstand sein Traum, Schauspieler zu werden.

Schließlich gewöhnte er sich an, daran zu denken, daß es andere Kinder und Enkel von Tätern gab, die schwerer an der Last der Geschichte zu tragen hatten als er.

»Der Unfall geschah, weil die Bremsen blockierten. Man nimmt an, es war ein Attentat. Es muß schrecklich gewesen sein, wie Großmama aus dem Auto geschleudert wurde.«

»Ich habe als Kind einmal einen Unfall gesehen, bei dem Ähnliches geschah. Auf einer Straße von Düsseldorf nach Köln.«

»Aber es geschah genau da! Du hast es gesehen? Du hast gesehen, wie meine Großeltern umgekommen sind?«

»Unsinn. Ich habe irgendeinen Unfall gesehen. Ich kann mich kaum daran erinnern. Ich war ganz klein, drei oder vier. In meiner Erinnerung sehe ich einen Feuerball und sonst nichts.«

»Und du meinst immer noch, daß es kein Schicksal gibt.«

Für einen Augenblick stand ich noch einmal am Rand der Straße. David stand neben mir. Ich erwachte aus meiner Trance, als David mich berührte. Erst da fiel mir ein, daß David den Unfall seiner Großeltern nur aus Berichten kannte. Ich war auf dem besten Weg, so durcheinander zu geraten, wie David es war.

»Es gibt etwas, das uns auf immer verbindet – das uns immer schon verbunden hat«, sagte er.

»Du entschuldigst mich einen Augenblick.«

Am Tisch zurück trank ich mein Glas aus und bat um die Rechnung. Wir rangelten darum, wer bezahlen durfte. Während ich die Scheine hinblätterte, konnte ich seine Unruhe spüren. Dann gab er sich einen Ruck, als müsse er den Motor antreten, um zu einer bestimmten Zeit am rechten Ort zu sein. Dieser Drang, der ihn manchmal überfiel, gepaart mit heillosem Eifer.

»Ich hätte eine Bitte.« Er legte seine Hand auf meinen Arm und sah mich dabei an. »Würdest du heute bei mir übernachten?«

Seine Frage befremdete mich. Ich versuchte, mir nichts anmerken zu lassen. Ich hätte gern nein gesagt.

»Nur diese eine Nacht. Bitte.«

VIERZEHN

Draußen erwartete uns der gleiche Nieselregen wie am frühen Abend. Mir war kalt. Die Vorstellung, in einem fremden Bett zu schlafen und am nächsten Morgen in einer fremden Umgebung aufzuwachen, in ein anderes als mein Badezimmer zu gehen und nicht meine Schranktür zu öffnen, um vor meinen Klamotten zu stehen, machte mich nervös. Aber dann spürte ich auf einmal eine so gewaltige Müdigkeit, daß mir alles egal war. Hauptsache ein Bett. Mein Fahrrad stand ohnehin noch im Hof der Fasanenstraße.

Während wir die Treppe zur Wohnung Perlensamts hinaufgingen, geisterten mir einige wirre Gedankenfetzen durch den Kopf. Ich fragte mich, ob ich mich von anderen Freunden auch bedrängt gefühlt hatte. Die Freundschaften zu Schulkameraden und Kommilitonen waren anders gewesen – nicht so eng, nicht auf diese Weise verpflichtend. Nicht so merkwürdig emotional. Die Freundschaften früher hatten eher auf Baseball und Tennis basiert als auf einer Frage von Leben und Tod.

Ich lehnte ab, als David noch eine Flasche Wein aufmachen wollte. Ich mußte am nächsten Morgen so früh wie möglich raus. Er hätte gern noch weitergeredet. Er konnte nie ein Ende finden. Aber wenigstens darin setzte ich mich durch.

David richtete die Couch in der Bibliothek und wollte mir sein eigenes Bett überlassen.

»Mein Zimmer ist am Ende des anderen Korridors.«

Er wies auf eine zweiflügelige Tür in einer Ecke der Halle.

»Es ist bequemer. Du bist ganz für dich. Frau Arno wird gar nicht bemerken, daß du da bist, wenn sie morgen kommt.«

Ich hatte dieser Tür bisher keine Aufmerksamkeit geschenkt. Daß dahinter noch ein Gang lag, war nie zur Sprache gekommen. Offenbar gab es von diesem Seitenflügel sogar eine Verbindung ins Vorderhaus. Die Wohnung war noch größer, als ich angenommen hatte. Ich lehnte ab und nahm die Couch.

»Ich werde fort sein, bevor Frau Arno kommt. Im Büro gibt es ziemlich viel zu tun, und ich muß vorher noch zu Hause vorbei.«

»Danke, daß du mitgekommen bist. Ich werde in jedem Fall besser schlafen. Wenn es dir nichts ausmacht, wäre es schön, wenn du die Tür einen Spalt offen ließest. Gute Nacht.«

Irgendwann wachte ich auf von einem merkwürdigen Geruch, wie mir schien. Ich bekam keine Luft. Zuerst war ich orientierungslos. Dann fiel mir ein, daß ich nicht zu Hause war. Der Geruch schien intensiver zu werden, irgendein schweres Parfum, als hätte jemand den Raum eingenebelt. Es war vollkommen still. Kein Geräusch drang von außen herein. Mir war, als könnte ich jemanden atmen hören. David? Unsinn. Zwischen uns lag die Halle und rechts davon der andere Korridor, an dessen Ende sich Davids Zimmer befand. Mein Rachen fühlte sich trocken an. Mein Schädel brummte. Das mußte von dem eigentümlichen Geruch herkommen. Erst als ich aufstand, fiel mir auf, daß ich nackt war. Ich war absolut sicher, meine Unterwäsche anbehalten zu haben. Ich fand meine Shorts neben der Couch auf dem Boden, zog sie an, streifte mein Hemd über und tastete mich durch das Halbdunkel bis zur Küche. Während ich ein Glas Wasser aus der Leitung trank, kam mir ein Traumfetzen zu Bewußtsein. Ein Fremder im Zimmer. An meinem Bett. Eine Hand auf meinem Rücken. Davids Stimme. *Es gibt etwas, das uns auf immer verbindet, das uns immer schon verbunden hat.* Jetzt fing ich also auch an, mich in diesen Blödsinn hineinzusteigern. Nach dem zweiten Glas Wasser wurde mir etwas besser. Draußen sah es nach Morgengrauen aus. Es war immer noch vollkommen still. Kein Laut von der Straße. Wie war es möglich gewesen, daß in dieser Stille niemand die Schüsse gehört hatte? War das Gemäuer so dick, daß nichts in die Wohnung darüber oder darunter dringen konnte? Plötzlich hatte ich den Eindruck, der ganze Fall sei tatsächlich halbherzig ermittelt worden. Es hatte geheißen, David hätte, aufgescheucht von den Schüssen, seinen Vater überrascht und ihn gerade noch davon abhalten können, die Waffe gegen sich selbst zu richten. Wie lange aber mußte der alte Perlensamt gezögert haben! David hatte einmal quer durch die Wohnung sprinten müssen, von dem Ende des einen Korridors quer durch die Halle zum Ende des anderen Korridors, wo sich das Schlafzimmer seiner Eltern befand. In dieser Zeit konnte sich jemand, der entschlossen war, dreimal erschießen.

Ich ging in die Bibliothek zurück. Es war halb sieben, eine gute Zeit, mich anzuziehen und die fremde Wohnung zu verlassen. Ich suchte meine Klamotten zusammen und konnte mich nicht erinnern, sie dort abgelegt zu haben, wo ich sie fand. Vor allem lagen sie nicht so, wie ich sie üblicherweise zusammenlege. Ich schwankte, als ich nach meiner Hose griff. Während ich mein Hemd zuknöpfte, versuchte ich, mich an irgend etwas zu erinnern, nachdem David Gute Nacht gesagt hatte. Aber da war nichts. Ich hatte einen Filmriß. Ich wußte nicht einmal mehr, wie ich ins Bett gekommen war. Dabei hatte ich an dem gestrigen Abend nur wenig getrunken. Wieder fielen mir ein paar Fetzen des merkwürdigen Traumes ein.

»Mein Vater – verstehst du jetzt, warum es so kommen mußte?«

Davids Stimme ganz nah an meinem Ohr. Aber nicht nur seine Stimme. Es war, als hätte er neben mir gelegen. Als hätte ich seinen Körper gespürt, einen sehr muskulösen Körper.

»Deswegen?«

»Natürlich deswegen, was dachtest denn du?«

»Aber – aber hat er deswegen seine Frau getötet? Ich verstehe nicht – da gibt es doch gar keinen Zusammenhang.«

Ich hatte mich angezogen und sah mich noch einmal um. Das Bett. Ich konnte es unmöglich so lassen. Es sah zerwühlt aus. Ich zerwühle nie mein Bett. Ich wollte nicht, daß irgend jemand es so fand. Ich ging zurück und zog die Laken ab. Dann knüllte ich alles zusammen und trug den Wäschehaufen in die Küche, erleichtert, daß mir das noch eingefallen war. Dann verließ ich die Wohnung so leise wie möglich.

FÜNFZEHN

Ich wandte mich an einen alten Freund. Kaspar de Lac entstammt einer deutschen Diplomatendynastie. Wir kennen uns von Harvard. Er war seit einem halben Jahr von einem Posten in Shanghai zurück. Bisher waren wir noch nicht dazu gekommen, uns zu treffen. Erst da fiel mir auf, wieviel Zeit ich mit David verbrachte. Ich bat Kaspar, in der Bibliothek des Auswärtigen Amtes nachsehen zu lassen, ob es etwas über Otto Abetz gäbe – und was.

»Ich rufe sofort unten an. Komm am Nachmittag vorbei, dann liegt das Zeug bereit.«

Kaspar und ich hatten uns einige Jahre nicht gesehen. Er war dünn geworden und sah deutlich älter aus. Früher hatte er etwas Verspieltes, Unernstes an sich gehabt. Er hatte gern gerauft, war sportlich und albern gewesen und sehr relaxt: Vielleicht lag das an seinem Familienhintergrund. Ich hatte ihn darum beneidet. Er kam eben aus *diesen* Kreisen, und alles, was sich dann ergeben hat, war für ihn selbstverständlich und für mich unerreichbar – einschließlich, wie ich bald feststellen sollte, einer solchen Ehefrau. Aus dem jungen Hund, mit dem ich einst Unsinn getrieben hatte, war ein Mann mit klaren Zielen geworden. Vermutlich das, was man einen souveränen Diplomaten nennt. Kaspar tat ein bißchen so, als gehörte der ganze Laden ihm.

»Du hast vollkommen recht, mich an meine Rebellion gegen das Amt zu erinnern. Ich bin halt doch nicht so solitär, wie ich es gern gewesen wäre. Die Familie war stärker. Vage lieben wir das Land, aus dem wir kommen, und ebenso vage halten wir es darin nicht aus. Ständig davor wegzulaufen und in anderen

Gefilden von der eigenen Herkunft zu schwärmen, liegt uns in den Genen. Der Rest ist Dekoration.«

Wen er mit *uns* meinte, seine Familie oder das Auswärtige Amt, blieb unklar. Er wollte wissen, wozu ich die Recherchen über eine so düstere Figur anstellte. Nachdem ich ihm von Perlensamt erzählt hatte, sah Kaspar mich zweifelnd an.

»Was geht dich das an? Sei froh, daß du damit nichts zu tun hast. Laß die Pfoten von dem Typen.«

Leichte Arroganz klang im Unterton dieser Warnung mit, als wollte er sagen, Martin, das ist kein Umgang für dich. Ich lachte verlegen. Ein mulmiges Gefühl blieb zurück, das ich mir nicht erklären konnte. Kurz erwog ich, das Kindheitserlebnis aus Langenfeld zu erwähnen, unterließ es dann aber. Ich wollte mich nicht lächerlich machen. Kaspar war nicht der Mensch, der glaubte, alles hinge mit allem zusammen.

»Ich habe noch nie den Enkel eines dieser Monster kennengelernt«, gab ich jovial zur Antwort und versuchte, die ganze Sache ins Komische zu ziehen. Im selben Augenblick hatte ich das Gefühl, David zu verraten.

»Woher weißt du, daß ich keiner bin? Du hast mich nie nach meinem Großvater gefragt.« Kaspar lachte treuherzig. »Du, verrenn dich nicht. Auch Monster basieren in erster Linie auf derselben Chemie wie wir – und du bist kein Psychoanalytiker. Du hast genug mit deiner Karriere zu tun. Laß uns abends mal was trinken gehen, wenn ich aus dieser Knochenmühle rauskomme, gern auch zu viert.«

»Zu viert? Denkst du an jemand Bestimmtes?«

Er lachte wieder. »An meine Frau. Ich habe geheiratet, bevor ich nach Shanghai ging, Hals über Kopf. Die Familie war ziemlich sauer über diese Blitzhochzeit. Wir könnten uns auch zum Essen treffen, bring jemanden mit. Oh, entschuldige –

was heißt hier *jemanden*, womöglich bist du inzwischen auch verheiratet?«

Ich verneinte eilig. Er brachte mich in die Bibliothek und lieferte mich vor einem riesigen Stapel Bücher ab.

»Wenn du etwas mit nach Hause nehmen willst, laß es auf meinen Namen eintragen.« Kaspar gab mir einen leichten Klaps auf die Schulter. »Und melde dich, okay? Ich meine es ernst. Du siehst abgearbeitet aus. Du mußt dich amüsieren.«

Oben auf dem Stapel hatten die Memoiren von Otto Abetz gelegen. Das Anfang der fünfziger Jahre erschienene Buch trug den sinnigen Titel *Das offene Problem.* Auf dem Vorsatzpapier stand eine handschriftliche Widmung des Verfassers. *Dem Kreisverband Altona der Deutschen Jungdemokraten für* 1.750 *gesammelte Unterschriften zur Erreichung der Generalamnestie als Anerkennung überreicht. Landesjugendtag* 1952 *in Werl.* Davids Großvater war noch kürzer in Haft gewesen, als ich angenommen hatte.

Die Akten überflog ich in der Bibliothek. Die Publikationen nahm ich mit nach Hause. Zwei Biographien waren darunter. Eine, die den Zeitraum bis 1945 behandelte – offenbar die Doktorarbeit eines deutschen Historikers. Schon der Anfang las sich ziemlich trocken. Die andere Biographie reichte bis zu Abetz' Tod und schien lesbarer geschrieben. Die Autorin war Französin. Schon im Vorwort war klar, daß sie davon ausging, daß jeder wußte, über wen sie schrieb. David hatte recht. In Frankreich erinnerte man sich an Otto Abetz. In Deutschland kannte man kaum noch seinen Namen.

Einige Tage später rief Kaspar an. Er lud mich für den kommenden Samstag ein. Ich sagte gedankenlos zu.

»Bring jemanden mit.«

Wen bloß? David? Mein Gefühl sagte mir, daß das kompliziert werden könnte.

Auf dem Schreibtisch in meiner Wohnung türmten sich inzwischen die Kopien der Dokumente, das Urteil des Pariser Militärgerichts von 1949, Korrespondenzen von 1936 aus Gauleiterbüros der NSDAP, Botschaftsberichte an das Auswärtige Amt. Mittig auf den Blättern prangte das Hakenkreuz. Nichts Spektakuläres in dieser Zeit, kein Beweismaterial für besonders niederträchtiges Verhalten. Was ich im Auswärtigen Amt vermißt hatte, hatte ich im Bundesarchiv gefunden. Das düstere Aussehen der Kopien hatte nichts mit den dunklen Jahren zu tun. Es rührte von dem schlechten Kopierer, der direkt vom Mikrofilm ablichtete. Und doch sahen diese Doppel so aus, als seien Erscheinung und Inhalt aneinander gekoppelt, verbunden durch einen undurchsichtigen Zusammenhang. Jetzt liegen sie wieder vor mir, Unterlagen, die Stimmung machen, aber nichts erklären, nichts erläutern. Jedenfalls nicht den Fall Perlensamt. Ich werfe alles in die Flammen.

Ich hatte ein einziges Porträtphoto von Otto Abetz gefunden. Darauf sah er David überhaupt nicht ähnlich. Ob die Ähnlichkeit, die Bernstein bei dem Schüler intuitiv festgestellt hatte, sich im Laufe von Davids Entwicklung verwachsen hatte? Ich wagte nicht, David darauf anzusprechen. Ich vermied das Thema, wenn wir uns trafen. Je mehr ich mich mit seiner Familie beschäftige, desto größer wurden meine Zweifel und meine Distanz zu ihm.

Zu Kaspars Einladung nahm ich Mona mit.

Seit seiner Rückkehr aus Shanghai bewohnte Kaspar mit seiner Familie das Parterre und die erste Etage eines dreistöckigen Hauses in Schöneberg. Da ihm das Terrain nicht groß genug gewesen war und darüber hinaus die Eigentümer das

Nachbarhaus hatten verkaufen wollen, erwarb er kurzerhand das angrenzende Grundstück und ließ das häßliche Gebäude darauf abreißen. Die Idylle, die er mitten in der Stadt geschaffen hatte, war bemerkenswert – und wäre von dem Gehalt eines vortragenden Legationsrats kaum zu bestreiten gewesen. Sie wurde dadurch perfekt, daß seine Frau Solange eine begeisterte Amateurgärtnerin war. Erbin eines großen Vermögens zudem. Ich war beeindruckt. Mona nicht.

Außer uns war ein Ehepaar eingeladen, offenbar eine Schulfreundin von Kaspar mit ihrem Mann, sowie ein Amtskollege, Arthur – den Familiennamen habe ich vergessen –, der gerade auf Posten in Ruanda war. Er schien mehr als angetan von Mona. Ich sah es auf den ersten Blick. Mit gemischten Gefühlen.

Obwohl es Dezember war, wurde gegrillt. Das war der Tribut, den wir an den Garten zu leisten hatten. Wir standen eine Weile in Mänteln, Jacken und Schals herum, wärmten uns an der Glut und harrten der Erlaubnis, hineingehen zu dürfen.

»Du hast eine sympathische Freundin. Eine richtige Schönheit.«

Wir hatten uns nach drinnen verkrochen mit der Ausrede, wir sähen nach dem Wein.

»Ja. Aber sie ist nicht meine Freundin. Sie ist eine Kollegin aus der Firma.«

»Schade.« Dann grinste er. »Kann ja noch werden, das heißt, wenn dir da nicht gerade jemand in die Quere kommt.«

Er wies nach draußen. Der aufgeblasene Typ war in ein Gespräch mit Mona vertieft. Geistesabwesend schob er die Garnelen und Lammwürstchen auf dem Grill hin und her. In seiner Daunenjacke sah er aus, als machte er Reklame für Vollgummireifen. Mona hing an Arthurs Lippen. Sie trug eine Russenmütze aus Kaninchenfell, stilecht mit Hammer und

Zirkel, wie man sie sonntags für zehn Mark Unter den Linden kaufen kann. Sie hauchte unablässig in ihre Hände. Ab und zu lachte sie. Sie nickte, sagte ein paar Worte, die uns aber nicht erreichten. So wie die beiden hatten wir nie zusammen gesprochen. Nie hatte sie in einem Gespräch mit mir diesen Ausdruck gehabt. Seit wir Perlensamt kannten, war sowieso alles anders geworden. Jetzt fand ich sie so ausgelassen und befreit wie lange nicht mehr. Einen Augenblick lang dachte ich daran, hinauszugehen und ihr mein Jackett um die Schultern zu legen. Aber dann unterließ ich es. Sollte doch Arthur dafür sorgen, daß sie nicht fror.

Auch an diesem Abend beschäftigte mich Perlensamt. Als ich Mona draußen stehen sah, vermißte ich ihn. Aber das Wissen um seine Familie machte mich befangen. Es gab so viele Ungereimtheiten in seinen Erzählungen. Ich hätte ihm das sagen müssen, aber ich wollte nicht mit ihm streiten. Und dann war da noch diese unerklärliche Ahnung. Es war sicher nicht nur Freundschaft, die mich veranlaßte, das, was ich für Davids Familiengeschichte hielt, so intensiv zu recherchieren.

Wie hätte Perlensamt sich wohl in dieser Runde gebärdet, angesichts der »Nachfolger« seines Großvaters im Auswärtigen Amt? Auf dem Heimweg fragte ich Mona danach. Sie reagierte ungehalten.

»Es gibt für dich wirklich nur noch ein einziges Thema. Du nimmst deine Umwelt überhaupt nicht mehr wahr.«

»Das stimmt nicht. Ich war wirklich beeindruckt von der Einrichtung des Hauses, die Kaspars Frau … «

»Du meinst, du warst beeindruckt von dieser überspannten Schickse. Du scheinst ein Faible für Menschen zu haben, die viel Wind von sich machen.«

»Ach, und dieser Arthur?«

»Er ist seit vier Jahren deutscher Botschafter in Kigali!«

»Er wird woanders nicht gebraucht.«

Sie sah mich stirnrunzelnd an. »Was Arthur über Ruanda erzählte, war wirklich interessant. Die Landschaft muß wundervoll sein, es leben Berggorillas dort ...«

»Dann ist er ja in bester Gesellschaft.«

»... und es gibt eine einzigartige Flora. Er weiß viel über das Land. Er erzählt spannend, sehr engagiert. Er hat sich richtig da reingekniet.«

»Ganz besonders hat er sich vor dich gekniet.«

»Wie redest du eigentlich mit mir?«

»Was hast du gegen David?«

»Nichts«, sagte sie kalt. Der Ton war untypisch für sie. Ich war verwirrt.

SECHZEHN

Monas Sticheleien hatten zur Folge, daß wir uns voneinander zurückzogen. Wir sagten uns gerade noch Guten Tag und Auf Wiedersehen. Wortlos schoben wir uns die Anfragen zu.

Und dann schlug David vor, ans Meer zu fahren. Ich erwähnte nichts von meinen Recherchen. Auch David kam eine Weile nicht mehr auf seine Familie zu sprechen.

Als wir über die Promenade von Ahlbeck liefen, fühlte ich mich in meine Jugend zurückversetzt. Der Strand von Coney Island mit seinem Rummel und den schäbigen Buden hatte zwar nichts mit den frisch polierten Seebädern der Ostseeküste gemein. Aber der Salzgeruch, das Geschrei der Möwen, die Geräusche der Brandung reichten aus, um die frühen Zeiten zu beleben. Ich fühlte mich wieder wie als Kind. Das Meer, der Horizont, der Strand, lange vergessene Szenen, und plötzlich war das Heimweh da. Was tat ich in Deutschland? Ich mußte zurück nach New York. Mein Zuhause war dort.

Wir liefen die in die Dünen gebetteten Planken zum Strand hinab. Ich war glücklich. Leicht und unbeschwert wie zu der Zeit, als ich mit einem Freund kurz nach dem Examen am Strand von Coney Island entlang gelaufen war.

Windige Regenschauer begleiteten uns an diesem Nachmittag in Ahlbeck. Die Wolken hingen wie geschlagene Sahne über der frisch getünchten Szenerie von 1900, bis das Licht in die Dämmerung knickte und einen melancholischen Schatten über den leeren Strand und die Promenade warf. Es schien, als seien wir die einzigen Gäste im Ort. Nach einem langen Spaziergang kehrten wir zurück und verabredeten uns für eine halbe Stunde später zum Essen.

Im Hotel logierten außer uns nur ein sehr verliebtes Paar und eine ältere Dame mit Nichte oder Enkelin. Das Personal schien froh, für die wenigen Gäste die Treppen hinauf- und hinunter zu laufen. Es herrschte eine fast familiäre Stimmung. Ich duschte. Dann zog ich ein frisches T-Shirt und einen Pullover an, dazu Jeans. Es gab keinen Grund, irgendwelchen Aufwand zu treiben. Ich war ein bißchen müde, durch die Dusche aber angenehm erfrischt und hatte einen Hunger wie in Berlin seit Monaten nicht mehr. Ich freute mich auf ein Bier, dann ein üppiges Essen mit gutem Rotwein und danach auf einen herrlich tiefen Schlaf.

Wir hatten vereinbart, daß derjenige, der zuerst fertig wäre, zum anderen hinüber gehen würde. David reagierte nicht auf mein Klopfen. Ich meinte, trotz der Doppeltüren Stimmen zu hören. Die Klinken gaben nach. Das Zimmer war hell erleuchtet, das Bett unbenutzt. Auf der leicht zerwühlten Decke lag ein kleiner Haufen unterschiedlich schillernder Halstücher. Seide. Davids Markenzeichen. Ein geöffneter Koffer stand auf der dafür vorgesehenen Ablage. Der Fernseher lief. Ich wollte gerade das Gerät ausschalten und seinen Namen rufen, als ich sah, daß die Tür zum Bad offenstand. In einer übermütigen Laune dachte ich daran, ihn im Bad zu überraschen. Ich ging auf Zehenspitzen, darauf bedacht, kein Geräusch zu machen. Als ich im Rahmen stand, blickgeschützt durch die halbgeöffnete Tür, hörte ich David sprechen. Dann sah ich ihn im Spiegel, die Augen aufgerissen. Ich dachte zuerst, er führe Selbstgespräche. Aber er sagte du, nicht ich. Dann wurde mir klar, daß David so tat, als gehörte das Gesicht im Spiegel einer anderen Person.

»Irgendwann sehe ich dich genau. Ich werde wissen, welche Linie ich zu tilgen habe in meinem Gesicht.«

Er sprach mit leiser Drohung. Angespannt, als sähe er durch ein Mikroskop winzige Teilchen, die für einen entfernten Beobachter nicht wahrnehmbar waren. Mit dem rechten Zeigefinger fuhr er die Brauen ab, strich über die Stirn und von der Nasenwurzel zur Spitze.

»Dein verdammtes Gesicht hat mich in einen Käfig gesperrt.«

Er strich das schwarze Haar zurück. Seine Wangen schienen fahl im Neonlicht des weiß gekachelten Badezimmers, überzeichnet in ihrer Blässe, blaustichig fast. Der aufwendige Goldrahmen des Spiegels über dem Marmorwaschtisch tat ein Übriges, Davids Haut blutleer schimmern zu lassen. Das einzig Lebendige in diesem Gesicht war der Blick. Ich sah Wut in seinen Augen flackern. David versuchte, sie mit einer anders intonierten Stimme zu beherrschen.

»Beruhige dich, David. Kehre zu der Aufgabe zurück, die das Leben dir stellt. Die Schuld wird so lange in deiner Familie bleiben, bis jemand sie löst.«

Mochte der Teufel wissen, wem diese unerbittliche Stimme gehörte.

»Ich hasse dich«, stieß David in vertrautem Ton hervor. Seine Stimme klang jetzt weinerlich, trotzig und sehr jung. Einen Augenblick lang fürchtete ich, er würde in seiner kindlichen Verzweiflung in den Spiegel schlagen. Aber plötzlich verebbte Davids Wut. Sein Kopf berührte jetzt fast den Spiegel. Seine Augen suchten jede einzelne Pore ab.

»Ich werde dich auswendig lernen«, flüsterte er.

Erst als David den Stift nahm und mit wenigen konzentrierten, sehr erfahrenen Strichen ein Selbstporträt zeichnete, sah ich, daß auf dem großen Waschtisch die ganze Zeit Bleistift und Block gelegen hatten. War das, dessen Zeuge ich gerade geworden war, eine alltägliche Prozedur? David trat vom Spiegel zurück. Er betrachtete sich eine Weile mit deutlich zur Ruhe gekommenem Blick. Dann erklärte er mit vernünftiger Stimme die Szene für beendet. Er nahm sein Aftershave und besprühte Hals und Wangen damit. Ich zog mich ebenso leise zurück wie ich gekommen war.

Ich ging in mein Zimmer. Ich öffnete die Fenstertür zum Balkon. Die Brise kühlte meinen Kopf. Schattenhaft lag hinter den Baumwipfeln das Meer. Kleine flache Wellen schlugen an den Strand. Was hatte ich da erlebt? War das Schizophrenie? Löste der Wahnsinn Davids Bewußtsein auf? Trotz der frischen Luft hatte ich den Eindruck, in Fieberbilder einzutauchen. Ich hatte mich nicht abwenden können. Etwas hatte mich festgehalten. Ich mußte hinsehen. Wie damals.

David riß mich in die Wirklichkeit zurück.

»Das war wunderbar. Spaziergang, Dusche, frische Klamotten. Ich habe einen Bärenhunger. Wie steht's mit dir?«

Er stand vor mir, frisch rasiert und voll in Schale. Rotes Halstuch mit blauen Punkten im rosaweiß gestreiften Hemd. Blauer Blazer. Graue Hose aus Flanell. Er strahlte mich an. Ich fühlte mich elend. Erschöpft und nervös. Ich wußte nicht, was ich sagen, wie ich reagieren sollte.

»Geht es dir nicht gut?«

Er fragte mich. Das Schlimmste war, daß ich mich trotz dieses Theaters auf merkwürdige Weise zu ihm hingezogen fühlte. Das einzig Vernünftige wäre gewesen, auf der Stelle meine Tasche zu packen und diesen Irren sich selbst zu überlassen. David trat ein paar Schritte auf mich zu und berührte mich leicht an der Schulter. Ich weiß nicht, was in mich fuhr. Im nachhinein erscheint es mir ungeheuerlich. Anstatt auf Abstand zu gehen, legte ich meinen Kopf an seine Schulter. Eine Weile standen wir so da, ohne daß irgend etwas geschah.

»Hey, kann ich etwas für dich tun?«

In diesem Moment, für den Bruchteil eines Augenblicks, wäre ich beinahe in Davids Arme gesunken. Es fehlte nicht viel. Es fehlte nur ein bißchen Gewissenlosigkeit. Mein ganzer Körper schmerzte, und ich konzentrierte mich darauf, nicht aufzuschluchzen. Dann nämlich hätte das Andere in mir gewonnen. David ersparte mir nichts. Er fuhr durch meine Haare und drückte meinen Kopf leicht an sich. Mit einem Ruck löste ich mich.

»Martin.«

Ich versuchte zu lächeln.

»Entschuldige, mir war irgendwie übel geworden. Laß uns runter gehen.«

Wir setzten uns an die Bar. Ich bestellte einen trockenen Martini, David einen Manhattan. Als der erste Schluck meine Kehle herunterlief, nahm ich mir vor, zurück in Berlin nach einer besseren Photographie von Otto Abetz Ausschau zu halten. Vielleicht konnte ich mit großer Vorsicht etwas für David tun, ihm wie nebenbei vermitteln, daß jeder Mensch einzigartig ist und seine Ähnlichkeit mit dem Großvater für einen Außenstehenden gar nicht erkennbar war.

SIEBZEHN

Am nächsten Morgen wurde ich vom Rauschen des Meeres geweckt. Die Brandung hatte mich in der Nacht in tiefen Schlaf fallen lassen und wieder daraus hervorgezogen. Ich bestellte das Frühstück und eine Zeitung und stand im Bademantel an der Fenstertür. Langsam stieg die heftige Auseinandersetzung des vergangenen Abends in mein Bewußtsein. Für einen Moment drängte ich den Gedanken daran zurück und sah auf das Meer. Die Wellen schoben sich gleichmäßig in nicht allzu hohen Kämmen über den Sand. Vor dem Hintergrund der Welt, der wir tags zuvor den Rücken gekehrt hatten, erinnerte das leere Sandland jetzt an eine vergessene Erzählung. Einzelne Personen in einem lichten Raum, Bewegungen, deren Absicht man nicht erkennen kann ... Schemen ... Im Sommer würde nach dem durchbrechenden Morgen minutenschnell die Gegenwart von Liegestühlen, Sonnenschirmen und Müll diese Legende tilgen. Der Geruch nach Sonnenöl, fettigen Pommes, das Babygeschrei, die lautstarke Suche nach verlorenen Gegenständen und verlorengegangenen Kindern täten ihr übriges, den frühmorgendlichen Augenblick als sentimentale Sehnsucht zu entlarven. Ausgelöst wodurch? Eine Zeitungsnotiz aus einem Revolverblatt, dessen Versatzstücke sich in der Morgenandacht des Strandes verfangen hatten? Ich wollte noch ein bißchen an dieser Stelle bleiben. Die Jahreszeit bot mir Schutz vor allzu viel Gegenwart. Eine leichte Brise, würzig riechend nach Tang und Salz, kam auf, während ich auf dem Austritt stand und träumte.

Es klopfte an der Zimmertür. Man brachte Zeitung und Frühstück. Während ich meinen Kaffee im Bett trank, versuchte ich einzelne Artikel zu lesen, unterließ es aber bald. Ich konnte mich nicht konzentrieren. Der vergangene Abend drängte sich vor. Es gelang mir nicht länger, den Eklat beiseite zu schieben. Wir hatten in Übereinkunft unsere Drinks genommen. Dann gingen wir zu Tisch. Die Suppe mit Hechtklößchen ließ David noch friedlich über die Zunge gleiten. Aber noch vor dem Hauptgericht fing er an. Aus heiterem Himmel kam er auf Mona zu sprechen.

»Sie sagt, du seist schwul.«

»Ach ja? Das haben schon viele behauptet. Vielleicht habe ich da auch noch ein Wort mitzusprechen.«

Warum tat er das? Er war dabei, einen wunderbaren Nachmittag zu zerstören und den Auftakt eines geruhsamen Abends. Ich suchte nach etwas, das Davids aggressiven Tonfall mildern konnte.

»Frauen sind manchmal seltsam. Ich verstehe nicht viel von ihnen.«

»Na, dann wundert es mich nicht, daß du nicht gemerkt hast, wie verliebt sie in dich ist. Sie war ja regelrecht bissig, als ich ihr erzählte, wir würden zusammen nach Ahlbeck fahren.«

»Du hast ihr davon erzählt?«

Was hatte David während meiner Abwesenheit im Büro der Firma zu suchen? Zufällig? Mona war bei weitem nicht so verbindlich gewesen wie auf der Party, hatte ihm nicht einmal etwas angeboten. Da war ihm plötzlich die Idee gekommen, ihr zu erzählen, wir führen nach Usedom. Es war ein Mordsspaß gewesen, sie so zubeißen zu sehen. Sie war richtiggehend sauer geworden. Sie riß, obwohl es nun wirklich nicht warm war, ein Fenster auf. Alle Papiere segelten zu Boden. David tat ihr nicht den Gefallen, beim Aufheben zu helfen.

Der Zander sollte eine Spezialität der Küche sein. Aber ich erinnere mich nicht mehr daran, wie er schmeckte. Ich starrte David ungläubig an. Sichtlich amüsiert erzählte er weiter, amüsiert von Monas Eifersucht, amüsierter noch von ihrer Behauptung, ich sei schwul. Geradezu unbeholfen hatte sie die Blätter aufgehoben, als ein neuer Windstoß weitere Unterlagen vom Schreibtisch fegte. Endlich war sie auf die Idee gekommen, das Fenster wieder zu schließen. Als sie David immer noch im Türrahmen stehen sah und ihr langsam klar wurde, daß er das ganze Szenario äußerst komisch fand, war sie ausgerastet. Sie hatte ihn angebrüllt. Wer er sei … was er wolle … von Martin … von ihr? Was für eine perverse Lust er an der Zerstörung hätte? David schüttete sich vor Lachen fast aus.

»Du kannst ihre Vulva pochen hören, wenn du neben ihr stehst. Die ist so heiß, daß sie gar nicht weiß, wo sie sich lassen soll.«

Ich explodierte. Ich selbst war über die Heftigkeit meiner Reaktion am meisten überrascht.

»Du bist widerlich.«

»Hast du was mit ihr?« stieß David hervor.

Mich ekelte das vulgäre Gerede. Sex war kein Thema. Der Kellner kam an den Tisch. Er hatte gesehen, daß keiner von uns mehr aß und fragte höflich, ob wir etwas zu beanstanden hätten. Immerhin riß mich das aus meiner Wut.

»Ein Gesprächsthema, das uns mehr beschäftigt, als wir angenommen hatten. Der Fisch war sehr gut, aber … Sie können abräumen, bitte.«

Als der Kellner mit den Tellern gegangen war, äffte David mich nach.

»Der gut erzogene *all american boy*. Mama hat eine strenge Hand gehabt.«

»Was weißt du von meiner Mutter«, sagte ich kalt.

Tatsächlich fragte ich mich in diesem Augenblick, was Rosie in einer solchen Situation getan hätte. Ich stand auf. Ohne eine Antwort abzuwarten, ging ich aus dem Restaurant, holte meinen Mantel und machte mich noch einmal auf zum Strand, um mir den Kopf durchblasen zu lassen.

ACHTZEHN

Es war ein Mittwochmorgen, als Mona ein Telephongespräch entgegennahm. Ich wurde von der Staatsanwaltschaft verlangt.

»Können Sie kommen? Sie müssen sich ausweisen. Es gibt einen von Herrn Alfred Perlensamt an Sie hinterlassenen Brief.«

»Was meinen Sie mit *hinterlassen*?«

In dem Augenblick, als die Stimme in der Leitung sagte, Alfred Perlensamt sei am Morgen gefunden worden, tot, stand David schon im Raum. Er war weiß im Gesicht. Er sagte nichts. Mona sah mich an, sichtlich verwirrt über die dramatische Szene.

»Man hat seinen Vater tot in der Zelle gefunden.«

Mona schob David einen Stuhl hin. Als er sich nicht setzte, drückte sie ihn vorsichtig auf die Sitzfläche. Sie verschwand und kam mit einem Glas Wasser zurück. Ich legte den Hörer hin. Mona strich sanft über Davids Schulter. Mit ruhiger Stimme fragte sie, ob er einen Arzt wolle. Er reagierte nicht. Sie reichte ihm das Wasser und zwang ihn zu trinken. Er sah geradezu nachlässig aus. Jeans ohne Gürtel. Ein Hemd halb zugeknöpft. Darüber ein altes Wolljackett. Schuhe ohne Strümpfe. Er war außer Atem, als wäre er gerannt.

»David, kannst du reden? Können wir etwas für dich tun?«

»Er hat sich umgebracht. Er hat mich gehaßt. Sie haben mich beide gehaßt. Sie hatten sich gewünscht, es hätte mich niemals gegeben. Ich bin schuld an ihrem Tod.«

Mona widersprach. Beschwörend und überdeutlich, wie man mit einem Kranken redet. Sie nahm seine Hand. Ich mußte an Edwiges Worte denken. David, das verlassene Kind. Er wollte eine Zigarette. Keiner von uns hatte eine. Mona lief hinaus, um welche zu besorgen. Er wollte einen Drink. Ich ging in die Küche und holte Whisky. Mona kam mit den Zigaretten zurück und bot ihm eine an. Er schüttelte den Kopf. Als er sich erhob, war seine Bewegung zeitlupenlangsam. Er machte Anstalten, zu gehen. Ich bot ihm an, ihn zu begleiten. Er schüttelte den Kopf.

»Du kannst ihn nicht allein gehen lassen«, sagte Mona mit Nachdruck. »Wenn du nicht mitgehst, gehe ich.«

Sie war sich so sicher, was zu tun sei. Ich ließ sie gehen, erleichtert, daß nicht ich mich um ihn kümmern mußte.

Ich blieb im Büro, bis Mona wiederkam. Danach war es für die Staatsanwaltschaft zu spät gewesen. Am nächsten Tag mußte ich auf Geheiß unseres New Yorker Chefs nach Paris.

»Ich wäre Ihnen dankbar, wenn Sie an dem Treffen der Anwälte teilnähmen, Saunders. Paßt das in Ihren Wochenplan? Ich weiß, es kommt plötzlich. Aber es wäre mir lieb, Sie vor Ort zu wissen.«

Ich kam der Aufforderung von D.D. Miles selbstverständlich nach. Eine Bitte aus New York hatte immer Priorität. Ich sagte Mona, daß ich am nächsten Morgen fliegen müsse.

»Schon gut. Ich habe einen Arzt geholt. Er hat ein leichtes Beruhigungsmittel bekommen, und die Haushälterin sieht nach ihm.« Sie sah betrübt aus. »Jetzt fangen die Schnüffeleien von vorne an. Die Presse hat neuen Grund, Sensationen zu erfinden, wo eigentlich nur eine traurige Geschichte dahinter steckt.«

Ich war verblüfft, daß sie das sagte. Ich antwortete nicht darauf. Ich wollte mit ihr nicht über David reden, erst recht nicht mehr, seit ich in Ahlbeck gewesen war. Mona versuchte, zum Tagesgeschäft überzulenken.

»Sie haben den Courbet in die Weihnachtsauktion genommen. Danke dir noch einmal für deine Unterstützung.«

Ich nickte. Sie stand etwas unschlüssig vor ihrem Schreibtisch, immer noch den großen Schal um ihren Hals geschlungen, den Mantel über den Stuhl hinter sich geworfen, und machte den Eindruck als wüßte sie nicht, was als nächstes zu tun sei.

»Und David, die leeren Wände, die Sammlung, die Party, der Tod seines Vaters?«

»Berührt dich das jetzt? Auf einmal? Jetzt ist das doch egal. Der Mörder ist tot. Das Motiv werden wir nie erfahren.«

Noch auf dem Weg zum Flughafen beschäftigte mich Monas entsetztes Gesicht. Offenbar hatte Davids neue Situation ihr Mitgefühl geweckt, und sie verstand nicht, warum ich so abweisend war. Wie sollte sie auch. Ich hatte ihr nichts von Ahlbeck erzählt, kein Wort von dem, was David hatte verlauten lassen. Vergessen hatte ich nichts davon. Aber es war mir nicht recht, daß sie sich um die Familie Perlensamt und ihre Sammlung Gedanken machte. Das war inzwischen mein Terrain. Und seit dem Vorfall in Ahlbeck hatte sich mein Blick darauf verändert.

Ich nahm ein Zimmer im Hotel d'Angleterre. Mit nur fünf Minuten Verspätung kam ich zum Termin. Was besprochen wurde, war nicht neu. Aber Neuigkeiten waren ohnehin nicht der Grund, warum D.D. Miles mich hier wissen wollte. Es ging um den persönlichen Kontakt, darum, sich die Gesichter wieder vertraut zu machen, einfach dabei zu sein.

Nachdem die Besprechung zu Ende war, ging ich mit einem Kollegen von Duras, dem französischen Anwalt, in eine Bar und befragte ihn, was er über die Vorgehensweise der Botschaft in Paris während der Nazi-Zeit wußte.

»Einige Bilder in der deutschen Residenz wurden nicht in die Bestandslisten aufgenommen. Abetz behielt sie trotz Führerbefehl zurück. Die Verhältnisse sind kompliziert. Manche dieser Bilder wurden als Inventar der Botschaft geführt, wie aus übriggebliebenen Handakten hervorgeht. Andere werden in diesen Akten als Privatbesitz von Abetz bezeichnet. Aber seien Sie sicher, daß auch ein Botschafter sich damals von seinem Geld keine Courbet, Utrillo, Bonnard kaufen konnte. Er hat sie sich über dunkle Kanäle einverleibt.«

»Das habe ich befürchtet.«

Er sah mich belustigt an, ohne wissen zu können, was ich meinte. Die Sammlung Abetz, Davids Sammlung, beruhte auf privater Plünderung. Aber wie hatte dieser Schmierlapp die Bilder nach Deutschland verbracht?

»Manche dieser Bilder sind, wie die französischen Gemälde aus der Sammlung Ribbentrop, in dem Gesamtkonvolut zwischen 1948 und 1951 an Frankreich restituiert worden. Einige sind nie wieder aufgetaucht.«

»War ein Courbet darunter? Ein Bild vom Meer?«

»Ganz sicher war mehr als ein Courbet darunter. Courbet hat viel gemalt und ist, wie Sie wissen, bei den Nazis sehr beliebt gewesen. Emotional. Realistisch. Einfach zu begreifen und doch kraftvoll. Aber wie gesagt, sie waren nicht alle gelistet.«

»Und die Beute der Kollaborateure?«

»Keine Ahnung, Grauzone. Gewiß ein riesiges Gebiet, in erster Linie voll von Spekulationen. Wir wissen ja gar nicht, was fehlt. Diese Privatsammlungen waren doch meistens nicht katalogisiert. Normaler Hausstand besserer Kreise. Oder wissen Sie genau, was im Haus Ihrer Großeltern hing?«

Ich dachte an das kleine Haus in Langenfeld. Rosie hatte sich darüber lustig gemacht, daß die Großmutter Buch über ihre

Ausgaben führte, obwohl es kaum etwas auszugeben gab. Tatsächlich hatte es ein Verzeichnis der Möbel gegeben. Hinter jedem Objekt stand, was es gekostet hatte, wo es gekauft worden war und welche Person es nach Großmutters Tod erben sollte.

»In Berlin mag man heute noch wissen, was mal auf der Wilhelmstraße los war. Wie ich die Deutschen kenne, ist da jeder Pflasterstein numeriert und denen, die ’68 geflogen sind, ist ein Gedenkstein gewidmet. Man badet dort gern im eigenen Schlamm, und inzwischen lockt die Art Folklore ja auch Touristenströme an. Mit dieser Selbstzerfleischung können wir hier in Paris nicht konkurrieren. Was die Rue Lauriston, die Rue Greuze oder den Rest des 16. Arrondissements anbelangt: Es ist das 16. Arrondissement, ein schönes, ruhiges Viertel. In erster Linie wohnen reiche Leute dort, heute wie vor siebzig Jahren. Man denkt kaum daran, daß viele von ihnen Juden waren. Wir sind Franzosen, keine *boches*, die sich an *Le Schuldgefühl* ergötzen.«

»Schön, daß wir wenigstens Frankreichs Zunge um den tragischen Lebensgeschmack bereichern können, wenn wir schon nichts zum Geschmack Ihrer Küche beizusteuern haben, von der wir seit dem Krieg und der Kollaboration profitierten.«

»Wir? Ich dachte, Sie seien Amerikaner?«

»Meine Mutter ist in Deutschland geboren. Ich fürchte, ich muß mich verabschieden, Maître. Ich habe noch eine Verabredung zum Essen.«

In einem Kiosk erstand ich ein rot eingebundenes Buch, den Stadtplan, den mir George Duras Wochen zuvor empfohlen hatte. Im Hotel entnahm ich dem kleinen Buch den Übersichtsplan im hinteren Schuber und sichtete die Topographie der Stadt. Als ich die Adressen nachschlug und ihre dichte Lage in den einzelnen Arrondissements mit dem großen Plan verglich, bestätigte sich das von Duras vorhergesagte Ergebnis: Die Bande war durch die Straßen, Gassen, Passagen und Wege gekrochen, vermutlich auch durch die Kanalisation, stillgelegte Métro-Schächte oder durch die Katakomben. Der Untergrund von Paris, auch das lernte ich, war durchlöchert wie ein Termitenbau. Auf einem solchen Weg konnte die Sammlung Abetz aus der Stadt geschmuggelt worden sein. Aber wie war sie über die Grenze gekommen?

Plötzlich kam mir die Idee, Edwige anzurufen. Sie mußte von all dem gewußt haben, auch oder gerade weil sie so distanziert tat. Ich versuchte es im Telephonbuch, wurde aber nicht fündig. Kein Eintrag unter Edwige Abèz. Ich rief die Auskunft an. Madame hätte eine Geheimnummer, hieß es. Ich könnte meinen Namen und meine Nummer hinterlassen. Sie würde benachrichtigt, und gegebenenfalls riefe sie zurück. Nachdem ich die Nummer des Hotels angegeben hatte, legte ich mich aufs Bett, um mich ein paar Minuten auszuruhen. Ich wachte einmal kurz auf, fühlte mich aber so zerschlagen, daß ich liegen blieb. Ich glaubte das Bett neben mir zerwühlt, aber leer zu sehen und fragte mich, wer dort wohl gelegen hatte. Ein vertrauter Geruch schwebte im Raum. Monas Parfum war es nicht. Später wurde ich von starkem Klopfen aus dem Traum gerissen. Dämmerlicht floß durch einen Spalt der Vorhänge. Langsam erinnerte ich mich der wirklichen Ereignisse, meines Vorhabens, Edwige aufzusuchen und der Tatsache, daß Davids Vater sich erschossen hatte. Von draußen bat eine Stimme, den Telephonhörer in die Mulde zu legen. Sobald ich das behoben hatte, schrillte der Apparat. Die Rezeption teilte mir mit, daß eine Madame Abèz zweimal versuchte hätte, mich zu erreichen. Sie hatte eine Nummer hinterlassen.

Einige Minuten lang überlegte ich, ob es jetzt zu spät wäre, sich noch einmal bei Edwige zu melden. Dann entschloß ich mich, Mona in Berlin anzurufen. Ihre Stimme klang frisch und fest, als sie ihren Namen sagte. Sie hatte David noch einmal besucht. Er hatte geschlafen. Die Haushälterin war da und sah stündlich nach ihm. Voller Wärme sagte sie, ich solle mir keine Sorgen machen. Sie würde morgen früh bei David anrufen und mit der Haushälterin sprechen. Alles Weitere würde man dann sehen. Ich legte auf. Beruhigt war ich nicht. Als Mona David kritisiert hatte, fand ich sie kleinlich. Nun kümmerte sie sich um David, und das war mir auch nicht recht. Um richtig wach zu werden, ging ich unter die Dusche. Noch bevor ich mich abgetrocknet hatte, klingelte das Telephon. Edwige sagte, sie hätte leider vor halb zehn keine Zeit gehabt. Aber wenn ich jetzt noch auf ein Glas zu ihr kommen wollte, würde sie sich freuen.

Bevor ich zu ihr ging, machte ich einen Abstecher zum Aussichtspunkt des Trocadéro. Die winterliche Beleuchtung des Eiffelturms blinkte wie ein Wirbel von Blitzen gegen den nachtschwarzen Himmel. Ein Mann hatte seine Frau aus unklaren Gründen erschossen und sich dann selbst umgebracht – sich gerichtet? Nirgendwo die Spur eines Motivs. Der Sohn, der für das alles keine Erklärung hatte, fühlte sich schuldig und war, nachdem er so lange Haltung bewiesen hatte, zusammengeklappt. Das war das einzig Normale. Edwige schien nichts vom Tod ihres Bruders zu wissen. Sie hatte entspannt geklungen. Ich verließ die Aussichtsplattform ungern. Ein angenehmes Gefühl, das ich lange nicht mehr gehabt hatte, kam auf, jener halbfremde Eindruck einer vertrauten Stadt, in der man nicht wohnt. Ich fühlte mich in der Anonymität geborgen und geschützt, entlastet von der Geschichte, die in meiner Abwesenheit ihren Fortgang nahm. Der Himmel besänftigte mich, die Lichter des Eiffelturms, die fernen Großstadtgeräusche, die sich in der Höhe verloren. Einst hatte ich auch in Berlin das Gefühl gehabt, geschützt und unbeeinflußbar zu sein. Aber Neugier und unbefangenes Interesse gegenüber der deutschen Hauptstadt waren vergangen. Ich war jetzt gewöhnt an ihr Parfum. Obwohl sie riesig war, viel größer als Paris, erschien sie mir inzwischen überschaubar, als könnte ich ermessen, was in ihr passierte, Tag und Nacht. Vielleicht war mein Verlangen, unentdeckt entdecken zu können, überhaupt der wahre Grund gewesen, warum ich D.D.s Angebot, nach Berlin zu gehen, angenommen hatte. Also mußte ich bald wieder fort. Als ich kehrtmachte, waren es nur wenige Schritte zu Edwige. Stille Seitenstraßen. Niemand kam aus einem der Häuser. Niemand führte seinen Hund spazieren. Meine Schritte hallten auf dem blanken Trottoir wie der inszenierte Gang in einer nächtlichen Filmszene, unwirklich und übertrieben stimmungsvoll. Es gelang mir nicht, in die Zeit hineinzurutschen, in der Davids Großeltern hier gewohnt hatten. Vielleicht fehlte mir die Übung, der Vergangenheit größeren Wert beizumessen als der Gegenwart.

NEUNZEHN

Edwige freute sich aufrichtig, mich zu sehen. Sie bat mich herein und forderte mich auf, mich umzusehen, während sie uns etwas zu trinken machen wollte.

»Was für eine Wohnung, Madame«, entfuhr es mir.

Es muß geklungen haben, als hätte ich ihr diese Verhältnisse nicht zugetraut. Edwige lächelte nachsichtig. Vermutlich hörte sie das von jedem, der ihre Wohnung zum ersten Mal betrat. Durch eine Fensterfront, die zu einem Dachgarten führte, sah man auf den blinkenden Eiffelturm. Ich stellte mir vor, daß die düstere Wohnung ihres Bruders auf sie wie die Vorhalle zu einer Gruft gewirkt haben mußte. Trotz der Dunkelheit draußen wirkten die Räume unter der künstlichen Beleuchtung lichtdurchflutet. Das Mobiliar war spärlich, der Übergang zur nächtlichen Terrasse von Blattgrün umsäumt. Es war auffallend, daß keine Bilder an den Wänden hingen. Offenbar hatte sie nichts von der Sammlung ihres Vaters beansprucht.

»Als ich Sie anrufen wollte, stellte ich fest, daß ich gar keine Telephonnummer hatte.«

Wir setzten uns auf die Terrasse. Auch jetzt war ihr nicht anzumerken, ob sie vom Tod ihres Bruders wußte.

»Immerhin hatte ich Ihren Namen, auch wenn ich ihn zunächst nicht einzuordnen wußte.«

»Dann hat David Ihnen erzählt, wie sein Vater hieß, bevor er sich den neuen Namen samt Firma kaufte? Ich habe das ›t‹ aus meinem Namen getilgt. Himmel, Sie müssen denken, wir hätten ein Faible für Geheimniskrämerei. Dabei habe ich das nur gemacht, weil die Franzosen nichts mit »tz« anfangen können. Und wenn ich ehrlich bin, paßt diese Version auch viel besser zu meinem Vornamen – und zu mir.«

»Ach, den haben Sie nicht verändert?«

»Warum sollte ich? Mit den Eitelkeiten meines Bruders habe ich nichts zu tun. Wir haben beide französische Vornamen gehabt, weil unsere französische Mutter es so wollte.«

»Ich dachte, Ihre Mutter sei Belgierin gewesen!«

»Aber nein. Wer hat Ihnen das denn erzählt? David etwa?«

»Ich dachte, ich hätte es irgendwo gelesen.«

»Gelesen? Sie wollen etwas über meine Mutter gelesen haben?«

Ich antwortete darauf nicht. Ich sah mich ein wenig zu neugierig um, erwischte mich aber gerade noch rechtzeitig bei dieser Unhöflichkeit und versuchte, sie durch eine blöde Bemerkung zu vertuschen.

»Sie scheinen, im Gegensatz zu Ihrer Familie, kein Faible für Kunst zu haben.«

»Im Gegensatz zu meiner Familie?« Sie zuckte mit den Achseln. »Ich bin mir nicht ganz sicher, was Sie meinen. Es ist immer auch eine Frage, für welche Kunst. Und was man sich leisten kann. Einstweilen kümmere ich mich um die Gärten.«

Es stellte sich heraus, daß ich Glück gehabt hatte, sie überhaupt zu erreichen. Edwige lebte vornehmlich auf dem Land. Sie war Gartenarchitektin. Als einfacher Lehrling in einer Gärtnerei hatte sie angefangen und sich dann hochgedient, offenbar mit Erfolg. Eine Wohnung in dieser Lage mußte ein Vermögen kosten.

»Dann haben Sie also mit der Firma Perlensamt gar nichts zu tun?«

Sie überging die Frage und lenkte das Thema auf jenen Punkt, mit dem sie vor Wochen in Berlin die Unterhaltung beendet hatte: David. Es schien für sie kein anderes Thema zu geben. Den Perlensamts ging es gut, als der Kronprinz zur Welt kam. Sie hatten sich unbedingt einen Stammhalter gewünscht. Und doch ließ Edwige keinen Zweifel daran, daß David nie eine liebende Mutter gehabt hatte. Keinen Vater, der stolz auf ihn war. Die Perlensamts hatten immer den Eindruck eines kinderlosen Ehepaars erweckt und David im Verborgenen heranwachsen lassen. Edwiges Stimme klang bitter. Als wollte sie ablenken von ihrer Gefühlsäußerung, fragte sie mich, ob ich noch etwas trinken wollte. Sie stand eilig auf, um mein Glas nachzuschenken und die Hors d'œuvres aufzufüllen, aber mein Glas war noch dreiviertel voll, und keiner von uns hatte sich an den Nüssen und Oliven bedient. Als sie wieder saß, schien sich ihre Nervosität gelegt zu haben. Sie fuhr nahtlos fort. Alfred Perlensamt hatte Angst gehabt, den Jungen zu verwöhnen. Er sollte Leistungen erbringen, sich beweisen, nicht zimperlich sein. Nach einem Studium und in entsprechendem Alter sollte er die Firma übernehmen, den fachlichen Ruhm seines Vaters fortführen, am besten übertreffen.

»Ich machte mir erst sehr spät klar, daß mein Bruder ein Schwächling ist. Schwache Menschen können grausam sein.«

Davids Leben hatte bereits schrecklich begonnen. Die Wehen dauerten einen Tag und eine Nacht lang und hatten die Mutter vollkommen erschöpft. Sie hatte vierundzwanzig Stunden lang vor Schmerzen geschrien, bis das winzige, zarte Kind zur Welt kam. David wurde einer Kinderschwester übergeben. Einige Tage lang verweigerte er die Nahrung und geriet in Lebensgefahr. Edwige war davon überzeugt, daß David durch die Trennung von seiner Mutter an einem Trauma litt. Es konnte gar nicht anders sein: Er hatte die Wärme seiner Mutter vermißt.

»Sind Sie bei seiner Geburt dabeigewesen? Sie erzählen das so plastisch, als hätten Sie alles miterlebt.«

Sie antwortete ausweichend. Nach der schweren Geburt hatte sie sich ab und zu im Haus Perlensamt erkundigt, wie es ihrer Schwägerin und dem Kleinen ginge. Man hatte ihr zu verstehen gegeben, daß Miriam und das Kind Ruhe bräuchten und daß sie von ihren Anrufen absehen möge. Sie hatte sich schon vorher von der Familie ihres Bruders entfernt, allein schon durch die geographische Distanz. Im übrigen hatten sie sich nie besonders nahe gestanden. Der Namenswechsel hatte sie unangenehm berührt. Sie interessierte sich nicht für die Familie ihres Bruders, ausgenommen David. Er hatte ihr immer leid getan. Ihm hätte sie gerne geholfen.

»Ich hatte gehofft, nach Miriams Tod würde sich etwas ändern. Ich hatte versucht, David dahingehend zu bestärken, unabhängig zu werden, sich ein eigenes Leben aufzubauen. Er hat immer nur auf diese unzufriedenen, mürrischen Eltern gehört.«

Edwige erwähnte den Tod ihres Bruders immer noch nicht.

»Es hat Sie niemand angerufen aus Berlin? David nicht und auch nicht die Staatsanwaltschaft?«

»Warum sollte mich jemand angerufen haben?«

Sie trank einen Schluck Wein. Endlich schien sie sich zu entspannen. Sie lehnte sich in ihren Sessel zurück und räkelte sich. Es mußte auf Mitternacht zugehen. Die Luft, die von der Terrasse durch den Türspalt drang, war immer noch mild, vermischt mit einer Spur herbstlicher Kühle. Von fern versicherten die großstädtischen Geräusche uns, die Welt ginge ihren Geschäften nach, während wir in der luxuriösen Geborgenheit über den Dächern der Stadt miteinander sprachen.

»Man hat Ihren Bruder gefunden. Er ist tot.«

Sie verschluckte sich und begann zu husten. Sie sprang keuchend auf, lief hin und her und hatte regelrecht Not, sich Luft zu verschaffen.

»Wo?« stieß sie mühsam hervor. »Wo hat man ihn gefunden? Wer ist es gewesen?«, ergänzte sie.

»Nun, man hat ihn natürlich in seiner Zelle gefunden, wo sonst? Wer es gewesen ist? Er selbst. Er hat sich selbst getötet. Anders wäre es doch gar nicht möglich gewesen.« Mir fiel ein, daß niemand erwähnt hatte, wie. Als gäbe es in einer Zelle nur eine einzige Möglichkeit, sich umzubringen. »Es tut mir leid, Frau Abèz, es muß schrecklich für Sie sein. Erst das Unglück mit Ihrer Schwägerin, nun Ihr Bruder.«

Sie fuhr mich zornig an: »Ich habe Ihnen schon in Berlin gesagt, daß es kein Unglück war.«

»Es war ein Schock für David. Wir mußten einen Arzt holen. Er war vollkommen außer sich.«

Ihre Stimme hatte sich beruhigt. Aber sie atmete immer noch heftig. »Ist es wirklich wahr, was Sie da sagen? Nicht wahr, Sie machen keinen schlechten Scherz?«

Sie hatte sich in ihrem Sessel aufgerichtet und sah mich durchdringend an. In ihrem Rücken zwinkerte mir die Spitze des Eiffelturms zu.

»Natürlich nicht. Er ist tot. Ich weiß es nicht genau – ich nehme an, er hat sich erhängt.«

Edwige fuhr sich durchs Haar, zupfte an ihrer Kleidung, nippte an ihrem Wein und ließ sich wieder zurück in den Sessel gleiten. Lange währte die Erleichterung nicht. Als ich ihr sagte, bei der Staatsanwaltschaft läge ein Briefumschlag, den ihr Bruder für mich hinterlassen hätte, schreckte sie erneut auf.

»Sie müssen mir unbedingt sagen, was dieser Brief enthält. Es ist sehr wichtig für mich. Ich muß es wissen, bevor David es erfährt. Ich muß wissen, was Maurice geschrieben hat.«

Maurice. Sie nannte den ursprünglichen Namen ihres Bruders. Maurice? Ich hatte vollkommen vergessen, daß sie bei unserem Gespräch in Berlin schon von ihrem Bruder als Maurice gesprochen hatte. Damals hatte ich mir nichts dabei gedacht. Zu jener Zeit wußte ich nur, daß Davids Vater seinen Namen geändert hatte. Aber ich wußte noch nicht, daß Davids Großvater Otto Abetz gewesen war. Der Sohn von Otto Abetz hieß doch mit Vornamen Bernhard, nicht Maurice. Und seine Tochter … Edwiges Stimme klang flehend.

»Ich hatte Ihren Bruder auf Davids Bitte im Gefängnis besucht. Er schien mir verwirrt. Ich kann mir nicht vorstellen, daß dieser Umschlag etwas ernst zu nehmendes enthält.«

Ich versprach ihr, sie sofort zu informieren. Als ich mich verabschieden wollte, ließ Edwige mich kurz allein und kam mit einem verschnürten Päckchen zurück.

»Ich hatte das für Sie vorbereitet. Es sind Briefe von David an mich. Vielleicht verstehen Sie ihn dann besser. Bitte, lesen Sie sie.«

Sie schien mich um noch etwas bitten zu wollen, hob an, aber brachte den Satz nicht zu Ende.

»Melden Sie sich unbedingt wieder, wenn Sie in der Stadt sind.«

Sie gab mir ihre Visitenkarte, und wir reichten uns die Hand. Ihr Druck war länger als eigentlich üblich. Plötzlich drängte es mich, diese Frage zu stellen.

»Ach, wissen Sie, Menschen wie David, die so entwurzelt sind, neigen oft zu einer Art Schicksalsbezogenheit oder zu – esoterischen Anwandlungen. Als Anker. Aber ich denke nicht, daß er im engeren Sinne abergläubisch ist. Nein, er hat's nicht wirklich mit den Sternen. Nehmen Sie das nicht ernst.«

Auf meine Erwiderung, David hätte es für Bestimmung gehalten, daß wir einander begegnet sind, reagierte sie amüsiert. Schon in der geöffneten Tür stehend, erzählte ich ihr, daß ich als Kind in der Nähe von Langenfeld einen Unfall miterlebt hätte der Art, wie er Davids Großeltern das Leben gekostet hatte. Edwige sah mich verständnislos an.

»Ich hatte keine Ahnung, daß Miriams Eltern bei einem Autounfall ums Leben gekommen sind.«

»Nein, nicht die Eltern Ihrer Schwägerin. Ihre Eltern.«

»Was für ein Unsinn. Wie kommen Sie nur darauf?«

Kurz vor Mitternacht stand ich wieder auf der Plattform des Trocadéro und sah über das Marsfeld. Ich hielt das Päckchen mit den Briefen in der Hand. Wir hatten kein Wort über die Sammlung gewechselt. Sie hatte nur von David gesprochen. Es war, als hätte sie mich anheuern wollen.

Ich legte die gesamte Strecke zum Hotel zu Fuß zurück. Die nervösen Lichter des Eiffelturms begleiteten mich bis unter die nackten Äste der Platanen. Ich ging an der Seine entlang, vorbei an den Soldaten- und Veteranenstationen, an der Abgeordnetenkammer und dem Auswärtigen Amt. Der Boulevard St. Germain war wie leergefegt, keine Menschenseele schien in der Gegend zu leben, die ihre modischen Zeiten längst überstanden hatte. Touristen hielten die Gegend zwischen Invalidendom und Quai d'Orsay für wenig interessant. Sie ahnten nichts von den verzauberten Gärten und grünen Innenhöfen hinter den massigen Steinfassaden. Es war eine gute Gegend, um in dieser Großstadt für sich zu sein. Ich ging, weil ich laufen mußte. Ich mußte laufen, weil ich die Reaktionen von Edwige nicht verstand. Warum mußte ich all das überhaupt verstehen? Erst jetzt fiel mir auf, daß ich den ganzen Tag nichts gegessen hatte. Das Mittagessen im Flugzeug hatte ich ausgeschlagen. Ich hatte mich auf ein schönes Menu in meinem Lieblingsrestaurant gefreut. Nach dem Treffen der Anwälte war es für ein Abendessen zu früh gewesen. Dann hatte ich verschlafen und mich zu Edwige aufgemacht. Mein Magen fühlte sich hohl an. Die Innenwände brannten, ich war hungrig und appetitlos zugleich. Ich wünschte David in meiner Nähe, und doch fürchtete ich mich davor, ihn wiederzusehen: fürchtete seine Verachtung. Seine Launen. Seine Exaltiertheit. Sein Lachen. Seine werbende Sprache. Seinen Charme. Seine ausgewählte Kleidung. Seine aufschimmernde Zärtlichkeit. Ich stellte mir vor, wie er meinen Namen rief. Davids Stimme klang in meinem Ohr. Zurück im Hotel, fiel ich in einen unruhigen Schlaf.

ZWANZIG

Als ich die Wohnung von Davids Eltern betrat, kam ich mir wie ein Schnüffler vor. Daran änderte auch mein Auftrag nichts, den Nachlaß Alfred Perlensamts so lange zu verwalten, bis das Testament eröffnet war. Man hatte David eines schweren Fieberanfalls wegen ins Krankenhaus gebracht. Er hatte phantasiert, wirr gesprochen und war zwischendurch sogar in eine Art Koma gefallen. Mona kümmerte sich um ihn. Offenbar fühlte sie sich angezogen von seiner Hilflosigkeit, anders konnte ich mir ihr Engagement nicht erklären. Ich fühlte mich einsam in meiner Mission.

Der Umschlag, den mir die Staatsanwaltschaft aushändigte, war auf meinen Namen ausgestellt, darunter der Zusatz *streng persönlich*. Mehr als ein Zettel war nicht darin gewesen. Vor mir lodern die Flammen. Wie immer steht die Tür zum Garten offen. Die Lilien haben zu blühen begonnen. Ihr Duft durchdringt die unteren Räume. Madame Eugénie bügelt im ersten Stock. Ab und zu geht sie ans Telephon, um Anrufer abzuwimmeln. Ich lese die krakelige Handschrift noch einmal. *Ich, Alfred Perlensamt, möchte neben meiner geliebten Frau Miriam beigesetzt werden, ohne Trauergesellschaft, ohne Zeremonie. Mein gesamtes Eigentum wird an meinem Sohn David Perlensamt übergehen, wie in einem gesonderten Testament verfügt, hinterlegt bei meinem Notar, Herrn Dr. Henning Schröters. Im Schreibtisch meines Arbeitszimmers (Bibliothek) befindet sich eine Mappe, die meine Initialen trägt. Ich bitte Sie, Herr Dr. Saunders, diese Mappe an sich zu nehmen und sie ungeöffnet mit meiner Leiche verbrennen zu lassen. Alfred Perlensamt, Strafvollzugsanstalt Berlin-Moabit, den ….* Die Notiz klingt nicht, als sei sie von einem Mann mit verwirrtem Geist verfaßt worden. Der Zettel verbrennt innerhalb eines Augenblicks. Die Mappe liegt oben, in dem Fach, in dem meine Unterwäsche liegt.

Man hatte mir den Umschlag kommentarlos ausgehändigt, dazu die Wohnungsschlüssel. Zurück im Büro erzählte Mona, David ginge es besser, doch würde er noch einige Tage im Krankenhaus bleiben müssen. Ich sagte, sie solle ihn von mir grüßen. Innerlich war ich erleichtert. Ich wollte Distanz zu David, und ich gebe zu, daß ich der Verfügung des Toten hauptsächlich deswegen nachkam, weil ich immer noch hoffte, Klarheit in Davids widersprüchliche Geschichte bringen zu können.

Der schwere Schlüsselbund erweckte den Eindruck, als habe der alte Perlensamt ein Faible für Schlösser gehabt – und das nicht nur an der Eingangstür, die drei davon hatte. Es dauerte eine ganze Weile, bis ich alle Schlüssel durchprobiert und die richtigen gefunden hatte. Die große Halle roch muffig. Ich öffnete die Fenster und ließ die kalte Luft herein. Die Portieren bewegten sich im Windhauch wie Gewänder tanzender Figuren. Draußen roch es nach Schnee.

Ich sah mir nacheinander die Räume an. Trotz meiner zeitweiligen Vertrautheit mit David kannte ich nicht die ganze Wohnung. Auf der einen Seite der Halle lag die Bibliothek. Sie hatte also Alfred Perlensamt als Arbeitszimmer gedient. Alles war wieder aufgeräumt, die Spuren meiner Übernachtung beseitigt. Links und rechts des flaschengrünen Samtsofas, auf dem ich geschlafen hatte, standen chinesische Lampen, auf antik getrimmt, aufgebauscht mit rosa Seidenschirmen. Eine Fußbank, ein Zeitungsständer, eine Trittleiter, die man zum Stuhl umklappen konnte. Gestreifte Sessel, undefinierbar im Stil. All dem hatte ich in der Nacht, als ich hier schlief, keine

Beachtung geschenkt. Auch den beiden Fenstertüren nicht, die auf den Innenhof hinausgingen, den ich so bewundert hatte. Ich sah mir die teils offenen, teils verglasten Bücherreihen genauer an. Meyers Enzyklopädie, eine ledergebundene Gesamtausgabe von Goethe, Shakespeare, dazwischen ein Folioband Montaigne, verschiedene Romane von Balzac, Zola, Thomas Mann. Keine Schriftstellerinnen, keine neue Literatur. Ich stieg auf den Holztritt, nahm vorsichtig den Folioband heraus und wäre, in Erwartung des Gewichts, beinahe aus der Balance gekippt. Das Monster war aus Pappmaché und innen hohl. Die anderen Bücher auch. Sie dienten als Camouflage für Videos. Ich stellte die Attrappen wieder in Reih und Glied zurück.

Die Mappe mit den Initialen AP fand ich in der Schreibtischschublade. Auch dafür gab es einen Schlüssel am Bund. Für die Mappe nicht. Sie war mit einem einfachen Mechanismus verschlossen. Die Entscheidung, die Mappe samt Inhalt verbrennen zu lassen, oblag einzig mir. Es war, als hätte Perlensamt gewollt, daß ich Schicksal spiele. Und ich würde es tun, egal welche Entscheidung ich träfe. Ich kam mir vor wie ein aus den Staaten herbeigeeilter Erbe, der die Hinterlassenschaft eines unbekannten Vaters antritt.

Vom Arbeitszimmer des Hausherrn aus durchstreifte ich die anderen Räume. Zunächst sah ich mir Davids Schlafzimmer am Ende des Korridors an, den ich noch nie beschritten hatte. Es war, ebenso wie die Bibliothek, penibel aufgeräumt und sah nicht im mindesten nach einem bewohnten Zimmer aus. Keine persönlichen Sachen. Die Fenster gingen zur Fasanenstraße hinaus. Ich streifte durch die anderen Zimmer und begegnete den Nippesfiguren wieder, die David auf meine Bemerkungen hin weggeräumt hatte. Auf Bilder stieß ich in diesen Räumen nicht. Auch Schatten von Staubkadern befanden sich an keiner einzigen Wand, und keines dieser Zimmer sah frisch gestrichen aus. Das Schlafzimmer, in dem sich der Mord ereignet hatte, war mit verblichen-grauer Seide bespannt. Auch hier hatte wohl kein Bild gehangen. In den die gesamte Wandfläche füllenden Schränken hingen nicht nur die Anzüge des toten Alfred, sondern auch die Garderobe von Miriam Perlensamt, vom Abendkleid über den Morgenmantel bis zum Pelz. Ein Duft von Veilchen und Tuberosen, der manchmal alten Schmuckdosen entströmt, kroch aus den Gewändern.

Wenn so das Erbe der Großeltern Abetz aussah, konnte ich verstehen, daß Edwige sich von dieser Familie distanzierte. Eine Mischung aus muffigem Kitsch, Trostlosigkeit und Pomp strahlten die Räume aus, die von der angeblich so renommierten Familie Perlensamt jahrzehntelang bewohnt worden waren.

Hinter Küche und Badezimmer, die im rückwärtigen Wohntrakt in Richtung des Lieferanteneingangs lagen, gingen weitere Zimmer vom anderen Ende des Korridors ab. In einem davon hatte das Medium gesessen. Der Raum schien jetzt eine Abstellkammer zu sein für Gegenstände, die niemand mehr wollte. Aber als ich den gegenüberliegenden Raum betrat, verschlug es mir den Atem.

Ich stand in einem Depot. Ich wußte nicht gleich, woher ich kannte, was sich mir darbot. Wie das Magazin eines Museums sah der Raum trotz der vielen Bilder nicht aus. An allen vier Wänden hingen dicht neben- und übereinander die Bilder aus der vorderen Halle, abwechselnd mit anderen, die ich in diesem Haus noch nie gesehen hatte. In der Mitte befand sich ein Tisch, auf dem eine Mappe für Zeichnungen lag. Im ganzen mochte es sich um fünfundzwanzig bis dreißig Bilder unterschiedlicher Größe handeln, Zeichnungen und Skizzen nicht mitgezählt. Rechts von der Tür, auf einer großen Staffelei, stand Courbets Bild vom Meer. Ich quetschte mich daran vorbei, um die rückwärtige Leinwand zu betrachten. KA 19 stand darauf. Ich ging auf ein Bild von Matisse zu. *Zwei Schwestern.* Jeder Kunsthistoriker in meiner Generation kannte das Bild. Keiner hat es je im Original gesehen. Ich nahm es von der Wand, drehte es um. Was ich sah, hatte ich nun schon erwartet. Auch dieses Bild trug die Signatur KA, dazu eine Nummer. Beide Bilder mußten aus der Sammlung Alphonse Kann stammen. Sie waren zwischen 1940 und 1942 von den Nazis beschlagnahmt worden. Seit 1944 galten sie als verschollen. Weitere Rückseiten brauchte ich nicht zu sehen. Ich verließ das Depot und schloß die Tür hinter mir. Mir war übel. Ich schloß die Fenster, die ich zum Lüften der Wohnung geöffnet hatte. Die Zeitungen, die vor der Wohnungstür gelegen hatten, legte ich zusammen mit der Post auf den Tisch in der Halle. Dann schloß ich ab. Nun hatte ich den Beweis. Die konkrete Signatur. Was sollte ich damit machen? Und was mit David?

EINUNDZWANZIG

Mitternacht war längst vorbei, als ich nach Hause kam. Ich hatte etwas essen wollen, allein, in einem Restaurant. Dann stellte ich fest, daß ich keinen Appetit hatte. Ich trank ein paar Gläser zuviel. Im Briefkasten fand ich einen Benachrichtigungszettel der Post. Am Schalter wartete tags darauf ein Paket auf mich. Nachdem ich zwei wundervolle fünfarmige Wandlüster aus gelbem Glas ausgepackt hatte, las ich den beigefügten Brief. *Lieber Herr Dr. Saunders, entgegen Ihrer Annahme hier ein Zeichen, daß ich mich sehr wohl für die schönen Dinge begeistern kann. Bitte nehmen Sie die Lüster als Dankeschön. Sie müssen etwas vorsichtig sein beim Abbrennen der Kerzen, das eine Glas hat bereits einen leichten Sprung. Es sind mundgeblasene Arbeiten aus dem 19. Jahrhundert. Ich habe das Gefühl, daß unsere Familie Ihnen Unannehmlichkeiten bereitet hat. Auch wenn ich nicht anders kann, als David zu lieben, ist mir doch klar, wie schwer es manchmal mit ihm ist. Bitte seien Sie nachsichtig. Er braucht so sehr die Nähe von Menschen, die es gut mit ihm meinen und ihn das spüren lassen – etwas, was ich, obwohl es meine Pflicht gewesen wäre, versäumt habe. Ihre Edwige Abèz.*

Dafür, daß sie sich mit der Familie so überworfen hatte, fühlte sie sich bemerkenswert verantwortlich. Es schien geradezu ihre fixe Idee zu sein, daß David unter seinem Elternhaus zu leiden hatte. Ich rief sie an und bedankte mich. Ich erzählte ihr auch, daß David auf dem Weg der Besserung sei.

»Haben Sie ihn im Krankenhaus besucht?«

Ich erklärte ihr, daß ich sehr viel zu tun hätte.

»Haben Sie die Briefe gelesen?«

Nein, aber das sagte ich ihr nicht. Ich antwortete mit einer Gegenfrage.

»Haben Sie unter Ihrem Vater gelitten – tun Sie es vielleicht noch?«

»Nein, warum sollte ich unter meinem Vater leiden? Er ist tot.«

»Seine Haltung war Ihnen ganz egal?«

»Ich habe wenig Bezug zu ihm gehabt. Aber ich denke, er war wie alle Väter dieser Generation. Außerdem war Krieg. Es war eine schreckliche Zeit. Nach dem Krieg haben wir diese Zeit nicht aufwiegen können. Nein, ich habe nicht unter ihm gelitten. Ich habe nur wenig von ihm als Vater gehabt.«

»Und daß er in das System verwickelt war …?«

»Ich weiß nicht, worauf Sie hinaus wollen, Herr Dr. Saunders. Er ist mehr oder minder ein Nazi gewesen wie die meisten deutschen Männer dieser Jahre. Kein Widerständler, das stimmt, irgend so ein kleines Mistvieh, wirklich keine herausragende Person. Kein SS-Offizier, keiner aus der braunen Hautevolee. Und außerdem ist das nur mein halbes Erbe. Sie wissen doch, daß unsere Mutter Französin war. Schluß mit diesen Familiengeschichten. Das einzige, was mich heute interessiert, ist, daß David sein Leben ordnet. Daß ihn jemand liebt. Daß er glücklich wird. Wenn Sie ihm ein Freund sein könnten?!«

Auch Mona trieb mich zu David. Sie bat mich, ihn im Krankenhaus zu besuchen. Ich fühlte mich von allen Seiten bedrängt. Zu diesem Zeitpunkt dachte ich zum ersten Mal ernsthaft darüber nach, aus Berlin zu verschwinden.

David freute sich sichtlich, als ich ins Zimmer trat. Für mich war der Anblick kaum zu ertragen. Ich sah einen abgemagerten Mann, der kaum die Hände auf seiner Bettdecke koordinieren konnte. Die schwarzen, vollen Haare klebten an seinem

Kopf. Sein Bart war ebenso schwarz, offenbar hatte niemand daran gedacht, ihn zu rasieren. Seine Augen wirkten in dieser schwarzen Umgebung noch größer, noch tiefer in den Höhlen. Er verfolgte jede meiner Gesten, stumm, und kurz hatte ich den Eindruck, als wartete er nur auf den geeigneten Augenblick, meine Hand zu ergreifen. Aber er tat nichts dergleichen. Vielleicht war er zu schwach, vielleicht aber auch spürte er, daß ich von ihm abgerückt war. Von dem Mann, den ich so bewundert hatte, war äußerlich nichts mehr übrig.

Er wies mit einer Geste auf sein Bett. Ich sollte mich zu ihm setzen. Ich nahm einen Stuhl und rückte ihn ein wenig ans Bett heran.

»Mein Vater hat meine Mutter erschossen, um ihr größeres Leiden zu ersparen. Manchmal müssen wir hart im Erbarmen sein. Wir müssen uns opfern für einen anderen.«

»David, du weißt nicht, was du sagst.«

»Doch, ich weiß, was ich sage. Du bist es, der den Sinn der Lage nicht versteht.«

Ich hätte ihn gerne geschüttelt, ihn geohrfeigt und angeschrien, um ihn zu sich zu bringen. Meiner Ansicht nach stand David unter Schock. Mona kam herein, gute Laune versprühend. Sie umarmte David, schüttelte seine Kissen auf und sprach vom guten Wetter draußen. Sie sah älter aus. Ihre Sommersprossen wirkten blasser als sonst. Zu meinem Erstaunen trug sie Make-up und Lippenstift. Auch sie schien mir eigentümlich fremd und fern.

»Wir werden heute erfahren, wann wir entlassen werden«, flötete sie.

»Wir?« echote ich blöde. »Apropos *wir*: Wer ist jetzt im Büro?«

»Ach, ich denke, gleich bist du dort. Ich werde bis nach der Visite warten, da man dann weiß, wann David nach Hause kann. Wir müssen dann noch den Wochenplan für den Hilfsdienst organisieren.«

Keiner von beiden interessierte sich für die Nachricht der Staatsanwaltschaft. Ich sah auf die Uhr. Wenn ich mich nicht dringend um die Firma kümmern würde, hätten wir bald noch ein Problem. Die Mappe samt Inhalt mußte warten. Erst jetzt, da ich mich nicht sofort erinnern konnte, wo ich sie hingelegt hatte, fiel mir ein, daß ich sie in der Aufregung über meine Entdeckung in Perlensamts Arbeitszimmer vergessen hatte.

Der einzige offene Streit mit Mona ereignete sich noch am selben Nachmittag. Sie kam erst gegen fünf ins Büro. Ich hatte ihre Mails durchgesehen und, so weit möglich, beantwortet. Aber ihre Post vom Morgen war ebenso unberührt wie die Akte mit den Anfragen zu verschiedenen Provenienzen.

»Ich habe David gerade nach Hause gebracht. Er hat sich gefreut, wieder zu Hause zu sein. Ich muß gleich wieder weg, etwas einkaufen für ihn, etwas zu essen machen. Er braucht in der düsteren Wohnung erst einmal Gesellschaft. Er ist noch sehr schwach. Sie haben ihn unter der Bedingung entlassen, daß sich jemand um ihn kümmert.«

»Ach, und das bist offensichtlich du.« Monas Engagement schien mir maßlos übertrieben. »Warum kündigst du nicht gleich?«

Plötzlich kam mir der Gedanke, daß David womöglich die Mappe auf dem Schreibtisch seines Vaters finden würde. Ich mußte unbedingt dorthin zurück.

»Man merkt, daß du Einzelkind bist und keine richtige Familie hast, sonst würdest du mehr Sinn dafür haben, daß man anderen in Not helfen muß. Dir fehlt das Gefühl dafür, wenn jemand dich braucht.«

Sie machte Anstalten, gleich wieder zu gehen. Aber dieses Mal hielt ich sie zurück.

»Kein Problem, du bleibst hier, trägst die Berge auf deinem Schreibtisch ab und wirkst damit deiner Entlassung entgegen. Ich kümmere mich zur Abwechslung um das Opfer der tragischen Verhältnisse. Ich habe ohnehin meine Jacke in der Wohnung vergessen. Wie ein Supermarkt aussieht, weiß ich auch gerade noch.«

»Wenn du dich bloß sehen könntest. Du meinst, du überblicktest alles, nicht wahr? Du läßt dich nicht von Gefühlen beeinträchtigen. Gefühle sind was für Frauen, Schwule und undisziplinierte Idioten. Frei von diesen niedrigen Befindlichkeiten kann dich nichts durcheinander bringen. Martin Saunders regelt die Gegebenheiten nach seinem System, fehlerlos, nüchtern, mit guten Manieren, dreisprachig und immer glänzend angezogen. Dich könnte nicht einmal erschüttern, wenn vor deinen Augen jemand verreckt. Wahrscheinlich denkst du dann an den geeigneten Blumenschmuck und organisierst schon die Blaskapelle. Du bist so selbstgefällig, so verdammt souverän, so – *unabhängig*, daß mir das Würgen kommt.«

»Und ich hatte gedacht, du hieltest mich für schwul – hat meine Herzlosigkeit dein todsicheres Urteil revidiert?«

»Du bist ja krank. Du weißt doch überhaupt nicht, was du sagst.«

Bevor ich darauf reagieren konnte, war sie hinausgestürmt. Ich stand da, hilflos, wütend, und sah die Mappe in der Fasanenstraße auf dem Schreibtisch liegen. Wie lange noch? Es half alles nichts. Ich mußte im Büro bleiben und die Stellung halten.

Es fiel mir nicht leicht, mich auf meine Arbeit zu konzentrieren. Ich mußte raus. Fort von David. Mich Monas Bemerkungen entziehen. Ich mußte allein sein und einen klaren

Kopf bekommen. Nie kam mir die Idee, mit Rosie über diese Angelegenheit zu sprechen. Fällt mir heute ein. Jetzt. Vielleicht wäre Rosie die richtige Person gewesen. Aber so weit dachte ich nicht. Ich wollte auf und davon. Aber bevor ich mich davon machen konnte, mußte ich in der Fasanenstraße vorbei. Möglichst schnell.

ZWEIUNDZWANZIG

Alfred Perlensamts Asche wurde in Abwesenheit seines Sohnes beigesetzt. Nach der traurigen Zeremonie, bei der eine Abordnung der Firma Perlensamt, Mona, die Haushälterin Frau Arno sowie einige wenige Reporter zugegen waren, ging jeder seiner Wege. Edwige war nicht gekommen.

Den Weg vom Friedhof zum Büro legte ich allein zurück. Mona wollte zu David. In mir rumorten immer noch dieselben Fragen. Ich würde sie nicht los, so lange ich in dieser Stadt war. Wann waren die Bilder nach Deutschland geschmuggelt worden? Hatten die Schweizer geholfen mit einem neutralen Transport? Eine Beiladung bei einem befreundeten Diplomaten aus der Schweiz? So etwas hatte es gegeben. Warum lag mir so an der Wahrheit? Hatte Mona etwa recht mit ihrer Behauptung, meine Schnüffelei im deutschen Sumpf hätte mehr mit mir zu tun, als ich wissen wollte? Ich war noch am Abend des Streits mit Mona bei David vorbeigefahren. Mir war übel vor Aufregung, als ich vor dem schmiedeeisernen Gitter stand. Ich sah die Häuserfront hinauf und erkannte das Fenster von Davids Schlafzimmer. Ich klingelte. Natürlich klingelte ich. Es wäre mir unverschämt vorgekommen, den Schlüssel zu benutzen. Wußte David überhaupt, daß ich einen hatte? Mona kam herunter und öffnete mir. Sie sagte kein Wort von dem Schlüssel. Sie war immer noch böse, versuchte aber, sich zu beherrschen.

»Er wartet auf dich. Er freut sich. Du solltest nicht zu lange bleiben.«

Ich verbot mir jede Bemerkung.

»David ist vorne, in seinem Zimmer. Ich gehe vor.«

»Ich bin nur gekommen, um zu holen, was ich vergessen habe.«

David sah immer noch ausgezehrt aus. Seine Augen glänzten, als hätte er Belladonna genommen. Er lächelte mich an. Kumulierende Wolken, darunter graublaues Wasser mit brechenden Wellen, die gegen den Sand schoben, sanft den Boden leckten, um ihre Scheinfüße gleich wieder zurückzuziehen. Steigende Tide. Courbet hatte gerade den Himmel gemalt, nun hielt er offenen Auges den Atem an. In kürzester Zeit würde *Die Woge* anschwellen, bis sie wie ein Schaumpferd vor ihm stünde. Diesen Augenblick mußte er erwischen. Ich sah das Aufbäumen der Welle, sie stieg und stieg. Dann platzte die Gischt. Das Bild vom Meer war der Anfang der Sammlung. So hatte David es gemeint. Das erste Bild, das sein Großvater sich unrechtmäßig angeeignet hatte. David wußte weit mehr, als er zu sagen bereit war. Er hielt mich zum Narren. Auch jetzt.

»Wie schön, daß du gekommen bist.«

Ich hatte einen Kloß im Hals.

»Kannst du ein bißchen bleiben?«

»Mona sagt, es würde dich zu sehr anstrengen.«

»Was habe ich dir getan, Martin?«

Er tat so, als hätte er den Abend in Ahlbeck vergessen. Es war absurd, daß David sich ausgerechnet die Fürsorge von Mona gefallen ließ. Oder spielte er etwa auch mit ihr? Ich hatte eine bissige Bemerkung auf der Zunge, wollte mich aber nicht verraten. Ich würde aus der Stadt verschwinden und – vergessen.

»Nichts. Natürlich nichts. Sag mir, wenn du etwas brauchst.«

Beim Abschied erwähnte ich, ich hätte beim letzten Mal mein Jackett in der Bibliothek vergessen. Weder David noch Mona hörten zu. Mona war damit beschäftigt, die Kissen aufzuschütteln und unterhielt sich währenddessen mit ihm. Ich ging allein durch die Halle. Kurz war ich versucht, noch einmal in den hinteren Korridor zu gehen und einen Blick in das Depot zu werfen. Es wäre *die* Gelegenheit, es Mona zu zeigen. Aber Mona schien jetzt mit David gemeinsame Sache zu machen. Sie war nicht mehr neutral. Es war besser, die Sache für mich zu behalten. Aufgeregt, ob die Mappe sich noch an ihrem Platz befinden würde, öffnete ich die Tür zur Bibliothek. Da lag sie, mitten auf dem Schreibtisch. Unberührt. Ich wollte sie gerade an mich nehmen, da hörte ich Schritte im Gang. Wohin mit dem Ding? Als Mona im Rahmen stand, preßte ich die Mappe an mich. Ich tat so, als liefe ich immer damit herum.

»Hast du dein Jackett gefunden?«

Sie spielte ein bißchen die Herrin des Hauses.

»Seit wann schleppst du eine Mappe mit dir herum? Du hast doch eben keine gehabt.«

Ich versuchte, überzeugend zu grinsen. »Ich dachte, ich hätte das Jackett zusammen mit ihr hier liegen lassen. Ich habe mich vertan. Das Jackett muß woanders sein.«

»Du bist auch etwas durcheinander. Na ja, wen wundert's. Uns alle strengt das an. Hast du die Wohnungsschlüssel dabei und die anderen Sachen, die man dir von Davids Vater ausgehändigt hat?«

»Ich bringe sie das nächste Mal mit.«

»Du kannst sie auch ins Büro mitbringen, ich gebe sie dann David. Mit scheint, du kommst nicht besonders gern hierher.«

»Kannst du nicht *einmal* aufhören, dich überall einzumischen? Was geht's dich an, wohin ich gerne komme und gehe?«

Auf meinem Bett lagen die Briefe und die Dokumentenmappe. Wie oft, wenn ich fürchtete, die Verbindung zur Gegenwart zu verlieren, ließ ich den Fernseher im Arbeitszimmer laufen. Ich schaltete wahllos irgendeinen Kanal ein, ohne auf das Programm zu achten. Edwige hatte die Briefe chronologisch geordnet. Oben auf dem Stapel lag ein Umschlag mit Poststempel vom Dezember 1965. Eine ungelenke Kinderschrift dankte der Tante für einen Teddy zu Weihnachten. Es folgte eine Postkarte aus Sylt, wo David die Schulferien mit seiner Mutter verbrachte. Sie hatte am Ende nur mit ihrem Namen unterschrieben, nicht einmal einen Gruß dazugesetzt. Darunter lag eine Karte aus Zermatt. Natürlich sah man in fast verblichenen Farben das Matterhorn darauf. Laut Rückseite war David mit seiner Schweizer Internatsklasse in den Skiwochen gewesen. Es hatte ihm Spaß gemacht. Edwige hatte ihm Skischuhe zu Weihnachten geschenkt und ein Buch, David Copperfield, wofür er sich förmlich bedankte.

Jetzt, da ich die Briefe aus dem Karton genommen habe, ist die Reihenfolge durcheinander geraten. Die Kinderbriefe in der staksigen Handschrift, die Grüße aus Sommerfrische und Wintersport hatten mich schnell nicht mehr interessiert. Ich hatte die Briefe obenauf gelegt, die mir am aufschlußreichsten erschienen. Vor allem ein Satz in einem der letzten war mir ins Auge gefallen. Vielleicht hätte ich ohne den Tod von Davids Eltern seine Bedeutung gar nicht erkannt. *Sie wollen nicht einsehen, daß sie schuldig sind. Sie halten mich für verrückt.* Der Brief datierte vom Ende der achtziger Jahre. David war damals knapp dreißig. Eine noch heftigere Anklage fand sich in seinem letzten Brief. *Ich habe noch einmal mit Vater gesprochen. Er behauptet störrisch, die Namensänderung nur deswegen durchgeführt zu haben, damit sein Name mit dem der Firma identisch war. Aus rein praktischen Gründen. Er will nichts davon wissen, sich mit diesem Namen eine Aura angeeignet zu haben, die ihm nicht zusteht. Perlensamt klingt wie ein jüdischer Name. Das ist der Vorteil, den er daraus zog. Deswegen hat er die Namensänderung durchgeführt. So hat er den Namen Abetz vergessen machen können.* Als ich die Briefe erneut lese, sehe ich die Szene im Badezimmer noch einmal vor mir. Davids Besessenheit von dieser Familiengeschichte hat etwas Unheimliches. Trotzdem bedaure ich den Vorfall in Ahlbeck. *Ich schäme mich für das Verhalten unserer Familie. Wenn Vater nicht aufrichtig handeln will, muß ich es tun. Jemand, der die Schuld seiner Vorfahren leugnet, wird selber schuldig.*

Ich lege den Stapel mit den Briefen beiseite und gehe in den Garten. Der Rasen ist von Tau bedeckt. Es hat etwas Tröstliches, die nassen Halme unter den nackten Sohlen zu spüren. Klarheit, Wirklichkeit, Gegenwart. Die letzten Wochen, Monate fließen aus meinem Kopf, rasend schnell wie in einen gurgelnden Abfluß. Kaum ein Ereignis, eine Erinnerung, die mich hält. Es mag Jahre, Jahrzehnte her sein, daß ich mich fragte, woran meine Mutter sich festgehalten hatte, als sie in die Staaten ging. Allein mit dem ungeborenen Kind und der Hoffnung, meinen Vater zu finden. Für Rosie, glaube ich, hat immer nur die Zukunft Geltung gehabt. Als ich begann, sie bewußt zu erleben, war sie so, wie sie heute noch ist: dünn, perfekt angezogen, voller Disziplin. Sie wirkt künstlich. Wahrscheinlich war sie nicht immer so. Die dreckige Zeit hatte das gar nicht ermöglicht. Sie muß einmal wie jedes Mädchen gewesen sein, eingewachsen in ihre Umgebung, ihren Eltern ähnlich. Vielleicht ist sie pummelig, pausbäckig, rosig gewesen. Vielleicht hatte sie jenen lebendigen, quirligen, so wenig erklärbaren Charme gehabt, den Mona verströmte. An die Nacht in Deutschland kann ich mich nur schemenhaft erinnern. Ich meine, ihre Stimme hätte weich geklungen, mädchenhaft. Aber sie hatte sich nie einem fremden Willen unterworfen, nie getan, was andere von ihr verlangten. Hatte sie, bevor sie ihr Elternhaus verließ, geschwankt? Hatte sie je überlegt, ihr Kind, mich, abtreiben zu lassen? In ihren Erzählungen jedenfalls kam kein Konflikt vor. Es hatte sich immer so angehört, als hätte sie die Forderung ihrer Eltern absurd gefunden. Nicht unmoralisch. Nicht herzlos. Nur absurd.

Ein Vogel singt. Das erste Gezwitscher am Morgen. Mitten in Brüssel. Ich bin diesem Sumpf entkommen. Was also machen diese Grübeleien noch in meinem Kopf? Rosie hat immer gewußt, was sie tat. Sie hat immer für mich gesorgt. Sie hat mich nie im Stich gelassen. Nach der Deutschlandreise war sie disziplinierter denn je. Als hätte sie eine Schwäche auszubügeln. Ich habe sie nie Alkohol trinken sehen. Nie erlebt, daß sie mit Appetit, geschweige denn über die Maßen gegessen hätte. Ich habe sie nie traurig gesehen. Nur dankbar dem Land gegenüber, in dem wir lebten. Sie ist eine andere geworden. Sie hat ihre Wurzeln in die amerikanische Welt betoniert. Ihre Vergangenheit erst desinfiziert, dann getilgt. Auf Manhattans Fifth Avenue hatte sie die Welt der Parfums, Eaux de Toilette und Seifen entdeckt und ihre Begabung, das Leben zu polstern. Als Junge schlich ich über den oberen Gang die Treppe hinunter, um nachts heimlich an den Kühlschrank zu gehen. Alles war mit dicken weißen Wollteppichen ausgekleidet. Nicht mit orientalischen Teppichen, wie ich sie später in den großzügigen Häusern der Familien meiner Kommilitonen sah, sondern mit Spannteppichen von Fußleiste zu Fußleiste, in jedem Zimmer und von jedem Zimmer in den Gang. Nur unten, wo man eintrat, lag schwarzer Schiefer. Geräusche machten in der Humboldt Street nicht die Menschen, nur die Maschinen. So begann Rosies amerikanischer Traum. Wie lange hatte ich das nicht vor Augen gehabt!

In jener Nacht in Langenfeld, als sie mich weckte, fürchtete sie sich ein letztes Mal. Weil wir in Deutschland waren. Ich spürte es, ohne es benennen zu können. Ich roch es mit dem Sinn, der Kindern für Atmosphären eigen ist. Ich war in jener

Nacht Rosies Rettung. Sie las mir ein Märchen vor, ein deutsches Märchen in englischer Sprache. Sie floh mit ihrer Zunge darüber, so daß ich sie kaum verstand. Der Unfall am nächsten Tag und mein Erlebnis lieferten den Vorwand für unsere sofortige Abreise. Meine Großeltern habe ich nie wieder gesehen.

DREIUNDZWANZIG

Während die Kugeln über ihre Köpfe hinwegpfiffen, saßen unten an der Seineböschung Angler mit unbeweglicher Miene, wie sie schon in Friedenszeiten in Erwartung des nie anbeißenden Fisches dagesessen hatten, wie sie während der Besatzungsjahre dasaßen und wohl auch heute noch dasitzen werden ... Auch in den Vierteln, in denen die Schießereien ernstere Formen anzunehmen drohten, ging der Großteil der Bevölkerung ruhig weiter seinen Geschäften nach, und die jungen Mädchen, die auf ihren Fahrrädern durch die Straßen spazierenfuhren, ließen die Röcke ihrer leichten Kleidchen unbekümmerter denn je hinter sich her flattern. Die Röcke leichter Kleider. August in Paris. Die Seineböschung. Die Welt zwischen dem Pont Mirabeau und der Porte de Bercy. Junge Mädchen auf ihren Fahrrädern. Fische, die ihren Anglern entkommen. Der 19. August 1944, wie er in den Memoiren von Otto Abetz verewigt ist, scheint in einem anderen Paris stattgefunden zu haben als das Grauen, das George Duras beschrieb. Wie ich der Mappe entnahm, spielt sechzehn Jahre später das Stadtviertel im Leben der Familie Abetz/Perlensamt erneut eine Rolle. Ein gewisser Patrique Melcher attestiert Perlensamt senior, im August 1960 zwanzigtausend Mark in Empfang genommen zu haben. Er gibt an, in der Nähe der Porte de Bercy zu wohnen. Keine schöne Gegend zur Zeit des Krieges. In den fünfziger Jahren um nichts besser geworden. Auch heute nicht einladend. Beidseitig der Seine liegt hinter den Bahnhöfen Austerlitz und Lyon das Stadtgebiet der Lager, Magazine und Arsenale. In dieser Zone sind die Dinge noch uneigentlich und harren ihrer Bestimmung. Die Bande von Bonny und Lafont hatte das genau so gesehen.

Es stand nicht in dem Papier, wofür der Mann, der aus dieser Gegend kam, das Geld erhalten hatte. Aufgeführt war nur, daß es sich um eine Abfindung handelte. Patrique Melcher verlor damit alle Ansprüche an Edwige Abèz. Patrique Melcher – P.M. Sofort mußte ich an den Mann denken, mit dem Duras zur Schule gegangen war. P.M., der Sohn des jüdischen Kollaborateurs. Aber wie viele Männer gab es wohl in Frankreich mit den Initialen P.M.?

Alfred Perlensamt hatte also für seine Schwester bezahlt. 1960, fünfzehn Jahre nach dem Zweiten Weltkrieg, hatte er die Ansprüche eines Franzosen getilgt. Ansprüche worauf? Edwige hing jedenfalls im Familienspiel drin. Einige Jahre später, mit einem maschinegeschriebenen Briefkopf aus der Rue de l'Échequier – einer vollkommen anderen, aber um nichts feineren Gegend der nördlichen Mitte von Paris – meldet sich der Empfänger der Abfindung noch einmal. Der Brief klingt bedürftig, geradezu unterwürfig. Gleichzeitig ist er eine Erpressung. Patrique Melcher droht, alles auffliegen zu lassen. Er verlangt die gleiche Summe noch einmal. Eine weitere Spur als diesen zweiten Brief hinterläßt er in den Unterlagen nicht. Ich wühlte in dem Durcheinander aus Aktennotizen, losen Zetteln, Briefen und Urkunden vor mir auf dem Bett, als das Fernsehprogramm, das bisher nicht mehr als ein Grundrauschen war, mich durch ein Reizwort aus Paris zurück nach Berlin zerrte.

»Raubkunst, meine Damen und Herren, ist in erster Linie etwas, mit dem sich heute die Kunsthistoriker beschäftigen. Die meisten von uns wissen nicht einmal genau, was man darunter versteht. Haben Sie sich einmal Gedanken darüber gemacht, wem eigentlich das Bild gehört, das Sie gerade im Museum betrachten? Sicher gingen Sie, wie ich, immer davon aus, daß das Bild dem Museum gehört. So ist es längst nicht immer. Tausende von Bildern haben seit der Nazi-Zeit in europäischen Museen eine Zwischenstation gefunden. Sie warten darauf, von ihren ehemaligen, oft jüdischen Eigentümern oder deren Nachkommen reklamiert zu werden. Aber es gibt auch die umgekehrte Situation. Eine Privatsammlung, die keiner kennt und deren Herkunft dunkel ist. Sie sehen jetzt einen Bericht über einige Bilder, die bis vor kurzer Zeit als verschollen galten ...«

Eingeblendet wurde als erstes *La Vague*. Es folgte *L'Odalisque* von Matisse und der Degas, der ebenfalls einen unübersehbaren Platz in Perlensamts Petersburger Hängung eingenommen hatte. Namen wurden nicht genannt. Kein Verdacht geäußert, nur erwähnt, daß die Bilder sich in deutschem Besitz befänden und der derzeitige Eigentümer nach den Personen forsche, denen sie einmal gehört haben mochten. Ich starrte immer noch auf den Bildschirm, als der Beitrag längst abgeschlossen war. David hatte, kaum genesen, etwas in Gang gesetzt.

Nichts von den Unterlagen in der Mappe dokumentiert die Sammlung. Keine Expertise, kein Papier zu einem einzigen Bild, kein Hinweis auf ihre Herkunft. Ich nehme noch einmal Edwiges Notiz zur Hand. *Sie lesen, lieber Herr Saunders, daß Davids Gefühle in all den Jahren schwanken, daß er sich sehr bemüht, seine Eltern zu lieben, gerade in den frühen Jahren ... Es wird deutlich, daß er nicht begreifen kann, warum sie ihn von sich fern halten. Ich hatte versucht, ihm zu erklären, daß das Verhältnis seiner Mutter zu ihm durch die schwere Geburt und ihre anschließende Nervosität gestört wurde. Ich weiß nicht, was Miriam ihm suggerierte. Aber selbst wenn sie die beste Absicht hatte – sie war nun einmal eine kalte, egozentrische Person. In den Briefen aus seiner Pubertät an mich kommt Davids verzwei-*

feltes Ringen zum Ausdruck. Irgendwann begann sich dann in ihm die Überzeugung festzufressen, daß seine Eltern schuldig seien. David neigt zur Übertreibung. Er neigt dazu, sich Geltung verschaffen zu wollen. Er war immer sehr allein. Ich dachte, Sie als sein Freund könnten das Schlimmste verhindern. Sie schrieb nicht, was sie damit meinte. Ich muß ihr die Briefe zurückgeben, jetzt, da David und ich keinen Kontakt mehr haben und ich ihm nicht mehr helfen kann.

In meine Grübelei hinein sagt Madame, ich solle bitte ein Gespräch entgegennehmen. Die Dame ließe sich nicht abwimmeln. Als ich endlich begreife und den Hörer nehme, ist es Mona.

»Ich muß mit dir reden, Martini. Ich fürchte, daß die Geschichte weiter geht, durch die Zeitungen, und dieser Typ hat vor, damit in die Talkshows zu gehen.«

»Von wem redest du?«

»Von Perlensamt, wem sonst.«

»Seit wann nennst du ihn wieder ›dieser Typ‹?«

»Ach, du verstehst gar nichts. Ich habe einen Fehler gemacht. Ich will es dir erklären. Aber nicht am Telephon. Ich würde gerne kommen. Bitte, Martin, rede mit mir.«

»Auf einmal? Warum jetzt? Warum nicht vorher?«

»Weil ich sauer auf dich war. Du hast dich so aufgeplustert. Warst so unerbittlich. So arrogant.«

»Fängst du schon wieder an.«

»Nein, Martini, tue ich nicht. Ich will dir doch nur was erklären.«

Sie bettelt. Sie fleht. Ich kenne sie so nicht. Früher war sie anders. Schien nie durch einen äußeren Einfluß gestört. Bis David kam.

»Martini, sag etwas.«

Ich sage nichts. Ich lege auf.

In der Mappe fand ich die Geburtsurkunde, die Alfred Perlensamt als Maurice Abetz ausweist. Maurice – nicht Bernhard! Darunter der amtliche Beleg, daß Maurice seinen Namen änderte, als er die Firma Perlensamt kaufte. Das war kurz nach dem ersten Boom seiner patentierten Erfindung. Ein halbes Jahr später, im Frühjahr 1958, heiratete er Miriam Helling. Auch sie nannte sich Perlensamt. Der Name fungierte von nun an als Markenzeichen. Verheiratet waren sie unter dem alten Familiennamen Abetz. Über Miriams Herkunft sagte das Familienstammbuch nur, daß sie im Rheinland geboren war, als Tochter der Eheleute Käthe und Richard Helling. Weniger Spuren noch hatte Otto Abetz in diesen Dokumenten hinterlassen, nämlich keine. Maurice war nicht der Sohn von Hitlers Botschafter in Paris. Er war der Sohn irgendeines Paul Abetz aus Wuppertal und seiner Frau Léonie, geborene Gaspard, die aus einer Pariser Vorstadt stammte. Die nächsten Seiten des Stammbuchs, auf denen die Kinder einzutragen sind, waren leer. Ich blätterte weiter in den Firmenpapieren. Der Kaufvertrag eines Produktionsgebäudes. Verschiedene, längst getilgte Hypotheken. Verträge. Aus den Unterlagen ging hervor, daß Perlensamt/Abetz mit seiner Frau in Gütertrennung gelebt hatte. Der Privatbesitz war ihr überschrieben, bei Unternehmern ein nicht unübliches Gebaren. Bei Perlensamts Überschreibungen handelte es sich um einige Immobilien in Westdeutschland, die inzwischen David geerbt haben mußte, das Wohnungsinventar, den Nippes, die falschen antiken Möbel und die orientalischen Teppiche. Die Sammlung – weder als gesamtes noch einzelne Bilder – wurde mit keinem Wort erwähnt. Das vorletzte Blatt in der Mappe war Davids Geburtsurkunde. Hier fand ich die Erklärung, warum David im Stammbuch der Perlensamts nicht eingetragen war. Er war als David Paul Viktor Abetz am 7. Februar 1961 geboren worden.

Aber als Mutter war nicht Miriam vermerkt, sondern Edwige. Die Ehe der Perlensamts war kinderlos geblieben. Warum Edwige ihren Sohn dem ungeliebten Bruder überlassen hatte, sagte keines der Papiere. Deswegen hatte sie so detailliert von Davids Geburt berichten können. Deswegen litt sie so um ihn.

VIERUNDZWANZIG

Ich brauche Bewegung. Ich gehe zu Fuß hinunter in die Stadt. Seit ich in Brüssel bin, verlasse ich Haus und Garten kaum. Ein fast menschenloses Dasein von Tag zu Tag, herausgerissen aus jedem Zusammenhang. Ich habe Rosie seit Wochen nicht mehr angerufen. Ich weiß nicht, ob sie mich vermißt. Ich weiß ohnehin wenig über Rosie. Sie hat ihre Vergangenheit ausgelöscht. Sie hat noch ein paar Versuche unternommen, ihre Eltern in Langenfeld zu besuchen. Aber jedes Mal wurde die schmale, zähe Person krank. Allergische Reaktionen gegen Birkenpollen und gekochten Heilbutt traten auf, beim Trinken heißer Milch entging sie nur mit Mühe dem Erstickungstod. Sie konnte keine weißen T-Shirts vertragen und fing plötzlich an zu husten, wenn Schneewittchen, der dreizehn Jahre alte Perserkater, vom Garten hereinkam, wie er das seit dreizehn Jahren täglich tat. Als der erste Schnee kurz vor Weihnachten einen asthmatischen Anfall bei ihr hervorrief, sprach die behandelnde Ärztin ein Machtwort. Sie entzog Rosie die Medikamente und befahl ihr, in den nächsten sechs Monaten keine Reisen zu unternehmen, die weiter reichen würden als Midtown Manhattan. Der dubiose Überlebenskampf hatte ein Ende. In all der Zeit war von meinem Vater nie die Rede gewesen.

Wir wohnten nun in Park Slope. Aber Rosie schielte schon nach Brooklyn Heights. Zwischendurch sah es so aus, als hätte Bob beruflich Erfolg. Aber so war es nicht. Es war Rosie, die großen Erfolg gehabt hatte. Niemand wußte, womit. Wir waren von der ärmlichen Humboldt Street in Williamsburg nach Park Slope gezogen, lange bevor die Gegend wegen des berühmten Schriftstellers Paul Auster durch die Gazetten ging.

Ende der Sechzigerjahre war das kein angesagtes Viertel, aber besser als die Humboldt Street. Es war Rosies erstes eigenes Haus. Typisch amerikanisch in der Besessenheit umzuziehen, war dieses Haus nur die erste Adresse in einer langen Reihe von Häusern, die immer größer wurden, in immer besseren Gegenden lagen. Ich bin mir nicht einmal sicher, ob die Promenade Rosies letzte Adresse ist. Ich bin gespannt, ob meine Mutter sich den Triumph noch gönnt, es bis nach Manhattan geschafft zu haben. Vielleicht ein eigenes Townhouse auf der Upper East Side. Ich weiß nicht genau, wann sie mit ihrem »Geschäft« begann, das diese Umzüge möglich machte. Ich kam überhaupt nur durch einen Zufall darauf, was Rosie tat.

Es gibt nicht viele Frauen der ersten Einwanderergeneration, die es weit gebracht haben. Viele schuften bis zu ihrem Lebensende, in mehr als einem Job, der oft kein Beruf gewesen ist. Nicht wenige gehen wieder in ihr Herkunftsland zurück, verschämt, gescheitert. Manche kommen immerhin gut zurecht, erarbeiten sich ein eigenes Haus in irgendeiner Vorstadt. Rosie war anders. Möglicherweise hatte meine Mutter nur auf einen Absprung gewartet, und die Schwangerschaft lieferte ihr den Vorwand dafür.

In der Zeit, als ich hinter ihr Geheimnis kam, traf ich mich ab und zu mit einem anderen Stipendiaten aus meinem Jahrgang, der auch aus bescheidenen New Yorker Verhältnissen stammte. An einem Samstagabend waren wir in irgendeiner Spelunke in SoHo verabredet gewesen. Ende der siebziger Jahre war es schick, sich in solchen Bars zu treffen. Das war noch, bevor die Lagerhäuser der Gegend von Künstlern und Galeristen vereinnahmt wurden. Ich war zu früh und trieb mich zwischen Prince und Canal Street herum. Da sah ich eine Frau um eine Ecke biegen. Sie ging die Wooster Street entlang. Die Haltung, der Gang – ich fühlte mich an jemanden erinnert. Ich folgte der unbekannten Frau mit dem blonden ondulierten Haar und der Jackie Kennedy-Sonnenbrille. Vor dem Haus Nummer 67 blieb sie stehen. Im Eingang saß eine Bettlerin. Die Frau sprach sie an.

»Wie geht es, Estelle?«

Das war Rosies Stimme. Aber mit der blonden Perücke hätte ich sie nicht einmal von der Seite wiedererkannt.

»Danke, danke, Mrs. Bride, das Wetter ist trocken. Ich kann nicht klagen. Haben Sie viele Termine?«

»Wie es scheint, den ganzen Abend.«

»Ich werde mir die Leute ansehen, verlassen Sie sich drauf.«

Rosie öffnete die Eingangstür und verschwand mit dem Aufzug in irgendeines der Geschosse. An der Innenseite des Eingangs waren die Firmenschilder angebracht. Auch das von *Adelaide Bride. Karma – Astrologie. Sprechstunden nur nach Vereinbarung.* Ich verlor über die Geschichte kein Wort. Ungefähr zwei Jahre später, kurz vor meinem Examen – Rosie und Bob wohnten immer noch in Park Slope, aber in einem anderen Haus – saß ich mit einem Kommilitonen im University Club auf der Fifth Avenue. John-John erzählte mir von seiner durchgeknallten europäischen Tante Ruth, die regelmäßig aus Paris angereist käme. Dieses Mal nicht, wie in den Fünfzigerjahren, um sich einer Psychoanalyse zu unterziehen. Es gäbe jetzt etwas Neues auf dem Markt. In Europa sei das noch nicht angekommen. Es nenne sich Karma-Astrologie.

»Tantchen versucht nach den letzten Verwandten zu fischen, die in den Pranken der Nazis umgekommen sind. Es ist schon eine Sauerei: In den Fünfzigern verdienten sich die *shrinks* eine goldene Nase an uns, heute ernähren wir eine neue Spezies von Spekulanten, für die es vor einem halben Jahr noch nicht einmal einen Namen gab. Diese Quacksalberinnen sollten Abgaben in einen Wiedergutmachungsfond zahlen.«

»Ist sie reich?«

»Ich weiß es nicht, aber sie hat ihre Praxis auf der Upper East, irgendwo auf der 63. oder 64. Straße zwischen Madison und Fifth. Sie soll einen Sohn haben, der bei uns studiert. Sie heißt Adelaide Bride.«

»Ich meine nicht die Astrologin. Ich meine deine Tante.«

»Oh, wenn Adelaide es gut macht, hat sie ausgesorgt mit Tantchen, da kannst du sicher sein. Ich sagte ihr, wir hätten keinen Typen namens Bride in unserem Jahrgang. «

»Und was macht sie mit den Leuten?«

»Ich habe keine Ahnung. Aber Tante Ruth kommt nun schon das dritte Mal. Ich glaube, Mrs. Bride errechnet irgendwelche Daten, die Sterne am Himmel, das nächste Donnerwetter, was weiß denn ich. Dann findet sie heraus, wie oft du bereits geboren worden bist, erklärt dir das Alter deiner Seele und welche Aufgabe du in dem dritten oder vierten und weiß der Geier wievielten Leben hast. Schließlich sagt sie solche Sachen wie *Meine Liebe, Sie dürfen nie mehr von einem Menschen erwarten, als er geben kann*, und dafür kassiert sie dann ab. In Indien würde man damit vielleicht als Halbgöttin verehrt, in Europa wohl eher als Hexe verbrannt.« John-John lachte sich halb tot. »Ich wünschte, uns Kerlen stünde diese Halbwelt offen. Damit machst du einfacher Kohle als an der Wallstreet, vor allem ist es ein sicheres Geschäft. Ohne Volatilität. Angst haben die Leute immer.«

An einem späten Nachmittag im November begann ich auf der Upper East Side nach einem Haus zu suchen, an dem ein ähnliches Schild angebracht war wie in SoHo. Auf der Südseite der 65. Straße, zwischen Madison und Fifth Avenue, fand ich ein schmales weißgestrichenes Stadthaus. *A.B. Karma-Astrologie. Sprechstunden nur nach Vereinbarung* stand auf dem Messingschild. Gegenüber gab es eine Trattoria. Ich setzte mich ans Fenster, bestellte und beobachtete den Eingang gegenüber. Bis zum frühen Abend geschah nichts. Ich zahlte und verließ enttäuscht das Restaurant. Auf der Straße stehend, überlegte ich kurz, ob ich einfach klingeln sollte. Ich verwarf die Idee sofort wieder. Ich wollte Rosies Geheimnis nicht zerstören. In dem Augenblick, als ich mich in Richtung Central Park wandte, fuhr eine Limousine vor. Eine Frau mit grau-violettem Haar stieg aus. Sie trug, wie die Adelaide Bride einige Jahre zuvor, eine große schwarze Sonnenbrille. Mit einigen Tüten von Saks, Bergdorf und Bendell's an der Hand ging sie auf das Haus zu und schloß auf.

Wenige Monate später zogen Bob und Rosie von Park Slope nach Brooklyn Heights in ein wunderschönes Haus an der Promenade mit Blick auf Süd-Manhattan. Jeder Wolkenkratzer war von hier aus besser zu sehen als in der Stadt, das Chrysler, das Empire, in der Ferne die AT&T Gebäude und der Trump Tower, alle bei weitem vom World Trade Center überragt. Um all das habe ich mich lange Zeit nicht mehr gekümmert. Ich verhalte mich Rosie gegenüber, wie sie sich ihren Eltern gegenüber verhalten hat. Dabei liebe ich New York. Es ist mein Zuhause. Nie wird eine andere Stadt an sie heranreichen. Gern hätte ich sie David gezeigt.

Ich entscheide mich für ein Restaurant an der Place du Grand Sablon. In dem Augenblick, als ich es betreten will, sehe ich David die Straße hinunterschlendern. Eine Halluzination. So weit also bin ich schon, daß sich meine Wahrnehmung verwirrt. Der Mann überquert den Platz in Richtung Rue Allard. Er dreht sich nicht um. Ich folge ihm, als hinge ich an einer Schnur. Mein Herz beginnt heftig zu pochen. Mir war nicht klar, wie sehr ich David vermißt habe. Der Mann klingelt bei einer Galerie. Eine junge Dame im Fond steht von ihrem Schreibtisch auf und öffnet ihm. Sie begrüßen sich herzlich, lachen. Er dreht sich um. Es ist David. Ich habe keine Halluzination. Er wirft nicht einmal einen Blick auf die Kunst, sondern folgt der jungen Frau in die Tiefe des Raums. Sie nimmt den Hörer, beginnt zu telephonieren, nickt ihm zu. Er lächelt, nickt zurück, blättert in einer Zeitschrift, dann fährt er sich mit dieser typischen Geste durchs Haar. Ich meine, sein Eau de Toilette riechen zu können. Ich könnte hier einfach warten, sehen, was passiert. Ich könnte mir ein Taxi nach Hause nehmen und Madame damit beauftragen, die restlichen Papiere zu verbrennen. Ich könnte Mona anrufen und ihr erzählen, was ich gerade gesehen habe. Ich tue von all dem nichts.

FÜNFUNDZWANZIG

Als ich die Tür aufschließe, steht Madame Eugénie wieder als Nachtgespenst vor mir, dieses Mal auf der Treppe. Ich frage mich, was sie zu ihrem Aufzug veranlaßt. Was löst ein Selbstbild aus? Ich sollte ein Buch über das Selbstbildnis verfassen und darin dem Frauenporträt eine besondere Stellung einräumen, von Artemisia Gentileschi bis Cindy Sherman. Das wäre ein mir angemessenes Brüsseler Projekt.

»Monsieur, die Dame von heute, die aus Berlin, hat noch fünf Mal angerufen. Und zum Schluß hat sie gesagt, Sie möchten sie unbedingt noch heute zurückrufen, egal wie spät in der Nacht.«

»Ich dachte, Sie verstehen kein Deutsch.«

»Die Dame hat sich bemüht, Französisch zu sprechen. War das Ihre Frau? Vielleicht will Sie zu Ihnen zurückkehren. Sie sollten ihr eine Chance geben. Sie sprach so reizend, und ich glaube, sie hatte Tränen in der Stimme.«

»Sie sprach Französisch?«

»Sie hat sich sehr bemüht. Ich hoffe sehr, daß Sie heute kein Feuer mehr machen und daß die Anrufe nachlassen. Gute Nacht, Monsieur.«

»Madame, verzeihen Sie, ist noch etwas zu essen im Haus?«

»Wollten Sie nicht ausgehen, um zu essen? Sagten Sie nicht, Sie … «

»Ja schon, aber …«

Vielleicht sehe ich hilflos aus. Erschöpft. Jedenfalls gelingt es mir, ihre Mißbilligung in Mitleid zu verwandeln.

»Sie sollten nicht solches Schindluder mit Ihrer Gesundheit treiben, Monsieur«, sagt sie streng.

Sie läuft hinauf und ist wenig später wieder unten. In rosafarbenem Plüsch. Sie sieht aus wie ein gefärbtes Kaninchen. Während ich Monas Nummer wähle, höre ich Madame Eugénie in der Küche hantieren. Sie singt. Ich mache mich am Kamin zu schaffen. Mona meldet sich mit dünner Stimme.

»Gut, daß du anrufst. Danke.«

»David ist in der Stadt. Ich habe ihn eben gesehen. Er treibt sich im Sablon-Viertel herum, ging in eine Galerie. Wieso ist er auf Brüssel gekommen? Er hat mich angerufen. Meine Haushälterin hat ihn abgewimmelt. Ich möchte wissen, woher er die Nummer hat.«

»Von mir.«

»Was? Spinnst du?« Eine Sekunde lang bin ich drauf und dran, wieder aufzulegen. Aber ich muß die Geschichte zu Ende bringen.

»Kannst du mir vielleicht erklären, was das soll?«

Ich meine, sie schlucken zu hören.

»Ich – es tut mir leid. Ich war so böse auf dich. Die Kündigung. Der Umzug. Du bist einfach abgehauen. Resturlaub hast du das genannt. Ich hatte dir erzählen wollen, was ich in der Woche entdeckt habe, als ich mich um ihn kümmerte. Aber das interessierte dich nicht mehr. Ich habe es noch einmal am Telephon versucht. Ich sagte, ich würde gern kommen. Ich bin in meine eigene Falle gelaufen. Ich schäme mich.«

Ich schäme mich auch. Aber ich sage es nicht.

»Also gut, komm her. Vielleicht ist es wirklich am besten so.«

»Am Wochenende. Ich sage dir noch, wann genau.«

An jenem Abend in Berlin, als ich begonnen hatte, die Unterlagen aus Perlensamts Mappe und Davids Briefe durchzusehen, entschied ich mich, ein weiteres Mal nach Paris zu fahren. Ich wollte Edwige zur Rede zu stellen. Ich nahm das erste

Flugzeug. Erst von einem Café aus, in dem ich ein schnelles Frühstück zu mir nahm, rief ich sie an. Sie war auf dem Land.

»Ich muß sehr dringend etwas mit Ihnen besprechen. Es geht um David.«

»Sagen Sie mir, was es ist.«

»Nein, nicht am Telephon. Auf gar keinen Fall.«

»Vor neun kann ich nicht in der Stadt sein. Ich rufe Sie an, wenn ich mich auf den Weg gemacht habe.«

Ich machte einen Spaziergang hinunter zum Quai. Die Luft war diesig. Die Angler hatten längst ihr Geschirr eingepackt. Kein einziger Mensch fuhr Fahrrad. Nirgendwo segelten Mädchenröcke im Wind. Dafür wartete auch Paris mit einer gehörigen Portion Weihnachtsdekoration auf. Um diese Jahreszeit vermißte ich New York am meisten. In allen europäischen Städten war es mir zu kalt. Nicht wegen der Außentemperatur, die lag in New York tiefer. In Europa verstand man nichts von *creature comfort*. Es schien zum guten Ton zu gehören, nicht richtig zu heizen. Selbstkasteiung als Wert an sich. Warum hatte Edwige ihr Kind dem ungeliebten Bruder überlassen? Woher kam die Sammlung, wenn Otto Abetz gar nicht Davids Großvater war? Am Quai war es zugig. Ich ging zurück, an den Galerien der Rue de Seine vorbei und betrat die erste Bar, um mich aufzuwärmen. Als ich einen Espresso bestellt hatte und auf die Uhr sah, war kaum eine Stunde vergangen. Ich wartete nervös auf den Abend. Zurück im Hotel duschte ich, nahm ein Buch zur Hand und legte mich hin. Es war nach sieben, als das Telephon endlich klingelte.

»Ich bin noch auf der Autobahn.« Sie schlug einen Treffpunkt in der Rue de Petites Écuries im 10. Arrondissement vor.

»Dort gibt es eine Brasserie, das Flo. Sagen wir um zehn. Kennen Sie das Quartier? Nehmen Sie die Métro bis Château d'Eau. Wenn Sie aus dem hinteren Eingang kommen, halten Sie sich links.«

Ich war noch nie in dieser Gegend gewesen. Dennoch sagte mir das 10. Arrondissement etwas. Von hier aus, dem sogenannten Quartier République, hatte Patrique Melcher seinen zweiten Brief an Alfred Perlensamt geschickt. Ich sah auf dem Stadtplan nach. Die Adresse des Absenders lag in einer Parallelstraße zum Restaurant, fast schon am nordöstlichen Rand, wo das Quartier in das von Belleville übergeht. Ich steckte das kleine Buch in die Tasche und machte mich auf den Weg.

Ich folgte der Anweisung und nahm die Métro. Ich wunderte mich, daß Edwige einen Ort vorgeschlagen hatte, der weit entfernt von ihrem eigenen Viertel lag. Ich hatte bisher in Paris bei den Bewohnern dasselbe Verhalten festgestellt, das ich aus meiner Heimatstadt kannte und das in Berlin nicht anders war: Jeder behandelt seine Nachbarschaft wie ein Dorf, das er nur ungern verläßt, eigentlich nur, wenn es unvermeidbar ist. Wenn man in Chelsea wohnt, ist die Upper West Side ein Niemandsland. In Berlin ist das Dorf sogar nicht nur örtlich, sondern auch zeitlich begrenzt. Ich habe Leute aus Schöneberg kennengelernt, die trotzig darauf bestehen, daß die Zusammenfügung der geteilten Stadt einen kaum zu verschmerzenden Verlust darstellt. Zu kompensieren ist die unaufhaltsame Ausdehnung der Grenzen nur, indem man so tut, als gäbe es die Mauer noch. Für diese Leute ist das Zentrum immer noch auf dem Ku'damm, während Mitte und Prenzlauer Berg indiskutable Gefilde in der Nähe von Polen sind.

Als ich aus dem Metroschacht trat, war ich verblüfft. Ich hatte keine Ahnung gehabt, daß dieses Paris existierte. Ich hatte von den Einwanderern in den Außenbezirken gehört und gelesen, die zum sozialen Brennpunkt geworden waren. Als wollten sie eine Metapher mit Wirklichkeit füllen, zündeten sie an, was brennbar war. An den Rand der Stadt Gedrängte, die sich und ihrem Notstand Geltung zu verschaffen suchten. Das hier war anders. Auch hier – Immigranten, die meisten von ihnen schwarz. Aber hier machte niemand auf sich aufmerksam. Die nordafrikanischen Jungs nutzten den Lärm und die Überfüllung in den Straßen und Bars als schützendes Dickicht. Jeder ging seinen stillen Plänen und Geschäften nach, die es erforderten, so schnell wieder zu verschwinden wie man aufgetaucht war. Merkwürdig, daß Edwige ausgerechnet hier ein Restaurant ausgesucht hatte.

Ich war zu früh. Also beschloß ich, mir das Haus anzusehen, von dem aus Patrique Melcher an Alfred Perlensamt geschrieben hatte. Es war ein heruntergekommenes Gebäude. Der Putz bröckelte von der Fassade. Vor der Toreinfahrt lagen Müllsäcke, die ein Tier oder vielleicht auch ein Mensch gefleddert hatte. Die offenstehende Haustür entblößte ein düsteres Treppenhaus mit Durchgang zum Hof. Die Wände hatten Jahre, vielleicht auch Jahrzehnte keinen neuen Anstrich bekommen. Ich ging ein paar Schritte hinein. Es stank, eine ranzige Mischung aus Mensch, Tier, Verrottung und Schimmel. Alle Arten von Dreck lagen übereinander. Aus dem Müll quollen Dünste von billiger Nahrung, Schmalz und Innereien durch die feuchte Kälte. Ich kannte solche Gerüche aus meiner Kindheit. Ich hatte einen Freund in Queens gehabt. Seine Eltern waren Russen aus Leningrad, und obwohl die Brighton Beach Avenue nicht in Leningrad lag, stank es dort genauso nach Armut und Resignation wie in der Rue de l'Échiquier. Ich war nur ein oder zwei Mal dort gewesen, aber Dimitri hatte diesen Geruch in den Kleidern gehabt. Man roch ihn kommen. Ich fragte einen alten Mann, der an den Briefkästen hantierte, ob ein Patrique Melcher hier wohnen würde. Ich tat es aus einer Laune heraus, nicht im entferntesten rechnete ich mit einer brauchbaren Antwort. Schließlich lag die Geschichte mit den Briefen mehr als vierzig Jahre zurück. Der Mann drehte sich langsam um. Er trug eine Art Blaumann, darunter einen grauen Pullover aus grober Wolle. Aus dem ausgeleierten Halsausschnitt lugte ein T-Shirt hervor. Es war einmal weiß gewesen. Jetzt hatte es die Farbe des Pullovers angenommen. Der Mann war jünger, als ich seinem gebückten, dünnen Körper nach angenommen hatte. Als er mir gegenüberstand, grinste er breit, ohne die Position der kalten Kippe in seinem Mundwinkel zu verändern.

»Boche?« fragte er.

Ich schüttelte den Kopf. »Amerikaner.«

Er kratzte sich am Hals, so langsam, wie er sich herumgedreht hatte. Ich sah verstohlen auf die Uhr. Inzwischen mußte ich mich beeilen, wenn ich vor Edwige das Restaurant betreten wollte, was die Höflichkeit gebot. Der Mann musterte mich und schien mich keineswegs so einfach wieder gehen lassen zu wollen.

»Patrique Melcher, der hat damals viele deutsche Freunde gehabt.«

»War er ein Kollaborateur?«

»Warum nicht? Ein Collabo! Ein ganz besonderer Collabo, Ami.«

»Hören Sie, ich bin verabredet, tut mir leid, ich wollte nur mal nachfragen, ob er vielleicht noch hier lebt. Wäre ein Zufall gewesen. Machen Sie's gut.«

»Hey, Ami, wie heißen Sie?« rief er mir hinterher.

»Nichts für ungut«, gab ich zurück und machte mich davon.

Ich war kaum eine Straße weiter, da wurde ich eingeholt. Hechelnd, die Kippe klebte dem Mann immer noch an der Lippe, tippte er mit spitzem Finger gegen meine Schulter. Unangenehm berührt blieb ich stehen. Ich kann es nicht leiden, wenn Fremde mich berühren. Endlich nahm der Mann den Stummel aus dem Mund und warf ihn fort.

»Was ist, Ami, wenn ich dich hinbringen würde?«

Ich wurde nervös. Edwige wartete wahrscheinlich schon im Restaurant.

»Ich hab es mir anders überlegt. Ich will ihn so in Erinnerung behalten, wie er war. Vielen Dank.«

Als ich mich davonmachte, hörte ich schallendes Gelächter in meinem Rücken. Mit hängender Zunge erreichte ich in dem Augenblick das Flo, als Edwige hineinging. Hastig schlüpfte ich hinterher.

»Entschuldigen Sie, daß ich Ihnen nicht zuvor gekommen bin. Ich bin aufgehalten worden.«

Ihre Mundwinkel zuckten belustigt, als ahnte sie, von wem. Meine Entschuldigung schien sie zu amüsieren. Der kleine Abtausch ging nahtlos unter in dem Empfangskomitee, das sich uns bot. Der Rezeptionschef kannte sie, der Tischkellner kannte sie, die Frau am Buffet kannte sie. Madame wurde von allen Seiten euphorisch begrüßt. Man führte uns zu einem Tisch, dem besten, wie der Maître stolz erklärte. Die Brasserie war bis an die Grenze von Nebel verraucht. Blechgeschirr klapperte. Die Ober riefen die Bestellungen quer durch den Raum, eilten von der Küche zum Tresen, vom Tresen zu den Tischen und wieder in die Küche. Wir saßen kaum, da hatten wir eine Karaffe mit Wasser und einen Kühler mit Weißwein auf dem Tisch, dazu zwei Speisekarten, alles in Eile. Als hätten wir zum Essen kaum eine halbe Stunde Zeit. Als ich die Karte aufschlug, war ich erstaunt über die Preise. Sie waren weit höher, als der Lärm und der nonchalante Betrieb es hätten vermuten lassen. Lediglich die weiß gedeckten Tische und die Stoffservietten standen dafür. Es schien das für eine Brasserie Übliche zu geben, Austern, Seeschnecken, Krebse, eine gemischte Platte mit Meeresfrüchten, verschiedene Steaks, die klassischen Vorspeisen und Desserts. Edwige warf nicht einmal einen Blick in die Karte. Nach wenigen Minuten – ich hatte gerade die Vorspeisen durchgelesen – stand der Kellner wieder am Tisch.

»Haben Sie sich entschieden?«

Auch Edwige schien ungeduldig. Ich hatte den Eindruck, sie mache sich immer noch über mich lustig. Sie bestellte. Ein wenig gehetzt folgte ich ihr und bestellte das Erstbeste, das ich sah.

»Wie kommen Sie auf diese Gegend?«

»Es ist mein Stammlokal, seit fast vierzig Jahren. Ich habe mal in diesem Quartier gelebt, zwei Straßen weiter. Das Flo ist eine der besten Brasserien der Stadt. Hierhin verirrt sich kein Fremder. Touristen fühlen sich hier unsicher, mögen die Gegend und das Ambiente nicht. Es ist nicht elegant, das sehen Sie ja, kein Ort, um sich zu zeigen. Das Essen ist nicht raffiniert. Aber die Sachen, die auf den Tisch kommen, sind von ausgezeichneter Qualität. Und manchmal, wenn ich oben im weißen Passy bin, habe ich Sehnsucht nach diesen Gassen. Hier war mein Anfang. Ich schnuppere das ab und zu. Es sagt mir, daß ich rausgekommen bin, nicht weg von hier, sondern weg von Berlin. Allerdings ist es etwas gefährlicher geworden. Die Leute sind arm. Man hätte mir das letzte Mal beinahe die Handtasche geklaut.« Sie lachte. »Ich habe mir mit drei maghrebinischen Jungs eine Prügelei geliefert, direkt hier um die Ecke, bis ein alter Bekannter kam und mir half.«

»Alte Bekannte haben Sie also auch noch hier.«

Sie wußte, daß ich nicht zum Plaudern gekommen war. Auch Rosie konnte sich auf diese Weise unbeteiligt zeigen. Sie registrierte sehr genau die Wünsche ihres Gegenübers, tat aber gleichzeitig so, als nähme sie nichts dergleichen wahr.

»Sie wollten etwas mit mir besprechen«, sagte sie, als wir uns zugeprostet hatten.

»Haben Sie in der letzten Zeit ferngesehen?«

»Das tue ich nie.«

»Mit David gesprochen?«

Sie hob die Augenbrauen. »Was sind das für Fragen?«

»Er ist dabei, einen Skandal anzuzetteln.«

»Das wäre nicht das erste Mal. Er liebt das. Es ist das Geltungsbedürfnis eines unbeachteten Kindes. Der einzige, der sich je darüber aufgeregt hat, war mein Bruder, und der ist ja nun tot. Ist das alles, was Sie mir sagen wollten? Ein bißchen dringend gemacht, oder? Ich komme normalerweise nicht einfach so vom Land zurück. Die ganzen Kameliensetzlinge des vergangenen Jahres müssen noch versorgt werden. Und dann – na ja, davon verstehen Sie wohl nichts. Diese Jahreszeit ist sehr wichtig für mich.«

Sie sah mich prüfend an.

»Sie hatten versprochen mir zu sagen, was in dem Umschlag war, den die Staatsanwaltschaft Ihnen avisierte.«

Das klang wie ein Vorwurf. Ich ging nicht darauf ein. Dieses Mal würde ich das Gespräch führen.

»Der Skandal, den er anzettelt, ist nicht gerade privat. Er könnte in wenigen Wochen über alle Sender gehen, auch hier. Es hat mit der Sammlung zu tun.«

»Die Sammlung, aber ja, die Sammlung. Das erwähnten Sie bereits. David hat sich immer sehr für Kunst interessiert. Die Kunst ist sein Leben. Vielleicht wird sie sein Tod. Bildlich gesprochen, meine ich. Ich weiß nicht, was geschehen ist, aber wenn Sie sagen, er sei dabei, einen Skandal anzuzetteln … Durch alle Sender, sagen Sie? Was soll das? Was ist das überhaupt für eine Sammlung?«

»Das möchte ich von Ihnen wissen. Deswegen bin ich hier.«

Sie sah mich verständnislos an.

»Ich gehe davon aus, daß es Raubkunst ist. Und daß der Tod Ihres Bruders der Auslöser von Davids Kopflosigkeit war.«

»Raubkunst. Der Tod seines Vaters. Was Sie nicht sagen!«

Sie lachte bitter, trank einen Schluck Wein und legte die Serviette beiseite. Vor Edwige baute der Kellner ein Geschirr auf einem Blechständer zusammen, verschiedene kleine Näpfchen mit Zitrone, Zwiebeln in einer roten Flüssigkeit, Butter, Brot. Dann kam das Meeresfrüchteplateau. Schalentiere auf Eis. Als ein Teller mit gebratener Blutwurst vor mir stand, realisierte ich, daß ich in der Eile das Falsche bestellt hatte.

»Himmel, jetzt sehen Sie mich doch nicht so entgeistert an. Ist es mein Kommentar oder das, was vor Ihnen steht?«

Es war beides. Ich war immer noch zu sehr Amerikaner, als daß ich genau hätte sehen und wissen wollen, was ich aß. Ich suchte nach einem Ausweg. Ich konnte sehen, daß Edwige mich für zimperlich hielt.

»Warum machen ausgerechnet Sie sich Sorgen um ihn?«

»Das ist nicht Ihr Ernst. Schauen Sie sich David einmal an. Sie haben mir doch selbst gerade erzählt, wie sehr ich Grund dazu habe.«

»Warum Sie?«

Sie zögerte und knetete ein Stück Brot, als offenbare das Ergebnis die Antwort auf meine Frage. Plötzlich ließ sie davon ab. Sie nahm eine Auster vom Eis und löste sie aus der Schale. Ohne etwas von den Gewürzen auf den augenlosen Körper zu träufeln, sog sie die Schale aus und legte sie aufs Plateau zurück. Langsam, als müsse sie sich genau das Risiko vergegenwärtigen, begann sie, erneut von David zu sprechen. Zunächst wiederholte sie, was ich schon wußte. Die ganze Litanei. Zwischen einzelnen Sätzen schlürfte sie die Austern. Sie brauchte keine Viertelstunde, dann waren die Schalen leer. Bevor sie sich weiter durch die Meeresfrüchte schaufelte, bestellte sie ein weiteres Dutzend. Ich nahm erst wahr, daß sie Order gegeben hatte, meine Blutwurst abzuräumen, als die Fois Gras mit Gelee vor mir stand.

»Das schmeckt köstlich, da können Sie sicher sein, und Sie sehen nun wirklich nicht, was es einmal war. Denken Sie einfach, es wüchse in der Dose an Bäumen.« Ihr Tonfall klang ein bißchen gönnerhaft. »Mögen Sie Steaks?«

Ich nickte. Sie bestellte als Hauptgang für mich ein Entrecôte. Als ich sie so agieren sah, suchte ich nach Ähnlichkeiten zwischen David und ihr. Meiner nirgendwo verbürgten Theorie folgend, kommen die ersten Söhne immer auf die Mütter, die ältesten Töchter auf den Vater. Ich fand David weder in ihren Gesten noch in ihrer Sprache, auch nicht in ihrem Blick. Ihr Mund hatte volle weiche Lippen. Viel weniger scharf konturiert. Ihre Augen strahlten in kräftigem Dunkelblau, mit kleinen lebendigen Falten in den Winkeln der Lider. An diesem Abend war sie für ihre Verhältnisse wohl bequem gekleidet. Eine gut situierte Frau, die gerade vom Land gekommen war, einen Hauch normannischer Brise um Haut und Haar. Der Schmuck, den sie so beiläufig trug, verriet, daß sie sich jede Untertreibung leisten konnte. Beiläufig, das war es. Deswegen glichen David und Edwige sich nicht, weil für sie alles beiläufig war. Sie strich das offene, knapp schulterlange Haar aus dem Gesicht. David sei ein künstlerischer Typ, sagte sie. Der praktische Alfred, der übrigens ganz nach seinem Vater gekommen war, hatte ihm das natürlich verwehrt. Alfred Perlensamt wollte, daß David die Firma übernahm. Es gab Streit, mehr als einen. David mußte Betriebswirtschaft studieren. Als wäre das nicht genug, schickte er den Sohn in die USA. Das hörte sich so an, als sei das Land, aus dem ich komme, eine Strafkolonie!

»Er hat nicht in Berlin gelebt?«

»Kaum. Mein Bruder zahlte ein Vermögen für die Internate, später für die Columbia University in New York. Das half aber nichts. David ging kaum hin. Nach zwei Semestern machte er Schluß. Er begann heimlich, Schauspiel zu studieren. Er war nicht unbegabt, aber er wurde hinausgeworfen. Er fügte sich nicht. Dann dachte er über andere Sachen nach. Nichts hielt ihn bei der Stange. Meiner Meinung nach hätte er etwas mit Kunst machen sollen, Maler werden. Sein eidetisches Vermögen ist sensationell. Er hatte für kurze Zeit, als er noch ein Junge war, Spaß am Zeichnen gehabt. Wirklich hoch begabt, das konnte man erkennen. Er hätte Geld damit verdienen können. Aber Geld interessierte ihn nie. Leider, sonst wäre er längst unabhängig gewesen von meinem Bruder. David war immer besessen von diesem Familienwahn. Er wollte meinem Bruder – imponieren. Mein Gott, er ist so ein Idiot. Er ist tatsächlich vollkommen auf diese spießige Familie fixiert.«

»Nun, wenn ein Deutscher seines Alters zwei Generationen zurückgeht, hat er gute Karten, mehr als nur Spießer zu finden. Eher das große Drama, würde ich sagen. Täter und Opfer und alles, was sich daraus entwickelt hat. Eine richtige Folkloreindustrie, die mit Nachschub aus der ehemaligen DDR rechnen kann, soweit ich das zu beurteilen vermag. Mir scheint, man kann sein Leben damit verbringen, ein deutscher Enkel zu sein.«

Sie war gerade dabei, eine von den nachbestellten Austern zu schlürfen, hielt inne, vergaß zu schlucken und begann zu husten.

»Diese Theorie ist ja widerlich.«

»Es ist weniger eine Theorie als eine – Bewegung.«

»Ich bin nicht auf dem laufenden darüber, was Deutschland bewegt.«

»Betroffenheitsadel, schon mal davon gehört?«

Sie schüttelte den Kopf. Sie hatte aufgehört zu husten und nahm noch einen Schluck Wein.

»*Betroffenheitsadel?* Was soll das denn heißen?«

»Salopp gesagt so etwas wie: Dabeisein ist alles, und wenn das Dabeisein nur durch Betroffenheit entsteht. Eigentlich merkwürdig, daß die Menschen in Deutschland immer noch dabei sein wollen, egal wobei, egal als was, Hauptsache dabei und nicht allein.«

»Das ist ja absurd. Die Abetz sind mir gewiß nicht sehr sympathisch – aber es gibt in dieser Familie keine Opfer und keine Täter. Sie sind einfach nichts, nur Spießer, Nieten, eine Ansammlung von Möchtegerns.«

Es mußte nach elf sein. Immer noch wurden die Tische neu gedeckt, immer noch kamen Gäste. Jeder Stuhl war besetzt. Edwige war verstummt. In ihr Verstummen erklärte ich, was David angezettelt hatte.

»Er war auf Urlaub in Berlin, als seine Mutter erschossen wurde«, sagte sie tonlos.

»Sie meinen, als Miriam Perlensamt erschossen wurde.«

Sie sah mich an. Ich konnte nicht genau erkennen, ob sie sofort begriff, was ich wußte.

»Der Schritt, sich von einer Familienlüge aus eine ganz andere Familie zusammenzudichten, ist nicht sehr groß. Das dürfte Sie nicht wundern.«

»Ich habe doch gesagt, ich wundere mich nicht. Nicht im geringsten.«

»Und es schmerzt Sie auch nicht?«

»Sie stellen recht intime Fragen, junger Mann. Aber das haben Sie von Anfang an getan, und ich habe Sie nicht hinausgeworfen.«

Sie war hart im Nehmen. Ich stellte mir ihre Anfangsjahre vor, allein in Paris. Ich sah Rosie auf der Überfahrt, billigste Klasse, Zehnerkoje. Selbst wenn sie sich mehr hätte leisten können, hätte sie es nicht getan. Sie war in der Lage, auszublenden, was sie nicht wahrnehmen wollte, souverän in jeder Art von Ignoranz. Edwige und Rosie hatten Ähnlichkeiten. Nur daß Edwige mehr Sinn für Stil besaß, *europäischer* auf mich wirkte, was auch immer das heißt. Als ich die Frage stellte, die mir schon lange auf der Zunge lag, merkte ich, daß sie von einer anderen Frage unterfüttert war, einer, die David gar nicht betraf.

»Wer war Patrique Melcher?«

Sie sah mich an, wie ihr Bruder mich angesehen hatte bei meinem Besuch im Knast. Ihr Blick kam von weit her, es war der eines Wildes, das nach langer Pirsch gestellt wird. Dann wiederholte sie, ebenso wie ihr Bruder meine Worte wiederholt hatte: »Patrique Melcher.«

»War er ein Kollaborateur?«

»Ein Kollaborateur«, echote sie. Sie strich sich durch die Haare, selbstvergessen, zögerlich. »In anderen Zeiten hätte man ihn möglicherweise einen Kollaborateur genannt.«

Der Kellner schenkte uns den Rest aus der Flasche nach und fragte, ob Madame eine neue wünsche. Madame nickte. Dann sah sie sich im Raum um, als gelte es festzustellen, ob der dunkelbraune Ölanstrich auch weiterhin an den Wänden klebte, die Deckenlampen in der Verankerung blieben, die Hutablagen an der Wand.

»Patrique Melcher«, wiederholte sie noch einmal.

»Ist er Davids Vater?«

SECHSUNDZWANZIG

Ich hatte Rosie nie nach meinem Vater gefragt, und Rosie hatte ihn von sich aus nie erwähnt. Wozu reden? Die Vergangenheit war identisch mit der Gegenwart, nur älter. Ich hatte nie das entscheidende Wort herausgefunden, um den Bann zu brechen. Vielleicht hätte Rosie ein einziges Mal in ihrem Leben vor meinen Augen gestutzt – außer Fassung gebracht durch eine Losung. Vielleicht hätte ich die Vergangenheit zum Flackern bringen können, wenn ich nur den Namen meines Vaters ausgesprochen hätte. Aber ich wußte seinen Namen nicht. Nicht einmal den.

Edwige hatte aufgehört zu essen. Drei Austern waren übrig. Eine davon hatte sie mitten in meiner Frage auf dem Teller abgelegt und nicht wieder aufgenommen. Zwei lagen noch auf der Platte. Die geeisten Bergkämme darauf tauten und verwandelten sich in ein eiskaltes Meer. Die toten, halbaufgebrochenen Meeresfrüchte schwammen unangetastet darin, ein riesiger Krebs mit handgroßen Scheren, ein Dutzend Seeschnecken, ein zur Rosette erstarrter Reigen pinkfarbener Krevetten, ein Napf mit Nordseekrabben, von Miesmuscheln und Tang umlagert. Edwige atmete flach. Sie trank einen Schluck Wein. Dann – das kannte ich schon – riß sie sich plötzlich zusammen. So leicht war diese Frau nicht zu entmutigen, vor allem nicht durch Dinge, die unabänderlich waren.

»Patrique Melcher war ein kleiner Ganove«, sagte sie schlicht. »Ich glaube nicht, daß er aus Paris war. Eher aus dem Elsaß, wie viele Leute mit diesen halbfranzösischen Namen. Ich wohnte damals hier um die Ecke in einer *chambre de bonne*. Ich hatte eine Stelle in einer Gärtnerei in Versailles gefunden. Die Lehrlinge wurden mehr getreten als gefördert. Aber die

Firma bekam gute Aufträge von vermögenden Leuten in der Umgebung. Wenn man die Augen aufhielt, konnte man sehr viel lernen. Sie hatten Ahnung von Böden und Chemie. Sie zogen die besten Pflanzen der ganzen Île de France.« Sie lächelte. »Heute tue ich das. Es war anstrengende körperliche Arbeit. Aber ich wollte reüssieren, ach was, ich mußte! Ich hätte es mir nicht leisten können, nach Deutschland zurückzugehen. Ich wäre dort erstickt in den fünfziger Jahren. Ich wollte Schönheit, sonst nichts. Keine Moral, keine gesellschaftliche Stellung. Nur zwecklose Schönheit. Wohin hätte ich sonst gehen können außer nach Paris? Auf den Orient kam man damals nicht. Ich dachte nicht an die Höhenzüge von Afghanistan, an das Licht von Tanger, an die Strände von Vietnam. Da war immer noch Krieg, Napalm, Tod und Vernichtung. Überlegen Sie mal, China in dieser Zeit! Sie machen sich keinen Begriff davon, Sie weitgereister, auf zwei Kontinenten lebender junger Mann, wie eingeschränkt die Welt damals war – für eine junge Frau. Wie soll man das heute erklären? Man legte den Mädchen gerade wieder Handschellen an. Den Trümmern in Deutschland folgten diese Ordnungsmanie und diese unerträgliche Moral. Hier regierte *la beauté*. Sie dringt in Frankreich auch durch Armut und Dreck. Ich lernte schnell, daß Schönheit, wenn sie Bestand haben soll, von Disziplin erobert werden muß. Nicht selten ist sie die Frucht von Kälte – oder doch wenigstens von kühlem Verstand. Le Nôtre war mein Vorbild, nicht Pückler, nicht Lenné. Ich schuftete tagelang, aber manchmal mußte ich abends einfach raus. An solchen Abenden wollte ich mich gehen lassen. Disziplin ohne Gnade strengt unendlich an. Ich brauchte eine Nacht voll ausschweifendem Leben, als gäbe es keinen Anfang, kein Ende, keine Flucht, kein Ziel. Ich suchte das Gegenteil des Kalküls, mit dem ich überlebte.«

Sie ging nur samstags aus. An allen anderen Tagen außer sonntags mußte sie um fünf Uhr aufstehen, im Sommer um vier. In Paris, in dieser Gegend, ging man samstags zum Essen aus und danach in eine billige Bar. Sie nahm einen Schluck und drehte das Weinglas in ihrer Hand, als läse sie darin, was sie weiter zu sagen hätte.

»Wenn man sich das Essen am Samstag nicht leisten kann, beläßt man es beim Trinken. Das geht auch. Das war damals so. Heute ist es fast wie damals. Die Leute hier sind arm.«

Sie machte eine Pause. Ihr Ton war bitter.

»Bald werden viele Einwohner von Paris so arm sein wie die Leute in diesem Viertel. Abgewrackte Existenzen. Typen, die für ein paar Francs ihre Schwester verschachern. Hundefänger. Mädchen, die früher Nutten als geschlechtsreif werden. Weißafrikanische Mütter, die nach ihrem ersten Monatsblut schwanger geworden sind und ihre frisch geborenen Babies meistbietend an reiche Amerikanerinnen verkaufen. Ich war zwar keine Maghrebinerin, auch keine vierzehn mehr. Trotzdem hatte es mich erwischt. In einer Samstagnacht. Ich habe mich vergessen. Als ich erfuhr, daß ich schwanger war, habe ich zuerst an illegale Abtreibung gedacht.«

Sie goß sich nach und winkte dem Kellner mit der Bitte um eine Packung Zigaretten. Plötzlich roch ich die toten Meerestiere überall. Schal geworden in der Farbe, wirkten sie wie Abfall, den das aufgewühlte Meer nach einer Sturmflut an den Strand geschwemmt hat. Aber es war nicht das Meer. Das Meer mit seinen wütenden Wellen war weit fort. Es war die Straße, die zu uns hineingedrungen war und sich mit dem Müll der Tischflut mischte. Ich spürte Ekel in meiner Kehle. Der Kellner brachte die Zigaretten und eine weitere Flasche. Edwige trank ein ganzes Glas in einem Zug und goß sich wieder nach. Ich harrte vor dem Müllberg aus und dachte an den schmierigen Typen, den ich nach Patrique Melcher gefragt hatte. Edwige wurde von ihrer Vergangenheit eingeholt. Ab und zu hielt sie inne, trank, steckte sich eine neue Zigarette an. Ihre Bewegungen wurden schwerfällig und ungelenk. Einmal warf sie ihr Weinglas um. Der Kellner sprang herbei und wechselte das Tischtuch. Sein Blick war neutral, nicht amüsiert, nicht verärgert, nicht sorgenvoll. Edwige hatte hier ihren Platz. Daß sie das Flo und seine Leute nie vergessen hatte, brachte ihr Achtung, vielleicht sogar Zuneigung ein. Schöne Umstände, vielleicht ein bißchen sentimental. Für Edwige waren sie wohl eine Zusatzklausel ihrer Lebensversicherung.

»Abtreibung wäre mir am liebsten gewesen. Ich hatte kein Verhältnis zu diesem Balg in meinem Bauch. Es war ein Monster, das wuchs, das ich ernähren mußte. Ich wollte mir nicht einmal vorstellen, wie es aussah, atmete, sich bewegte. Ich wollte es loswerden, weil es mir die Zukunft verdarb. Am schlimmsten war die Vorstellung, deswegen nach Deutschland zurückzumüssen, zurück in die muffige Umgebung meiner Eltern. Paul und Léonie Abetz. Sie ahnen nicht, wie Spießertum und Aufsteigerwille unter Wachstuch und Kittelschürze blühten. In Steglitz hatten sie angefangen. Nun hatten sie es in die Fasanenstraße von Charlottenburg geschafft. Die drehten fast durch vor Glück, daß sie in der feinen Gegend jetzt ein Zuhause hatten.«

»Für Spießer hatten sie einen ausgewählten Geschmack ...«

»... natürlich kann man den Leuten nicht verdenken, daß sie froh sind, wieder etwas zu essen zu haben. Aber bei den Talentlosen geht es bald nur noch ums Essen und ums Geld. Je mehr Geld sie hatten, desto besser aßen sie. Je besser sie aßen – Dosenfutter aus Frankreich und Amerika – desto höher siedelten sie sich an. Unser Vater benahm sich, als hätte jetzt auch er einen akademischen Abschluß, nur weil es zwei Leute im Haus gab, die einen Doktortitel hatten. Er war mittelmäßig genug, um über sich hinauswachsen zu wollen und nicht zu sehen, daß ihm das Format dafür fehlte.

»Aber in irgendeiner Weise war er doch erfolgreich – sonst hätten sie nicht in diese Gegend ziehen können.«

Edwige lächelte gequält.

»Ich habe nie nachgefragt, wie es dazu kam. Die Vergangenheit hat mich nie interessiert.«

»War es vielleicht Ihre Mutter, die das ermöglicht hat?«

»Unsere Mutter? Der arme Niemand hatte eine *poule à boche* heimgeführt. Das Mädel hatte für ihn gelitten. Er war stolz auf seine kleine Französin, auch wenn sie nicht mehr schick war, als er sie aus den Klauen ihrer Landsleute rettete. Er wollte ihr etwas bieten, sie entschädigen für die furchtbare Brutalität.«

»Brutalität?«

»Die Beschneidung, nein, Bescherung, nein, so heißt das nicht. Sie müssen entschuldigen, manchmal rutschen mir die deutschen Wörter weg, ich habe so viel vergessen, ich spreche so selten Deutsch. Man hat ihr den Kopf kahl – wie heißt das ...?«

»Man hat ihr den Kopf kahl geschoren?«

»Ja, das meinte ich, geschoren hat man sie. Das hat man in Frankreich mit vielen Frauen gemacht, die ein Verhältnis mit einem Deutschen hatten. Davor und danach wurden sie vergewaltigt, öffentlich, und dann durch die Straßen getrieben wie Vieh.«

Sie fuhr sich durch ihr dichtes honigblondes Haar.

»Heute schimpfen wir auf die Taliban und tun so, als seien wir als Christen zu derlei Vergehen nicht fähig.«

»Also verbindet Ihre Familie keine noch so entfernte Verwandtschaft zu Otto Abetz und Suzanne de Bruycker«, kommentierte ich rhetorisch.

»Otto Abetz und Suzanne de Bruycker? Wieso? Wer soll das denn sein? Ach ja, Hitlers Botschafter in Paris! Sie meinen Davids handgesägten Familienstammbaum. Natürlich nicht, das ist Davids fixe Idee. Jetzt verstehe ich, worauf Sie die ganze Zeit hinauswollen! Warum haben Sie denn so um den heißen Brei geredet? David hat einen Knall, eine etwas übersteigerte Art. Ich habe Ihnen doch gesagt: das Geltungsbedürfnis eines vernachlässigten Kindes. Nein, nein, seine Großeltern waren kleine Leute.«

» … das war Abetz auch …«

»Unbedeutend, Sie ahnen gar nicht, wie viele französische Frauen es gab, die sich in einen *Boche* verliebten. Die Familien duldeten das, im Keller oder auf dem Speicher und in der Garage hinter dem Gerümpel. Sie taten so, als wüßten sie nichts. Dafür gab es Seidenstrümpfe, *Gauloises* oder *Nil*, Schokolade, Visa und Champagner. Manchmal waren die schon froh über ein paar Grundnahrungsmittel oder eine Sonderzuteilung Papier. Die Mädchen aus der Gegend des Parc Monceau, wenn Ihnen das etwas sagt, also die höheren Töchter mit den Rembrandts überm Kamin, vögelten – Entschuldigung – mit den Nazijungs.«

In der Heftigkeit, mit der sie sprach, erkannte ich endlich David wieder. Sie hatten offenbar dasselbe Temperament, das ebenso zu Verachtung wie auch zu grenzenloser Begeisterung fähig war.

»… um das Schlimmste zu verhindern. Nach dem Krieg machten es die Alliierten so mit den deutschen Mädels. Gukken Sie mich bloß nicht so ungläubig an – die Amis auch! Manche waren netter, manche weniger nett. Inzwischen waren Strümpfe und Unterwäsche aus Nylon. Die Zigaretten hiessen *Lucky Strike*, und die Schokolade war mit Karamel gefüllt, aber gevö …, Sie wissen schon, wurde dafür auch. Eine Nation von Nomaden, diese Huren und Schieber. Die einzige Nation, die grenzenlos und immer flexibel ist. Sie braucht kein festes Terrain. *Volk ohne Raum.*«

Sie lachte bitter. Ich rutschte nervös auf meinem Stuhl hin und her, einen günstigen Moment abwartend, um noch einmal auf die Sammlung zu sprechen zu kommen. Inzwischen war sie betrunken genug, mir zu sagen, was sie wußte. Aber lange konnte diese chancenreiche Phase zwischen den geleerten und noch zu leerenden Gläsern nicht dauern.

»Mein Vater hat für sein kleines französisches Hühnchen getan, was er konnte. Sie hatten sich eingerichtet. Alles ein bißchen schwer und düster. Das hielten sie für elegant. Man hätte denken können, Papa hätte in Frankreich was dazugelernt, hat er aber nicht. Und das Hühnchen hatte nicht nur seine Haare verloren. Seine gesamte Erinnerung war ausgelöscht. Nichts mehr von der leichten Eleganz, dem Esprit, die angeblich so französisch sind. Übrig blieb nur eine Geburtsurkunde, ein Eintrag im Familienstammbuch, der auf Frankreich verwies.«

Es war mir unangenehm, wie sie von ihrer Mutter sprach, mit Verachtung, als wollte sie dem *Huhn* im nachhinein noch einmal die Federn abflämmen.

»Ich habe Papa nicht verstanden. Nicht sein französisches Federvieh und nicht meinen Bruder. Maurice, der nur deswegen einen französischen Namen erhielt, weil er in Frankreich geboren wurde, fuhr ein einziges Mal nach Paris: wegen der Erbschaft. Er wollte mit mir verhandeln. Und sie, selbst als Papa zehn Jahre nach der gemeinsamen Rückkehr starb – er hatte sie gerade in der Fasanenstraße abgeliefert –, blieb, wo sie war. Sie reiste nie mehr zurück in ihr Land. Dieser Groll!

Himmel, natürlich hatte sie nichts vergessen. Sie tat nur so. Ihr Mund war zugeschweißt, die Jahre tabu. Ich wünschte, sie hätte mir nur einmal etwas erzählt. Jeder will doch nur wissen, wie es wirklich war. Auf *Es tut mir leid* oder *Es war furchtbar, was wir taten* oder *Es war schrecklich, was wir erlebten* kommt es doch gar nicht mehr an.«

Wie David schien auch Edwige voller Widersprüche zu sein. Sie behauptete, sie interessiere sich nicht für die Vergangenheit, gleichzeitig reklamierte sie das Schweigen ihrer Eltern darüber.

»Aber woher wußten Sie, daß das alles passiert ist, wenn niemand darüber sprach? Ich meine die Mißhandlungen – das, was Ihrer Mutter und den anderen Frauen widerfahren war.«

Edwige zuckte mit den Achseln.

»Zufall. Papa und sein Hühnchen waren sauer, als ich mich in das Land des Sonnenkönigs aufmachte. Ich ging, weil ich Frankreich wunderbar fand, ein Faible hatte für Eleganz und die in Deutschland nicht fand. Das maoistische Zeug, das damals begann, modern zu werden, die Tendenzen an der Sorbonne, der Existentialismus waren mir schnuppe. Ich wollte nicht Sartres Bücher lesen, sondern Le Nôtres Gartenanlagen studieren. Als ich mich dazu entschlossen hatte und das meinen Eltern sagte, ist es Papa dann so rausgerutscht: ›Wie kannst du das deiner Mutter antun, nach allem, was man ihr dort angetan hat.‹ Die dachten, ich liefe zum Erbfeind über.«

»Es klingt, als würden Sie Ihre Eltern verabscheuen.«

»Unsinn. Das ist zuviel Emotion. Sie waren mir fremd. Ich verstand sie nicht. Sie hatten ohnehin immer nur auf ihren Sohn gesetzt, den Musterknaben Maurice, aus dem der reizende Alfred wurde. Hat er gut gemacht, mit Frau, Erfindung, neuem Namen. Alfred Perlensamt: Klingt wie jüdischer Sprengstoff. Er trat in den Neuen Jüdischen Berliner Kulturclub – oder wie die Vereinigung heißt – ein. Waren Sie mal da? Na ja, warum sollten Sie. Alles war perfekt, die muffige Bude in der Fasanenstraße, eine zimperliche Frau, die sich in Ennui gefiel, ein dickes Bankkonto, die renitente Schwester im fernen Paris. Nur der Erbe hat gefehlt. Miriam, die Gute, ließ sich nicht schwängern. Sie setzte einfach nicht an. Und dann saß ich in der Patsche. Für Abtreibung hatte ich kein Geld. Ich hätte nicht einmal gewußt, wo ich es mir hätte leihen sollen. Ich mußte also da durch. Ich beschloß, meinen Zustand soweit möglich zu ignorieren und das Kind zur Adoption zu geben. Insgeheim hoffte ich, ich würde es durch die schwere Arbeit verlieren. Ich schleppte, grub ganze Beete um, zwei Meter tief, mit Spitzhacke und Spaten, mischte Erde mit Torf. Ich besoff mich. Aber mein Kind war wie ich ein zähes Tier. Ich war wohl im sechsten oder siebten Monat, genau weiß ich das nicht mehr, jedenfalls sah man mir die Schwangerschaft schon deutlich an, als plötzlich mein Bruder vor mir stand. Das war in der Gärtnerei. Ich erinnere mich, daß ich gerade Ritterspornsetzlinge pikierte. Maurice war angereist in der Überzeugung, er würde mich überraschen. Die Überraschung war Teil seiner Strategie. Aber dann war *er* überrascht. Er kriegte den Mund gar nicht mehr zu. In seinen Augen stand irgendein Kauderwelsch, als wollte er Hure sagen. Aber da war dieser Neid. Ich hatte etwas, das er wollte. Es war ihm so deutlich anzusehen, daß er sich vom Schicksal ungerecht behandelt fühlte. Und dann fragte er – er hatte sein eigenes Anliegen wohl vollkommen vergessen –, wer der Vater sei.«

Der Ober kam und fragte, ob wir mit dem Essen fertig seien. Er trug die trübe Brühe, in der nun alles durcheinander schwamm, fort und brachte noch einmal die Karte. Mitternacht war vorbei. Eigentlich esse ich um diese Zeit nichts mehr, weil ich danach nicht schlafen kann. Aber ich fürchtete,

Edwige könnte vor dem Ende der Geschichte zu erzählen aufhören. Ich bestellte also Crème brulée und einen Espresso. Auch sie orderte noch etwas. Ich war der französischen Sitte, sich endlos vollzustopfen, ehrlich dankbar.

»Und das war Patrique Melcher.«

»Ich weiß nicht, was in dem Augenblick in mich fuhr, vermutlich der Teufel. Aber wenn es der Teufel war, dann habe ich für den Pakt bezahlt. Ich log, daß die Setzlinge ihre Blättchen krümmten. In dem Wissen um die Bewunderung meines Bruders für die feine Gesellschaft erzählte ich ihm die tolldreiste Geschichte von einem verheirateten französischen Aristokraten. Meine große Liebe hätte mich geschwängert, aber, aristokratisch kommt selten allein, seine streng katholische Familie würde der Scheidung seiner Ehe nie zustimmen. Ich kannte tatsächlichen jemanden, der mir als Vorlage diente. In der Nähe von Fontainebleau hatten wir einmal die Gartenanlagen eines riesigen Anwesens restauriert. Der Eigentümer hatte sich ein bißchen in mich verguckt. Er lud mich nach der Arbeit zum Sherry ein und fragte, was ich so vorhätte im Leben. Später, als ich aus England wiederkam, erhielt ich durch diese Bekanntschaft meinen ersten großen Auftrag, und von da an war es nicht mehr ganz so schwer. Egal – er jedenfalls war das Vorbild. Ich klammerte mich daran, um eine Orientierung in meiner Lüge zu haben. Ein bißchen genoß ich es sogar, daß mir meine mißliche Lage ein souveränes Gefühl verschaffte. Meinem Bruder öffnete sich plötzlich der Horizont. Das Landei entdeckte das Meer für sich, jedenfalls schien es, als wollte Maurice, der sich jetzt Alfred nannte, schwimmen lernen. Statt Meeresungeheuern sah er auf einmal fröhlich spielende Delphine. Er war eigentlich wegen der Erbschaft gekommen. Das Hühnchen war gestorben und hatte kein Testament gemacht – es gab auch nicht viel, nur die Fasanenstraße. Er wollte diesen schummrigen Wohnsitz nicht verkaufen. Das hätte er tun müssen damals, wenn ich darauf bestanden hätte, ausgezahlt zu werden. Die Sache Perlensamt lief ganz gut, aber sie steckte noch in den Kinderschuhen, die Erfindung war gerade erst patentiert, die Firma und der Name frisch gekauft. Er konnte sich die Auszahlung an mich so wenig leisten wie ich mir die Abtreibung eine paar Monate zuvor. Aber nun sprachen wir nicht über die Vergangenheit und nicht über die Gegenwart. Wir sprachen über die Zukunft. Das war mein Bauch. Er bat mich um das Kind. Er sagte, er würde es zu sich nehmen – unter seinem Namen. Es wäre nicht unehelich, bekäme eine gute Ausbildung, hätte eine glänzende Zukunft und würde ihn schließlich beerben. Und ich sei frei. Ich bin sicher, daß er das Kind nicht gewollt hätte, wenn ein kleiner Ganove sein Vater gewesen wäre. Mein Bruder war ein Parvenü durch und durch, ein Feigling. Daß er es so weit brachte, ist Zufall. Er hat einmal in seinem Leben die richtige Formel gedacht und notiert. Er war, wie nicht wenige Menschen im Deutschland der fünfziger Jahre, zur richtigen Zeit am richtigen Ort. Maurice ging noch weiter. Er bat mich, Urlaub zu nehmen. Ich sollte zur Erholung in ein Seebad reisen. Und zur Entbindung käme ich nach Berlin. Er käme für alles auf. Immer wieder mußte ich ihn auf den Weg zerren, weil er wieder einen Setzling zertreten hatte, Kreppsohlen waren das damals. Ich weiß nicht, ob es solche Schuhe in Deutschland heute noch gibt, wir nannten sie *écrase-merde à la boche*. Er sah damals aus wie Karlchen Müller vom Dorf. Diese landadelige Eleganz hat er sich erst später zugelegt. Ich sagte ihm, ich müsse nachdenken, ich freute mich so auf das Kind. Ich schlug ihm vor, wir sollten uns am nächsten Tag in der Stadt zum Essen treffen. Er wußte nicht, wo ich wohnte, kannte sich nicht aus in Paris. Ich hatte immer nur die

Adresse und Telephonnummer der Gärtnerei angegeben. Er folgte mir in allem, was ich wollte. Wir trafen uns also im Fünften, bei Lipp. Damals kostete das ein Schweinegeld. Ich genoß es, ihn ein bißchen auszunehmen. Außerdem hatte ich immer Hunger. Seit ich schwanger war, reichten Brot und billige Schokolade nicht mehr aus. Ich wollte Fleisch, am liebsten jeden Tag Chateaubriand. Nachdem ich ihn noch etwas reden und zappeln gelassen hatte, willigte ich ein. Ich wäre bereit, sagte ich, Miriam und ihm das Kind zu überlassen. Die Konditionen müßte ich mir noch überlegen. Natürlich traute er mir nicht. Er hätte gern alles schriftlich gehabt, mich am liebsten eingesperrt bis zur Entbindung. Aber für unseren Kuhhandel gab es kein Recht. Er mußte warten, bis er seine Beute hatte. Mein Leben wurde in dieser Zeit merklich leichter. An einigen Tagen genoß ich die Schwangerschaft sogar. Manchmal ging ich allein ins Fünfte, aß bei Lipp, schaute mir danach die Vitrinen der teuren Geschäfte an und tat so, als sei ich eine dieser vermögenden Gattinnen, die nach einem *Lunch* außer Haus der Tee im Salon erwartet. Und dann wurde das Kind geboren, ein Junge.«

»David.«

Sie nickte nicht. Sie bestätigte keinen meiner rhetorischen Einwürfe, als wären auch sie etwas Schriftliches gewesen, Beweisdokumente.

»Er schien vor Freude halb verrückt. Er hatte alles perfekt arrangiert. Miriam war seit Wochen bei irgendwelchen Freunden in den Staaten. Die Nachbarn in der Fasanenstraße sollten denken, das Kind sei von ihr. Maurice, der längst Alfred hieß, hatte alles vorbereitet. Eine fremde Wohnung, eine Hebamme, die ihren Namen nicht nannte und meinen nicht erfuhr, eine erfahrene Kinderschwester, die das Kind übernahm. Damit konnte ich gehen. Ich war frei. Ich kehrte nach Paris zurück.

Aber mit einem hatte ich nicht gerechnet: Ich war nicht mehr allein. Das Kind, von dem ich nicht einmal wußte, welchen Namen es erhalten hatte, war immer da. Es war die Hölle. Ich vermißte das, was ich für ein Monster gehalten hatte. Ich sorgte mich. Ich quälte mich. Ich fragte mich, ob die zimperliche Miriam sich an meinem Baby vergreifen würde. Kurz, ich hatte Sehnsucht nach ihm.«

Ich sah, wie ihr die Tränen kamen. Für eine Inszenierung war das alles ein bißchen zu schäbig. Und wem überhaupt hätte die Inszenierung gedient? Sie sorgte sich immer noch um David – und fühlte sich schuldig. Das war der einzige Grund dafür, daß sie mit mir hier saß. Deswegen hatte sie mir die Briefe gegeben.

»Ich wollte mein Kind zurück. Vermutlich hätte ich es entführen müssen, um es wiederzubekommen, und in einem langen Verfahren beweisen, daß es meines ist. Damals kannte man die ganzen Analysen noch nicht, man brauchte mehr als ein Haar ... Ich wußte auch, daß ich es mit David nicht dahin schaffen würde, wohin ich wollte. Und für ihn wäre seine Kindheit mehr als entbehrungsreich gewesen. Bei meinem Bruder hatte er alles, was er brauchte. Dachte ich. Also machte ich die Faust in der Tasche und öffnete sie nur, um Pflanzen zu pikieren und nach dem Spaten zu greifen. Nicht lange danach bestand ich die Prüfung. Ein Stipendium für Gartenarchitektur brachte mich nach England, und als ich zurückkam und mich selbstständig machte, war die Sache schon passiert. Ich hatte Melcher unterschätzt. Ihm war klar, daß ich arm war, kein Bares hatte. Aber er wußte auch, daß ich keine Ratte war wie er. Er hatte zudem eine feine Nase. Er sah in mir und in dem, was er angesetzt hatte, eine Art Lebensversicherung. Er hatte mich beobachtet und beobachten lassen. Das ganze Quartier ist ein Filz. Wenn eine Faser sich bewegt, verzieht sich das ganze Gewebe. Solange ich hier lebte, gehörte ich zu diesem Sumpf, ob ich das wollte oder nicht. Melcher hatte herausgefunden, daß jemand mein Kind genommen hatte. Er war der Spur gefolgt. Bis nach Berlin. Alfred wollte natürlich keinen Skandal. Und er wollte vermeiden, daß Miriam von der Erpressung erfuhr. Ich nehme an, er hat gezahlt. Sicher weiß ich es nicht. Er setzte sich mit mir in Verbindung, verdächtigte mich anfangs, daß ich selbst dahinter steckte. Sie sehen, wir haben uns wirklich nicht gemocht. Ich weiß nicht, wieviel und wie oft er zahlte, und ich weiß auch nicht, wie weit Melcher gegangen ist. Ich hielt mich da vollkommen raus. Vielleicht habe ich in Melchers Verhalten eine gerechte Strafe dafür gesehen, daß mein Bruder meine Notlage ausgenutzt hat. Vielleicht war ich insgeheim sogar froh, daß Melcher meinen Bruder erpreßte. Als David zehn oder zwölf Jahre alt war, kam Melcher bei einer Prügelei ums Leben. Irgend jemand hatte ein Messer gezogen, nicht unüblich in dieser Gegend. Hinterher ist es keiner gewesen. Die Polizei läßt sich schmieren und guckt lieber weg, als daß sie den Sumpf aushebt. Ich erfuhr es durch Zufall, als ich wieder einmal, was ich ab und zu tue, hierher zum Essen kam. Ich glaube, daß ihm keiner eine Träne nachgeweint hat, und außerdem ist das Viertel voll von seinesgleichen.«

Edwige hielt inne und nestelte eine weitere Zigarette aus der Packung. Sie schien müde.

»Ich hatte nicht vorgehabt«, sie brach ab und sah in die Öffnung mit dem Tabak, dann drehte sie die Zigarette um und besah sich den Filter. »Ich habe nie Zigaretten mit Filter geraucht. Ich finde das widerlich, wenn man sieht, wie sich in dem ehemals weißen Filter die braune Brühe sammelt.«

Sie steckte sich den Stengel in den rechten Winkel ihrer Lippen, nicht sehr elegant, als kehrte sie in jene Zeit zurück, als sie sich samstags ins Flo einladen ließ. Dann nahm sie die Zigarette wieder aus dem Mund.

»Sie sind Amerikaner. Ist es eine Erleichterung, Amerikaner zu sein, wenn man all das hört? Macht es einen Unterschied? Wissen Sie, ich stelle mir manchmal vor – ach, was solls. David ist nun einmal in Deutschland aufgewachsen. Der Rest der Welt macht auch keinen Unterschied.« Sie sah auf und direkt in mein Gesicht. »Und egal, wohin man geht, die Gene bleiben, nicht wahr? Man kann sich seinen Genen nicht entziehen.«

»Aber warum hat Ihr Bruder auf seine Frau geschossen und danach die Waffe gegen sich selbst gerichtet?«

»Mein Bruder auf seine Frau geschossen?«

Ihre Stimme schien wieder in jene Trance zu gleiten, in der sie zu reden begonnen hatte. Einen Augenblick lang fürchtete ich, ihre Kraft reichte nicht aus, die letzten noch verbliebenen Verwirrungen zu lösen. Wie ein Medium, das sich aus den esoterischen Bereichen zurück in die Wirklichkeit quält, schien sie langsam und nur mit Mühe von der Vergangenheit abzulassen.

»Mein Bruder hat nicht auf seine Frau geschossen.«

Sie gab sich einen Ruck, steckte die Zigarette wieder in den Mundwinkel und zündete sie an. Sie stieß die erste Rauchwolke hörbar aus, rief nach dem Kellner. Es sah aus, als sammelte sie Augenblick für Augenblick, um die Zeitpunkte aneinander zu kleben. Es war offensichtlich, daß sie vorher diese Einzelheiten nie zu einer ganzen Geschichte zusammengefügt hatte.

»David hat nicht alle Tassen im Schrank. Er hat kein Verhältnis zur Wirklichkeit – ich meine, er macht sich seine eigene Wahrheit. Ich glaube, es war seine einzige Möglichkeit, diese Kindheit zu überleben.«

Ihr Blick wurde unklar und ihre Gedanken verhedderten sich. Jeden Augenblick konnte es vorbei sein.

»Er ist heute voller Verachtung für die Leute, die ihn großgezogen haben, was weiß Gott nicht immer so war. Manchmal denke ich, er ist sich seiner widersprüchlichen Haltung gar nicht bewußt. Es begann damals im Internat. Irgendein Lehrer ging einen seiner Mitschüler an, der einen Großvater hatte, der eine hohe Nazicharge gewesen war. David steigerte sich in diesen Fall hinein. Er wurde zu seiner Perspektive, zu dem Grund für das unterkühlte, verstockte Verhalten, das mein Bruder ihm gegenüber an den Tag legte. Das Verschweigen der wahren Familienidentität hatte endlich eine dramatisch plausible Wurzel. Dazu paßte der veränderte Name, der ganz banale Gründe hatte. Mein Bruder wollte tatsächlich für einen Nachkommen aus der Firma Perlensamt gehalten werden, aus rein geschäftlichen Gründen. Familienunternehmen. Tradition. Dynastie. Die größenwahnsinnigen Phantasien eines Kleinbürgers, verstehen Sie? Er hielt das für edel. Er wollte so eine Art Rothschild sein. Deswegen kaufte er sich auch das Wappen. David half dieses »Familiengeheimnis«, die stetige Zurückweisung und das peinliche Verhalten dieses Paares zu ertragen, nehme ich an. Vielleicht liegt in der Verschwiegenheit der einen deutschen Generation der Grund für die Märchen der nächsten, und das nennt man dann Vergangenheitsbewältigung. Aber vielleicht ist es tapfer, damit etwas zu machen – egal was. Zumindest birgt es ein gewisses kreatives Potential.«

Sie sah mich unverwandt an. Es schien sie nicht mehr zu interessieren, wen sie vor sich hatte.

»David war in ihren Augen eine Fehlinvestition. Maurice ließ ihn das fühlen. Damals wollte David ganz und gar das Kind dieser Eltern sein. Er verhielt sich wie eine Zecke. Sie versuchten, seinen Körper aus der Familie zu reißen, aber sein Kopf steckte zu tief. Er wußte nicht, was sie von ihm wollten. Er versuchte zu ergründen, wie er ihnen gefallen könnte und scheiterte mit jeder noch so aufwendigen Aktion. Aus jedem Scheitern zog er die falschen Schlüsse, dachte, es reichte immer noch nicht, und suchte nach Neuem, womit er ihre Zustimmung finden könnte. In einem Winter, er war damals in der Nähe von Zürich in einem Internat, veranstaltete er eine Sammlung für die Familien eines Lawinenunglücks. Maurice war entsetzt, daß sein Sohn in der Zeitung abgebildet war. Danach wurde er zum militanten Tierschützer und organisierte Aktionen, die Pelzträgerinnen an den Pranger stellten. Er war mit einer roten Lacksprühdose in Zürich unterwegs und warf Geschäften für Rauchwaren die Scheiben ein. Wieder prangte sein Foto groß in der Zeitung. Maurice drehte fast durch. Die ganze Zeit schrieb David gute Klausuren, zeichnete, malte wie ein Besessener, begabt und erfinderisch, als sporne ihn die Trostlosigkeit zu Hause nur an. Endlich brachte ihn der Ausrutscher dieses Lehrers seinem Klassenkameraden gegenüber auf die ultimative Idee. Er hatte die Lösung gefunden – kurz vor dem Abitur. Er biß sich fest in dem Wahn, einer wichtigen, durch die NS-Zeit geächteten Familie zu entstammen, die durchwirkt von Unstimmigkeiten, Geheimnissen und Selbstverleugnung war. Wie Frankensteins Monster reklamierte das künstliche Geschöpf seinen Schöpfer. Mehr als einmal überlegte ich, ob ich ihm alles sagen sollte. Ich konnte es mir inzwischen leisten, auch finanziell. Aber ich fürchtete, dadurch alles noch schlimmer zu machen. Ich fürchtete, daß er mich haßte. Allein die Vorstellung, er hätte mir nicht geglaubt: unerträglich! Er wußte, daß ich meinen Bruder nicht leiden konnte, aber so sehr er auch mit Alfred zu kämpfen hatte – und erst recht mit Miriam – nach außen hielt er sie hoch. Sie waren die Eltern, die er verehrte, andere hatte er nicht. Sogar Miriam hat er verehrt und immer so getan, als liebte er sie. Ich weiß nicht, was ich getan hätte, hätte er mich eine Lügnerin geschimpft. David ist geltungssüchtig, weit mehr noch und auf ganz andere Art als mein Bruder, charmanter, phantasievoller, aber auch verzweifelter. Er klopft beständig an die Tür, und wenn man öffnet, stürmt er herein. Schlägt man ihm die Tür vor der Nase zu, kommt er durchs Fenster, und wenn er nicht durchs Fenster kommt, preßt er die Nase gegen die Scheibe. Maurice und Miriram waren zu dumm, diese immense Energie umzuwandeln, wie man es oft bei sehr intelligenten Kindern tun muß.«

Es klang trotzig. Als beantragte sie den Schuldspruch für Alfred und Miriam, aber eigentlich meinte sie sich selbst.

»Was ist mit der Sammlung? Wenn es keinen Großvater gab, der sie aus den französischen Privatsammlungen rauben ließ, woher kommen die Bildern dann? Sie tragen auf der Rückseite von den Nazis eingetragene Inventarnummern. Was bedeutet das?«

Sie sah mich hilflos an.

»Ich weiß es wirklich nicht. Vielleicht hat mein Bruder sie gekauft, auf Davids Rat. Er kennt sich aus und hat sehr viel Sinn dafür. Während seiner Schweizer Internatszeit fuhr er oft nach Zürich, Zug und Bern. Schon als Junge sah er sich die Exponate in den Museen an. Er fuhr nach Winterthur und Basel, als er größer wurde. Ich glaube, diese Leidenschaft tröstete ihn. Als Junge hat er wunderschöne Zeichnungen gemacht. Ich schickte ihm Ölfarben, Pinsel und eine Staffelei. Eine Zeitlang hoffte ich, daß er darin aufgehen und seine Stabilität finden würde. Einen Lebensinhalt. Aber dann hat er wieder aufgehört.«

»Es ist unmöglich, daß Ihr Bruder all diese Bilder nach dem Krieg erworben hat. So viele Bilder dieser Güte kann niemand legal in dieser Zeit gekauft haben – es sei denn, er heißt Duke, Getty oder Thyssen. Wir reden über sechs- bis siebenstellige Summen für ein einzelnes Bild!«

»Warum fragen Sie David nicht selbst? Ich halte diese verdammte Sammlung für das geringste Problem.«

Ihre Zunge wurde schwer, die Worte klangen unartikuliert. Sie setzte zur Wiederholung an. Sie wollte nicht glauben, was längst geschehen war.

»Unfaßbar, daß mein Bruder David so unterschätzen konnte. Er hielt ihn für einen Schwächling, nur weil er seiner Durchschnittlichkeit nicht entsprach.«

Und du hast ihn in ihre Arme gelegt, dachte ich, sagte es aber nicht. Es gab noch eine offene Frage.

»Wer hat auf Ihre Schwägerin geschossen – Alfred Perlensamt?«

Sie lachte, als sei sie irre geworden.

»Sie sind atemberaubend in Ihrer Hartnäckigkeit.«

Dann gaben ihre Züge nach. Ich sah, wie alt sie wirklich war. Der Rauch und die schlechte Luft im Lokal hatten ihr Make-up angegriffen, die Frische vom Land ruiniert. Die Aura von normannischer Luft, würzigem Meer, steigenden Wellen – alles verpufft.

»Sie haben recht«, auch ihre Stimme klang schwach. »Sie haben ganz recht, Herr Dr. Saunders, wenn Sie vermuten, daß ich mehr weiß, als ich Ihnen sage. Ich weiß mehr, und ich habe Höllenängste ausgestanden, man könnte dahinter kommen. Ich gebe Ihnen einen Tip. Sie wissen doch, was viele der Nazis machten, sofern sie die Gelegenheit und Mittel dazu hatten. Sie haben sich und ihre Familien selbst liquidiert. Das zeigt Familiensinn, nicht wahr? Der Clangedanke will sagen, daß eine Familie nicht nur das Leben schenken, sondern auch den Tod geben kann. Heute so selten geworden, finden Sie nicht?«

Ich sah, daß sie wieder Höllenqualen litt. Sie fürchtete, durch den Medienrummel, den David inszenieren könnte, käme ans Licht, was sie mir verschwieg. Sie zeichnete mit einem noch unbenutzten Messer etwas, das ich nicht erkennen konnte, in die Tischdecke. Es fiel ihr so schwer, Abschied zu nehmen.

»Maurice hat Miriam geliebt, wirklich geliebt. Es muß für ihn unerträglich gewesen sein, daß sie tot war. Es muß ihm klar geworden sein, daß das eine Strafe des Schicksals war. Er hat sie angenommen.«

Das Restaurant leerte sich.

»Wer hat Ihnen von Patrique Melcher erzählt?«

Ich sagte ihr, die Informationen entstammten einer Mappe ihres Bruders. Alfred Perlensamt hätte verfügt, daß ich mich darum kümmern sollte, die Papiere mit seiner Leiche kremieren zu lassen. Sie nickte nur.

»Ich habe mich dagegen entschieden. Möchten Sie die Unterlagen haben?«

»Ersticken Sie daran.«

Sie stand auf und verließ das Lokal, ohne sich umzudrehen. Ich winkte dem Kellner und bat um die Rechnung. Es war alles bezahlt. Ich hatte mich nicht einmal für das Essen bedanken können. Als ich aus dem Restaurant kam, wurde ich erwartet. Der Mann, den ich zu Beginn des Abends nach Melcher gefragt hatte, lümmelte vor dem Ausgang herum. Er hätte sich umgehört. Melcher erwarte mich. Er könne mich hinbringen. Ich kramte in meiner Hosentasche, hielt ein paar Francs in der Hand und gab sie ihm. Die Vergangenheit war greifbar nah. Hier um die Ecke. Eben. Jetzt. Und alle waren bereit, wieder einzusteigen.

SIEBENUNDZWANZIG

Es regnete in Strömen in dieser Nacht. Ich nahm ein Taxi zurück ins Hotel. Dicke Tropfen klatschten an die Autofenster. Die Wischblätter zogen in hysterischem Rhythmus die Windschutzscheibe ab, von links nach rechts nach links, immer ärgerlicher, immer schneller. Ich hatte dem Fahrer die Adresse genannt. Der hatte nur genickt und gar nicht erst versucht, ein Gespräch anzufangen. Er hatte die glänzende Straße im Auge. Keine Musik im Hintergrund, nur dieser heftige Regen ... Im Hotel verkroch ich mich sofort ins Bett. Mein Unternehmungsgeist reichte nicht einmal mehr für eine heiße Dusche. Mir graute davor, nach Berlin zurückzukehren, die Ratlosigkeit über die fulminante Sammlung im Kopf, das Wissen um Davids Herkunft – und Monas neue Obsession.

Die Weihnachtsparty, das übliche *Wir danken Ihnen, meine Damen und Herren, daß Sie uns treu geblieben sind* stand auch noch aus. Viel Lächeln, freundliche, zimtbestäubte Worte, Tannengeruch und Punsch. Und natürlich David selbst. Perlensamt zwischen Juwelen und Christbaumschmuck. In dem Augenblick, als der Schlaf mich zu sich hinüberzog, ging mir noch einmal durch den Kopf, wie es wäre, Rosie anzurufen und ihr alles zu erzählen. Sie nach einem Ausweg zu fragen. Ich hatte das noch nie gemacht.

Am nächsten Morgen, nachdem ich die Rechnung beglichen hatte, frühstückte ich in einem Café in der Rue de Buci. Hier gab es die besten Croissants der Stadt. Ich sah mir in der Rue de Seine flüchtig einige Galerien an. Wintersonne lag über der Stadt, als ich an der Place St. Germain noch einen letzten Kaffee trank, um von dort aus ein Taxi zum Flughafen Charles de Gaulle zu nehmen.

In Berlin empfingen mich verschneite Boulevards. Ich hatte beschlossen, noch am späten Nachmittag ins Büro zu gehen, um das Wiedersehen mit Mona so schnell wie möglich hinter mich zu bringen. Im Taxi von Tegel nach Charlottenburg spielte ich verschiedene Möglichkeiten durch, wie ich ihr begegnen könnte. Alle Überlegungen stellten sich als überflüssig heraus. Mona war gar nicht da. Henriette saß an ihrem Platz.

»Ach, da bist du ja wieder. Ich sehe gerade die Mails für Mona durch. Sie ist krank. Nun hat es sie endgültig erwischt. Sie hat so lange tapfer gekämpft.«

»Tapfer gekämpft?«

»Ja, gegen die Grippe. Sie hatte noch keine dieses Jahr.«

»Was ist mit dem Rummel?«

»Weihnachten? Doch, wir haben den Empfang gut vorbereitet, nächste Woche Mittwoch. Vielleicht sind manche schon im Urlaub, um so besser. Wir haben ohnehin nicht viel Platz.«

»Einen anderen Rummel gibt's nicht?«

Ich sah die Post auf meinem Schreibtisch durch, klickte die Mails an, nichts Wichtiges dabei, nichts, was nicht bis morgen warten konnte.

»Welchen sonst? Ja, verdammt, diese Eveline. Entschuldigung, aber es ist wirklich wahr. Ich habe sie abblitzen lassen, jetzt versucht sie es bei Mona mit dem Anzapfen. Ich werde ihr … Gehst du schon wieder?«

Ich ging schon wieder. Man konnte Henriette getrost die Firma alleine überlassen. Im Augenblick konnte ich weder ihr unbeschwertes Geplapper ertragen noch ihr Parfum. Auch nicht ihre Farben.

Ohne Mona kam mir die Firma fremd vor. Da stellte ich fest, daß ich sie vermißte. Was das sollte, wußte ich nicht. War ich verliebt? Natürlich nicht. Ich war noch nie verliebt gewesen. Jedenfalls nicht in einen Menschen. Aber ich machte mir Sorgen um sie und Sorgen um die ganze Situation, die Verwirrung mit David und darum, daß er es gewesen war, der unsere gute Stimmung in der Firma durcheinander gebracht hatte. Am späten Nachmittag rief ich Mona an. Sie nahm erst ab, als ich bereits einige Worte auf den Anrufbeantworter gesprochen hatte. Sie meldete sich, ohne ihren Namen zu nennen, nur mit »Hallo«.

»Ich komme gerade aus Paris. Ich war extra noch reingekommen, um mit dir zu reden. Henriette sagte, du seist krank.«

Sie antwortete nicht.

»Ich war bei Davids Tante. Vorher habe ich etwas über Davids Sammlung im Fernsehen gesehen.«

Erst als sie aufschluchzte, merkte ich, daß es nicht die Grippe war, die sie zu Hause hatte bleiben lassen. Ich fragte sie, ob ich etwas für sie tun könnte. Sie antwortete nicht. Ich sprach weiter, erzählte ihr das Blaue vom Himmel und von Paris, schwärmte vom Marsfeld und dem Eiffelturm, erzählte irgendeinen Unsinn von der Weite des Horizonts und den dunklen Ahnungen, die die seltsamen Machenschaften der Perlensamts in mir aufkeimen ließen. Ich verschwieg ihr, daß ich David vermißte, und ich verschwieg ihr, daß ich sie vermißt hatte, und daß mir nichts einfiel, was die verfahrene Lage entwirrte. Ich bat sie, irgend etwas zu sagen. Es kam keine Reaktion. Die Leitung war tot.

Es war schon dunkel, als ich, mit Tüten bepackt wie jemand, der Reserven für eine Katastrophe gehamstert hat, bei Mona klingelte. Ich hatte noch mehrmals vergeblich versucht, sie an den Apparat zu bekommen. Also hatte ich ihr die Nachricht hinterlassen, ich würde gegen acht Uhr bei ihr sein.

Als sie mir öffnete, ging ich einen Schritt zurück. Sie sah entsetzlich aus. Die seegrüne Iris ihrer Augen war unter der

Schwellung roter Lider verschwunden, ihre Nasenlöcher groß und wund. Eingewickelt in einen gestreiften alten Männerbademantel, mit dicken Socken an den Füßen, starrte mich die zerbrechliche Person wie eine Erscheinung an. Sie stand für einige Sekunden in der Tür, die gelockten Haare wirr um den Kopf, als seien die Verbindungsdrähte zur Wirklichkeit aus der Verankerung gesprungen. Dann drehte sie sich um und ging mit hängendem Kopf und hängenden Armen zurück ins Bett.

Am anderen Ende des Lofts, auf dem Küchentresen, packte ich die mitgebrachten Sachen aus. Währenddessen plapperte ich ähnlichen Unsinn wie am Telephon. Ich legte ihr ein paar ausgedruckte E-Mails aufs Bett, warf einige Erklärungen dazu ab und beruhigte sie, daß es nichts Dringendes gäbe. Ich wollte zurück zur Küche gehen, um uns etwas zu essen zu machen, als ich ein Klopfen an der Balkontür hörte. Mehrmals. Hastig. Erst zaghaft, dann dringlich im Rhythmus. Als ich öffnete, saßen die beiden Tauben davor. Sie flatterten in den Raum, gurrten, liefen herum, verdreckt und räudig. Sie stanken und erinnerten mich an den Wellensittich eines Schulfreundes, der sich in mystischer Selbstverstümmelung die Federn ausgerupft hatte. Das Delirium seines Todeskampfes hatte mich so seltsam berührt, daß ich den Kontakt zu meinem Schulfreund abgebrochen hatte. Als ich jetzt die Vögel sah, überkam mich für einen Augenblick die gleiche Verwirrung wie damals. Wie war es möglich, daß das so ferne Geschehen in und um Perlensamts Familie dicht genug an uns herangerückt war, um mit den eigenen Empfindungen zu verwachsen?

»Dürfen sie herein?«

Die Chinesischen Mövchen flatterten zur Küche. Eine Taube stürzte sich auf das Grünzeug, die andere plumpste in die

Spüle, die ich mit Wasser gefüllt hatte, um den Salat zu waschen.

»Mona, die reden nicht mit mir.«

Ich überließ ihnen einige Blätter und etwas Brot und scheuchte sie wieder in Richtung Balkon. Er war mit Taubenexkrementen verdreckt, ihre Näpfe leer.

»Mona, sie haben Hunger. Was fressen sie?«

Mona starrte auf die gurrenden Tauben, blicklos, dumpf und sehr kindlich.

»Mona, hörst du mich? Ich muß diese Tiere füttern, oder willst du sie verhungern lassen. Was soll ich mit ihnen machen? Sie köpfen und in die Pfanne hauen?«

Die einzige Antwort, die ich bekam, waren dicke Tränen. Sie lösten sich aus Monas Augenwinkeln und rollten langsam ihre Wangen hinab. Ich mußte an ein deutsches Märchen denken, dessen Titel mir nicht in den Sinn kam. Eine Prinzessin weint darin Perlen. Sie verfangen sich im Schoß ihres Kleides. Das edle Fräulein ist so untröstlich, daß in ihrem Schoß ein Berg bleich schimmernder Preziosen entsteht. Ihr Vater rettet damit schließlich sein verschuldetes Königreich. Keine Ahnung, was das Märchen zu bedeuten hat. Ich fand Kummer und Tränen nie zu etwas gut. Ich rannte herum und suchte nach Trost, nach Kalauern, nach einem Buch über Taubenhaltung, nach Vogelfutter und einem Echo in mir. Dann gab ich auf. Ich hatte schon den Mantel an, als das Telephon klingelte. Langsam drehte Mona den Kopf in Richtung Apparat. Nach dem Signal hallte Perlensamts Stimme durch den Raum.

»Hey, Lady, ich wollte mal hören, wie es so geht. Hast du Lust, irgendwo einen Cocktail zu trinken? Ruf mich auf dem Mobile zurück, wenn du das abhörst.«

Mona sprang aus dem Bett. Sie rannte ins Bad und knallte die Tür hinter sich zu. Ich konnte hören, wie sie sich übergab.

Am liebsten hätte ich dasselbe getan. Ich hatte David nie gemocht, wenn er vulgär wurde. Es war eine Seite an ihm, die ich nicht einzuordnen wußte. Auf unerklärliche Weise machte es mich wütend, wenn David sich so vergaß. Ich zog den Mantel wieder aus und öffnete den Rotwein. Ich hörte, wie Mona im Bad die Wanne vollaufen ließ, goß den Wein ein und nahm einen kräftigen Schluck. Auf der Anrichte lag ein vertrocknetes Brot. Neben dem Becken türmte sich dreckiges Geschirr. Auf dem Tresen, der die Küche vom Rest des Raums trennte, stand eine Vase mit verwelkten Blumen. Daneben lag das kleine Stemmeisen, auf das Mona so stolz gewesen war. Das Wasser rauschte immer noch in die Wanne, als ich in einem weiteren großen Zug das Glas leerte, das Stemmeisen nahm und mit der rückwärtigen Kante auf das Brot eindrosch. Es war so hart, daß es in Stücke sprang. Ich drosch auf den Stükken weiter. Als sie zerbröselten, drosch ich auf die Brösel ein. Die Badezimmertür sprang auf. Mona stand patschnaß vor mir, notdürftig in ein Handtuch gewickelt.

»Hast du den Verstand verloren?«

Sie war hellwach. Ihre Wangen glühten. Sie hatte Schaum im Haar. Ihre Augen glänzten dunkelgrün, so wie sie früher geglänzt hatten, als sie noch dachte, Courbet hätte das Bild vom Meer nur ein einziges Mal gemalt.

»Mein Gott, Martini, du hast wirklich den Verstand verloren, du weinst ja.«

»Sind nur die Nerven. Ich habe tatsächlich Angst um dich gehabt.«

Sie goß Rotwein in mein Glas und trank es aus. Dann kam sie auf mich zu, wischte an meinen Gesicht herum, stellte sich auf die Zehenspitzen, was nicht unbedingt nötig gewesen wäre, denn weder war ich so groß noch sie so klein, und küßte mich auf die Nase. Es kribbelte leicht. Dabei fiel das Handtuch hin, was mir peinlich war. Mona war auf einmal gesund genug, um darüber zu lachen. Ich räumte die Schweinerei beiseite und bereitete das Essen zu, während sie sich anzog und noch hinter dem Paravent zu plappern begann.

»Ich konnte dir von meinem Verdacht nichts erzählen. Du warst so unberechenbar. Ich wußte nicht, ob du nun auf Davids Seite oder mißtrauisch ihm gegenüber warst. Als David zusammenbrach, dachte ich, wenn ich mich um ihn kümmere, habe ich Gelegenheit, mich in der Wohnung umzusehen. Die einzige, die mich störte, war diese Haushälterin. Sie mochte mich nicht. Sie taperte immer hinter mir her, kam in jeden Raum, in dem ich war. Ich glaube, sie dachte die ganze Zeit, daß ich was klauen wollte. Ziemlich geistesgegenwärtig, oder?«

»Die Haushälterin?«

»Nein, daß ich auf die Idee kam, David zu betreuen.«

»Das war der Grund? Ich hatte keine Ahnung, daß du schauspielerisch begabt bist. Und warum hast du das moralische Theater gemacht?«

»Du reizt einen manchmal dazu. Du bist so – emotional unabhängig, so unberührt von allem. Du scheinst niemanden zu lieben, niemanden zu hassen und niemanden zu brauchen. Du tust einfach, was du willst.«

Ich wußte nicht, was mich plötzlich zu ärgern begann. Ich hatte mir wirklich Sorgen um Mona gemacht. Aber was, wenn der Zustand, in dem ich sie eben angetroffen hatte, auch taktisches Theater gewesen war? In jener Sekunde, als sie sagte, *Martini, hast du den Verstand verloren*, hätte ich die Zeit anhalten sollen. Ich hätte mich aufschwingen sollen zu der Uhr, nach der die Weltzeit tickt, wie Harold Lloyd es tut in *Safety Last*, mich an den Zeiger hängen und dort bleiben oder gemeinsam abstürzen mit der Zeit. Ich hätte mich opfern sollen für diesen einen Augenblick, der in mir die Spur eines Erkennens hatte aufkommen lassen, ähnlich jenem, als ich David zum ersten Mal mir gegenüber sah. Es waren zwei Augenblicke, die nichts miteinander zu tun hatten, herausgerissen aus mir, wie es schien, verbindungslos zueinander, unvereinbar und mir unerklärlich, und doch hatten sie etwas Ähnliches hervorgerufen. Erleichterung. Verwunderung. Glück.

Aber diesen Momenten folgte die verdammte Erkenntnis, daß Monas Zeit ohne meine fortgeschritten war. Auch Davids Zeit schritt ohne mich fort. Wie Rosies Zeit. Meine Wut schwoll an. Zum zweiten Mal an diesem Abend verging mir der Appetit. Mona merkte von all dem nichts. Sie plapperte weiter.

»Ich habe vollkommen vergessen, daß ich noch mit jemandem verabredet bin. Du bist ja jetzt wieder in Ordnung. Wein steht hier, Salat ist fertig, du brauchst das Steak nur noch in die Pfanne zu hauen. Wie gesagt, es gibt nichts Dringendes, und die ausgedruckten Mails liegen auf deinem Bett.«

Schon war ich draußen. Wieder drin in dem seltsamen Reigen, der ein Mißverständnis an das andere setzte und auf meiner Zunge den altbekannt bitteren Geschmack hinterließ. Als ich unten auf der Köpenicker Straße stand, atmete ich aus. Der Ärger war noch nicht verschwunden, aber deutlich geringer. Ich fühlte mich gerettet, obwohl ich ahnte, daß ich es nicht war. Vor allem aber mußte ich nicht darum fürchten, unter Beobachtung noch einmal auszuflippen.

ACHTUNDZWANZIG

Ich öffne die Gartentür und gehe hinaus. Die Nacht ist herrlich still. Es sollte immer so bleiben. Zurück im Zimmer mache ich den Fernseher an, ziehe, wie Madame Eugénie es mir beigebracht hat, die Klappe und zünde den Kamin. Im Karton liegen immer noch lose Blätter, aber es sind deutlich weniger geworden. Eine Weile beobachte ich die noch dünnen, roten, von gelben Rändern gezeichneten Flammen. Sie schießen nach oben, ducken sich, zischen und schießen erneut in die Höhe. Schließlich breitet sich ihre Wurzel tiefer in die Scheite aus. Ihre Bewegung bekommt einen gleichmäßigen Rhythmus. Als ich ein Papier nach dem anderen in die Hitze werfe, beginnt der majestätische Körper wieder zu flackern. Es sieht aus, als sprängen die gefräßigen Zungen ihrem Futter entgegen. Ich gehe hinauf ins Schlafzimmer und hole die Unterlagen aus Perlensamts Mappe. Wenn sie endlich verbrannt sind, wird niemand außer mir je wissen, wie alles zusammenhängt. Noch auf der Treppe höre ich die Stimme einer Moderatorin.

»Ich begrüße hier im Studio jetzt David Perlensamt, den ich den meisten unserer Zuschauer nicht mehr vorstellen muß. Er ist gerade rechtzeitig zur Sendung wieder von einer Reise in eigener Sache zurück, dieses Mal aus Brüssel. Herr Perlensamt, Sie sind als Enkel einer hohen NS-Charge, wenn ich das einmal so ausdrücken darf, von der Situation, die der Film eben schilderte, selbst betroffen. Durch den Tod Ihres Vaters verwalten Sie ein, wie Sie selbst es nennen, zweifelhaftes Erbe: eine Sammlung wertvoller Raubkunst. Sie fühlen sich verpflichtet, die einzelnen Objekte, die Ihr Großvater, der als Hitlers Botschafter in Paris tätig war, plündern ließ, an die ehemaligen Besitzer zurückzugeben. Eine uneigennützige

Haltung, Herr Perlensamt, die nicht viele Erben mit Ihnen teilen.«

David sitzt lässig mit übereinandergeschlagenen Beinen, ihm gegenüber die Redakteurin im pinkfarbenen Kostüm. Sie ist sichtlich zufrieden, einen tollen Fisch an der Angel zu haben.

David nickt. »Ganz recht, die meisten Täterenkel teilen meine Haltung nicht.«

»Täterenkel«, wiederhole ich laut, »du hast doch nicht alle Tassen im Schrank. Du Schauspieler. Dein Großvater war ein Niemand.«

»Schauen wir uns nun einige Stücke aus Ihrer Sammlung an.«

Eingeblendet werden die Bilder, die ich kenne. Es folgt ein Umschnitt zurück ins Studio. Während Perlensamt erklärt, daß es seine Pflicht sei, sich der Familienschuld zu stellen, wähle ich die Nummer von Edwige. Die Haushälterin nimmt ab. Edwige sei auf einer Soirée. Bei Mona in Berlin läuft nur der Anrufbeantworter.

»Schalte den Fernseher ein, Kulturkanal, eine Sendung aus aktuellem Anlaß. David im Interview.«

NEUNUNDZWANZIG

Nach dem peinlichen Abend in Monas Loft konnte ich es kaum erwarten, die Koffer zu packen. Ich dachte an eine Versetzung nach London oder Amsterdam, sogar daran, mich bei der Konkurrenz zu bewerben. Ich dachte an Paris, verwarf die Idee aber sofort wieder. An New York, meine Heimatstadt, dachte ich – wegen Rosie? – nicht. An Kündigung zunächst auch nicht. Wenn ich abends spät aus dem Büro kam, ging ich noch aus. Nur auf einen Drink, wie zu der Zeit, als ich noch nicht mit David befreundet war. Berlin kam mir laut vor, provisorisch beleuchtet und grell. Thanksgiving war vorbei. Ich hatte Rosie nicht einmal angerufen. Weihnachten stand vor der Tür.

Am folgenden Mittwoch traf ich die Haushälterin der Perlensamts auf dem Markt am Winterfeldplatz. Frau Arno blieb stehen und richtete ein paar Worte an mich. Es wäre unhöflich gewesen, sie einfach stehen zu lassen. Sie bedauerte, daß ich nicht mehr vorbeigekommen war.

»Ohne Sie fehlt etwas im Haus. Ich habe immer den Eindruck gehabt, Sie wüßten zu würdigen, was ich Ihnen und David servierte. Seit Frau Perlensamt nicht mehr ist, wirkt alles so still. Man weiß gar nicht, wozu man überhaupt noch da ist. Putzen kann auch eine einfache Zugehfrau.«

Sie schien nicht besonders glücklich mit der Lage, obwohl es David jetzt wieder besser ging. Einer plötzlichen Eingebung folgend, lud ich sie zum Kaffee ein. Sie war sichtlich geschmeichelt. Die Stimmung in der Fasanenstraße hatte sich deutlich verändert. David war manchmal außerordentlich guter Laune, manchmal schäumte er vor Unternehmungslust und Zuversicht. Dann verfiel er wieder in dumpfes Brüten und aß tagelang nichts.

»Er war nie so ausgeglichen wie in der Zeit, als Sie zu uns kamen, Herr Doktor«, sagte Frau Arno leicht verlegen. »Ich glaube, es war die einzige Zeit in seinem Leben, in der er wirklich glücklich war.«

Ich gab mir einen Schubs. Es mußte sein.

»War er denn nicht glücklich, als Mona Herbarth sich um ihn gekümmert hat?«

»Die junge Frau, die da war, als er aus dem Krankenhaus kam?«

Frau Arno ließ keinen Zweifel daran, daß *die junge Frau* nicht ihr Geschmack gewesen war. Sie ließ durchblicken, daß Mona frech und vorlaut war und keine *Erziehung* hatte.

»Die junge Frau hatte keinen Respekt vor der Familie. Sie ging anmaßend durch die Wohnung.«

Mona hatte laut über den muffigen Plüsch gelacht. Ich mußte innerlich grinsen. Ich stellte mir vor, wie ihr Röntgenblick die meisten Gegenstände in der Wohnung geschwind als Talmi entlarvt hatte.

»Sie meinen also, die beiden hätten keine gute Zeit zusammen gehabt?«

Frau Arno verzog das Gesicht.

»Ich sehe das von meiner Warte. Jedenfalls war David nicht so ausgeglichen wie zu der Zeit, als Sie uns besuchten. Auch wenn er mir das Fräulein als seine Verlobte vorstellte.«

»Er hat *was* getan?«

»Er hat sie mir als seine Verlobte vorgestellt.«

»Und, stimmte das? Waren sie verlobt?«

»Woher soll ich das wissen? Eine Weile jedenfalls kam die junge Frau regelmäßig. Plötzlich dann raffte sie nach einem Streit ihre Sachen zusammen und tauchte nie wieder auf. Ich habe dem Braten von Anfang an nicht getraut. Wenn Sie mich fragen, dann war der Streit ein Vorwand. Und wenn Sie mich noch weiter fragen, Herr Doktor: So ist David einfach nicht. Unsereins redet ja über so was nicht, aber David hat's nie so mit Frauen gehabt. Natürlich sprach man in der Familie nicht darüber. Wie auch immer – ich bin froh, daß sie weg ist. Es hat sich schon genug verändert, seit David ohne seine Eltern ist. Erst hängt er die vielen Bilder auf, dann …«

»Er hängt die Bilder auf?«

»…hängt er sie wieder ab und läßt alles renovieren. An die merkwürdige Party und den Zinnober mit der Somnambulen mag ich gar nicht denken.«

»Sie meinen das Medium?«

»Hm, genau. Und dann eben war diese junge Frau im Haus. Überall schnüffelt sie herum, alles begrapscht sie. Sie riecht sogar an den Bildern. Einmal habe ich sie dabei erwischt, wie sie ein Stilleben an einer Ecke mit Spucke berieben hat. Ich glaube, diese Frau ist nicht ganz dicht. Nun ist David wieder allein. Spricht oft kein Wort und wirkt nervös. Immer wieder zieht er sich aufs Land zurück. Ich muß ihm dann die Post nachschicken … Wie soll das noch enden?«

»Frau Arno, David hat die Bilder erst aufgehängt, nachdem sein Vater ins Gefängnis kam? Er hat sie aufgehängt?«

»Ja, sicher. Da hingen nie welche. Nur die Gobelins, über die sich das Fräulein so lustig gemacht hat. Die hingen früher in der Halle. David hat sie aufgerollt und in dieses Zimmer verbannt, wo auch die Bilder jetzt gelandet sind. Diese schönen großen Gobelins, wie man sie auch in Schlössern hat, wissen Sie. Ich nehme an, er brauchte eine andere Umgebung. In der Halle saß er dann nie wieder, als Sie nicht mehr kamen. Diese Frau hat sich alles angeguckt, auch das Zimmer mit den Bildern. Sie hat die Gobelins auseinandergewickelt, einfach so, als ob ihr alles gehörte. Als sie dann weg war, hat er sich aufs Land verkrochen.«

»Woher kamen denn die ganzen Bilder auf einmal?«

Sie zuckte mit den Achseln und sah auf die Uhr. Sie wollte gehen. Vielleicht hatte sie den Eindruck, ausgefragt zu werden.

»Eines Tages wurden sie angeliefert, mit einem Möbelwagen. Ich verstehe nichts davon. Ich fand die großen Gobelins schöner. Vornehmer, wenn Sie verstehen. Die junge Frau wußte bestimmt nicht, was es damit auf sich hat. Die sah nun wirklich nicht so aus, als sei sie mit so was aufgewachsen. Dann hat sie auch noch eines der Bilder mitgenommen. Die dachte bestimmt, ich merke das nicht. Wenn Sie mich fragen, Herr Doktor: Ganz koscher war das nicht.«

Sie bat mich zum Abschied, doch wieder vorbei zu kommen, wenn David zurück sei. Ich versprach es ihr. Es schien mir der einfachste Weg zu sein.

»Ach, Frau Arno«, ich rannte ihr noch einmal hinterher, »wissen Sie, wo David ist?«

»Er wollte seine Tante in Paris besuchen. Aber vielleicht ist er inzwischen auch schon wieder auf dem Land.«

Ich vergaß meine Einkäufe und machte, daß ich nach Hause kam. Mir ging unsere erste Begegnung durch den Kopf. David hinter dem schmiedeeisernen Gitter. Ich davor. Seine Einladung. Das Bild vom Meer. Ich war sofort darauf angesprungen, weil es unübersehbar in der Mitte der Wand hing. David hatte es so plaziert, daß mein Blick darauf fallen mußte. Wovon war das Bild der Anfang, wenn es nie eine Sammlung Abetz/Perlensamt gegeben hat? Ich mußte mit Mona reden. Ich zog mich in aller Eile für den Weihnachtsempfang um. Viel zu früh traf ich im Büro ein. Der Cateringservice hatte noch nicht einmal die Canapés gebracht. Um die Zeit zu überbrücken, rief ich in unserer Dependance in Paris an, wo der Courbet auf der Weihnachtsauktion angeboten werden sollte. Als niemand abnahm, probierte ich es auf dem Mobile von Stéphane, einer Kollegin.

»Man sollte kaum glauben, daß es in den digitalen Zeiten noch derart lange Leitungen gibt. Der Anbieter aus Berlin hat das Bild zurückgezogen. Das hatte ich doch Mona gemailt. Er sagte, er hätte dir gesagt, er könne ohnehin nicht verstehen, warum die Familie das Bild zur Auktion hatte geben wollen. Sie hätten es gar nicht nötig. Wie auch immer, es ist nicht bei uns. Es ist in Berlin. Wir haben nichts mehr damit zu tun.«

Ich schaffte es nicht, vor dem Empfang noch mit Mona zu sprechen. Erst kam Henriette. Eine Symphonie in schwarz-rot-gold – von ihren Pumps aufwärts gesehen. An Tagen wie diesen schillerte sie nicht nur in der Funktion der Büroleiterin, sondern als Eigentümerin der Firma.

»Martini, wenn du so freundlich sein könntest, für mich eben …«

Dann kam der Cateringservice, wenig später standen die ersten Gäste im Foyer. Während ich »in Henriettes Namen« die Leute begrüßte, stellte ich Überlegungen an, wie ich Mona dazu bringen könnte, nach der Veranstaltung mit mir auf einen Drink zu gehen. Und dann tauchte David auf. Er kam herein, unübersehbar. Schon die dunkle Sonnenbrille an einem späten Dezembernachmittag weckte Aufmerksamkeit. Er begrüßte mich, nahm die Sonnenbrille ab und lächelte. Daß das Lächeln leicht gezwungen war, konnte wohl nur ich erkennen.

»Du hast dich nicht mehr gemeldet. Du bist wohl durch mit mir.«

Seine Ehrlichkeit war so entwaffnend, daß ich weiche Knie bekam. Er sah aus wie kurz nach dem Tod seiner Mutter, mühsam die Fassung wahrend. Ich war mir nicht sicher, ob er wieder eine Rolle spielte oder wirklich so empfand. Ich nahm mir vor, mich davon nicht beeindrucken zu lassen.

»Ich komme gleich zu dir. Ich muß noch ein paar Kunden begrüßen«, sagte ich.

Ein älterer Herr, den ich nicht kannte, ging auf David zu und verwickelte ihn in ein Gespräch. Nichts von Davids Gestik ließ jene Großspurigkeit erkennen, die ich an ihm nicht leiden konnte. Seine Züge waren weich, fast jungenhaft. Als Mona an den beiden vorbeikam, bepackt mit drei Auktionskatalogen, fiel ihr einer davon auf den Boden. David sprang ihr zu Hilfe, hob das Buch auf und bedachte sie mit einem scheuen, traurigen Blick. Der verdammte Hund war wirklich ein begnadeter Schauspieler! Sie bedankte sich und verharrte etwas zu lange auf der Stelle, sah dann suchend im Raum umher, bis unsere Blicke sich trafen. Sie schien etwas sagen zu wollen, wandte sich aber kurz entschlossen ab. Eine langjährige Kundin kam auf mich zu.

»Verzeihen Sie, Herr Dr. Saunders. Ich habe da neulich etwas im Fernsehen gesehen. Ich meine, dieser Mann da … ist das nicht der Herr, der die riesige Sammlung von Raubkunst geerbt hat, der Enkel von, wie hieß er noch mal – Hitlers Botschafter in Paris? Irgendwie kannte man den Mann vor dieser Geschichte gar nicht so richtig.«

»Otto Abetz.«

»Ja, genau, Otto Abetz. Ich hatte gar nicht erwartet, daß er hier sein würde.

»Ist er auch nicht.«

»Doch, da steht er. Ich erinnere mich an sein Gesicht. Kennen Sie ihn näher? Das ist ja alles hochinteressant.«

»Ich kann verstehen, daß die Sache Sie interessiert, gnädige Frau. Sie scheint äußerst dramatisch. Man weiß nur nie, ob das nun gut oder schlecht ist für die Kunst. Ich stelle Sie gerne vor, dann können Sie selber mit David Perlensamt sprechen.«

Ich sagte David, Frau Eppler hätte einige Fragen an ihn. Ich hatte erwartet, daß David jetzt aufdrehen, das Scheinwerferlicht wahrnehmen und sich darin sonnen würde. Nichts dergleichen geschah. Er nickte bescheiden und widmete sich der Dame genauso ernsthaft wie zuvor dem fremden Herrn. Immer noch umgab ihn diese traurige Aura. Eine halbe Stunde später verabschiedete sich Frau Eppler bei mir persönlich.

»Was für ein reizender junger Mann! So kultiviert. Ich finde seine Haltung bemerkenswert. Das sollte doch richtig an die Öffentlichkeit! So kleine Erwähnungen sind da nicht genug. Schade, daß ich keine Zeit habe, noch länger zu bleiben.«

Der Nachmittag verging schleppend. Die Sekunden krochen über das glatt gebohnerte Parkett, in dessen Fischgrätenmuster sich karikaturhaft die Gesten der Gäste spiegelten. David rührte sich nicht vom Fleck. Er war eine einzige Attacke auf mein Gewissen. Immer, wenn ich glaubte, nun seinen wahren Charakter erkannt zu haben, zeigte er sich wieder in neuem Licht. Als der unbekannte Herr sich sichtlich angetan von David verabschiedet hatte, ergriff ich die Gelegenheit und ging auf David zu. Noch ehe ich etwas sagen konnte, sprach er.

»Ich weiß, daß du nichts mehr mit mir zu tun haben willst. Du warst nicht der einzige, der sich nach dem Selbstmord meines Vaters von mir abwandte. Die Situation war wohl zu schwer für dich.«

Einen Augenblick lang wußte ich nicht, was ich auf diese Version erwidern sollte. Ich sah mich verlegen um.

»Mona ist schon gegangen, wenn sie es ist, die du suchst. Sie geht mir aus dem Weg, als hätte ich eine ansteckende Krankheit.«

»Du hast dich nicht gerade fair ihr gegenüber verhalten, gelinde gesagt. Sie hat zwar nicht gehört, wie du über sie sprachst. Aber wenn du dich dementsprechend verhalten hast, hat sie allen Grund, dich in Grund und Boden zu wünschen.«

»Hat sie etwas gesagt?«

»Natürlich nicht.«

»Die Sache mit Mona tut mir leid. Sie hat sich wirklich reizend um mich gekümmert. Ich hatte gehofft, in ihr jemanden zu haben, mit dem ich mich besprechen kann. Du hast dich ja aus dem Staub gemacht.«

»Wie kommst du dazu, nun mit den Bildern durch die Talkshows zu gehen?«

»Ich brauche Öffentlichkeit, um die Eigentümer zu finden.«

Glaubte David, was er sagte?

»David, dein Großvater war nicht Otto Abetz.«

»Ach, jetzt verbreitest du auch dieses Märchen. Ihr wollt euch alle entlasten.«

Eine Hilfe des Cateringservice bot uns weiteren Champagner an.

»Vielen Dank«, sagte David, »wenn Sie vielleicht noch ein Glas Wasser für mich hätten?«

»Seit wann trinkst du keinen Alkohol?«

»Seit Ahlbeck. Ich mache das jedes Jahr einmal. Einige Wochen keinen Alkohol. Bis Silvester. Die Askese tut mir gut.«

Spontan fragte ich ihn, ob wir zusammen etwas essen gehen sollten.

»Gerne, aber bist du sicher, daß du das möchtest?«

Als ich im Büro meinen Mantel holte, entdeckte ich eine Notiz von Mona. Sie wollte sich mit mir treffen. Schon im Mantel, wendete ich die Notiz in der Hand, griff zum Hörer, um sie anzurufen, verwarf den Gedanken, las den Zettel noch einmal und wandte mich zur Tür. David stand im Rahmen.

»Ruf sie doch an und geh mit ihr essen. Das überlegst du doch, nicht wahr? Es tut dir leid, daß du mich zum Essen gebeten hast. Das hast du nur getan, weil Mona dir durch die Lappen gegangen ist. Hat sie dir übrigens erzählt, daß sie schwanger von mir war?«

Mir stockte der Atem. »Ich sagte dir doch, sie hat mir überhaupt nichts erzählt«, preßte ich hervor.

»Nun, das war ihre sogenannte Krankheit. Eine Abtreibung ist, wie du vielleicht nicht weißt, für eine Frau kaum angenehm, selbst wenn sie den Vater des Kindes nicht liebt.«

Damit war er weg. Ich ließ mich auf einen Schreibtischstuhl fallen. David schaffte es immer wieder, eine Situation herzustellen, der ich mich nicht entziehen konnte. Im entscheidenden Moment schlug er einen Haken. Ich stand auf und verließ das Büro. Es hatte zu schneien begonnen. Die Luft hatte genau die Temperatur, um die kleinen Flocken vor der sofortigen Schmelze zu schützen. Ich ging über einen weißen Teppich, hinter mir verschneiten meine Tritte sofort. Ich hinterließ keine Spuren.

DREISSIG

Ich hole mir noch ein Glas Wein und zünde mir, was ich seit Monaten nicht mehr getan habe, eine Zigarette an. Ich kann nicht ins Bett gehen. Ich würde kein Auge zutun. Mona hat Madame Eugénie wissen lassen, daß sie heute um die Mittagszeit in Brüssel landet. Mir wäre es lieber, wenn sie nicht käme. Es ist ein scheußliches Gefühl, den Morgen heraufkommen und immer heller werden zu sehen und sich zu wünschen, es bliebe Nacht. Ich möchte mich dem Licht entziehen. Auch die Brüsseler Ausflucht hat nicht gehalten, was ich mir davon versprochen habe. Dickicht. Anonymität. Verschwinden. Vermutlich wird Madame Eugénie in einer halben Stunde fertig angezogen vor mir stehen, verwundert über mein frühes Aufstehen, um dann kopfschüttelnd festzustellen, daß ich gar nicht im Bett gewesen bin. Ich fliehe in den Garten.

Am 24. Dezember hatte ich mich nach New York verdrückt. Mir fiel kein Ort ein, der mehr Distanz zum Geschehen der letzten Monate bedeutet hätte. Der Zufall wollte es, daß Bob allein war und Rosie mit einer Freundin auf Hawaii. Vermutlich hatten sie eine stillschweigende Vereinbarung. Rosie ernährte ihn gut. Er durfte sich um ein Haus und einen Garten kümmern. Dafür ließ er sie in Ruhe.

Ich wohnte auf der Upper West Side von Manhattan bei meinem Freund Gabriel und hütete dessen Hund Hank. Ich genoß den verschneiten Central Park, durch den ich jeden Morgen spazieren ging. Ich traf ein paar Leute. Ich besuchte Bob. Er erzählte mir, wie er es nannte, Belanglosigkeiten. Für mich waren sie alle höchst interessant, da sie alle Rosie betrafen. Rosie ging jetzt zum Einkaufen zu Bergdorf Goodman. Und zu Bendell's. Das waren die edelsten Kaufhäuser auf der

Fifth Avenue. Sie hatte die Grabstelle ihrer Eltern in Langenfeld gekündigt und war deswegen sehr erleichtert. Thanksgiving war schön gewesen, aber sie hatte mich vermißt und war beunruhigt darüber, daß ich in Deutschland lebte. Rosie war jetzt oft nervös. Sie verschwand in letzter Zeit noch häufiger in Manhattan als früher. Bob zeigte mir eine Photographie. Sie war im Club 21 aufgenommen, an einem der Vorweihnachtstage, als die Heilsarmee wie jedes Jahr während der Lunchzeit dort sang. Ich erkannte Rosie kaum wieder. Ihr Gesicht sah wie ein rosiger Pfirsich aus. Ein bißchen aufgepumpt. Sie wirkte erschreckend jung.

»Bob, wie alt ist Rosie?«

Bob hantierte in der Küche. Er hatte eine Lammkeule in den Ofen geschoben. Er genoß es, für jemanden zu kochen. Er wußte nicht, daß ich zwar gern ins Restaurant ging, aber nur wegen der Atmosphäre und der Betriebsamkeit. Aus dem Essen selbst machte ich mir nicht viel. Rosies Fleischekel konnte ich durchaus nachvollziehen. Aber natürlich würde ich essen, was Bob servierte. Mein Stiefvater kam mit zwei Dosen Bier aus der Küche und bot mir eine davon an.

»Dauert noch. Zum Essen trinken wir natürlich Wein. Châteauneuf du Pape.«

Das Bier zischte, als er die Lasche abzog. Bob lachte. Das Feuer loderte im Kamin. Draußen schneite es. Hank war vor dem Feuer eingeschlafen und schnarchte leicht. Wir hatten den Weg von Downtown über die Brücke zu Fuß gemacht. Lange hatte ich Schnee in New York nicht mehr genießen können. Die Wolkenkratzer, die sich in lichter Höhe bis ins Unendliche zu verlieren schienen, die Straßenschluchten, die Brücken, die breiten Flüsse: das alles hatte mir gefehlt. Ich betrachtete das Photo und wiederholte meine Frage. Ich wußte, daß das Alter in Rosies Paß nicht stimmte. Sie hatte sich bei ihrer Einbürgerung jünger gemacht. Aber ich wußte nicht, um wie viele Jahre.

»Ich nehme an, daß sie ungefähr sechzig ist«, sagte Bob gutherzig.

Er ist wirklich ein lieber Kerl. Wäre sie ungefähr sechzig, wäre sie fünfzehn gewesen, als sie mich gebar. Sie mußte mindestens sieben- oder achtundsechzig sein. Mindestens! Auf dem Farbphoto sah sie wie künstliche Fünfzig aus. Ihr Gesicht war eine lackierte Oberfläche. Ihr Haar von milchigem Rotblond. Sicher hatte ihr eine Friseuse der Upper East Side dazu geraten, *weil die Farbe jünger macht.* An die ursprüngliche Farbe konnte ich mich nicht erinnern. Ihre Lippen waren rot geschminkt, die Augen grau schattiert. Sie trug ein rosa-weißes Kostüm mit vielen goldenen Ketten und einem knapp über den Knien endenden Rock. Die hochhackig spitzen Schuhe verlangten schon auf dem Boden gute Balance – aber Rosies Pose sah geradezu halsbrecherisch aus: Sie stand auf einem Stuhl. Tatsächlich hatte das Mädchen aus Langenfeld es geschafft. Daß Rosie hier zu dieser Jahres- und Tageszeit auf einem Stuhl stand und den Chor der Heilsarmee mit einer Serviette dirigierte, zeigte, daß sie in Manhattan anerkannt war.

Rosie schwang die Serviette mit Anmut und Verve. Ihre Ketten waren in Bewegung geraten. Das Auditorium, das wie die Dirigentin offenbar sein Essen kalt werden ließ, hing an ihren Lippen. Ich stellte mir Rosie vor, wie sie Takt und Stimme vorgab und der Chor der Gäste ihr folgte. Ich meinte zu hören, was ich auf dem Photo sah. Mir wurde bewußt, daß es das erste und einzige Photo war, das ich von Rosie je gesehen hatte. Ich sah sie in meiner vagen Erinnerung als junge Frau, in der Küche unserer Wohnung in Queens, auf dem Rasen in Park Slope. Ich sah sie vor mir, als ich sie durch SoHo verfolgte und später auf der Upper East. Nie hatte ich, die Tage in Langenfeld ausgenommen, etwas Persönliches von ihr erwischt. Ich wußte über Rosie nichts als das, was ich mir erbeutet hatte.

Ich fragte Bob, ob ich noch etwas Zeit bis zum Essen hätte, ob ich Rosies Zimmer sehen könnte. Bob lächelte, gab mir einen Klaps auf die Schulter und meinte, es sei noch eine halbe Stunde Zeit. Aber ich solle nichts durcheinander bringen. Rosie merke das sofort.

Als ich hinaufging, sickerten die Kindertage langsam in mein Bewußtsein zurück, und ich erinnerte mich daran, daß Rosie nicht erst gestern Haus und Garten immer mehr Bob überlassen hatte. Er hatte sich nie als Vater aufgespielt, aber er war immer da gewesen, auf eine besondere Art vertraut, was ich von Rosie nicht behaupten kann. Vielleicht nahm er die Rolle ein, die in besseren Familien Erzieherinnen oder Nannies erfüllen. Im zweiten Stock öffnete ich die Tür zu einem kleinen Salon, dessen Fenstertüren auf einen Balkon in Richtung Promenade führten. Man sah den trägen Fluß und dahinter die Skyline, ein Bild, das in Filmen wirklicher wirkt als in der Wirklichkeit. Der Raum war elegant, aber nichts wies darauf hin, daß unverwechselbar Rosie hier wohnte. Ein weißer Spannteppich bedeckte den Boden. Darauf standen sorgsam ausgesuchte Möbel, Antiquitäten von der Madison Avenue, Portieren und Sofas in englischem Chintz, weißgrundig mit bunten Blumen bedruckt. Eine Flügeltür führte zum Schlafzimmer, dessen Balkon auf den kleinen Garten hinausging.

Erst jetzt, da ich mich an das Haus in Brooklyn Heights erinnere, fällt mir auf, wie ähnlich es meinem hier in Brüssel ist. Sogar der lange schmale Garten, der von einer Backsteinmauer umfriedet ist, gleicht dem an Rosies Haus. Ich setzte mich auf ihr Bett, ein elegantes *queensize* mit Messingverzierung am Kopfteil und Kissen unterschiedlicher Größen.

Rechts und links davon standen Kommoden mit Schubfächern, gegenüber dem Fußende ein Kamin, darüber ein goldgerahmtes mir unbekanntes Frauenporträt. Vom Bett aus konnte man in den dicht verschneiten Garten sehen. Bob hatte mir erzählt, der Teich sei im Sommer mit Seerosen bedeckt. Jetzt ragte nur die steinerne Figur heraus, eine Kopie des mythischen Knaben mit Delphin.

Eher mechanisch zog ich an dem Klöppel, um eine der kleinen Kommoden zu öffnen. Schlaftabletten lagen da, ein bißchen Schmuck, einige Visitenkarten. Nie zuvor hatte ich in den Sachen meiner Mutter gewühlt. Ich wollte nicht stöbern, nichts herausfinden, ich wollte die Sachen nur anfassen. Ich war sicher, daß das Berufsgeheimnis ihr einziges Geheimnis war. Alle anderen hatte sie abgeschafft durch Vergessen. Ich zog die Schublade ganz auf. Die Dinge darin lagen ordentlich neben- und übereinander. Im hinteren Teil entdeckte ich ein verschnürtes Bündel Papier. Ich zögerte. Als ich die Blätter auseinanderfaltete, stellte ich gerührt fest, daß es sich um meine Zeugnisse aus der Highschool handelte, die Benachrichtigung der beiden Stipendien, eine Kopie meiner Doktorurkunde. Dazu eine Photographie von mir, im Winter mit Schlitten. Ich wickelte alles wieder ein und legte es zurück. Bob rief hinauf, das Essen sei fertig. Er hatte ein weißes Tuch auf den Boden gedeckt, rechts und links vor den Kamin zwei Sitzkissen drapiert, in der Mitte stand Wein. Bob verteilte Lamm, Süßkartoffeln und Bohnen auf die Teller, goß Rotwein ein und machte es sich bequem. Ich hatte ihn nie nach seinem Befinden gefragt. Ob er glücklich mit Rosie war. Was er von ihren Heimlichkeiten hielt. Davon, daß sie immer jünger, immer künstlicher aussah und vermutlich seit Jahren nicht mehr mit ihm schlief. Auf Bobs Gesicht lag nicht die Spur von Unzufriedenheit.

»Bob, hat dir Rosie je von meinem Vater erzählt? Einen Namen genannt? Wie sie ihn suchen wollte und wo? Hat sie je mit dir über die Zeit vor dir gesprochen?«

»Deinen Vater suchen? Wozu? Wie kommst du auf diese Idee?«

»Ich dachte, das sei ihr Grund gewesen, in die Staaten zu gehen. Wir haben nie ausführlich darüber gesprochen, aber … Ich meine mich zu erinnern, sie hätte einmal so etwas erwähnt.«

»Sie hat wohl angegeben, daß sie deinem Vater hierher folgt. Sie nannte der Einwanderungsbehörde irgendeine Adresse und einen Namen in Manhattan. Sie wollte unbedingt von Deutschland fort. Ich habe das nie verstanden. So ein schönes Land! Sie wollte Amerikanerin werden. Sie wußte, daß sie hier bleiben kann als Mutter eines Amerikaners.« Bob grinste. »Man ist Amerikaner, wenn man hier geboren ist.«

»Du meinst, mein Vater … «

» … ich kann dir nichts dazu sagen, Martin. Ich habe sie nie danach gefragt. Es ist nicht anständig, eine Frau nach ihrer Vergangenheit zu fragen. Man bringt nur Verlegenheit ins Spiel, und das gehört sich nicht. Sie wollte nie darüber sprechen. Also habe ich nie gefragt. Sie ist hier, weil sie hier sein will.« Bob kaute zufrieden. »Es ist nicht vielen Menschen vergönnt, so klug zu sein, eine, wie soll man sagen, mißliche Lage – entschuldige, ich meine das nicht persönlich, wir lieben dich sehr, aber, du verstehst schon, als alleinstehende schwangere Frau – in eine Chance zu verwandeln. Genau das hat Rosie gemacht. Sie mochte Deutschland nicht. Also ist sie weggegangen. Sie ist dankbar, daß Amerika sie aufgenommen hat. Daraus hat sie das Beste gemacht! Mehr als das Beste, wenn du mich fragst.«

Wie sie das angestellt hatte, wußte er nicht. Der Beweis war offensichtlich: ein Haus in einer der wunderbarsten Gegenden New Yorks. Nirgendwo sonst konnte man so die Skyline von Manhattan sehen. Die Leute, die Bob traf, wenn er zum Gemüsehändler ging oder im Sommer abends noch einmal ins Riverside Café … ohne Rosie wäre er dahin nie gekommen. Er war stolz auf sie.

Nach dem Essen wanderte ich, vom Rotwein erwärmt, mit Hank durch den Schnee wieder zurück. Auf der Brücke, die Wolkenkratzer der Südspitze im Blick, fiel mir ein, daß ich nur ein einziges Mal auf den Twin Towers gewesen war. Nach dem College-Abschluß hatte Bob mich zu *Windows of the World* eingeladen. Wir hatten allein dort gegessen, nur Bob und ich. Ich hatte mich seitdem treiben lassen. Ich wußte, was mich interessierte, aber ehrgeizig war ich nie. Nicht wie Rosie. Nichts trieb mich wirklich an. Die Kunst bedeutet mir etwas. Viel. Vielleicht – alles. Aber ich hatte, anders als viele Kollegen, nie einen Begriff von Karriere entwickelt, keine Richtung verfolgt, war eher froh gewesen, mich nicht festlegen zu müssen. Wäre der Courbet mir nicht – aus welchen Gründen auch immer – an der Wand von Davids elterlicher Wohnung aufgefallen, ja gäbe es nicht diese Verbindung zwischen dem Bild vom Meer und Perlensamt und mir, hätte ich mich vermutlich nie so engagiert. Es war dieses mysteriöse Amalgam gewesen, das mich auf die Beine gebracht hatte und eine Spur verfolgen ließ. Ich mußte lächeln. Ich hatte offenbar wenig von Rosies Zielstrebigkeit geerbt. Ich wußte nicht, was ich wollte. Nur manchmal, unerklärlich, unerwartet, wie auf Coney Island nach dem Examen, wie in der Fasanenstraße vor dem Tor, wie an diesem frühen Abend mit dem Blick auf Manhattan, hatte ich den Wunsch, die Zeit anzuhalten. Immer dann, wenn mir ein Augenblick rein und absichtslos erschien. Die blanke Ironie, zumindest was die Begegnung mit Perlensamt betraf! Ich konnte keine Zeichen lesen. Ich wußte nicht im vorhinein, was mich glücklich machen würde – und was mir gefährlich werden konnte. Ich fiel einfach in die Situationen hinein. Gut. Schlecht. Heiß. Kalt. Als fehlte mir für Pläne das visionäre Vermögen. Gern wäre ich noch bis zum Fluß hinuntergegangen. Aber Hank wurde müde. So nahmen wir ein Taxi nach Uptown. Tiere sind in der U-Bahn nicht erlaubt. Im Wagen kuschelte sich Hank an mich. Ich ließ es geschehen. Auf seltsame Art war ich immer noch zufrieden, zufrieden auch, in New York zu sein. Die Intensität überraschte mich. Vielleicht kam mir an diesem Abend zum ersten Mal in den Sinn, wie gern ich hier war. Wie vertraut mir alles war. Und daß es trotz aller Vertrautheit für mich nie die Enge gäbe, die ich teilweise in Europa verspürte. Atemnot. Das Gefühl, beobachtet und taxiert zu werden. Der Eindruck, man erwarte für jede Handlung eine Rechtfertigung – oder für die Unterlassung. Das gab es hier nicht. Zu viele Schichten lagen in diesem Manhattan übereinander, zu viele Interessen suchten sich ihren eigenen Weg, zu viele dringliche und weniger dringliche Pläne vereitelten, daß man sich um jemand anderen mehr kümmerte als um das eigene Projekt. Ich höre nicht selten, daß Europäer die Geschmeidigkeit, mit der die New Yorker einander ignorieren, erschreckt. Die alte Welt, so sagt man mir des öfteren, fühle sich von der Oberflächlichkeit, der Höflichkeit, der Unverbindlichkeit abgestoßen. Man hat in Europa keinen Sinn dafür, daß die Menschen hier die merkwürdige Distanz und freundliche Anonymität brauchen, um ungestört ihrer Wege zu gehen. Diese Stimmung macht es erst möglich, daß Interessen nicht kollidieren – sofern es nicht darum geht, nackt in einem der Teiche des Central Park zu baden, was katastrophenähnliche Reaktionen hervorrufen würde. Ansonsten kann man tun, was man will. Tuchfühlung ist nicht erwünscht. Keine Einmischung. Das wäre Übergriff. Nein, ich war für Monas Wahlverwandtschaften nicht gemacht. Ich fühlte mich nur in jener Flüchtigkeit wohl, die sich an nichts und niemanden bindet.

Auf der Höhe von Midtown begann es wieder zu schneien. Hank liebte Schnee, und so bat ich den Taxifahrer, uns beim Columbus Circle rauszulassen. In meiner Jugend hätte sich niemand getraut, abends auch nur am Rand des Central Park spazieren zu gehen, geschweige denn, ihn zu durchqueren. Aber inzwischen sah man viele Jogger, auch Spaziergänger mit ihren Hunden. Hank sprang nach den Flocken und tobte ihnen wild hinterher. Als wir endlich zu Hause waren, war er fast zu erschöpft, um zu fressen.

Meinen Besuch bei Bob wiederholte ich nicht. Wir telephonierten noch ein, zwei Mal, und auf diese Weise verabschiedete ich mich auch, als Gabriel eine Woche später von seiner Reise zurückkam. So war ich wieder einmal zu Hause gewesen, ohne Rosie zu sehen.

Mitte Januar saß ich wieder am Schreibtisch. Auch Mona war aus den Weihnachtsferien zurück. Sie fragte nicht nach, warum ich mich am Abend des Weihnachtsempfangs auf ihre Nachricht nicht gemeldet hatte. Und ich fragte nicht, warum sie so plötzlich gegangen war. Ab und zu fiel mir Perlensamts Behauptung ein, Mona sei von ihm schwanger gewesen. Ich schob den Gedanken fort. Ich dachte immer häufiger an einen Umzug, einen neuen Job. Auf einmal schien mir das die Lösung meines Problems zu sein.

Gegen Ende März mußte ich nach London zu einem internationalen Treffen der Kollegen reisen. Nach den Vorträgen ging ich in einen nahegelegenen Pub beim Piccadilly. Dort lief mir

François Pfeiffer über den Weg. Ich kannte ihn flüchtig, wußte aber nur zu gut, wer er war. Er inszenierte sich als Anwalt der Ohnmächtigen. Sein letzter Griff war ein Bild von Berthe Morisot gewesen. Er hatte das Porträt, nachdem es für Jahrzehnte als verschollen galt, bei einer Auktion beschlagnahmen lassen. Danach war es einer jüdischen Familie, die in London lebte, zurückgegeben worden. Pfeiffer war durch solche Aktionen bekannt geworden und eine Zeitlang als professioneller Bilderfahnder durch die Presse gerauscht. Er hatte seine eigenen Methoden. Bei ihm heiligte der Zweck die Mittel, das machte ihn nicht gerade beliebt. Keine Frage, durch die Provisionen, die er von seinen Schützlingen kassierte, war er reich geworden. Er hatte die Branche in Verruf gebracht. Manche Leute verwechselten inzwischen Auktionshäuser mit Kerlen wie ihm. Ich fand ihn schmierig.

»Der versierteste Kunsthistoriker des deutschen Auktionsgeschäfts – und heute ganz besonders elegant. Lange nicht gesehen, Saunders. Sie sind doch zur Zeit bei Nobble NYC in Berlin, nicht wahr?«

»Nein, zur Zeit bin ich in London in einem Pub.«

Ich bestellte ein Bier, legte das Geld passend auf den Tresen und suchte mir einen Platz. Ich hatte keine Lust, mit Pfeiffer zu reden. Meistens wollte er was. Pfeiffer kam mir hinterher und feixte. Sein dünner Oberlippenbart sah aus wie Fliegenschiß. Es ging die Legende um, daß man ihn nicht beleidigen konnte. Eher war vorstellbar, daß ihm abgetrennte Glieder auf der Stelle nachwachsen würden.

»Sagt Ihnen der Name Perlensamt etwas? Haben Sie etwas davon mitgekriegt? Eine seltsame Geschichte.«

»Wie meinen Sie das?«

»Sie kennen Perlensamt?«

»Aus der Presse. Ich habe von der Geschichte gehört. Wie wir alle, nehme ich an.«

»Sie sind nicht bei ihm gewesen? Es heißt, er hat Ihnen etwas angeboten von dem Zeug.«

»Sie sagen Zeug? Man hört doch, daß es eine außerordentliche Sammlung ist.«

»Außerordentlich, ja, das ist das richtige Wort. Ich habe die Liste im Netz gesehen. Da sind zwei Bilder drauf, die ich vor drei Jahren schon an die rechtmäßigen Eigentümer zurückvermitteln konnte.«

Ich glaubte ihm kein Wort. Ich hielt sein Gerede für eine Finte, mit der er mich aus der Reserve locken wollte. Ich trank mein Bier aus und verabschiedete mich.

EINUNDDREISSIG

Als ich wieder in Berlin war, rief Rosie an. Nach dem Tod der Großeltern hatte sie das kleine Haus in Langenfeld geerbt und vermietet. Sie hatte nichts daraus haben wollen und ließ die Mieterin wissen, daß sie mit allem, was im Haus war, nach Belieben verfahren könnte. Das war ein paar Jahre her. Nun wollte die Dame ausziehen. Rosie bat mich, nach Langenfeld zu fahren und zu entscheiden, was mit dem Haus geschehen sollte.

»Mir ist alles gleich. Ich habe keine Zeit, nach Deutschland zu kommen. Wenn du willst, verkauf das Ding. Das Geld gehört dir.«

So schlicht hatte ich die Straße und die anliegenden Häuser nicht in Erinnerung gehabt. In mir hatten die kindlichen Eindrücke nachvibriert und aus der Umgebung einen dramatisch aufgeladenen Ort gemacht. Langenfeld aber wirkte aufgeräumt, bieder, grau. Es erregte keinen Anstoß, keine Freude, keinen Neid. Nicht einmal die Humboldt Street in Williamsburg, Brooklyn, wo ich meine ersten Jahre verbrachte, war so schäbig und kleinlaut wie diese Straße hier.

Gegen vier war ich mit einer Frau Mothes verabredet. Ich zögerte, als ich aus dem Taxi stieg, als erwartete ich Spuren des Unfalls von vor mehr als vierzig Jahren, Blutflecken am Straßenrand, einen verdrehten Kotflügel, einen Schuh der durch die Luft geschleuderten Frau.

Aber es gab nicht einmal ein Kreuz oder einen Stein, der an das grausige Ereignis gemahnte. Ich ging auf das Haus zu und besah seine hellgestrichene Fassade. Auch hier hatten die Fenster Insektengitter – wie in der Humboldt Street. Aber es klebten keine toten Mücken darin. Hinter den blankgeputzten

Scheiben hingen gerüschte Gardinen. Eine messingfarbene 29 klebte neben der Haustür, darunter ein Briefkasten mit Posthorn und der Beschriftung *Mothes.* Ich klingelte. Frau Mothes öffnete sofort. Sie war ein wenig untersetzt und unmodisch gekleidet. Sie mußte so alt wie Rosie sein, sah aber wie Rosies Mutter aus. Ich starrte sie an, als hätte ich noch nie eine Frau dieses Alters gesehen. Nachdem wir uns begrüßt hatten, musterte sie mich verstohlen, machte mir ein Kompliment über mein Deutsch und erinnerte mich daran, daß wir uns damals, als ich mit Rosie in Langenfeld war, kennengelernt hätten. Ich wäre ein kleiner Junge gewesen, staunend und stumm. Ich hätte große Augen gehabt und mich hinter meiner Mutter versteckt. Sie niemals loslassen wollen. Nur einmal hätte ich den Mund aufgemacht. Man hatte mich gefragt, was ich hier am schönsten fände. Nichts, hätte ich gesagt. Ich konnte mich daran nicht erinnern.

Während Frau Mothes mir pflichtbewußt das Haus zeigte, meinte ich Rosies Abneigung gegen das Deutschland ihrer Jugend zu spüren. Es roch muffig. Obwohl es der Geruch der gegenwärtigen Bewohner war, identifizierte ich Rosies Eltern damit. Wir gingen durch die Räume. Frau Mothes wies auf Dinge, die noch aus dem Besitz meiner Großeltern stammten. Nichts kam mir bekannt vor, und doch war alles für mich mit Widerwillen besetzt.

Ich entschied, daß sie behalten konnte, was sie wollte. Was sie nicht nähme, würde entsorgt. Ich vermied das Wort Müll. Ich fragte sie, ob sie vielleicht einen Käufer wüßte. Das sei kein Problem, die Gegend sei beliebt. So ländlich und günstig gelegen zwischen Düsseldorf und Köln, zumal ja das Haus den schönen Garten habe, eine große Schüttelobstwiese, Gemüsestände, Blumenrabatten. Sie deutete an, daß es natürlich auch eine Frage des Preises sei. Wir gingen hinaus. Ich sah mir die sorgfältig gepflegte Anlage an. Sehr ordentlich. Kein Grashalm, der abseits des täglichen Harkens stand, die verblühten Tulpen mit ihren Blättern waren zusammengeflochten, die nachschießenden Blumen bereits an Bambushilfen geführt, damit sie nicht knickten. Die Äste der Birn- und Äpfelbäume waren mit Gewichten beschwert. Ich ging tiefer in den Garten hinein, suchte nach etwas, das ich wiedererkannte, einem Geräusch oder einem Geruch. Es schien, als wäre ich nie hiergewesen. Ich ging zum Ende des Grundstücks. Damals hatte der Zaun an dieser Stelle ein Loch gehabt, durch das ich kurz vor dem Unfall zur Straße entwischt war. Aber der Zaun war neu.

Frau Mothes meinte, ich würde doch gewiß etwas Persönliches mitnehmen wollen. Sie sah mich mit großen Augen an. Suchte sie nach einer Regung in meinem Gesicht? Mußte ich irgendwie – betroffen reagieren? Emotional berührt? Etwas Persönliches. Hier gab es nichts Persönliches, nicht für Rosie, nicht für mich – sofern ich von der katastrophalen Erinnerung absah, wie ich es für mich nenne, und damit meine ich nicht nur den Unfall. Der ganze Aufenthalt in diesem Haus hatte etwas Katastrophales gehabt. Ich hatte Rosies Unwohlsein, ihre Panik gespürt. Das hatte ausgereicht, mich selbst unwohl zu fühlen. Alarmiert. Der Unfall war nur der Höhepunkt einer langsam sich zuspitzenden Situation. Das war das Persönliche, das ich mit diesem Ort verband – etwas, auf das weder ich noch Rosie freiwillig zurückkommen wollten. Mir war die Situation unangenehm, geradezu lästig. Aber wie sollte ich das der guten Frau Mothes erklären? Sie hatte sich in dieser Umgebung wohl gefühlt. *Gemütlich* nannte sie das Haus.

Bob hatte einmal erwähnt, wie enttäuscht die Großeltern gewesen seien. Ihm hatten sie leidgetan. Bevor Rosie ihre allergischen Reaktionen entwickelte, hatte er versucht, sie zu einer weiteren Reise nach Deutschland zu bewegen. Sie hatte sich verzweifelt gewehrt. Sie hatte jede weitere Berührung mit ihren Eltern gescheut. Allein deren Art, sich allem und jedem unterzuordnen und ständig darauf bedacht zu sein, was sogenannte andere Leute von ihnen dächten, Verwandte, Bekannte, Nachbarn, hatte sie abgestoßen. Ihre Eltern hätten ein Kukkucksei ausgebrütet, peinlich berührt, daß für ihre Tochter nichts gut genug sei. Ich sah mich um. Nichts gut genug? Was für ein merkwürdiger Schluß. Diese sogenannte Gemütlichkeit hätte mich bei einer weniger eigensinnigen Mutter das Leben gekostet. Rosie hatte sich einfach auf den Standpunkt gestellt, daß diese verdammte Gemütlichkeit nicht nach ihrem Geschmack war, so wenig wie das fette Fleisch, das hier auf den Tisch gekommen war. Ich war ihr dankbar dafür.

Frau Mothes ließ nicht locker, gewissenhaft bemüht, einen Kontakt herzustellen zwischen der Ausgewanderten und diesen Resten hier. Bei der Durchsicht der Schränke hätte sie in der Speisekammer eine Lederkassette gefunden. Zweimal sei das Paket unterwegs gewesen nach Amerika. Immer sei alles zurückgekommen mit dem Vermerk, Rosie sei unbekannt verzogen.

»Was ist eine Speisekammer?«

Sie zeigte mir hinter der Küche einen kleinen Raum. Eine Person hätte gerade hineingepaßt, stehend. Der Raum war mit Holzregalen ausgeschlagen und mit Vorräten bestückt, Brot, Marmeladengläsern, Nudeln, Essig- und Bierflaschen. In manchen Regalen lag sorgfältig aufgereihtes Obst. In New York wäre ein solcher Verschlag undenkbar. Das mußte ein Paradies für Kakerlaken und Ameisen sein. Frau Mothes zeigte in die hintere Ecke auf das unterste Bord.

»Hier habe ich die Kassette beim Großreinemachen gefunden, auch erst beim zweiten Mal. Beim ersten Mal hat meine Tochter geputzt. Kölsche Wisch hat das Kind gemacht. Na ja, sie war damals achtzehn, da interessiert man sich nicht so sehr dafür. Im folgenden Jahr mußte ich den Frühjahrsputz alleine machen. Dabei entdeckte ich die Kassette. Es war wohl der Schmuck Ihrer Großmutter, Herr Doktor. Frauen tun Dinge, die ihnen wichtig sind, ja immer an komische Orte. Ich habe sie hervorgeholt und erstmal abgewischt und ein bißchen aufpoliert. Sicher hat Ihre Großmutter sehr daran gehangen. Ich habe das Kästchen dann, nachdem es immer wieder zurückkam, oben im Schlafzimmer aufbewahrt. Ich dachte, irgendwann wird Ihre Frau Mutter kommen, um nach dem Rechten zu sehen.«

Die freundliche Frau Mothes kam mit der Kassette zurück.

»Hier ist sie, bitte.«

Sie sah mich aufmerksam an. Sie wartete wieder auf eine Reaktion, Erleichterung vielleicht, endlich etwas Verlorengegangenes gefunden zu haben, ein Lächeln, irgendeine Regung, die Glück verhieß. »Sie ist verschlossen. Ein Schlüsselchen fand sich dazu nicht.«

Eine Kassette so groß wie eine Zigarrenkiste, doppelt so hoch, eingebunden in dunkelrotes Leder. Die Ecken abgewetzt. In der Mitte ein einfaches, kleines Messingschloß. Was immer an Schmuck darin war: Ich wußte, daß Rosie sich für dieses Zeug nicht interessieren würde. Sie wollte alles loswerden, was es hier noch gab. Was sollte ich damit? Ich hätte die Kassette samt Inhalt gern Frau Mothes geschenkt. Aber das Schloß in ihrem Beisein zu knacken, schien mir dreist, irgendwie überheblich. Frau Mothes hatte das schäbige Ding so respektvoll behandelt, es so sorgfältig für Rosie gehütet, daß ich sie nicht verletzen durfte, indem ich mich verächtlich oder desinteressiert zeigte. Ihr die verschlossene Kassette zu überlassen, sie zu zwingen, sie aufzubrechen, war auch keine Lösung. Wie ärgerlich, daß die Post, auf deren Wegen genug verloren geht, in diesem Fall so zuverlässig funktioniert hatte. Widerwillig nahm ich den Fund entgegen, um ihn in Berlin aufzubrechen und die Stücke, die er enthielt, als Dankeschön an Frau Mothes zurückzuschicken.

Frau Mothes versprach sich umzuhören, ob jemand das Haus kaufen wollte. Ich gab ihr meine Geschäftskarte und betonte, daß ich jederzeit erreichbar sei. Dann bat ich sie, mir ein Taxi zu rufen.

Ich werfe die Kippe in den Kamin. Ich habe die Kassette nie geöffnet. Ich habe sie einfach vergessen. Erst mit dem Umzug ist sie wieder aufgetaucht, in irgendeiner Kiste. Jetzt ist sie oben, im Kleiderschrank. Madame Eugénie hat sie neben die so sorgfältig von ihr gefalteten Hemden gelegt.

Es sieht aus, als würde es ein schöner Tag. Der Birnbaum im Garten hat Früchte angesetzt. Die Kletterhortensien stehen in voller Blüte. Auch bei Rosie ranken sie die Gartenmauer hinauf. Ich habe ihr nicht einmal Bescheid gesagt, daß ich aus Berlin fortgezogen bin. Das Glockengeläut einer nahen Kirche ist zu hören, katholische Gegend hier. Es ist acht. Madame Eugénie werkelt in der Küche mit Geschirr. Wahrscheinlich kocht sie Kaffee. Auf einmal merke ich die Müdigkeit. Es ist, als zöge mich die letzte Nacht zu Boden. Meine Knochen sind so schwer, als hätte ich die einer zweiten Person mitzutragen. Ich gehe durch die Küche ins Haus zurück. Madame sieht mich verwundert an. Ich murmele etwas von keinen Schlaf gefunden zu haben und mittags Mona vom Flughafen abholen zu müssen.

»Bitte wecken Sie mich unbedingt um zehn.«

ZWEIUNDDREISSIG

Ich habe geschlafen, als hätte mir jemand Morphium verpaßt, traumlos und bleiern. Als Madame Eugénie mich weckt, weiß ich nicht, wo ich bin. Draußen ein strahlender Sommertag. Dann fällt es mir ein: nicht Berlin, sondern Brüssel. Ich gehe, auch nach der Dusche noch schlaftrunken, in die Küche, nehme im Stehen einen Kaffee.

»Monsieur, der Karton ist ja leer?! Sind Sie nun fertig oder müssen Sie noch mehr verbrennen? Könnten Sie es bitte in kleinen Portionen tun? Der Aschenhaufen ist so groß, daß er schon auf den Teppich rieselt. Ist es Ihnen recht, wenn ich neues Kaminholz bestelle?«

Madame Eugénie spricht wieder in einem Ton mit mir, als sei ich irre. Es gibt tatsächlich nichts mehr zu verfeuern. Alle Dokumente zu Perlensamts Familiengeschichte sind verbrannt. Soll sie Kaminholz bestellen, mir egal, vor dem Herbst brauche ich keines mehr. Ich setze mich ins Auto. Der Flughafen ist nah, kaum Verkehr in dieser Richtung. Ich bin eine halbe Stunde zu früh am Ankunftsterminal.

Und nun kommt Mona. Es stimmt, ich habe an sie gedacht, als ich durch die Räume ging und zusah, wie die Packer die Möbel entluden und Madame die Kisten öffnete. Es war ein Spiel. Aber noch im selben Augenblick, in dem ich mir vorzustellen versuchte, wie Mona in diesem Haus an einem Schreibtisch sitzt, vielleicht auf der zweiten Etage, fühlte ich mich wie gelähmt. David habe ich mir hier nie vorstellen können. Aber manchmal habe ich ihn vermißt.

Dem Flughafen merkt man an, daß internationale Geschäftsleute kommen und gehen, politische Unterhändler, wenig Touristen. Man sieht es an der Kleidung, einheitlich, offiziell, einfallslos. Man sieht es auch an Blicken und Bewegungen, zielgerichtet, keine vergeudete Energie. Eigentlich widerspricht das der Atmosphäre der Stadt. Brüssel macht auf mich nicht den Eindruck strenger ästhetischer Organisation. Es erscheint mir wie ein Vexierbild, nicht ganz wirklich, und oft genug bei meinen Streifzügen durch die Stadt ging es mir so, als schriebe vor meinen Augen jemand den Ort einfach um, nicht nur den Verlauf der Straßen und Plätze, sondern auch die atmosphärische Dichte und die Konzentration der Bevölkerung, so daß man mitunter die Orientierung verliert.

Mona hat nicht gesagt, wie lange sie bleiben will. Jemand fragt mich, ob ich auch auf den Flug aus Berlin warte, und weist auf die Tafel. Der Flug hat zehn Minuten Verspätung. Hätte ich Blumen mitbringen sollen? Ich habe mir nicht einmal Gedanken darüber gemacht, was ich ihr zeigen könnte. Vielleicht fahren wir erst einmal in die Stadt, zur Place de Grand Sablon. Es wäre die richtige Zeit, um dort ein kleines Mittagessen einzunehmen.

Endlich das Zeichen auf dem Display, daß der Flug gelandet ist. Ich hätte ihr doch Blumen mitbringen sollen. Das wäre offizieller gewesen. Sie hätte sie in ihr Zimmer stellen können, im zweiten Stock, wo Madame Eugénie gerade das Bett richtet. Es ist praktisch, daß das Haus mehrere Stockwerke hat. Daß man sich aus dem Weg gehen kann. Auch ein eigenes Bad ist auf der Gästeetage. Die ersten Leute kommen. Herren zwischen Mitte Dreißig und Mitte Fünfzig. Sie sehen aus, als hätten die Ministerien sie ausgespuckt, Verteidigung, Verkehr, Auswärtiges Amt. Kaum eine Frau darunter, und wenn, sieht sie nicht aus wie eine Frau, sondern uniform und geschlechtslos, wie man das von Polizistinnen kennt. Dann kommt doch eine. Mein Alter, hochelegant. Vermutlich lebt sie hier und nicht in Berlin. Sie wird abgeholt von einem großen schlanken Typen, sympathisch, sieht nach was aus. Sie umarmen sich. Er nimmt ihre Tasche. Noch zwei oder drei von diesen Aktenträgern, dann zwei Jungs, die wie Politjournalisten aussehen, offenes Hemd, Lederweste, Mobile mit Knopf im Ohr. Das war's. Ich warte noch zehn Minuten. Die Mitglieder der Crew kommen. Zur Sicherheit erkundigte ich mich bei einer Frau, ihrer Uniform und den Streifen nach zu urteilen könnte sie Flugingenieurin sein – oder ist sie die Pilotin? Egal. Nein, der Flieger ist leer. Mona ist nicht mitgekommen.

Madame Eugénie ist ausgegangen, aber sie hat in der Gästeetage alles vorbereitet, für meine Frau – dies zu betonen wurde sie nicht müde. Das Bad ist mit frischen Handtüchern bestückt, das Bett bezogen. Auf dem Schreibtisch stehen eine Vase mit Blumen und eine Schale mit Obst. Madame hat einen Stuhl und einen kleinen Tisch auf den Balkon gestellt. Von hier aus hat man einen schönen Blick in die Wipfel der Bäume. Ich gehe hinunter in meine Etage. Auf meinem Bett liegt Perlensamts leere Aktenmappe, ein schönes Ding von einer französischen Lederfirma mit Tradition, ganz exquisit. Das ist mir vorher nie aufgefallen. Vielleicht sollte ich mir angewöhnen, sie selbst zu benutzen. Ich hole Großmutters Kassette aus dem Schrank. Es entbehrt nicht einer gewissen Ironie, daß ich die Schatulle gezwungenermaßen mit nach Berlin genommen habe und immer noch nicht los geworden bin. Ich sehe mich noch einmal, wie ich in der kleinen Diele des Langenfelder Häuschens stehe, verlegen, Frau Mothes gegenüber vorzugeben, daß der Inhalt wichtig für Rosie sei, wissend, daß sie sich für den Kram darin nicht interessiert – daß sie sich für gar nichts interessiert, was sie in Langenfeld zurückgelassen hat. Was für ein Glück, daß es sich nur um so ein kleines Ding handelt und nicht um einen Schrankkoffer. Dabei fällt mir ein, daß ich mich um den Hausverkauf kümmern muß.

Die forsche Bedienung des Staubsaugers in der oberen Etage durch Madame Eugénie nimmt mir die wirre Phantasie. Ich breche das Kästchen mit einer Nagelfeile auf. Es ist innen mit rosa Stoff ausgeschlagen. Die abnehmbare Etage mit einer Rinne für Ringe ist leer. Im Fach darunter liegen drei Orden und ein Päckchen Papiere. Sie sind mit einer Kordel zusammengehalten. Zuoberst ein Reisepaß. Auf dem Deckblatt der Adler mit Laub umkränztem Hakenkreuz, darunter DEUTSCHES REICH, darunter Nr. 05265 H/40. Es ist der Reisepaß von Rosemarie Lieselotte Schmidt, ausgestellt am 29. März 1941 in Düsseldorf, ungültig seit März 1945. Geboren ist sie am 11. November 1931. Unter Beruf steht *Schülerin.* Das Paßphoto zeigt ein lachendes, pausbäckiges Mädchen mit seitlich gescheitelten dunkellockigen Haaren. Die Locken habe ich nicht geerbt. Auch die Farbe nicht. Sie trägt einen Pullover, aus dem ein weißer, runder Kragen hervorguckt. Die folgenden Seiten sind leer. Ich ziehe ein Photo zwischen dünnen Papieren hervor, ungefähr doppelt so groß wie eine Briefmarke. Ein Mann in Reichsuniform, ungefähr dreißig, kurzgeschnittenes helles Haar, keine Kopfbedeckung, markante Züge. Er trägt einen der Orden. Rückwärtig der Stempel eines Photostudios in Antwerpen, Begijnenstraat 76. Darunter, handgeschrieben: *Für meine Rosie von ihrem Hans.* Eine Postkarte mit dem Eiffelturm, schwarzweiß. Rückseitig *von einem kleinen Abstecher nach Paris grüßt Dich aufs herzlichste Dein Hans. Es ist herrlich hier auf dem Eiffelturm, habe diniert. Wenn Du groß bist, machen wir das gemeinsam.* Ein Brief auf dünnem Papier, blau, vom 6. 8. '43. *Lieber kleiner Pummel! Wie alles so geht auch der Urlaub zu Ende … Bis Paris bin ich 2. Klasse gefahren, immer standesgemäß! Dort sind wir dann einen ganzen Tag geblieben.*

Gelebt haben wir dort echt französisch, angefangen bei Bieren, -,30 *das Stück, bis zu Pilzen (Champignons) und Wein. Nur allzu früh mußten wir dieser herrlichen Stadt Lebwohl sagen … Viele liebe Grüße von Deinem großen Hans.* 6.10.'43 *Liebes Rosiekind! Komme gerade von einem Nachtflug zurück, ich wünschte, Du könntest das einmal erleben! Fliegen ist wirklich mein Ein und Alles. Frankreich, ja davon habe ich eine andere Vorstellung gehabt, ob ich nun enttäuscht oder belehrt worden bin, weiß ich noch nicht … wir kommen wenig mit der Bevölkerung zusammen … Schreib bitte bald und sei von Herzen gegrüßt von Deinem Hans.* 8.11.'43 *Lieber kleiner Pummel! Heute bin ich von einem viertägigen Überlandflug zurückgekommen … es war herrlich. Ich warte so auf Post von meiner kleinen Rosie. Und horte ein paar Sachen für Weihnachten, damit mein Kind auch in diesen Zeiten so bleibt, wie es ist … Du kannst Dich schon einmal freuen … Liebe Grüße, auch an die Eltern von Deinem großen Hans.* 4.10.'44 *Liebe kleine Rosie! Hab Tausend Dank für Deinen entzückenden Brief. Puder? Wird mein Kind schon so groß, daß es Puder möchte? Ich werde sehen, was sich machen läßt. Vielleicht auch Stoff? Dann brauche ich noch Deine Strumpfgröße, am Fuß natürlich! …* 30.1.'45 *Rosie, mein Herz, vielleicht ist das für lange Zeit der letzte Brief …*

Der nächste Brief datiert erst wieder vom 12. Januar 1954. *Geliebte Rosie! Es hat mich geschmerzt, daß Du mich weder zu Weihnachten noch zum Jahreswechsel sehen wolltest. Dein letzter Brief sagte, Du müßtest nachdenken. Es war nicht leicht, hier in Osnabrück Arbeit zu finden. Ich war so froh, daß mir das gelungen ist. Nach unserer letzten Begegnung vor vier Wochen hoffte ich, Du kämest mir nun für immer nach. Am Morgen dieser wunderbaren Nacht wäre ich am liebsten sofort zu Deinem Vater geeilt, um ihn um Deine Hand zu bitten, wartete nur auf ein Zeichen von Dir. Nun schreibst Du, daß Du alles überden-*

ken müßtest … Laß es mich bald wissen. Das Warten all die Jahre in Rußland war zu lang und grausam, als daß ich jetzt noch all zu viel Geduld haben könnte. Aber für mein geliebtes Kind bringe ich die Reste davon, die ich noch zur Verfügung habe, gerne auf. Dein Hans.

Und schließlich der letzte Brief vom 3. Februar 1954. *Meine liebe Rosie! Deine Mutter schrieb mir, daß es Dir nicht gut ginge. Du seist reizbar und launisch. Sie schlägt vor, ich sollte Dich auf eine kleine Reise entführen. Ich ahne, daß es nicht das ist, was Du willst. Da Du Dich nicht mehr gemeldet hast, glaube ich, Du willst fort. Vielleicht ist es am besten so. Ich bitte Dich sehr, die Orden, die ich Dir damals schickte, im Garten zu vergraben. Das sind Dinge, die heute niemandem mehr in die Hände fallen sollen, auch wenn bald niemand mehr weiß, was sie (mir) einmal bedeutet haben. Ich schließe Dich in mein Herz. Dein Hans.*

Anfang April schiffte sich Rosie nach New York ein.

Ich nehme Geldbeutel, Mobile und Hausschlüssel und laufe aus dem Haus. Auf der Höhe des Parks sage ich mir, daß ich vielleicht Zusammenhänge sehe, wo keine sind. Während ich laufe, höre ich die Nachrichten auf meinem Mobile ab. Drei sind mehr als zwei Wochen alt. Eine Nachfrage, ob ich zu einer Vernissage in die Holzmarktstraße käme. Offenbar hat noch nicht jeder mitbekommen, daß ich nicht mehr in Berlin bin. Mona. Sie sagt, daß sie David meine Nummer gegeben habe. Rosie. Wo ich stecke. Die Leitung in Berlin sei tot. Ich hätte den Geburtstag von Bob vergessen. David. Warum ich sang- und klanglos untergetaucht sei. Was er mir getan hätte? Ich fehlte ihm. Drei Tage alt. Hatte er von Berlin oder Brüssel auf die Mailbox gesprochen? Schließlich, D. D., mein ehemaliger Chef aus New York. *Sie Idiot! Sind Sie vollkommen durchgedreht? Ich nehme Ihre Kündigung nicht an. Denken Sie bloß nicht, daß ich nicht rausfinde, wo Sie sich verkrochen haben. Ich will, daß Sie Ihren Job wieder aufnehmen, verstanden?* Die harsche Nachricht tröstet mich. D.D. Miles ist genau der Typ, den man zum Chef haben will, glaube ich. Ich hatte vergessen, wieviel ich ihm verdanke. Als ich an der Grand Sablon ankomme, merke ich, daß ich unwillkürlich die Galerie ansteuere, in der David vor ein paar Tagen verschwand. Die Räume sind künstlich erleuchtet, trotz Sommertag und Sonne. Erst jetzt nehme ich die Bilder und Objekte durch die Scheibe wahr. Es sind nur wenige, eine bunte, aber wohl ausgesuchte Accrochage. Hinten im Fond, an dem Schreibtisch beim gegenüberliegenden Fenster sitzt die Dame, die David hineingelassen hat. Ich läute. Sie sieht auf und kommt langsam zur Tür, längst nicht so eifrig, wie sie es bei David getan hat.

»Ich würde mir gerne die Ausstellung ansehen. Ist das möglich?«

Sie mustert mich und nickt. Die Ausstellung ist auch bei näherer Betrachtung durchaus bemerkenswert. Aber was wollte David in einer Brüsseler Galerie für Gegenwartskunst? Eine Tür geht auf. Ein Mann Mitte oder Ende sechzig kommt heraus, begleitet von einem viel jüngeren. Der Ältere in Anzug und Krawatte gibt sich den Anschein, der Eigentümer der Galerie zu sein. Der junge Typ wirkt eitel, fast blasiert, unangenehm sicher für sein Alter, finde ich. Schwarze Haare, ein bißchen wie David. Schlicht gekleidet, nur in weißem Hemd und Jeans. Ich meine, ihn schon einmal gesehen zu haben. Der Galerist begleitet ihn zur Tür, die hinter dem jungen Mann wieder zugeschlossen wird. Ich sehe ihm nach. Seine Bewegungen sind geschmeidig. Der Körper wirkt durchtrainiert, sehnig und muskulös. Da fällt mir ein, wo ich den Jungen schon einmal gesehen habe: Berlin. Der Kunsthändler am Leipziger Platz. Courbets Bild vom Meer. Er war der Assistent des spurlos verschwundenen Herrn von Arnold. Nicht allzu schnell, gerade so, daß der Galerist und seine Mitarbeiterin nicht den Eindruck haben, ich liefe dem jungen Typen hinterher, verabschiede ich mich. Auf der Straße sehe ich ihn in Richtung Sablon verschwinden. Ich blicke mich um. Niemand aus der Galerie achtet auf mich. Der Junge geht den Hügel hinunter, mit federndem Gang, Richtung Unterstadt. Er telephoniert eifrig, als würde er einen Deal abwickeln. Ich sprinte ihm nach.

Kurz vor dem Bahnhof gelingt es mir, ihn bis auf ein paar Meter einzuholen. Es ist bemerkenswert, wie schnell und elegant er sich bewegt. Er betritt die Galerie St. Hubert. In der überdachten Ladenstraße drängeln Touristen. Erst jetzt fällt mir ein, daß Wochenende ist. Der Typ betrachtet die Auslage einer Papeterie. Ich beobachte ihn und gleichzeitig unser Spiegelbild in der Fensterscheibe, zwischen Massen fremder Köpfe, die sich neben uns spiegeln. In den verschwimmenden Konturen erblicke ich einen jüngeren David. Er sieht auf die Uhr, zögert, überlegt. Er wird von einem jungen Paar angerempelt. Rucksacktouristen. Bleibt unbeeindruckt auf der Stelle stehen. Dann, plötzlich entschlossen, betritt er ein Café. Ich verliere ihn aus dem Blick. Die Menge wird dichter. Bald verdeckt der Menschenpulk die filigrane Ästhetik der Passage. Die feinen Auslagen in den Vitrinen verschwinden hinter rotzig gekleideten, grellbunten Gruppen. Ich werde gestoßen. Es ist heiß und stickig. Die Menschen riechen ranzig, ungewaschen, verschwitzt. Ich drehe mich um, suche nach einem Ausgang, streife dabei noch einmal das Innere des Cafés. Da sehe ich ihn schemenhaft die Treppe herunterkommen. Er ist nicht allein. Ich wühle mich ein paar Schritte aus der Menge in eine Nische und warte. Er kommt mit David heraus. Zielstrebig gehen sie in Richtung Grand Place. Von wegen Kunst. David hat einen Freund in Brüssel.

»Brüssel? Warum ausgerechnet Brüssel? Du suchst in Brüssel einen neuen Job?«

Mona hatte gar nichts verstanden. Es hätte jede Stadt sein können, Hauptsache unbekannt. Monate hatte ich damit verbracht, in Berlin nur noch meinen Job nach Vorschrift zu tun und nachts an nichts anderes zu denken als an David – und wie ich diesem merkwürdigen Verhältnis entkommen könnte. Eine Zeitlang war alles ruhig gewesen. Er meldete sich nicht bei mir und ich mich nicht bei ihm. Und dann hielt ich es plötzlich nicht mehr aus. Just in dem Moment, als ich zum Hörer greifen und mich mit ihm verabreden wollte – ähnlich der Situation, wenn ein Trinker nach Monaten der Trockenheit wieder zur Flasche greifen will –, ergab sich die Gelegenheit mit Brüssel. Das rettete mich. Mit Brüssel verband ich nichts außer dem Europaparlament und der Schokolade von Marcolini. Ich hatte untertauchen wollen. Das Haus, das ich übernehmen konnte, der absurde Ort waren Grund genug. Daß ich den beiden folge, merke ich erst, als ich hastig zu laufen beginne. Ich habe sie aus den Augen verloren. Wie der Teufel es will, klingelt mein Mobile.

»Wo sind Sie?«

»D. D.?«

»Wo sind Sie, Saunders?«

»In Brüssel. Und ich habe vor, hier zu bleiben. Ich habe gekündigt.«

»Ihre Kündigung liegt im Müll. Sie können Jahresurlaub nehmen. Es ist ohnehin Sommer. Im September erwarte ich Sie in New York. Sie waren lange genug in Berlin. Ich brauche einen neuen Büroleiter hier.«

»Ich wohne jetzt in Brüssel.«

»Gehen Sie einmal die Galerien durch. Ich will wissen, was da angeboten wird. Ich habe was läuten hören, daß ein Matisse, der in Lausanne zu Hause war, umgezogen ist. Vielleicht wird er in Brüssel vertickt. Das Bild gilt als Fälschung. Aber ich habe den Verdacht, daß es sich bei der Story mit der Fälschung um eine Fälschung handelt ...«

»D. D., ich bin nicht mehr bei der Firma.«

»Das wäre das erste Mal, daß ein Jude über den Witz eines Gois lachen kann.«

Bevor mir darauf eine Antwort einfällt, ist die Leitung tot. Ich sehe, wie die beiden den Rathausplatz überqueren. Als ich ansetze, ihnen hinterher zu laufen, versperrt mir eine riesige Gestalt den Weg. Was für eine Hitze, was für ein Gedränge. Die Figuren werden immer mehr. Übermenschengroß. Sie überschwemmen den Platz, der ebenso gut der Marktplatz von Siena sein könnte oder die um das Zehnfache vergrößerte Kopie einer venezianischen Piazza in der Wüste von Vegas. Wer vermag zu entscheiden, was Original und was Fälschung ist? Ist das eine nicht nur ein Zustand des anderen? Genauso wahrscheinlich könnte eine Fälschung zu einem Original werden: da eine Kopie in Umlauf ist, die Fälschung der Fälschung. Wer weiß, ob nicht das, was wir das Original nennen, längst eine Fälschung ist? Ich versuche, mich durch den Dschungel von Stelzenbeinen zu winden. Aufgepumpte Tierläufe verstellen mir den Weg. Ich entkomme nur mit Mühe einem Elefantenfuß, den Schuhen von Daisy, den kralligen Latschen eines Dinosauriers, als Tigerpranken mich niederzureißen drohen. Vor mir tut sich der Schlund von Skylla auf. Charybdis will nach mir greifen. Am Himmel, der bis jetzt noch unbevölkert war, tauchen Flugobjekte auf, halb Mensch, halb Tier, Chimären, deren Körper ich nicht einordnen kann. Weiß der Teufel, womit sie gefüllt sind, Pappmaché, Wasser oder Muskelfleisch. Der Lärm legt sich auf mein Trommelfell wie öliger Brei. Darunter beginnt es zu pochen. Ich weiß nicht, ob die Menge um mich herum jubelt oder kreischt oder der Invasion von aufgeblasenen Tölpeln den Kampf ansagt. Es wird heißer, stickiger, lauter. In der Atmosphäre scheint der Sauerstoff knapp zu werden, als packte jemand die Erdkugel in ein nasses Tuch. Der Boden bebt. Der Rummelplatz reißt auf und bricht in zwei Stücke. Ich sehe gerade noch, wie ein Teil von Mensch, Halbwelt und Tier in die Spalte fällt, in einen gefräßigen, stinkenden Rachen, als sei die Untiefe nichts als ein riesiger leerer, übersäuerter Magen. Von fern höre ich einzelne Stimmen. Weich und ruhig dringen sie durch den weißen Lärm. Mir ist, als sei ich selbst die Erde und mein Innerstes kehre sich nach außen.

»Er kommt zu sich. Sieht so aus, als müsse er sich direkt wieder übergeben.«

DREIUNDDREISSIG

Sie steht auf dem Treppenabsatz, als warte sie auf ihre Großaufnahme.

»Wo kommst du her? Du siehst scheußlich aus. Deine Haushälterin sagt, du hättest mich vom Flughafen abholen wollen. Danach hat dich niemand mehr gesehen.«

Mona lächelt, als ob das alles immer so wäre. Flugzeuge, die man verpaßt. Verspätete Ankunft in einem fremden Haus. Die brütende Hitze eines frühen Abends. Eine Haushälterin, außer sich vor Freude. Ein Gastgeber, außer sich vor Verwirrung. Es ist mir unangenehm, daß sie mich so sieht. Verschwitzt. Ungewaschen. Verklebt.

Ich sprinte an ihr vorbei die Treppe hinauf, ohne sie zu begrüßen. Ich reiße mir die Klamotten vom Leib und dusche. Unter dem heißen Wasser spüre ich endlich Erleichterung. Der üble Geruch, den mein Zusammenbruch mit sich gebracht hat, der sinistre Nachmittag, die bizarren Gestalten, für die ich immer noch keine Erklärung habe – alles rinnt mit dem dreckigen Wasser in den Abfluß. Als ich hinunterkomme, sitzt Mona auf der Terrasse bei einem Drink. Durch die offene Küchentür beobachtet sie, wie Madame fröhlich trällernd durch die Küche tanzt.

»Du hast es gut mit dieser Haushälterin. Sie hat mich empfangen als lebte ich hier, mir ganz reizend mein Zimmer zurechtgemacht, Blumen hingestellt und gesagt, ich sollte jederzeit nach ihr rufen. Dann fragte sie, ob *Madame* für heute Abend einen besonderen Speisewunsch hätte. Damit meinte sie mich. Urkomisch. Wo bist du gewesen?«

»Hör zu«, sage ich, aber in dem Moment kommt Madame Eugénie aus der Küche. Sie berichtet mit einem vor Eifer und

Glück strahlenden Gesicht, daß das Kaminholz gekommen sei. Sie hätte es im Keller stapeln lassen. Jetzt könnte ich weiter feuern. Mona guckt verblüfft. Sie hat keine Ahnung, was vor sich geht.

»Ich liebe offenes Feuer, seit ich ein Kind war.«

»Er scheint heimlicher Pyromane zu sein, gnädige Frau.« Madame bringt es kaum fertig, Mona und mich aus den Augen lassen. »Sie sehen blaß aus, Monsieur.« Sie steht immer noch in der Küchentür. »Ich hätte da noch eine Frage, das Essen betreffend. Könnten Sie sich bitte ganz kurz zu mir in die Küche bemühen?« Sie klingt sehr wichtig. Ich folge ihr also in die Küche.

»Es hat natürlich nichts mit dem Essen zu tun, das ist kein Problem. Ich konnte alles bekommen, was Ihre Gattin wünscht. Ich wollte Ihnen nur kurz sagen, daß ich Ihre Frau ganz reizend finde. Sie dürfen Sie nicht diesem Schwein überlassen. Sie müssen alles tun, um sie zurückzugewinnen. Ich helfe Ihnen gerne dabei. Ihre Frau scheint sehr überarbeitet zu sein. Sie muß ausspannen. Sie ist ein so zartes Geschöpf. Sie hat sich gewiß nur in etwas verrannt. Sie sollten sie nicht mehr alleine lassen, auch nicht hier in Brüssel, vielleicht läuft dieses Schwein irgendwo herum, um sie zu entführen.«

Ich nicke beflissen und lasse mich ostentativ von ihr zurück in den Garten bringen. Was für eine idiotische Idee, ihr diese Ehegeschichte aufzubinden. Aber wer hätte ahnen können, daß Mona hier auftaucht?

»Monsieur, Sie waren wie immer eine große Hilfe.«

»Seit wann kannst du kochen?«

»Kochen? Wieso?«

Wir sehen uns eine Weile etwas befremdet an. Ich suche nach Worten. Nein, nicht nach Worten. Ich suche nach einem Ausweg, Mona so schnell wie möglich wieder loszuwerden.

»Wo warst du?«

»Keine Ahnung. Ich habe mitten in der Stadt in einer hysterischen Menge das Bewußtsein verloren. David – laß uns zur Sache kommen. Was wolltest du mir über David und die Sammlung sagen? Deswegen bist du doch hier, nicht wahr?«

Wieder unterbrach uns Madame. Ich sah um Monas Mund einen ironischen Zug spielen, sie schien die Situation zu genießen.

»Sie sind in die Plantation du Meiboom geraten. Das gibt es jedes Jahr im August, Monsieur. Ich habe ein Hühnchen mit Gemüse im Ofen. Vorher gibt es Frisée mit Garnelen, danach eine Crème brulée. Ich hoffe, Sie haben sich nicht an den Buden in der Stadt schon den Bauch voll geschlagen.«

»Vielen Dank, Madame, das ist wunderbar. Wenn Sie uns dann jetzt allein lassen würden? Wir haben etwas zu besprechen.«

Madame verschwindet endlich in der Küche.

»D. D. will mich zurück.«

»Nicht nur er.«

Ich wage nicht, sie anzusehen. Was soll das heißen, *nicht nur er?* Ich muß ihr klarmachen, daß sie sich hier nicht einnisten kann.

»Du hast Perlensamt gesehen?«

»Das letzte Mal hast du ihn »diesen Typen« genannt.«

Ich werde feindselig. Als wollte ich – unsinnigerweise – David vor Mona schützen. Jetzt. Aber hatten David und ich uns nicht entfremdet, weil ich sie vor ihm hatte schützen wollen? Hat mich nicht sein Gerede über sie angeekelt? Und wieso ist es jetzt umgekehrt? Als sei immer derjenige der zu schützende Part, der abwesend ist. Als läge in der Abwesenheit eines anderen meine einzige Chance.

»Hey, Martini, du hast einen Gast! Hallo, was ist mit dir? Du wirkst vollkommen abwesend.«

Ich wünschte, sie würde wieder abreisen. Jetzt. Sofort. Mona steht auf und geht tiefer in den Garten hinein. Ich merke, wie die Wut in mir hochsteigt.

»Warum, verdammt, bist du mit ihm ins Bett?«

Sie dreht sich um. Ich bin nicht mehr ganz gescheit. Ich mache mich hier zum Trottel. Wie komme ich dazu, ihr eine Szene zu machen? Mona hüpft durchs Gras. Bricht in schallendes Gelächter aus. Sie hält sich den Bauch. Tränen treten ihr in die Augen. Sie rauft sich die Haare. Madame erscheint mit dem Kochlöffel auf der Terrasse. Sie fühlt sich aus ihrer seligen Verliebtheit gerissen, versteht nichts mehr, dreht sich um, schüttelt den Kopf, geht in die Küche zurück. Es dauert einige Minuten, bis Mona sich wieder gefaßt hat. Sie wischt sich die Wangen, bittet mich um ein Taschentuch.

»Ich wünschte, du könntest dich sehen, Martin Saunders, die Jungfrau von der Brighton Beach Avenue!«

»Humboldt Street«, murmle ich und merke, daß ich ruhiger werde.

»Ich mit Perlensamt ins Bett, bist du toll? Ich mit dieser verhinderten Schwuchtel? Ich bin doch keine Masochistin.«

Dann wird sie ernst.

»Ich habe die ganze Zeit versucht, dir von meinem Verdacht zu erzählen. Aber du warst so abweisend. Ich hatte keine Chance. Nie habe ich einen Menschen so verschlossen gesehen.«

»Wo möchten Sie essen, Monsieur, ist es recht, wenn ich im Speisezimmer decke?«

Mona bittet sie darum, einen Tisch mitten auf den Rasen unter die Bäume zu stellen, mit einem weißen Tischtuch und vielen Kerzen. Madame, so verknallt wie sie in Mona ist, hält das für eine ausgezeichnete Idee.

»Ich bin nach Brüssel gekommen, um dir in Ruhe zu erzählen, was ich herausgefunden habe. Hörst du mir jetzt endlich einmal zu, Martin Saunders?«

»Hast du eine Abtreibung gehabt?«

»Überhaupt je in meinem Leben oder gestern? Und wenn es so wäre, was ginge dich das an? Gehörst du zu den amerikanischen Evangelisten?«

»David sagt, du seist von ihm schwanger gewesen.«

Sie zieht hörbar die Luft ein. Madame kommt mit einem Tablett aus der Küche, auf dem zwei frische, mit Wein gefüllte Gläser stehen. Mona nimmt eines, atmet noch einmal tief durch und macht eine Geste mit dem Kopf, die heißen soll, *komm endlich*. Als sie spricht, ist ihre Stimme leiser als zuvor.

»Was ist mit dir los? Bist du eifersüchtig? Ich glaube es nicht! Du bist zerfressen von Eifersucht!«

Ja, ich bin eifersüchtig. Aber sie irrt. Sie meint sich. Sie meint tatsächlich, daß ich David das Verhältnis mit ihr geneidet hätte. Sie kommt nicht auf die Idee, daß es umgekehrt ist. Ich wünschte, diese verdammte Geschichte erschiene mir so absurd wie ihr.

»Du hast den Typen mit seiner Sammlung angeschleppt und alles durcheinander gebracht. Ich habe nie verstanden, was dich an dieser Mordgeschichte so bewegt hat, an David, an dieser abscheulichen Familie ...«

Er hat mich glücklich gemacht. Wie sollst du das verstehen, du blöde ... ich schiebe das Wort, das ich denken will, nach der ersten Silbe in meinen Hinterkopf zurück.

»Jetzt dichtest du mir zu allem Überfluß eine Affäre mit ihm an. Das ist absurd. Hör mir doch einmal zu! Ich habe versucht, einen Verdacht zu klären. Wenn ich dir alles erzählt habe, kannst du entscheiden, ob du mir glaubst oder nicht.«

Ich will ihr nicht zuhören. Ich will meine Koffer packen. Abreisen. Diese Geschichte hinter mir lassen. Für immer. Aber Mona ist gnadenlos. Sie setzt sich in einen der Korbstühle, die Madame angeschleppt hat, und beginnt zu erzählen. Mona hatte Perlensamt bereits vor dem Tod seiner Mutter hin und wieder gesehen – flüchtig auf Kunstparties und Vernissagen. Vorgestellt wurden sie einander nie. Sie kannte weder seinen Namen noch seinen Hintergrund. Sie hielt ihn für einen Exzentriker und ignorierte ihn mehr oder weniger. Er kam auch zu den Weihnachtsausstellungen. Bot sich überall an, schien immer dabei sein zu wollen. Er war beredt, schien aber niemanden zu kennen. Wirkte auf seltsame Art bemüht. Den Damen gab er Ratschläge, was sie ersteigern sollten. Er scheute auch nicht davor zurück, Experten zu belehren, bot seine Erfahrung auf verschiedenen Gebieten an. Er verstand tatsächlich etwas von Diamanten, von alten Lackarbeiten, Emaille und Cloisonné. Vor allem aber verstand er etwas von der Malerei des 19. Jahrhunderts und der klassischen Moderne.

Mona beobachtete ein immer gleiches Spiel. Perlensamt knüpfte einen Kontakt, gab einen Ratschlag, sein Gesprächspartner schien begeistert. Dann plötzlich wirkte sein Gegenüber enerviert. Man versuchte ihn loszuwerden. Mich schmerzt jedes ihrer Worte. Ich will gar nicht wissen, warum. Kurz denke ich, daß es ein Fehler war, auf Monas Bitte, hier her zu kommen, einzugehen. Dann lasse ich den Gedanken fallen. Ich werde meine Koffer wieder packen. Untertauchen. Mona redet weiter, ohne zu realisieren, was mich beschäftigt. Plötzlich war David verschwunden. Das war kurz vor dem Tod seiner Mutter. Niemand vermißte ihn. Mona am wenigsten. Sie hatte kein Faible für Exzentriker, nie gehabt. Als ich ihn im

Zusammenhang mit dem Courbet erneut anschleppte, war sie zunächst nur unangenehm berührt, noch nicht nervös. Sie hielt sich zurück. Sie fürchtete, sie sei befangen, da sie David nicht mochte. Schließlich war sie darüber verärgert, wie ich von David schwärmte, von seinen Ideen, seiner Lebendigkeit, seinem Unternehmungsgeist. Ich hätte so getan, als hätte ich noch nie im Leben einen Freund gehabt und nun endlich in Perlensamt einen gefunden. Mona sah in Perlensamt meine fixe Idee, einen Rausch, in dem ich verschwand, ähnlich wie ich früher in der Familiegeschichte der Camondos verschwunden war. So wie David und ich miteinander umgegangen waren, täglich unzertrennlich und vertraut, hätte man meinen können, wir wären ineinander verliebt. Sie wußte, daß ich nicht schwul war. Aber für eine andere Erklärung fehlte ihr die Phantasie.

»Aber David gegenüber hast du erklärt, du hieltest mich für schwul.«

Ich lächle. Es bereitet mir Genugtuung, das zu sagen. Ich fühle, wie ich an Boden gewinne.

»Das ist doch kompletter Schwachsinn. Wer auch immer das behauptet hat, lügt.«

Monas Interesse hatte ausschließlich dem Courbet gegolten. Perlensamts Party kam gerade recht. Aber dann: kahle Wände. Was sollte das? Sie hatte immer den Eindruck gehabt, daß Perlensamt eine Rolle spielte, aber sie wußte nie, welche und zu welchem Zweck. Als Perlensamt nach dem Selbstmord seines Vaters zusammenbrach, sah Mona eine weitere Gelegenheit, ihren wachsenden Verdacht zu überprüfen. Dann hatte sie in der Fasanenstraße Perlensamts Jeu de Paume entdeckt – und natürlich die Rückseiten der Bilder geprüft. Sie hatte nach einer Liste gesucht, aber nichts finden können. Keine schriftlichen Unterlagen. Sie war, wie ich, zunächst überzeugt, daß es sich um eine Sammlung von Raubkunst handelte. Aber als David ihr offenbarte, der Enkel von Abetz zu sein, vermutete sie plötzlich einen anderen Hintergrund.

»Warum?«

»Intuition? Ich hatte immer den Eindruck gehabt, daß David um Aufmerksamkeit buhlte. Aber es dauerte ein bißchen, bis ich einen Zusammenhang herstellen konnte zwischen seinem Geltungsbedürfnis und diesen Bildern. Es liegt nicht gerade nahe. Aber er ist mit dieser perversen Idee nicht allein.«

Sie grinst. Ich verstehe überhaupt nichts mehr. In einer Nacht, als David schon schlief, stöberte Mona wieder in dem Depot. Sie entdeckte in einer Ecke ein Bild, das sie vorher übersehen hatte, einen alten Meister. 16. Jahrhundert, flämische Schule, Blumen in einer Vase, ungefähr 25 x 30 Zentimeter, schwarz gerahmt. Es war ein halbwegs bekannter Maler, keiner der ganz großen Namen. Aber Mona kannte es. Vor Jahren hatten sie es einmal bei Nobble ausgestellt. Es war in Paris durch die Versteigerung gegangen. Sie nahm es in die Hand und stutzte. Das Bild, das sie kannte, war auf Holz gemalt. Das, was sie in der Hand hielt, stand auf Leinwand. Sie nahm es mit und legte es ihrer Freundin Katja vor, einer Kunsthistorikerin, die auf der Museumsinsel arbeitete und spezialisiert war auf dieses Gebiet.

»Dann war das also das Bild, das Frau Arno meinte.«

»Frau Arno?«

»Sie sagte, du hättest ein Bild mitgenommen. Sie hatte nicht den Eindruck, daß Perlensamt es dir freiwillig überlassen hätte.«

»Spionin. Sie konnte mich nicht leiden.« Mona lächelt triumphierend. »Ich sie auch nicht.«

Katja hatte sich gewundert. Das Bild war außergewöhnlich gut gemalt. Die Leinwand war alt, so daß man es auf den ersten Blick für ein altes Bild hätte halten können. Da war jemand am Werk gewesen, der seine Sache verstand. Aber die Farben waren kaum älter als ein paar Jahre. Das Bild war eine Fälschung. Am liebsten wäre Mona mit ihrer Entdeckung direkt zu mir gelaufen. Aber sie konnte nicht einschätzen, wie ich zu David stand, einmal für ihn, einmal gegen ihn, ihr gegenüber unzugänglich. Wie recht sie hat. Am nächsten Tag ging sie wieder zu Perlensamt, kaufte für ihn ein, kochte, aß mit ihm. Bevor sie ging, steckte sie eine Zeichnung aus dem Planschrank ein. Auch diese brachte sie zu Katja. Das Ergebnis war das gleiche.

»Meinst du, daß es alles Fälschungen sind?«

»Ich konnte schließlich nicht alle Bilder zu Katja schleppen – und von den rückseitig markierten war keines so klein, daß es in eine Tasche gepaßt hätte.«

Einige Tage später eröffnete ihr Perlensamt, er wolle mit der Sammlung an die Öffentlichkeit gehen. Aber es war nicht so, wie Mona angenommen hatte. Perlensamt plante nicht etwa eine einfache Veröffentlichung der Bilder, damit mögliche enteignete Besitzer oder Nachkommen sich melden konnten. Mona sollte D. D. Miles überreden, die Bilder zur Auktion zu bringen.

»Er hatte jeden Bezug zur Realität verloren. Er hat einfach herumgesponnen.«

Plötzlich hatte Mona den Eindruck gehabt, sich übernommen zu haben. Sie sah unabsehbare Folgen, die vielleicht nicht nur ihrem, sondern auch dem Ruf der Firma schaden könnten. Als sie an einem der nächsten Tage, genau wie ich, David im Fernsehen sah, war sie wie gelähmt. Das war der Zustand, in dem ich sie angetroffen hatte. Ich hatte sie aufgerüttelt, wieder auf die Füße gebracht. Aber als sie dachte, nun endlich mit mir reden zu können, stürmte ich plötzlich davon. Wieder hatte sie keine Möglichkeit gehabt, mich einzuweihen. Schließlich, als sie sich von ihrem privaten Alptraum erholt hatte, hatte sie Perlensamt mit Max von Heiseler gesehen.

»Max von Heiseler?«

»Max von Heiseler!«

»Wer ist das?«

Ich hatte nie von ihm gehört.

»Kaum älter als Mitte zwanzig, schwarzhaarig, schlaksig, ziemlich attraktiv, wenn man diesen androgynen Typus mag. Auffallend gut gekleidet. Bewegt sich wie ein Tänzer. Auf den ersten Blick ist sein Gang das Bemerkenswerteste an ihm. Ich habe noch nie jemanden so sicher schweben sehen. Als ginge Jesus übers Wasser.«

Mona vermutet, daß er Balte ist, aber der Name kann auch aus der Luft gegriffen sein. Es heißt, er sei ein guter Geschäftsmann, obwohl niemand gern mit ihm Geschäfte macht – außer den Russen vielleicht. Ein dubioser Typ. Er handelt mit Kunst. Abgesehen davon kann er auch alles andere besorgen: Diamanten, Eintrittskarten für ausverkaufte Konzerte und Kaviar.

»Wie bist du eigentlich an dieses Haus gekommen? Es ist lustig mit der langen Treppe und den vielen schmalen Räumen.«

Ich habe David also mit diesem Max gesehen. Ein Gefühl, daß ich noch nie benennen konnte und auch nicht benennen will, kriecht in mir hoch und droht, mir die Luft abzudrücken.

»Martini, ist was mit dir?«

»Was? Ach so, erinnerst du dich an Kaspar de Lac? An diese Einladung im Winter, als draußen gegrillt wurde? Ein Amtskollege von ihm wohnte vorher hier. Er mußte nach Berlin zurück. Das brachte mich auf die Idee mit Brüssel. Purer Zufall.«

»Wie alles, nicht wahr? Wie deine Begegnung mit Perlensamt auch. Du hast nicht einmal erwogen, daß er dich gut gebrauchen konnte?«

In der Zeit, als Mona ihn betreute, hatte David beiläufig einen Ort auf dem Land erwähnt, ein Haus in einer ehemaligen Klosteranlage bei Halberstadt.

»Scheint sich mit David und seinen Machenschaften zu verhalten wie mit dem berühmten Diamanten, der im Kronleuchter hängt. Man hat die Lösung vor der Nase, und gerade deswegen sieht man sie nicht. Was, wenn er gar nichts verbergen, sondern, im Gegenteil, etwas zeigen wollte?«

»Du hast recht. Er wollte, daß ich ihn aufs Land begleite.«

Mona ignorierte seinen Wunsch. Sie zog es vor, sich selbst auf den Weg zu machen. Sie wollte nicht sein Spiel spielen. Das Internet hatte nur zwei Klöster in der Nähe von Halberstadt ausgespuckt, eines wurde noch bewirtschaftet, das andere lag brach. Mona begann mit dem zweiten, dem ehemaligen Gehöft einer Benediktiner Abtei. Bis auf ein kitschig anmutendes sogenanntes Schloß aus dem 19. Jahrhundert und ein verwahrlostes Gebäude, das wohl die ehemalige Verwaltung darstellte, war die Anlage eine Ruine. Mona parkte ihren Wagen vor dem heruntergekommenen Haus. Licht brannte im Parterre, aber die Fensterbrüstungen waren zu hoch angesetzt, um den Blick ins Innere freizugeben. Ungepflegte Wiese davor, Unkraut, Mülltonnen, keine Gartenanlage. Die große Eichentür gab nach, als Mona den mächtigen Klopfer bedienen wollte. Dann stand sie in einem Treppenhaus. Eine junge Frau im Blaumann kam ihr entgegen. Mona stellte sich vor und sagte, sie wolle zu David Perlensamt. Die junge Frau führte sie in einen großen Raum, der aussah wie eine Malerwerkstatt aus einem früheren Jahrhundert. Einige Abbildungen französischer Realisten, Impressionisten, aber auch ein

Braque und zwei Derains waren an die rohen Wände geheftet. Überall standen Keilrahmen und Leinwände unterschiedlicher Größen herum. Auf einer Staffelei stand Courbets Bild vom Meer.

Davids freundliche Assistentin hieß Katharina Falk. Sie war Studentin an der Berliner Akademie. Sie kümmerte sich um die Vorarbeiten. Aufspannen, Grundieren usw.

»Da also waren wir: David hatte eine außerordentliche Technik entwickelt, sich lange damit beschäftigt, was man zusammenpanschen muß, damit Kopien aussehen wie Originale. Seine Assistentin schwärmte von ihm. Er sei ein ausgezeichneter Maler. Sie hätte *so viel* von ihm gelernt. Er hätte selbst eine Sammlung von seinem Großvater geerbt. Das hätte ihn auf die Idee gebracht, zu kopieren.«

Katharina Falk hatte also von Kopien gesprochen, nicht von Fälschungen. Sie hatte gedacht, was sie täte, sei vollkommen legal. Sie hatte keinen Schimmer davon, daß die Sache mit der ererbten Sammlung eine Lüge war.

»Und wann haben sie damit angefangen?«

»Sie sagte, kurz nach der Wende. Courbets Bild vom Meer war der Anfang.«

»Er wird niemals aufgeben, nicht wahr? Es ist egal, was die Zeitungen über ihn schreiben werden. Hauptsache, er steht in der Öffentlichkeit.«

Mir ist elend. Der Gedanke, David nie mehr wiederzusehen, ist mir gräßlich. Als wir uns zuprosten, weiß ich, daß ich auf D.D.s Vorschlag eingehen werde. Ich kehre zurück nach New York. Ich lasse mich wieder treiben.

»Martin, du bist schon wieder geistesabwesend.«

Ich sehe sie an. Ich versuche zu lächeln und merke, wie sich mein Kiefer verkrampft.

»Kehrst du nach Berlin zurück, wie D.D. Miles es vorschlägt?«

»Er schlägt nicht Berlin vor. Er sagte New York.«

Einen Augenblick lang ist sie stumm.

»Ach so.« Es klingt kleinlaut. Sekunden später hat sie sich wieder gefaßt. »Wann?«

»Bald.«

»Ist es nicht verblüffend, in diesem Job zu arbeiten und noch nie in New York gewesen zu sein? In Hongkong, in L.A., in Dubai, in jeder europäischen Großstadt sowieso – aber nie in New York? Ich würde gern mal die Zentrale sehen – und für ein paar Tage die Stadt erkunden. Im *Indian Summer.*«

Ich erwidere nichts darauf. Madame kommt mit der Vorspeise aus der Küche. Sie scheint hochzufrieden über das wiedervereinte Ehepaar.

VIERUNDDREISSIG

Drei Wochen später sitzen wir im Flieger nach Newark. Mona hat darauf bestanden, dieselbe Maschine zu buchen wie ich. Sie war von der Idee, New York im *Indian Summer* zu besuchen, nicht abzubringen. Nicht einmal durch die Information, daß der *Indian Summer* erst im Oktober beginnt. Sie ist glänzender Laune, als wir uns vor der Immigration trennen, sie sich zur europäischen Schlange gesellt, ich mich in die für *residents* einreihe. Draußen herrscht strahlendes Wetter und laue, noch sommerlich warme Luft. Ich fühle mich unwohl. Vermutlich ist es wieder mein verdammtes Stoffwechselproblem, das sich in einigen Tagen geben wird. Ein flüchtiger Schatten, eine Art zeitverzögertes Bild streift durch meinen Kopf. Ich frage mich einmal mehr, an welcher Stelle ich eine Weiche falsch gestellt habe. Aber ich sehe nicht, wie ich einen Augenblick des vergangenen Jahres so hätte beeinflussen können, daß … Als Bob unerwartet am Ankunftsterminal steht, erwähne ich nicht, daß ich eigentlich vorhatte, bei Gabriel auf der Upper West Side zu wohnen. Er begrüßt Mona herzlich, die sich vor Freude über die Gelegenheit, jemanden aus meiner Familie kennenzulernen, gar nicht zu fassen weiß.

»Deine Freundin wohnt natürlich auch bei uns. Es ist Platz genug.«

»Aber das Hotel?«

»Wir werden es stornieren. Sofort. Wie ist die Nummer?« Der gute Bob hat bereits sein Mobile am Ohr.

Mona ist entzückt von Brooklyn Heights. Sie kann es kaum glauben, als sie zum ersten Mal von Rosies Nordbalkon aus die Skyline von Manhattan sieht.

»Das ist wie im Film.«

Rosie findet es nicht wie im Film. Sie sieht Mona an. Dann mich. Sagt aber nichts. Nachdem wir unser Gepäck auf die Zimmer gebracht haben, reicht Bob den Kaffee im Garten. Ich stelle die Lederkassette wortlos auf den Tisch. Rosie starrt auf das Kästchen, als hätte ich ihre Gedärme auf einem Silbertablett serviert. Unvorstellbar, daß die Frau vor mir irgend etwas mit dem pummeligen Mädchen zu tun hat, an das die Briefe in der Kassette gerichtet sind, mit der Frau, die in jener Nacht in Langenfeld an mein Bett kam ... Rosies Haut ist glatt, ihre Figur makellos, ihre Haare von einer milchigen Farbe, die ich nie zuvor an ihr gesehen habe. Nirgendwo kann sich meine Erinnerung einhaken. Rosie scheint ohne Alter. Unantastbar. Nach einer höflichen halben Stunde, in der sie hauptsächlich mit Mona spricht, tut sie kund, sie würde sich kurz zurückziehen, um sich umzukleiden. Gleich käme der Wagen. Für später sei ein Tisch bei *Le Cirque* bestellt. Es sei doch eine nette Idee, erst ein bißchen herumzufahren, damit Mona die Stadt kennenlernt, danach zu essen und später in der Bar des Peninsula eine Flasche Champagner auf meinen Geburtstag zu trinken.

Ich dusche, ziehe mich um und gehe in den Garten zurück. Das Lederkästchen ist weg. Um mir die Zeit zu vertreiben, bis die anderen fertig sind, gehe ich über den Rasen und schaue mir Bobs neue Pflanzungen an. Als ich mich umdrehe, steht Rosie auf der Gartentreppe. Es sind ihre Worte, kühl und selbstüberzeugt, die mich plötzlich erkennen lassen, wer auf Davids Mutter geschossen hat.

»Was meinst du, hätte ich tun sollen, Mr. Selbstgerecht? Erst meine Eltern erschießen und dann mich, weil ich in einem Land geboren bin, das Dreck am Stecken hat? Du bist Amerikaner. Mehr konnte ich nicht für dich tun.«

Sie dreht sich um und ruft nach Bob. *Erst meine Eltern erschießen und dann mich …* Es war David, der auf Miriam Perlensamt geschossen hat, nicht sein Vater. Er hatte »seine Eltern« hinrichten wollen. Das war es, was Edwige *kein Unglück* nannte. Mona steht in der Gartentür.

»Was ist mit dir, kommst du? Deine Eltern warten auf uns. Was hast du, Martini?«

»David … Mir ist gerade klar geworden …«

»Komm jetzt. Vergiß ihn endlich. Er ist ein Psychopath. Ich freue mich so auf den Abend in der Stadt.«

Der Wagen gleitet im zähen Verkehr eines New Yorker Nachmittags über die Brooklyn Bridge, die Park Row und den unteren Broadway. Wall Street. City Hall. Trinity Church. Während Rosie Mona das Viertel erklärt, kneife ich die Lider zusammen und versuche, alles mit fremden Augen zu sehen. Rosie nennt Namen, Daten, Zahlen, wie bei einer Stadtrundfahrt. Sie beantwortet jede Frage. Sie tut es auf Deutsch. Ich habe Rosie Jahrzehnte nicht mehr Deutsch sprechen hören. Es klingt etwas holprig. Sie ist freundlich zu Mona. Entgegenkommend. Nicht zu mir.

»Ich habe seit Jahren meine Praxis Upper East. Dort ist es weiß und elegant. Aber diese Gegend hier ist wirklich besonders. Obwohl sie sich so verändert hat durch die Skyscraper, die immer höher werden, ist sie im Kern geblieben, was sie war. Sie ist der Puls von Gotham City.«

»Gotham City?«

»Manhattan. Nichts wird daran etwas ändern.«

Mona sieht mich an. Vielleicht wundert sie sich über Rosies Tonfall, aus dem so etwas wie Trotz herauszuhören ist.

»Nichts wird dieser Stadt je etwas anhaben können.«

Bilde ich mir das ein, daß ihre Stimme vibriert?

Rosie sagt dem Fahrer, daß er einen anderen Weg einschlagen soll. Wir verlassen die engen Straßen mit den kleinen holländischen Häusern und fahren in Richtung Fluß.

»Die ersten Emigranten fingen in dieser Gegend an. Handel. Mit allem. Bodensatz. Es ist das Viertel der Wirtschaftsleute. Auch ich habe hier angefangen. Ich überlege seit längerem, ob ich wieder hierher zurückkehren soll. Eine neue Klientel ist herangewachsen, die hier unten angesiedelt ist. Ich sollte mich bald umschauen. Am besten morgen schon.«

Sie spricht nicht mehr zu Mona. Sie spricht zu sich. Als sei sie allein auf der Welt.

»Wenn man sich entschieden hat, sollte man Dinge nicht aufschieben. Es ist wichtig, sich eine klare Richtung zu geben, sonst erreicht man nichts.«

»Wer ist Ihre Klientel?«

»Als ich anfing, betreute ich einen eher privaten Kundenstamm. Heute sind es in erster Linie Geschäftsleute. Und immer mehr Damen und Herren aus der Politik.«

»Sie sind Ärztin?«

Mona, wenn du wüßtest! Ich warte gespannt auf Rosies Antwort. Noch nie habe ich sie sagen hören, was sie tut.

»Ich coache. Eine moderne Art von Lebens- und Berufsberatung, verstehen Sie? Ich stelle eine Diagnose und entwickle im Anschluß daran einen Optimierungsplan. Schlicht gesagt: Ich zeige den Leuten, was in ihnen steckt und wie sie das Beste aus sich herausholen können – zum richtigen Zeitpunkt und mit dem angemessenen Einsatz von Energie. Ein Rechenexempel.«

Mona strahlt. »Aha, dann haben Sie wohl Ökonomie studiert. Leute aus der Politik? Wie interessant. Sie dürfen natürlich keine Namen nennen.«

»Natürlich nicht.«

Mona reckt ihren Hals aus dem Auto. Als sie den Kopf wieder einzieht, ist ihr anzumerken, wie beeindruckt sie ist.

»Ich meine, das alles schon einmal gesehen zu haben, obwohl ich noch nie hier gewesen bin.«

»Wahrscheinlich kennen Sie es aus Filmen. In Deutschland kennt man New York immer aus Filmen.«

Erstaunlich. Woher weiß sie das nun wieder? Wenn ich nicht irre, liegt ihr letzter Aufenthalt in Deutschland mehr als vierzig Jahre zurück.

»Faszinierend. Diese Betriebsamkeit. Die engen vollen Strassen. Dagegen ist Berlin ein verschlafenes Nest.«

»Es ist eine halbe Stunde nach Börsenschluß. Tagsüber ist es hier so still, daß man einen Cent fallen hört.«

»Es ist bestimmt eine gute Entscheidung, hier eine neue Praxis zu eröffnen, Mrs. Saunders. Dann brauchen Ihre Klienten in Zukunft nur über die Straße zu gehen, um Sie zu konsultieren.«

Mona hat keinen blassen Schimmer, worum es Rosie geht. Sie weiß nicht, wie ernst es meiner Mutter ist. Als ich Rosie ansehe, zieht ein Lächeln über ihr Gesicht. Zu sanft für ihre Gedanken.

»In Zukunft … ja, ja die Zukunft. Eine gute Idee. Das steht in den Sternen.«

EPILOG

Ich sehe Mona vor mir, die Skyline von Manhattan im Blick. Ich arrangiere ein Frühstückstablett, um es nach oben zu schleppen. Ich suche im Küchenschrank nach Geschirr und werde von Bob überrascht, der mich zur Seite drängt. Stolz präsentiert er mir seine »Neuerwerbung«. Ich traue meinen Augen nicht: Tassen so groß wie Blumenkübel.

»Es ist eine Kunstedition. Sie heißt »*La Vague*«. Von einem französischen Maler. Es gibt sechs Versionen davon. Jeden Monat kommt eine raus. Drei habe ich schon.«

Die nackten Füße gegen die Brüstung gestemmt, einen Bademantel eng um sich gezogen, sitzt Mona in einem der Korbstühle auf dem Balkon. Es ist noch früh und etwas kühl. Ich stelle das Tablett mit dem Kaffee und den Croissants neben sie.

»Was für ein traumhafter Tag! Dieser Ausblick! Deine Eltern sind reizend. Weißt du, ich hätte richtig Lust … «

Den Rest höre ich nicht mehr. Rosies Antwort auf das Lederkästchen geht mir durch den Kopf. Ich sehe mich in ihren Sachen wühlen. Ich sehe mich durch Manhattan schleichen, auf ihrer Spur … Ich sehe sie vor mir in jener Nacht an meinem Bett. *Bist du wach, Tiny? Komm, steh auf. Jetzt ist die Zeit zu verschwinden …* Ob David es auf mich abgesehen hatte? Kein Zufall, daß er herunter kam ans Tor, als ich dastand? Ich träume. Immer noch. Von ihm. Als Mona einen Schrei ausstößt, der gleich erstickt. Ihr Mund steht offen. Eine lange Weile. So jedenfalls kommt es mir vor, als ich ihren staunenden Augen folge. Ich stehe reglos da und starre auf die schwarze Wolke. Ich habe noch nie so eine gigantische Wolke über Manhattan gesehen. An einem hellsonnigen Tag.

Mein inniger Dank für Rat, Tat, Inspiration und Begeisterung gilt Annette C. Anton, Gisela Bongartz, Maximilian E. R. Facklam, Hank, W. V. Hollitzner, Miriam Jakobs, Klaus Jokitsch (Archiv Rheinische Post), Manuela Lange (Bundesarchiv Koblenz), Jo. van Norden, Pascal Richter, Signe Rossbach, Anya Schutzbach, Barbara Stang, Magda Streuli-Youssef, Charles Suisman, Stephanie Tasch, Jürgen Trimborn, Maren Weindel, Rainer Weiss sowie den Mitarbeitern der Bibliothek des Auswärtigen Amts, Berlin.

Barbara Bongartz
Perlensamt
Roman

Konzept Design
Gottschalk+Ash Int'l

Umschlaggestaltung
Julia Borgwardt, borgwardt design
unter Verwendung eines Motivs von Getty Images. Foto: French School

Foto Barbara Bongartz

Druck und Bindung: CPI – Clausen & Bosse, Leck
Printed in Germany
Erste Auflage 2009
ISBN: 978-3-940888-43-3

weissbooks.com
barbarabongartz.de